ELISE VALMORBIDA

Die Madonna der Berge

ELISE VALMORBIDA

Die Madonna der Berge

ROMAN

Aus dem Englischen
von Pauline Kurbasik

DIANA

MIX
Papier aus verantwortungsvollen Quellen
FSC® C014496

Verlagsgruppe Random House FSC® N001967

Die Originalausgabe erschien 2018 unter dem Titel
The Madonna of the Mountains bei Faber and Faber Ltd., London

Redaktion: Wiebke Bach
Umschlaggestaltung: Geviert, München
Umschlagmotiv: © Eve North/Trevillion Images
Satz: Leingärtner, Nabburg
Druck und Bindung: GGP Media GmbH, Pößneck

Printed in Germany
ISBN 978-3-453-29206-2

www.diana-verlag.de
Dieses Buch ist auch als E-Book lieferbar.

Für meine Mutter und meine Schwester

Inhalt

1923

Schneeschmelze

Ihr Vater hat sich aufgemacht, um ihr einen Ehemann zu suchen. Er hat sein Maultier genommen, eine Fotografie und Proviant eingesteckt: selbst gemachte Sopressa-Wurst, kalte Polenta, eine kleine Flasche Wein, aber kein Wasser, die ganze Welt ist voller Wasser. Es ist Frühling, eine gute Zeit für eine Verlobung, so überraschend wie ein wildes Alpenveilchen auf einem nassen Fels, so süß wie ein winziges Veilchen, das vom schmelzenden Bergschnee getränkt wird.

Maria Vittoria bestickt ein Laken für ihre Aussteuertruhe.

Alle arbeiten emsig, nutzen das Tageslicht. Zwölf Familien, die eng beieinander Holz hacken, Reparaturen erledigen, hämmern, kochen, waschen, Fallen stellen, Weinreben beschneiden, Silberweiden abbeizen und flechten, robustes Saatgut pflanzen, Hafer, Tabak, Kohl, Zwiebeln, Erbsen, und aus den Ställen kommen die üblichen Geräusche – doch in der ganzen *Contrà* ist spürbar, dass ihr Vater fehlt. Ein Körper ohne Kopf.

In seiner Brusttasche steckt das einzige Bild, das es von ihr gibt, es wurde aufgenommen, als sie siebzehn war, zusammen mit ihren Schwestern, Brüdern, Eltern und Großeltern. Nun, mit fünfundzwanzig, ist sie fast nicht mehr zu verheiraten, doch sie ist stark und gesund, und ihre kleine Schwester Egidia findet sie schön. Es ist einfach Pech, Gottes Wille oder Schicksal, dass in diesem Tal und im nächsten keine heiratsfähigen

Männer leben, nur kränkliche, aus Inzucht hervorgegangene Kreaturen, Bucklige und Männer, die von den Österreichern zu Krüppeln gemacht wurden. Es ist nicht zuträglich, dass die *Contrà* so entlegen und aus den Städten schwer zu erreichen ist. Außerdem würde ihr Vater nicht jeden Dahergelaufenen akzeptieren – er muss an seinen Namen und seinen gesellschaftlichen Stand denken. Ihm gehört ein wenig Land. Er macht Geschäfte. Er hat sogar seinen eigenen Briefkopf.

Bevor das Foto aufgenommen wurde, vor der Evakuierung, hatte Maria einen Heiratsantrag bekommen. Der Mann hatte den weiten Weg von Villafranca auf sich genommen, und in seinen Papieren stand, er müsse nicht mehr kämpfen, er hätte eine ordentliche Pension und besondere Privilegien. Aber er hatte einen Finger und ein Auge verloren.

Wer weiß, was ihm sonst noch fehlt?, fragte ihr Vater, nachdem er das Angebot abgelehnt hatte. *Wir finden jemand Besseren.*

Und Mama sagte das, was alle sagten, alle Cousinen, alle Frauen: *No se rifiuta nessun, gnanca se l'è gobo e storto.* Weise niemanden ab, auch wenn er buckelig und krumm ist. Und Papà befahl ihr, mit diesen Binsenweisheiten aufzuhören.

Maria spricht leise mit sich selbst, stellt sich ein Gänseblümchen vor, von dem sie ein Blütenblatt nach dem anderen abreißt.

El me ama	*Er liebt mich*
El me abrama	*Er begehrt mich*
El me abracia	*Er umarmt mich*
El me vol ben	*Er sorgt für mich*
El me mantien	*Er unterstützt mich*
El me ama	*Er liebt mich*
El me abrama	*Er begehrt mich*
Nol me vole	*Er will mich nicht*
El me dise su.	*Er tadelt mich.*

Sie wiederholt Gebete aus *Die christliche Braut*. Dieses Buch, ihr einziges Buch, ist ihr lieb und teuer. Klein, in blaues Leder gebunden, mit winzigen goldenen Linien um jede Seite, enthält es mehr Gebete, als sie aufsagen kann, und mehr Predigten, als sie auswendig kennt, doch die Anleitung am Anfang – für mein liebes junges Mädchen – hebt ihre Laune und weist ihr den Weg. *Während du betest, tust du gut daran, leichte Kasteiungen des Körpers vorzunehmen. Auf diese Weise kannst du Opfer bringen und gleichzeitig deinen Geist von eitlen Reizen ablenken.*

Sie sticht sich selbst mit der Nadel in die Fingerspitzen. Blut quillt hervor. Das Nähen muss warten. Sie wischt die Blutstropfen mit ihrem Taschentuch ab.

»Bitte, Herr, gib mir die Frömmigkeit, die heiligen Ehesakramente anzunehmen«, flüstert sie, obwohl niemand da ist, der sie hören könnte. »Heilige Maria, Mutter Gottes, bitte Ihn, mir einen Mann zu geben, der mich beschützen und mir eine ergebene christliche Familie schenken wird …«

Aber insgeheim denkt sie daran, wie gut aussehend ihr Liebster sein wird, mit einem Gesicht so gütig wie Jesus, so aufrecht wie der Pfarrer, so groß wie ihr Vater und mit dem süßen Duft einer Frau. Wird er einen dicken, buschigen Schnurrbart haben wie ihr Papà? Oder einen Bart wie ihr Großvater: das ganze Gesicht und der Hals wie von altem Tabak überwuchert? Oder einen Schnurrbart wie ihr Bruder: zwei dünne, nach oben geschwungene Linien. Sie stellt sich vor, wie die Barthaare seines hübschen Gesichts ihre Wange kitzeln. Ihr Herz schlägt wie die Flügel eines Vogels. Sie verbannt ihre wilden Gedanken und sticht sich selbst ein Mal in jede Fingerspitze, ordentlich wie beim Beten eines Rosenkranzes. Bei der Hochzeit zu Kana, wo Jesus Wasser in Wein verwandelt hat, gelüstete es Braut und Bräutigam nicht nach blinder Leidenschaft: Sie wussten, dass sie Gott sonst am Tag des Jüngsten Gerichts Rechenschaft würden ablegen müssen.

Maria sticht sich nun, wo sie alle zehn Fingerspitzen durch hat, in beide Handgelenke. Wieder wischt sie das Blut mit dem Taschentuch ab. Die Laken für die Hochzeitsnacht müssen sauber und weiß bleiben, wie ihre Seele, wie ihr Körper, unbefleckt und rein. Doch sie ist alt. Fünfundzwanzig Jahre alt und unberührt von einem Ehemann. Sie näht ohne Fingerhüte. Ihre Hände können einem Tier den Hals umdrehen. Die Arme einen Topf mit kochender Polenta umrühren. Sie ist eine gute Partie für jeden Mann, wenn er nur über ihr Alter hinwegsehen kann.

Sie schaut aus dem Fenster. Von Regenrinnen und Simsen tröpfelt Wasser, die Welt da draußen tröpfelt, während sie taut. Auf einigen Bäumen liegt immer noch Schnee, der sie niederdrückt und bedeckt. Sie hört die klagenden Laute eines Maultiers. Und dann die Kirchenglocken, klar und deutlich trotz der Entfernung. Sie läuten eine Minute lang. Einzelne Töne. Sie klingen melancholisch, nicht fröhlich wie bei einer Taufe. Dann eine Pause: Jemand ist gestorben. Dann wieder eine Minute Glockengeläute. Wenn es nun aufhört, ist eine Frau gestorben, vielleicht die alte Hexe, die wie eine Verrückte in ihrem Nachthemd herumläuft. Dann eine Pause und wieder eine Minute Geläut. Ein Mann ist gestorben. Noch ein toter Mann auf der Welt. Bei einem Mann wird drei Minuten lang geläutet, bei einer Frau zwei Minuten, weil ein Mann wichtiger ist, weil Adam der erste Mann war und Jesus ein Mann war und seine Jünger Männer waren und Priester Männer sind und der Papst ein Mann ist.

Ihr Vater reist durch die Dörfer in den Tälern, bahnt sich den Weg durch steile Hänge mit schmelzendem Schnee, nimmt Lawinen und vielleicht sogar Wölfe in Kauf, wer weiß, welchen Gefahren er trotzen muss?

Menschen wandern, Berge aber bleiben an Ort und Stelle. Und dennoch sind die Berge launisch – ein Abgrund kann sich plötzlich auftun, in den man hineinrutschen kann, ein sonniger Himmel lockt den Jäger, sich zu weit vorzuwagen wie ein Kind, ein eisiger Nebel hüllt die Welt im Nu ein, hinterhältige Luft kriecht in die Lungen und kann zu einer Lungenentzündung werden.

Sie näht und näht. Eine Wellenlinie aus weißen Blüten. Das Leinen ist nicht das teuerste, doch die Qualität ist anständig und fest – es wird Jahre halten, bevor sie es ausbessern oder stopfen muss. Ihr Verlobter wird ihre Handarbeiten bewundern. Er wird über die gestickten Blumen fahren und ihr dann über die Wange streichen, als wäre sie eine Blume. Und sie werden sich fest umarmen wie die beiden Hälften einer Walnuss, und schließlich werden Kinder kommen, mit Gottes Hilfe, weil Blumen und Kinder aus einem Haus ein Zuhause machen.

Fioi e fiori i fà la casa.

Die Umrandung ihres Bettlakens ist fast fertig. Das muss ein Zeichen sein. Nur noch drei Blüten mit gewundenen Stängeln und Sträußen mit winzigen Knospen. Plattstich und Kettenstich und Stielstich. Alles weiß. Sie ist sich sicher: Wenn sie den Saum erreicht, wird ihr Vater mit ihrem Liebsten erscheinen. Er ist schon seit über zwei Tagen fort. Sie wird sich hinter der Tür verstecken, einen Blick auf ihren duftenden Verlobten mit dem lieblichen Gesicht werfen, und er wird sie erkennen, weil er das alte Foto von ihr gesehen hat.

Sie legt ihre Handarbeit zur Seite, fährt sich mit den Fingerspitzen über die Wange und berührt ihre vollen Lippen. Wie fühlt es sich an, einen Mann zu küssen? Sie hätte sich einmal fast von ihrem Cousin Duilio küssen lassen, bevor er zum Priesterseminar gegangen, bevor er Soldat geworden ist. Sie küsst ihre Finger und erinnert sich an die Kasteiungen.

An Sonntagen und für die Sakramente trägt sie immer noch ihr dunkelbraunes Kleid mit hohem Kragen und eng anliegender Taille – sie hat gut darauf achtgegeben. Ihr Ehemann wird es bemerken, sobald er sie sieht, obwohl das Kleid auf dem Foto noch neu war, frisch und nicht gestopft. Wird er das Gestopfte zu schätzen wissen, weil es ihre Sparsamkeit und ihr Geschick zeigt? Nein, er wird denken, ihr Vater wäre zu arm, um ihr nach acht langen Jahren ein neues Kleid zu kaufen. Sie hasst es, arm zu sein. Sie hasst es von ganzem Herzen. Aber wenigstens wird sie nicht wie ein richtig armes Mädchen im November verheiratet werden, wenn die harte Arbeit des Sommers und Herbstes getan und eine junge Frau nur noch ein hungriges Maul ist, das im Winter gestopft werden muss. *Na boca in più.* Wenn sie in der Osterzeit heiratet, werden die Leute zu ihr aufschauen. Wie viel kann ihr Vater einem Mann für die Hochzeit mit ihr bezahlen? Ihre Schönheit und Stärke reichen nicht aus. Sie hasst den Krieg und die Spanische Grippe und die Evakuierung und ihre Abgeschiedenheit, die sie am Heiraten hindern und ihre Blütezeit verstreichen lassen.

Der reisende Fotograf hatte sie im Klassenzimmer in Albarela aufgestellt, zwölf Körper vor einem großen Vorhang, der mit verschwommenen Säulen und einem geblümten Rahmen bemalt war. Das war ein trauriger Tag gewesen. Das erste Foto in Marias Leben und vielleicht das letzte Mal, dass sie alle noch zusammen und am Leben waren. Die ganze Familie hatte sich wie für eine Hochzeit herausgeputzt, aber in ihren Bäuchen lauerte die Angst. Die Mädchen hatten sich darauf vorbereitet, ins Piemont geschickt zu werden – falls sie zu Hause blieben, hätten die fremden Soldaten mit ihnen gemacht, was sie wollten.

Für jeden italienischen Mann und jede italienische Waffe: vier österreichische Männer und vier österreichische Waffen, das sagten alle mit düsteren Stimmen.

Für das Bild hatte man ihrem Vater eine Topfpflanze zwischen die Füße gestellt. Und es gab noch eine andere Pflanze, groß und fremd – *eine Palme*, sagte der Fotograf, *aus den biblischen Ländern*. Das Emblem der Märtyrer. Hatte der Fotograf sie für Märtyrer gehalten? Hatte er sie bemitleidet? Maria hatte fest in seine Kamera geblickt und sich stumm geschworen, niemals wieder bemitleidet zu werden.

Ob mit Palme oder ohne, ihr Geliebter wird in dem Bild ihre aufrechte Bescheidenheit erkennen, ihr winziges glänzendes Medaillon der Jungfrau Maria prangt stolz am Kragen ihres Kleides, dazu die gleichmäßigen Gesichtszüge und der feste Blick. Kein Blinzeln, kein Schielen, keine Blindheit. Das wird er sicherlich erkennen.

Und nun – trotz ihres Alters – ist sie immer noch gesund, hat schönes, festes Fett an Hüften und Hintern, ihre Knochen sind gerade und ihre Hände stark. All dies wird er erkennen, weil er ein langes Leben mit ihr möchte und an Kinder mit ihr denkt. Er sucht nach einer Frau, die arbeiten kann.

Maria kann arbeiten. Jeder in der *Contrà* sagt das.

Wie lange hatte sie als Dienstmädchen für die *Signori* im Piemont gearbeitet? Diesen reichen Leuten hat sie ihre besten Jahre geschenkt. Sie lernte zu kochen, zu putzen und Lebensmittel anzubauen. Wie man näht, wusste sie schon vorher. Sie lernte, ihre Tugend zu wahren, das hatten ihr die *Signori* beigebracht. Sie lernte, sich nach Wohlstand zu sehnen, auch das haben ihr die *Signori* beigebracht. Als sie und ihre Schwestern nach dem Krieg in Schnee und Eis zurückkehrten, gab es keine Tiere, keine Fenster, kein einziger Laut war zu hören. Überall nur Zerstörung. Sie dankten Gott für die amerikanischen Soldaten, die ihnen Vieh gaben, um wieder von vorn anzufangen. Und sie dankten Gott für das Glück der Männer in ihrer Familie – sie hatten überlebt.

Aber wo ist dieser Mann, ihr Mann, der die Kämpfe mit den Österreichern überlebt hat? Die Täler wurden offiziell zum Kriegsmahnmal erklärt, und auf dem Gipfel wird ein Ossarium errichtet wie ein Leuchtturm, aber die Hälfte aller Männer ist tot, andernfalls gäbe es nicht genügend Knochen, Zähne und Schädel, um den Bau zu füllen.

Sie muss dieses Jahr heiraten, sonst wird es nie geschehen.

Du musst verheiratet werden, sonst endest du wie diese Hexe im Nachthemd, sagt ihre Mama jedes Mal, wenn Maria reizbar oder undankbar ist.

La Delfina streift von *Contrà* zu *Contrà*, sie gehört zu niemandem, wie ein wilder Hund heult sie den Mond an, wenn das Licht nachts so hell ist, als wäre es kalter blauer Tag, die Schatten sind schneidend scharf wie Granit, und der Fels funkelt. Manchmal lungert sie tagsüber am *Cesso* herum und murmelt Obszönitäten und Gotteslästerungen. Die kleine Egidia geht nicht auf den Abort, wenn La Delfina in der Nähe ist, Maria aber will keine Angst vor ihr zeigen. Manchmal gibt sie ihr Essen. Das ist wohltätig. Sie legt es in sicherem Abstand hin, oder sie wirft es. Insgeheim fürchtet sie sich zutiefst vor ihren Verwünschungen. Vielleicht hat La Delfina die Macht einer Zigeunerin? Es ist nicht ganz so gefährlich, wenn die Verrückte singt, deswegen ruft Maria durch die Holzwände und bittet sie um ein Lied, während ihre *Cacca* viele Meter tief in die Bergerde fällt.

Und manchmal spielt La Delfina mit.

L'uselin de la comare	*Der kleine Vogel der Patin*
L'è volà su le tete.	*flog auf die Brüste.*
L'uselin sbatea le alete,	*Der kleine Vogel schlug mit seinen kleinen Flügeln,*
E un po' più giù volea volare!	*Er wollte ein wenig weiter nach unten fliegen!*

Maria näht und näht. Sie muss dieses Jahr heiraten, sonst wird sie wie die Matronen in der Kirche enden, deren Kinderlosigkeit ihre Gesichter mit dumpfem Gram gezeichnet hat, deren Brüste leer herabhängen, Frauen, die beim Sprechen spucken und zu viel reden und sich unnötig aufregen und beschweren und an allem etwas auszusetzen haben. *La dona senza fioi come, na vegna morta.* Eine Frau ohne Kinder ist so unnütz wie ein toter Rebstock.

Ihr Vater wird sie retten. Er wird für sie einen Kriegshelden ohne Verwundungen finden – vielleicht mit nur einer einzigen schmissigen Narbe auf Wange oder Schulter. Sie stellt sich seine Schulter vor.

Nun muss sie aufhören zu nähen und sich besonders fest in die Daumen stechen. Das frische Blut ist ein Rubin, zwei Rubine, drei Rubine, vier.

Wenn sie verheiratet ist, werden auf dem von ihr bestickten Laken Rubine sein, weil eine Jungfrau bluten muss, aber sie weiß nicht, wie oder warum. Sie muss die Madonna der Berge fragen. Sie wird ein paar Blumen für sie pflücken, sie vor die Statue in der Glasglocke legen und um Antworten beten.

Maria Vittoria weiß, dass Blut mit Schmerzen einhergeht, wie Jesu Blut auf seinem gekreuzigten Leib, zart, weich und blass wie ein Frauenkörper. Vielleicht ist das Hochzeitsblut so schrecklich wie der Schmerz einer Geburt, Gottes Bestrafung für Eva. In *Die christliche Braut* steht nichts von einem blutigen Bettlaken.

Sie muss nur noch eine Blüte sticken.

Das Maultier draußen beschwert sich immer noch, aber noch ein anderes Tier brüllt weiter unten im Tal, auf dem Weg nach Albarela. Es ist der Esel ihres Vaters, sie kennt das Geräusch, und die Hühner werden hysterisch, der letzte Haufen Schnee fällt dumpf vom Dach, und die Luft hinter den Fenstern draußen funkelt, als sie hinausschaut und niemanden sieht.

»Maria!«, ruft ihre Mutter von unten. Sie ist laut und klingt aufgeregt. »Er kommt!«

*

In ihrem Körper wütet ein Sturm. Ihre Knie zittern. Wann hat sie sich zum letzten Mal gewaschen? Gestern. Nein, vorgestern. Jetzt ist keine Zeit mehr fürs Waschen. Keine Zeit mehr, am Brunnen Wasser zu holen. Außerdem könnte sie ihm dort über den Weg laufen. Ein Eimer steht in der Küche, ein zweiter an der Feuerstelle. Keine Zeit. Sie wäscht sich Gesicht und Hals mit Wasser aus der Schale vom Toilettentisch und der melierten braunen Seife, die sie gesiedet hat, nachdem im vergangenen Jahr das Schwein geschlachtet worden war, sein Fett wurde zu Talg ausgelassen und mit Olivenöl und Natronlauge aus dem Geschäft in Monastero vermischt. Rubbelt sich mit einem Lappen trocken. Sie betupft ihre zerstochenen Handgelenke mit dem Parfum ihrer Mutter, das nur für die Sakramente und bei besonderen Anlässen getragen wird. Um Erlaubnis hat sie nicht gefragt. Sie bekreuzigt sich. Atmet den Duft ein. Wie viele Veilchen hatten sie damals gepflückt? Einen ganz schönen Berg. Mindestens hundert. Sie zieht die Schürze und das Tageskleid aus. Die Kälte trifft sie mit voller Wucht. Sie nimmt ihr dunkelbraunes Kleid aus dem Schrank und will hineinsteigen, doch ihre Beine gehorchen ihr nicht, wie bei einem Fohlen, das aufstehen will. Sie stolpert. Sie versucht es noch einmal, ist vorsichtig, um das Kleid nicht zu zerreißen. Befestigt einen sauberen neuen Kragen. Knöpft ihn zu. Glättet den Unterrock und die Unterwäsche. Streicht den Rock glatt. Richtet das winzige goldene Medaillon mit der Madonna auf ihrer Brust, das sie auch auf der Fotografie trägt. *Der kleine Vogel der Patin flog auf die Brüste.* Sie verbannt das Lied von La Delfina aus ihrem Kopf. Das bringt sicher Unglück. Obwohl es Teufelswerk ist, schaut sie in den Spiegel. Sie ordnet ihr Haar. Kneift sich in die Wangen, damit sie rosig aussehen. Auf dem Getreidespeicher über ihr scharrt eine Maus, laut wie ein Schwein. Ganz gleich. Die Maus kann so viel Mais fressen, wie sie will. Maria bekreuzigt sich und geht nach unten, um den Fremden zu treffen, der – so Gott will – ihr Ehemann werden wird.

Im Erdgeschoss ist niemand. Ihre jüngeren Schwestern sind bei der Arbeit, sie verdienen Geld als Dienstmädchen. Doch wo ist die kleine Egidia? Ihre älteren Schwestern leben bei ihren Männern und deren Familien etliche Kilometer entfernt, viele Täler und Ebenen liegen zwischen ihnen. Ihr Bruder Severo wohnt mit seiner Frau in Padua. Ihr Bruder Vito arbeitet auf dem Feld. Aber wo ist ihre Mutter?

Mamas Stimme ruft sie wieder von draußen.

Maria nimmt sich ihr Tuch. Im hellen Tageslicht sieht sie den geraden Rücken ihrer Mutter hinter dem Walnussbaum, steif steht sie ganz oben auf dem Weg.

Sie rafft die Röcke und rennt zu ihr, die Stiefel fest auf dem steinernen Pflaster, wo vergangene Woche noch Schnee lag.

»Er hat einen Mann für dich gefunden«, sagt ihre Mutter, während sie hinunterschaut. Ihre Stimme klingt ruhig, erleichtert. Fast lächelt sie, aber ihre Mundwinkel zeigen wie gewöhnlich nach unten. »Jetzt sind es noch drei!« Sie stampft mit den Stiefeln auf den Boden, dreimal für drei Töchterlasten.

Aber Maria sind die jüngeren Schwestern egal. Sie blickt ins Tal hinab. Und dann sieht sie ihren Vater und sein Maultier den Hang heraufkommen, neben ihnen eine Gestalt. Ein Mann.

Und wenn er schlecht oder hässlich ist? Was macht sie dann?

Traue niemandem, sagen ihre Eltern und auch ihre Großeltern.

Er sieht seltsam aus, wie eine fantastische Erscheinung mit dem Körper eines Mannes und dem Kopf eines Riesen. Er trägt etwas, das wie ein enormer Hut aussieht, größer als ein Mühlstein, breit wie ein Wagenrad. Auch ihr Vater findet darunter Schutz. Es ist eine *Gavegnà*. Der Korb aus geflochtenen Weidenzweigen ist voll beladen mit Ernteerträgen, sie kann nicht erkennen, was es genau ist. Hat ihr der Fremde ein Geschenk mitgebracht?

Ihr Magen krampft sich zusammen. Ihr Mund ist trocken. Die Worte sprudeln aus ihr hinaus, ohne dass sie etwas dagegen tun kann. »Bitte, lieber Gott, lass ihn gütig und gut aussehend sein.«

»Dummes Ding«, entgegnet ihre Mutter. »Wenn die Kinder hungrig sind, werden sie nicht *Papà bello,* sondern *Papà pan* schreien!«

Ja, sie werden Brot wollen, Äußerlichkeiten sind egal, doch Maria kann einfach nicht anders. Sie hat doch schon so lange gewartet.

Er ist groß, größer als ihr Vater. Er ist schlank. Er humpelt nicht. Er könnte gut aussehend sein, jedenfalls von Weitem. Sein Kopf ist in die riesige *Gavegnà* gezwängt, deswegen ist die Stirn verdeckt. Der Korb ist fast einen Meter breit und voller Blätter. Er muss über dreißig Kilo wiegen. Trotzdem geht er nicht gebeugt. Er läuft aufrecht und unbeschwert, als würde er gemütlich spazieren gehen.

Die Männer kommen näher und gehen langsam den Weg herauf. Ihr Vater sieht froh aus – das glaubt sie zu erkennen. Gott sei Dank ist es nicht neblig, und die Luft ist klar.

Seine Wangen sind glatt. Er ist kein alter Mann. Er ist nicht kriegsversehrt. Er ist nun nur noch etwa zwanzig Meter entfernt, nah genug, damit er sie von oben bis unten mustern kann.

Vielleicht lächelt er ein wenig. Gefällt sie ihm? Ihr Vater sagt etwas zu ihm, doch sie kann ihn nicht hören. Und wenn sie ihm nicht gefällt?

Sie würde am liebsten in Ohnmacht fallen, aber das wird sie nicht.

Sie versteckt sich hinter ihrer Mutter.

»Nun hast du ihn gesehen«, sagt Mama und scheucht sie zurück. »Geh wieder ins Haus.«

Und Maria gehorcht. Sie eilt am Walnussbaum und dem aufgestapelten Feuerholz, den Kaninchen, den Käfigen mit dem Geflügel, dem Schwein und der Kuh vorbei. Lässt die Nachbarn, ihre Cousins, die halbe *Contrà* und den Brunnen hinter sich. Sie ist zu weit gelaufen. Zurück zum Haus. Sie rennt wie ein Wirbelsturm in die Küche. Steht keuchend am Feuer. Sie japst nach Luft. Er ist nicht versehrt. Und er ist schön. Außerdem hat er ein Geschenk mitgebracht. Getrocknete Tabakblätter. Eine ganze Menge davon. Das wird ihrem Vater gefallen. Er bekommt sie umsonst. Er kann sie rauchen oder verkaufen oder tauschen. Sie wird bald heiraten!

Zwei bewaldete Felder

»Zeig ihm deine Zähne«, befiehlt Papà.

Maria weiß nicht, was sie machen soll. Sie steht in der Küchentür.

Mama steht neben der Feuerstätte und beobachtet alles ganz genau. Papà sitzt mit dem Fremden am Tisch.

Der Fremde sieht gut aus. Sein volles schwarzes Haar ist vom Hut und der *Gavegnà* platt gedrückt. Seine Augen sind kastanienbraun. Sein Teint ist ebenmäßig. Der Mund ist gerade. Er trägt einen Schnurrbart, aber anders als bei ihrem Vater oder Großvater handelt es sich um ein ordentliches schwarzes Quadrat unter seiner perfekten Nase. Sie kann ihn im Zimmer riechen. Seinen männlichen Schweiß. Wie kann sie ihm ihre Zähne zeigen?

»Lächele – zeig ihm deine Zähne!«, wiederholt Mama.

Maria lächelt, sie steht immer noch in der Tür. Ihr Lächeln ist nicht freudig, sie weiß nicht, wie lange sie noch die Zähne zeigen soll.

Mamas Mundwinkel zeigen nun nach unten. »Sie ist nie krank gewesen. Ihr Blut ist gesund.«

Maria kann sich nicht daran erinnern, wann sie die Mutter zum letzten Mal lachen gesehen hat.

»Sehen Sie, wie gut die Zähne sind?«, fragt Papà. Er steht auf und kommt zu ihr. Er drückt ihren Arm, als würde er ein Nutztier in Augenschein nehmen. »Gute, starke Arme.«

Er geht wieder zu seinem Platz und schenkt dem Fremden den besten selbst gemachten Wein ein. Dann trinkt er selbst. Das Glas sieht abgenutzt und trüb aus. Er schiebt dem Mann die Platte mit Käse und Sopressa hin.

Der Fremde isst und trinkt.

»Trotz ihres Alters ist sie gesünder und stärker als die meisten anderen. In dieser Familie gibt es keine krummen Knochen oder Gebrechen, wir sind alle gesund, warten Sie nur, bis Sie den anderen begegnen, dann können Sie es mit eigenen Augen sehen. Sie kann kochen und putzen, anders als diese nutzlosen Mädchen, die man wie Prinzessinnen erzieht. Sie hat während des Krieges bei Herrschaften im Piemont als Dienstmädchen gearbeitet, sie weiß also, wie man einen Haushalt führt, und beschwert sich nicht. Außerdem ist sie drei Jahre lang zur Schule gegangen, kann also schreiben.«

»Kann sie sprechen?«, fragt der Fremde.

»Sicher kann ich sprechen!«, rutscht es Maria heraus.

»Ruhe«, sagt Mama. »Sonst wird Gott dir kein einziges Kind schenken.« *Tasi ti o el Signore nol te dà gnanca on fiolo.*

»Und du hältst den Mund, dumme Frau. Das ist eine ernste Angelegenheit. Achille kommt von weit her.«

Er heißt Achille. Seine Stimme ist tief und sanft, nicht schroff wie die eines groben *Contadino*. Wie kann ihre Mutter nur so vor ihm sprechen?

»Er hat ein eigenes Feld, das er verkaufen wird, damit er nach unten ins Flachland ziehen und ein Geschäft eröffnen kann. Er hat deine Aussteuertruhe akzeptiert und meine zwei Pinienfelder als Geschenk angenommen. Ich werde das Land behalten, aber er kann den Gewinn vom Bäumefällen behalten.« Papà blickt Achille direkt in die Augen. »Mit Holz kann man viel Geld verdienen – es wird für Eisenbahnstrecken und Schiffe gebraucht. Aber man wird sehen, wo uns die ganzen Eisenbahnen, Schiffslinien und Schiffe hinführen.«

»Vielleicht nach Amerika«, sagt Achille.

»Ich bleibe hier und werde mit verschiedenen Dingen handeln«, sagt Papà. »Ich habe Land und deswegen Mineralien und Dinge, die ich anbauen kann. Außerdem besitze ich alle Nutztiere, die ich will.«

Achille isst noch mehr Käse. Er nimmt sich Zeit. Alle im Raum lauschen stumm seinen Worten. »Ich denke, in Amerika kann man gutes Geld machen. Das werde ich vielleicht eines Tages versuchen.«

»La Mèrica?« Mama schnappt nach Luft.

Aber Papà sieht zufrieden aus. »Dort kann man ein Vermögen verdienen.«

Maria spürt, wie ihr Herz abenteuerlustig hüpft und gleichzeitig schmerzt. Wird er ihr Mann werden? Wird sie eines Tages nach La Mèrica gehen? Sie wird reich sein. Er ist zu gut, um wahr zu sein. Was stimmt mit ihm nicht? *Vertraue niemandem* – das sagt jeder. *Vertraue niemandem, noch nicht einmal Menschen vom eigenen Schlag.*

»Sie werden je nach Wetterlage etwa zwei Wochen brauchen, um die Felder abzuernten. Wir können Ihnen helfen. In dieser Zeit können Sie sich mit Maria treffen und sie ein wenig kennenlernen, natürlich immer unter Aufsicht durch ihre Brüder oder mich. Ihr Ruf ist tadellos, das wird so bleiben. Sind Sie immer noch mit der Vereinbarung einverstanden? Soll ich das Aussteuerkonto zusammenschreiben?«

Achille trinkt seinen Wein, leert das Glas und stellt es ab.

Alles – die ganze Welt – ist ruhig. Selbst die Tiere draußen.

»Sie ist perfekt. Wir können in der Osterzeit heiraten.«

An Ostern. Wie ein reiches Mädchen.

Maria würde gerne grinsen und lachen. Arme Mädchen werden zum Martinstag verheiratet. Ostern. Alle werden es erfahren. *Che bella figura.*

»Während wir die Felder abernten«, fährt Achille fort, »können Sie die Hochzeit vorbereiten ...«

»Sie kennt ihren Katechismus«, erklärt Mama stolz, fast schon prahlerisch.

»Gut«, lächelt Achille. »Und das Gold und der Schleier sind ihr auch nicht fremd. Nach der Hochzeit kann sie mit mir im Haus meiner Eltern wohnen.« Nun wendet er sich Maria zu. »Werden Sie genug Zeit haben, sich ein neues Kleid zu nähen?«, fragt er. »Wie Sie wissen, trägt man sie nun kürzer.«

Maria wird vor lauter Scham feuerrot. Sie hat in Monastero kürzere Kleider gesehen. Sie hat Modekarten mit dem neuen, freizügigeren Schnitt gesehen. Dieser Mann sieht in ihrem alten braunen Kleid weder Sparsamkeit noch Bescheidenheit, sondern Hässlichkeit und Rückständigkeit.

Mama zupft an ihrem eigenen schlichten langen Kleid herum. Ihre Stiefel sind klobig, abgewetzt und alt. »Wir haben sie zur Bescheidenheit erzogen. Das wird Ihr Segen sein. Selbstverständlich werden wir ihr für die Hochzeit ein wunderschönes neues Kleid nähen. Ich habe den Stoff schon. Sie können sich vorstellen, was für eine schöne, makellose christliche Braut sie sein wird. Und ihre Aussteuertruhe ist voller guter Bettwäsche, Tischdecken, Strümpfe und Hemden. Und Hochzeitskleidung. Sie hat alles bestickt. Das ist ein weiteres Talent von ihr. Sie ist im Handarbeiten besser als ich ...«

Maria spielt an ihrem Medaillon mit der Jungfrau.

Ihre Mutter palavert.

Doch Achille ergreift das Wort. Er grinst. »Wir werden eine schöne Hochzeit haben. Und eine schöne christliche Familie.«

Die beiden Männer schütteln sich nicht die Hand. Der Vertrag wurde mündlich abgeschlossen.

Maria ist verzückt wie eine Heilige.

*

In der Dämmerung geht Maria zu der Stelle, wo die Winterblumen wachsen. Rinnsale aus eiskaltem Wasser tröpfeln durch grüne Schlingpflanzen und Steine, sickern durch die Böschung am Wegesrand. Sie pflückt winzige Alpenveilchen von ihren felsigen Böden, achtet sorgfältig darauf, dass sich die empfindlichen Wurzeln nicht lösen. Sie bindet sie zusammen und macht sich auf den Heimweg.

Im Schlafzimmer ihrer Eltern legt sie das Sträußchen vorsichtig vor die Madonna der Berge. Die goldene Statue steht auf dem Schubladenschrank und sieht aus wie eine schöne Puppe auf einem Sockel, die bis in alle Ewigkeit in ihrer Glasglocke in Sicherheit ist, den Blick starr gen Himmel gerichtet, mit rundem, erhabenem Gesicht. Die kleinen Bauern, barfuß und bescheiden, schmiegen sich an ihren blau-goldenen Mantel, sie haben den Kopf in den Nacken gelegt, um sie anzuschauen. Sie sehen wie Kinder aus.

Maria steht vor dem Schrein, senkt den Kopf und betet, bis die Madonna spricht.

Du wurdest nach mir benannt. Deine Mutter wurde nach mir benannt. Deine Tochter wird nach mir benannt werden. Wenn jedes Mädchen auf der Welt Maria heißen könnte, würde es so genannt werden.

Mein kleines Lamm Maria, mein Gänselein, mein Kind, du bestaunst gern meine goldene Krone. Stell dir einmal ihren Wert vor – das tust du bereits. Du bewunderst die Perlenohrringe, die von meinen unsichtbaren Ohrläppchen hängen – du zählst die Perlen.

Du kannst gut rechnen, Maria.

Du hast noch nie so etwas wie das Gold auf meinem Kleid gesehen – außer bei einem Papst oder Bischof. Doch da, wo du herkommst, nähert man sich Päpsten und Bischöfen nicht. Dein Kleid, selbst dein bestes Kleid für eine Hochzeit, besteht aus einfacher blauer Wolle. Doch du wirst aus den Tagen mit einfacher Wolle, abgenutzten Stiefeln und gestopfter Kleidung herauswachsen, wenn du hart genug arbeitest, morgens und abends betest, an Frühmessen und Rosenkränzen teilnimmst und so häufig beim Priester beichten gehst, wie es deine Arbeit erlaubt.

Du bist reif für christliche Kinder – doch eine unbefleckte Empfängnis kenne nur ich allein. Du wirst den Mann kennenlernen und der Mann wird dich kennenlernen. Frage deine Mutter nicht, was das bedeutet. Sie würde wegen deiner Frage bloß fluchen. Überlass alles der Zeit, Gott und mir.

Achille wird wissen, was zu tun ist, weil er ein Mann ist. Männer sind draußen in der Welt gewesen, sind gereist, haben Handel getrieben und Städte erbaut. Nun musst du Achille zeigen, welche Perspektive er mit dir hat. Er ist ehrgeizig. Zeig ihm, wie hart du arbeiten kannst. Lass ihn den Schweiß auf deiner Stirn sehen. Lass ihn dich bewundern.

Ja, du bist verlobt, doch was er jetzt von dir denkt, wird für immer in seinem Herzen bleiben.

Polenta e baccalà

Heute ist der Tag der ersten Frühlingswäsche. Da ist es egal, dass Maria frisch verlobt ist. Der Fluss ist getaut, und das Wasser fließt schnell und reichlich.

Heute wird sie die normale Wäsche der Woche beiseitelegen: die schmutzigen Krägen und Taschentücher, die verschwitzten Westen und Hemden, die Unterröcke und Schürzen, die Arbeitskleidung, die zarte Unterwäsche, den Haufen mit Socken und Strümpfen.

Heute sind die großen Sachen dran: Bettlaken, Überwürfe, Handtücher, Tischdecken, Putzlappen. Fleckig und verschmutzt stapeln sie sich seit letztem Sommer in der Wäschetruhe.

Zunächst entfacht sie das Feuer im Herd mit einem Wachszündholz und Zunderzweigen, pustet und schirmt die kostbare Flamme mit den Händen ab, baut um sie herum ein Nest aus Holz aus dem Stapel, legt mehr Holz nach, bis sie weiß, dass das Feuer von selbst brennt.

Dann nimmt sie ihr Tragjoch und die Eimer auf die Schultern und geht zum Brunnen, Schritt für Schritt über die Steine. Es ist noch früh am Morgen, immer noch nachtschwarz, doch sie kennt den Weg. Die Tiere lärmen in ihren Ställen. Mama melkt die Kuh.

Maria trägt mühevoll das Bergwasser zurück, Eimer für Eimer. Sie geht hin und her, zum Brunnen und zurück. Sie schüttet jeden Liter des kalten Wassers in den riesigen Waschtopf, der über dem Feuer hängt. Langsam, aber sicher wird das Wasser erhitzt.

Bald schon herrscht Betriebsamkeit in der Küche. Mama erwärmt frische Milch am Rand der Feuerstelle, Papà und Vito packen ihre Werkzeuge ein. Sie werden sich mit Achille treffen und zu den Feldern gehen. Die kleine Egidia verpackt Käse, Brot und Sopressa in Wachstuch, als Zwischenmahlzeit für die Männer. Claudia und Edda haben ihre Arbeitskleidung angelegt, sie werden gleich die Wege in die Täler zu der Villa in Monastero hinabschreiten. Alle drängen sich um Polenta und heiße Milch, wärmen sich die Hände an den Schüsseln, niemand redet.

Maria isst schnell.

»Dieses Jahr kann Egidia dir beim Auswaschen helfen«, sagt Mama. Sie nimmt sich den Abfallkübel – Rinden, Schalen, Krümel, Hülsen, Schwarten, Innereien, Klauen, Knochen –, und Egidia kommt mit einem Korb voller getrockneter Maiskolben vom Getreidespeicher. Die beiden gehen nach draußen und versorgen die Tiere.

Mit den Wassereimern, die vom Joch auf ihren Schultern herabhängen, geht Maria immer wieder zum Brunnen.

An der Haustür zieht Claudia sie am Arm und flüstert ihr ins Ohr: »Mama sagt, du wirst heiraten, meine liebe Schwester. Stimmt das? Wann werden wir ihn zu Gesicht bekommen?«

Edda hört zu. Neugierig. Neidisch.

Maria schaut in die Eimer und zuckt die Schultern. »Es ist erst wahr, wenn es wirklich passiert.« Aber sie kann ein Grinsen nicht unterdrücken.

Claudia umarmt und küsst sie. »Die schönen, reifen Früchte sind schwerer zu erreichen. Herzlichen Glückwunsch, liebe Schwester! Du verdienst von uns allen das Beste.«

»Herzlichen Glückwunsch!« Edda umarmt und küsst Maria. »Ich bin als Nächste dran!«

»Ich werde nie heiraten«, entgegnet Claudia. »Das spüre ich einfach.«

»Sag das nicht, sonst wird es wahr«, sagt Edda. »Komm schon, wir sind sonst zu spät.«

Das Haus leert sich, und Maria ist wieder allein.

Im Hof stellt sie die hölzerne Wanne auf den Ständer. Sie überprüft das Rohr an der Unterseite, um sicherzugehen, dass es nicht verstopft ist. Sie legt das Waschbrett auf die Wanne und stellt die Ablaufwanne darunter.

Sie zieht die Stiefel aus, um nach oben zu gehen. Sie öffnet die Wäschekommode. Es riecht ranzig, trotz Mamas kleiner Sträuße aus Lavendel und Quitte. Sie nimmt so viel Wäsche heraus, wie sie tragen kann, einen großen Stapel. Und dann noch einen. Sogar trocken ist Wäsche schwer.

Draußen in der kalten, frischen Luft, in der halbblinden Finsternis zwischen Nacht und Tag, schrubbt sie die dreckige Wäsche mit der Schmierseife, die extra für diesen Tag aufgehoben wurde. Die Gerüche nach ausgelassenen tierischen Fetten, alten menschlichen Ausdünstungen und verblichenem Lavendel steigen ihr in die Nase. Das ist für sie der Geruch nach Frühling. Das Zeichen der Zeit. Sie ist fünfundzwanzig, aber noch dieses Jahr wird sie eine verheiratete Frau sein. Die Scheuerbürste fühlt sich gut an. Bis zu den Ellbogen reicht ihr das dreckige Wasser. Dankbare Freude erfüllt sie.

Sie entfernt das Waschbrett und legt die Schmutzwäsche in die leere Wanne, zuerst die kleinen Stücke, eine Lage auf die nächste. Es riecht penetrant, und der Behälter ist voll bis oben hin – sie muss Platz schaffen. Deswegen stellt sie sich in die Wanne und drückt die Wäsche mit ihrem ganzen Körpergewicht zusammen, als würde sie Trauben für Wein zerstampfen.

Dann holt sie die Aschwäsche aus dem Lagerraum und legt sie über den Stapel, achtet darauf, dass alles einweicht. Sie nimmt die Aschetonne und schüttet vorsichtig – um Staub und Husten zu vermeiden – eine dicke Schicht Asche auf die Kleidung und lässt sie sich setzen. Sie hat die Asche selbst gemacht, Holz im heißesten Feuer verbrannt, damit das weißeste Pulver entsteht.

Sie benutzt den gekerbten Stab, um den Kessel vom Herd zu nehmen. Sie kippt das kochende Wasser auf die Asche und achtet sorgfältig darauf, nichts zu verschütten oder zu verspritzen. Durch die Dunstwolke kann sie erkennen, wie das Wasser einweicht. Es hinterlässt eine dunkle Schlacke auf der Oberfläche. Später wird sie die aschige Brühe in den Gemüsegarten schaufeln und damit den Boden düngen, auf dem die Pflanzen wachsen, die die Familie ernähren.

Zeit für mehr Wasser. Der Himmel ist nun ein wenig heller, aber die Sonne versteckt sich noch. Alles – die Wanne, das Waschbrett, das Haus, der Boden, der Weg – hat nun schärfere Umrisse und ist leichter zu erkennen.

Sie kehrt wieder zum Brunnen zurück. Zieht Wasser herauf. Erinnert sich an damals, als eine Maus im Brunnen verendet war, alle von dem Gift krank geworden waren und es in der *Contrà* kein sauberes Wasser gab – Gott sei Dank fließt unten im Tal der Fluss. Sie schaut in den Brunnen. Sieht nichts. Es ist wie das Leben, denkt sie, ein Geheimnis mit einem schwarzen Loch. Und nur Gott weiß, was als Nächstes kommt.

Zwei Cousins kommen in ihre Richtung. Ihre Eimer sind leer. Sie nicken zum Gruß. Es ist noch zu früh zum Verweilen oder Plaudern, doch sie müssen von dem Fremden gehört haben, ihrem Verlobten.

Maria füllt den Bottich auf dem Feuer wieder auf, Eimer für Eimer. Die verschütteten Tropfen zischen. Die Küche ist voller Dunst, und ihr ist trotz der Jahreszeit heiß.

Sie wuchtet noch mehr kochendes Wasser auf die dampfende Wäsche und schaut zu, wie sie einweicht. Die Wanne knarrt auf dem dreibeinigen Ständer.

Sie geht immer wieder zum Brunnen. Eimer für Eimer. Sie zählt die Schritte. Sie kennt die Steine. Winzige Grasbüschel wachsen zwischen ihnen. Ein Kuckuck schreit in der Ferne. Sie wird nie wieder den Ruf eines Kuckucks als alte Jungfer hören. Die Luft riecht süß und grün.

»Guten Morgen«, sagt Duilios Frau, als sie aneinander vorbeigehen. »Alles in Ordnung?«

»Ja, alles in Ordnung«, sagt Maria. Sie kann ihre Aufregung kaum verbergen. »Ich werde bald Neuigkeiten haben. Eine Bekanntmachung.«

»Ich auch, so Gott will.«

Und sie geht weiter zum Brunnen. Maria fragt sich, was Duilio seiner neuen Braut über sie erzählt hat. Er hat jahrelang geschmollt, nachdem Maria seinen Kuss abgewiesen hatte. Sie hatte nicht gewusst, was sie machen sollte, hatte den Kopf weggedreht, ihn geschubst, sowohl aus Angst als auch aus Tugendhaftigkeit. Und noch etwas verstärkte ihre Angst: ein huschender Schatten in den Bäumen hinter ihnen. Jemand beobachtete sie.

»COUSINS!«, hatte eine schrille Stimme vom Hang unter ihnen geschrien.

Als hätte man die Verrückte nur durch Gedanken herbeigerufen.

Duilios Frau ist wieder weg.

Im Zwielicht steht La Delfina vor Maria auf dem Weg. Sie stinkt. Sie war noch nie zuvor so nah. Sie keucht. Halb angezogen. Schmutzig.

Maria fühlt sich in der Falle. Sie kann nichts sagen.

Die Verrückte grinst: »Auch ich habe eine Bekanntmachung.«

Maria erbebt bei den Worten, ihren eigenen Worten, die wiederholt werden, dumpf und verzerrt wie ein Echo.

»Guten Morgen, Cousine.«

»Ich bin nicht deine Cousine«, sagt Maria und versucht, bestimmt zu klingen.

La Delfina lacht sie aus. »Wenn man unter den Wölfen ist, muss man mit ihnen heulen. Wir sind alle eine Familie. Wir sind uneheliche Cousinen. Komm in meine Arme!« Sie reißt die Arme weit auseinander.

Maria schreckt zurück. Sie würde vor ihr wegrennen oder sie schlagen, wenn es sein müsste. Sie gerät aus dem Gleichgewicht. »Ich bin nicht deine Cousine«, wiederholt sie stupide.

Die Verrückte heult leise, wie der Wind um ein Dach, sie hört sich spöttisch an. Dann steht sie auf und schlingt die Arme um sich. Sie ist groß, zu groß. Sie blockiert den Weg. Sie tritt gegen einen großen weißen Stein. »Ich beobachte, ich sehe alles, weiß alles, wie Gott im Himmel – das ist eine Gotteslästerung, das weiß ich. Du hast keine Geheimnisse.«

»Ich muss arbeiten«, sagt Maria, und ihre Stimme zittert. »Ich muss Wasser holen.«

»Ich bin deine Spiegelung im Wasser«, sagt Delfina. Und dann spuckt sie auf die Erde. Sie blickt Maria fest in die Augen. »Wenn du heiratest, wirst du sterben. Das sage ich zu allen Mädchen. Aber was weiß eine Verrückte schon?«

Was weiß sie? Was hat sie gesehen?

Delfina springt von einem Fuß auf den anderen. Sie singt: »Tötet die alten Frauen, nicht aber die jungen.« Und dann verschwindet sie, schneller als ein ausgebüxtes Schwein, den Weg hinab in die Dunkelheit.

Mit klopfendem Herzen stampft Maria mit den Stiefeln auf, richtet die Stange auf ihren Schultern und geht zum Brunnen.

Sie ist erleichtert. Die Hexe hat sie nicht verflucht, jedoch hat sie beinahe ihre Hochzeit verflucht.

Während Maria das Wasser hochzieht, entscheidet sie sich, Mitleid mit La Delfina zu haben. Die hungernde, schimpfende, umherwandelnde Delfina kann von Glück sprechen, dass sie noch am Leben ist. Sie ist ein Fehler Gottes.

»ICH BIN DIE WESPE!« Die wilde Stimme steigt aus dem Tal empor und klingt nun weit entfernt.

Wespen haben keine Seele, denkt Maria. Armes Ding.

Sie spricht ein Gebet, in dem sie für ihr eigenes Leben dankt – und für einen gesunden, gut aussehenden Mann –, dann macht sie sich auf den Nachhauseweg.

Sie schüttet noch mehr kochendes Wasser in die Wanne. Nun sickert die Brühe von der Bettwäsche durch das Rohr. Sie ist dickflüssig und kaffeefarben. Es ist Marias Aufgabe, die Wäsche sauber und rein zu waschen.

Sie fängt wieder von vorn an. Wieder Wasser holen und zum Kochen bringen.

Sie hört die dumpfen Schläge und Echos vom Hacken in der Ferne. Sie darf nicht von ihrem Hochzeitstag zu träumen wagen. Achille erntet die beiden bewaldeten Felder weiter oben am Berg ab, wo der Schnee immer noch liegt. Er macht die Belohnung geltend, die er für seine Hochzeit mit ihr bekommt, die Extraarbeit ist ihm egal. Die Felder werden abgeerntet werden, und sie wird heiraten.

Wenn du heiratest, wirst du sterben. Die Verrückte bringt alles völlig durcheinander. Wenn du *nicht* heiratest, wirst du sterben.

Sie geht zum Brunnen und wieder zurück. Es ist hell, und die Tiere sind nun ruhiger. La Delfina ist nirgendwo zu sehen. Mama und Egidia füttern das fette junge Schwein, misten bei der Kuh, den Kaninchen, den Tauben, der Wachtel und den

Hühnern aus und sammeln ihre reichhaltigen Hinterlassenschaften zum Düngen auf. Alles hat mit Nahrung und Füttern zu tun. Nichts wird verschwendet.

Schließlich ist das Wasser, das aus der Wanne fließt, flockig, schaumig und fettig. Maria denkt an eine Suppe. Eine fiese Brühe für Diebe und Zigeuner – oder für eine Hexe. Sie wird die Wäsche nun bis zum Nachmittag einweichen lassen, dann wird ihr Egidia statt Mama dabei helfen, die nassen Sachen zum Fluss zu tragen und sie dort auszuschlagen und zu spülen. Und sie werden jedes Wäschestück zwischen sich aufspannen und drehen, wie bei einem quirligen Mädchentanz, und die feuchte Wäsche, die nun fast so weiß und rein wie neu gefallener Schnee ist, über Büschen ausbreiten.

Nun füllt Maria den schwarzen Polentatopf mit frischem kalten Wasser. Sie hievt ihn auf den Herd, und das Wasser im Inneren schwappt herum, wie jeden Tag, doch heute denkt sie daran, wie sich eine Schnecke anfühlt, wenn man sie gerade hochgenommen hat und sich die Muskeln ins Gehäuse zurückziehen. Sie hasst Schnecken. *Schau doch mal*, hat ihr Bruder Severo sie einmal gepiesackt. Er hielt zwei Schnecken in der Hand, die wie Zwillinge zusammenklebten. *So sieht Fortpflanzung aus. Versuch doch mal, sie auseinanderzureißen*. Und sie hat ihm die Schnecken aus der Hand genommen – sie waren eng miteinander verbunden – und hat sie auseinandergezogen, entsetzt davon, wie viel Kraft sie aufwenden musste, bis sich ein schleimiger Wurm zeigte, der tief in der einen Schnecke steckte.

Sieht so Fortpflanzung aus? Sie erbebt. Sie weiß, dass alle Tiere unterschiedlich sind. Sie weiß, dass Menschen anders sind und über dem gesamten Tierreich stehen, dass Menschen eine Seele und Kleidung und Gott und Heirat haben. Aber was ist La Delfina?

Sie ist nicht besser als ein Tier, denkt Maria.

Sie hatte die Schnecken an die Wand geschleudert. Ein winziger Schleimklumpen hatte sie an der Stirn getroffen, und sie hatte sich an dieser Stelle den ganzen Tag lang schmutzig gefühlt. Und Severo hatte gelacht. Er ärgerte sie gerne, weil sie so naiv war.

Während sich das Wasser für die Polenta erwärmt, füllt Maria den Behälter auf der Bank und die Tonne darunter. Es ist noch Wasser übrig für die Waschschüssel aus Emaille oben im Haus.

Aber was soll sie mit ihren Schuhen machen? Wenn ihre Knöchel am Hochzeitstag entblößt sein werden, braucht sie Schuhe mit Absätzen, nicht diese Stiefel, mit denen sie auf einem steinigen Weg zum Brunnen läuft. Und Strümpfe. Schöne neue Strümpfe, nicht diese dicken, alten und gestopften. Und ein schickes Täschchen. Und ein Mantelkleid mit Fell- oder Satinabschlüssen. Und einen Hut, einen kleinen Hut, vielleicht mit einer Schleife oder einer Feder. Und einen vernünftigen gravierten Ring aus massivem Gold, der schwer in der Hand liegt, einen für sie und vielleicht einen für ihn. Ihr Vater wird das Geld sehr ungern ausgeben, das viele Geld, aber das ist der Fluch einer Tochter, er weiß es schon sein ganzes Leben lang, und sie weiß es auch.

Ihr ist warm. Schweiß steht ihr auf der Stirn. Sie wünscht sich, dass Achille sie nun sehen könnte. Er wird sie bald schon sehen. Die Männer werden zum Mittagessen herkommen. Sie werden frische Polenta essen und das Baccalà von gestern, das heute noch besser schmeckt.

Achille wird ihre Kochkünste mögen.

*

»Das ist lecker«, sagt er mit fettigem Kinn. Fischstückchen hängen ihm zwischen den Zähnen. Er hat gute Zähne. Er isst appetitvoll. Er tunkt die Polenta in die Soße, um nichts zu verschwenden.

Seine Hände sind schwielig und die Fingernägel schwarz, wie bei ihrem Vater und den Brüdern. Die drei Männer beugen sich auf gleiche Weise über den Tisch, kümmern sich um ihre Teller und riechen nach Kiefernharz, Tabakrauch und harter Arbeit.

Maria steht mit Egidia und Mama am Herd. Sie versucht, Achilles eigenen Duft herauszuriechen, doch das Feuer hinter ihr scheint alles in der Luft miteinander zu vermengen.

»Maria kann gut kochen«, sagt Papà mit öligem Schnurrbart. »Nicht wie dieses Milchgesicht, hinter dem du her bist«, sagt er zu Vito. »Sie bekommt dich nicht, solange sie nicht Kochen gelernt hat – im Augenblick ist sie eine Belastung.« Er knabbert Stockfisch von einer Gräte und wendet sich an Egidia. »Du weißt bereits mehr als sein schickes Mädchen.«

Vito schweigt.

Mama schüttelt den Kopf. Mama hasst Severos Frau, und Mama hasst auch jedes Mädchen, das Vito mag. Kein Mädchen ist gut genug für ihre Söhne.

Papà leckt sich über die Zähne und wendet sich wieder Achille zu. »Sie werden keinen Hunger leiden.«

Vito schaut von seinem Teller auf. »Nicht wie im Krieg.«

»Wir haben Hunde und Kröten gegessen«, sagt Papà.

Achille schüttelt den Kopf. »Die verdammten Österreicher!«

»Wir danken Gott für die Amerikaner.« Mama bekreuzigt sich.

»Die Mädchen haben es bei den *Signori* im Piemont besser gehabt, oder?«, sagt Papà. Das ist eine Tatsache.

Maria tupft sich die Stirn ab, doch kein Schweißtropfen ist

mehr zu sehen, obwohl sie mit dem Rücken zum Feuer steht. Sie hat sich das Gesicht und die intimen Stellen mit dem übrigen warmen Wasser gewaschen.

Sie starrt Achille mit stumm aufgerissenen Augen an. Sie will reden, doch sie kann nicht.

»Zwei ihrer Schwestern sind in Monastero, kennen Sie die Villa dort?«, fragt Papà. »Das Geld ist in Ordnung. Die ältesten Mädchen leben selbstverständlich mit ihren Ehemännern zusammen. Sie werden sie bald kennenlernen. Gott hat mir sechs Mädchen gegeben. Sechs. Severo sollte hier sein, aber seine Frau ist wieder krank, deswegen hat er sie in ein Sanatorium in der Nähe von Padua gebracht.«

Maria macht sich Sorgen beim Gedanken an ihre unverheirateten Schwestern. Achille wird sie vor Ablauf der zwei Wochen treffen. Sie sind jung. Was, wenn er sich stattdessen in sie verliebt?

Claudia ist zwanzig und sehr schön, doch sie neigt zur Melancholie, wie lange wird er brauchen, bis er das erkennt? Sie ist auf jeden Fall dumm. Sie ist zwei Jahre lang zur Schule gegangen und kann kaum schreiben.

Egidia ist dreizehn, für ihn ist sie zu jung, doch sie ist nicht zu jung für eine Verlobung. Nein, sie ist noch ein Kind. Sie hängt Tagträumen nach und summt Kinderlieder.

Aber Edda ist sechzehn, fast schon siebzehn, kann mit Geld umgehen, ist ehrgeizig, wohlgeformt und in ihrer Blütezeit. Ist sie zu jung? Sie hat drei Jahre lang die Schule besucht, nein, fast vier Jahre sogar. *Du musst lernen, damit die Leute dich nicht betrügen*, sagt sie immer. Sie hat bis zu ihrem zwölften Lebensjahr nicht gearbeitet. Schlaue Schwester.

Edda würde sich gerne verlieben. Maria hat ihre nächtlichen Gebete gehört.

Wird Edda zurückkommen und ihn blenden? Ihr den Geliebten stehlen? Nein, das würde ihr Vater nicht zulassen. Er hat ein Geschäft abgeschlossen, von Mann zu Mann. Und ältere Schwestern müssen zuerst verheiratet werden, sonst … Was sonst? Da gibt es keine Regel. Und falls Claudia niemanden heiratet, wären die Kleinen auf ewig alte Jungfern?

Maria spürt die Hitze der Feuerstelle hinter sich und wird an das Höllenfeuer erinnert, die Bestrafung für Neid, doch sie ist neidisch und hat Angst. Sie muss sich das für die Beichte merken.

Was wird geschehen, wenn Edda heute Abend zurückkommt?

Im Winter sitzen alle im großen Stall, gemeinsam mit den Tieren, um sich an ihnen zu wärmen, stopfen dabei Kleidung im Laternenlicht, bessern Werkzeuge und Korbwaren aus, sortieren Garn, singen Lieder, erzählen Geschichten. Männer und Frauen, alle zusammen. Doch die Stunden mit Tageslicht, in denen man arbeiten kann, sind nun länger und wärmer. Die Mädchen werden mit ihrer Mutter zu Bett gehen, wie jeden Abend, alle zusammen, alle zur selben Zeit. Die Männer werden wach bleiben, rauchen, reden und Grappa trinken. Achille wird nicht die Gelegenheit haben, mit Edda oder einer anderen Frau allein zu sein. Nicht mit Maria und noch nicht einmal mit Mama. Zwei Wochen lang wird er am anderen Ende der *Contrà* schlafen, mit den Tieren in Zios Haus. Er hat ein Strohbett am wärmsten Ort.

Maria dankt Gott, dass ihre heiratsfähigen Schwestern den ganzen Tag über außer Haus arbeiten, und zwar jeden Tag. Nicht aber an Sonntagen.

»Haben Sie keinen Hunger?«, fragt Achille sie, sein Blick ist zärtlich.

»In diesem Haus essen die Männer zuerst«, sagt Papà.

»Wir essen die Reste«, erklärt Mama.

»Ich habe das Tischgebet gesprochen«, antwortet Maria. Ihre Stimme klingt fremd, auch für sie selbst. Sie muss dem Priester ihre Lüge beichten. Die Lüge und den Neid. »Ich habe Gott dafür gedankt, dass er uns alle verschont hat. Ich habe an die ganzen armen Männer wie euch gedacht, die ganzen Kämpfe, die ganze Gefahr. Und nichts zu essen, wenn ihr nicht gekämpft habt. Und ich habe Gott dafür gedankt, dass er uns alle gerettet hat. Wo wären wir nun, wenn ihr Männer nicht gekämpft hättet?« Sie merkt, wie ihr die Röte ins Gesicht steigt.

»Sehen Sie, sie ist auch dankbar«, nickt Papà. Er wird ihre Vorzüge weiterhin betonen, solange Achille noch einen Rückzieher machen und wegrennen könnte. Papà ist ein erfahrener Geschäftsmann.

»Sie weiß, dass sie Glück hat«, sagt Mama.

»Darf ich Ihnen eine Geschichte erzählen?«, fragt Achille.

Maria nickt. Er macht ihr den Hof. Ihr Magen krampft sich zusammen. Sie kann jetzt nichts essen.

»Sie handelt von einem Esel und vom Krieg.« Er wischt sich mit der Hand den Mund ab und schiebt seinen Teller beiseite.

Maria stellt ihn auf die Bank, Egidia wird ihn abspülen.

»Ich wurde vor sieben Jahren zu den Waffen gerufen, es war Frühling, wie jetzt. Die Unterlagen wiesen mich als *Contadino* aus, als Bauer, nicht mehr und nicht weniger. Doch dann wurde ich Soldat. Ich war in der Bergartillerie. Kennen Sie diese Tunnel und Höhlen?«

Maria schüttelt den Kopf. Woher sollte ein Mädchen etwas über den Krieg wissen?

»Ganz oben, ab zwölfhundert Meter bis fast zweitausend Meter, gibt es Tunnel und Höhlen, die von italienischen Männern gegraben oder gesprengt wurden. Wir sind ein Land der Ingenieure. Einer dieser Tunnel führt wie ein Korkenzieher in einen Granitkegel – wie eine Wendeltreppe in einem Kirchturm. Wir sind nicht dumm. Wir haben die Österreicher überlistet, obwohl wir weniger Geld und Ausrüstung hatten. Dank dieser Tunnel konnten wir uns ungesehen fortbewegen. Wir konnten Waffen, Männer und Vorräte kilometerweit transportieren, ohne dass die Österreicher etwas davon mitbekommen haben. Sie haben nur Berge gesehen. Und Berge bewegen sich nicht.«

Papà schnauft. »Es gibt nichts Schlimmeres als einen Österreicher.« Er schiebt seinen Teller weg.

Egidia räumt so leise wie möglich den Tisch ab, jeden Teller, jede Gabel, jedes Messer.

Maria hilft ihr.

Achille fährt mit der Geschichte fort, die er allen erzählt. Die er ihr erzählt.

»Aber immer wieder gab es ein Tal, wo man sich nicht verstecken konnte. Ohne Tunnel. Man konnte dort keinen Tunnel bauen. Es gab nur einen Weg unter freiem Himmel, den die Österreicher sehen konnten. Wenn der Vollmond schien, war er tageshell beleuchtet. Der Himmel hing mächtig über unseren Köpfen. Man konnte sich nicht verstecken. Der Pfad war in den Fels geschlagen, und der Weg, der abwärts führte, war steil und gefährlich.«

Die Frauen sitzen am Tisch und hören zu, essen aber nach wie vor keinen Bissen.

Achille sieht wie das Familienoberhaupt aus. Papà lässt ihn.

»Mein Hauptmann hatte mir befohlen, mit einem Esel das schlimmste Tal zu durchqueren. Um den Männern an der Front Wasser zu bringen. Der ganze Weg war gefährlich, aber ich wusste, dass ich im Tal innerhalb von Sekunden in Stücke geschossen werden würde. Hinter einem großen Felsen – der wie ein Monument emporragte – war man ungeschützt, wie ein kleines Tier, das auf seine Erschießung wartet. Ich wäre ganz sicher getötet worden. Deswegen habe ich protestiert. Aber der Hauptmann hat mir eine Pistole an den Kopf gehalten. Er sagte, er würde mich erschießen, wenn ich die Befehle nicht befolge. Ich hatte also keine Wahl: Ich konnte jetzt sterben, oder eben später. Deswegen habe ich gehorcht. Ich habe den Esel und das Wasser genommen. Große Fässer waren an ihm befestigt. Ein Esel ist mehr wert als ein Mann.«

»Mehr wert als ein Mann?« Maria ist schockiert.

»Weil ein Esel mehr tragen kann als ein Mann.«

Maria fragt sich, wie schwer die Wäsche ist.

»Aber ich bin anders: Ich kann eine Kanone auf dem Rücken tragen.«

»Eine Kanone?«, Vito schnappt nach Luft.

»Einen Granatwerfer von achtzig Kilo. Oder noch schwerer.«

Papà spricht zur Familie: »Bei Sassone habe ich von diesem mageren jungen Mann gehört, der einen Mann mit einem Schlag zu Boden gebracht hatte. Ich wollte den jungen Mann sehen. Er muss so stark sein wie ein Ochse.« Papà sieht zufrieden aus. »Wie *dieser* junge Mann.«

»Erzählen Sie mir nicht, dass Sie den Esel auf dem Rücken getragen haben.« Vito lacht, um Achille zu zeigen, dass er Spaß macht.

Papà lacht schnaufend wie ein Blasebalg.

Maria ist verblüfft. Ihr Vater lacht sonst nie.

Egidia steht der Mund offen.

Achille lächelt und wartet, bis wieder Ruhe eingekehrt ist. »Also habe ich den Esel genommen. Ich kann nicht mehr sagen, durch wie viele Tunnel und über wie viele Wege wir gegangen sind. Wir haben uns geduckt und sind gerannt. Bis wir bei dem großen Fels angekommen sind. Ich konnte ihn aus dem letzten sicheren Tunnel sehen. Wir haben uns an den Berg gepresst, dieser arme Esel und ich, die Fässer sind am Stein entlanggeschrammt, aber wir waren immer noch außer Sichtweite. Als wir am Fels angelangt sind, hat mein Herz schneller geschlagen als das eines Schweins am Schlachttag. Ich bin ganz ehrlich: Ich hatte große Angst. Und dann habe ich mich an meinen Verstand erinnert. Ich habe den Esel vorgehen lassen, um die Kurve, am Fels vorbei. Und natürlich wurde er in dem Augenblick erschossen, als er hinter dem Fels aufgetaucht ist. Wasser ist aus den Fässern geschossen. Blut schoss aus dem Körper. Das arme Tier ist den steilen Abhang neben dem Weg hinuntergefallen, wie ein Bündel aus Lumpen, und es war wirklich steil, *so* steil. Der Körper blieb dann an einem Baum liegen. Er war dort eingeklemmt. Überall im Tal wurde geschossen. Ich wusste nicht, wer wen erschießt oder bei was es sich um ein Echo handelte, oder ob mein Herz einfach so laut gehämmert hat.«

Maria schaut kurz auf die gerunzelte Stirn ihres Geliebten. Sie ist so froh, dass der Esel gestorben ist.

»Das hätte einen Bergrutsch geben können«, sagt Vito.

»Ich wusste nicht, was ich machen sollte. Wenn ich zurückgekehrt wäre, hätte mich der Kommandant umgehend erschossen, weil ich den Auftrag nicht erfüllt hatte. Und was war mit dem Tier passiert? Ich konnte nicht mit leeren Händen zurückkehren. Ich habe mich in Büschen versteckt. Ich habe bis zum Einbruch der Nacht gewartet. Es war eisig. Ich habe Gott gedankt, dass kein Vollmond war. Es war bewölkt und dunkel. Mein Körper war steif gefroren, aber ich bin geklettert und dann in einen Spalt am Berghang gefallen – so steil und gefährlich, einfach unglaublich –, bis ich bei dem Baum angekommen bin. Der Esel war steif wie ein Brett. In der Dunkelheit habe ich den Huf mit der Registrierungsnummer gefunden. Ich habe mein Messer genommen und den Huf abgeschnitten. Hört sich einfach an, war es aber nicht. Ich habe etwa eine Stunde gebraucht, vielleicht auch länger. Ich wollte keinen Lärm machen, aber ich musste Knochen brechen und zerhacken – ganz leise –, in diesem Tal, das Echos zurückwirft, ohne die Aufmerksamkeit eines Scharfschützen zu erregen. Deswegen habe ich immer wieder aufgehört, um zu lauschen und ruhig zu sein. Ich habe den Huf in meine Jacke gesteckt, unter meine Weste, und Wasser aus einem Fass getrunken. Ich konnte Blut schmecken. Vielleicht von meinen Händen, vielleicht vom Esel. Ich bin den Berg wieder hochgeklettert, habe mich vorangetastet wie ein blindes Tier, meine Finger und Füße in Spalten gesteckt und mich an allem hochgezogen und abgestützt, das als Stufen dienen konnte. Der Huf in meiner Uniform war im Weg. Ich hatte überall Verletzungen, wurde in Stücke geschnitten.«

Maria sucht Achille nach Narben ab. Er ist ein Mann, der im Krieg gedient hat und nicht verstümmelt ist oder hinkt, sondern bloß vernarbt. Sein ganzer Körper ist lebendig und bebt innerlich.

Papà wirft ihr einen Blick zu, der Schläge verspricht.

Sie versucht angestrengt, an etwas Trauriges wie eine Beerdigung zu denken. Sie stellt sich ihre Schwester Edda vor, die von Pocken entstellt krank im Bett liegt.

Maria weiß, dass ihr Gesicht nun tugendhafter aussieht. Sie kann das Ende der Geschichte ihres Geliebten genießen. Doch im Inneren ist sie verrückt vor Liebe: Sie ist wahnsinnig in diesen hübschen, abenteuerlustigen Mann mit dem kantigen Gesicht verliebt.

»Am nächsten Morgen bin ich wieder im Lager angekommen, völlig zerschnitten, am ganzen Körper blutend, meine Uniform hing mir in Fetzen vom Leib. Als Erstes zeigte ich dem Hauptmann den Huf seines Esels. Ich war eine Nacht und einen Tag lang weg gewesen. Ich habe ihm erzählt, dass ich beschossen worden war und von Glück reden konnte, dass ich noch lebte. Der Hauptmann war in einer gnädigen Stimmung. Er hat mich nicht erschossen. Er hat den Esel verflucht. Die Männer an der Front haben ihr Wasser nicht bekommen. Und ich musste diese Aufgabe nie wieder übernehmen.«

Achille schweigt kurz, aber er hat noch mehr zu sagen. Er nimmt einen ledernen Beutel aus seiner Tasche. Er öffnet ihn und hält eine Schrotpatrone aus Messing in die Höhe.

»Schaut her.«

Er dreht die Patrone um und zeigt ein Fenster mit einer Aussparung: eine winzige goldene Madonnenstatue im Inneren – nein, es ist der heilige Antonius von Padua mit seiner Tonsur, seiner Kapuze und seinem Gewand – der den kleinen Jesus in der Armbeuge hält.

»Als der Krieg zu Ende und alle tot waren«, sagt Achille, »hat mir der Hauptmann dies hier geschickt, den Heiligen für verlorene Gegenstände.« Er grinst. »Damit ich nie wieder einen Esel verliere.«

Vito schlägt mit der Faust auf den Tisch. »Was für eine Geschichte!«

Egidia kichert. »Was für eine Geschichte!«

Papà sieht schon wieder erfreut aus. »Wir heißen einen Helden und keinen Narren in unserer Familie willkommen.«

Mamas Mundwinkel zeigen wie immer nach unten, und sie starrt auf die Hände, die sie wie zum Gebet zusammengelegt hat.

Und Maria bekommt kein Wort heraus.

Gebrannte Mandeln

Es ist ein richtiges Bett mit einem Kopfteil und einer wollenen Matratze. Maria steht daneben.

Auf dem Nachttisch befindet sich ein dünnes Talglicht, dessen Schein gelblich flackert und Schatten auf die raue Wand wirft.

Achille steht in der Tür.

Sie sind zum ersten Mal zu zweit.

Sein Vater, seine Mutter, seine Brüder und Schwägerinnen, seine unverheirateten Schwestern und all die warmen Tiere, ein Ochse, vielleicht zwei, ein Schwein und ein Maultier, sind in den Räumen nebenan. Sie haben den Neuvermählten das Schlafzimmer überlassen. Es ist seltsam und spartanisch eingerichtet, ärmlicher, als Maria sich vorgestellt hatte. Die Wände sind rissig. Sie riecht Schimmel. Seine Mutter und seine Schwestern sahen in der Kirche ärmer aus als ihre Familie. Ihre Kleider und Hüte waren abgenutzt. Warum hatte er gesagt, dass ihr braunes Tageskleid aus der Mode sei? Seine ganze Familie ist grober, als sie gedacht hatte. Sassone ist eine heruntergekommene *Contrà* mit vielen Ruinen, von einem Ort kann kaum die Rede sein.

Doch sie hat einen Ehemann, der gut aussehend und stark ist. Sie wurden heute verheiratet. Im Frühling, wie eine wohlhabende Frau. Sie wurden vom Priester gesegnet. Von ihrer Familie verabschiedet. Viele Tränen sind geflossen. Sie steht neben dem Bett, weil sie weiß, dass eine gute christliche Braut sich mit ihrem Frischvermählten niederlegen muss. Sie hat das Bett mit den neuen Hochzeitslaken bezogen, die sie eigenhändig bestickt hat, Blüte für Blüte.

Auf dem Nachttisch hat sie ihre Madonna der Berge aufgestellt und vor der Statue ein Glas mit frischen Alpenveilchen platziert, deren winzige Köpfe wie zum Gebet gesenkt sind.

Achille lehnt sich an die Tür. Er schaut sie an.

Maria will ihm ihre Stickerei zeigen. Er wird ihre Handarbeit bewundern. Doch sie weiß nicht, was sie sagen soll. Sie hat große Angst, und die Worte bleiben ihr im Hals stecken, tief in der Kehle, an einem Ort, wo sie nicht herausfinden. Sie kann nichts sagen, bekommt keinen einzigen Laut über die Lippen, obwohl sie heute miteinander geredet haben, Gelübde abgegeben und Menschen gegenseitig vorgestellt haben, und davor ein wenig Konversation mit ihren Aufsichtspersonen Mama, Papà und Severo betrieben haben. Nein, sie kann kein Wort sagen. Sie kann bloß schlucken.

Er lächelt, sieht aber zugleich sehr ernst aus.

Sie ist von dem Tag berauscht – Wein, Wachteln und duftende Blumen in der Kirche, Kuchen, mit Zucker überzogene Mandeln, anständige Goldringe, Tanz, entblößte Knöchel und hohe Absätze, die sie größer machen und an den Zehen drücken. Nun schmerzen ihr die Füße, doch das ist ihr egal. Sie macht sich für ihn größer, steht aufrecht und elegant, fast auf den Zehenspitzen. Ihr blaues Wollkleid fühlt sich langsam heiß und kratzig an.

Sie berührt den Ring am Finger, sie mag dessen Gewicht, das Gold. Sie hat ein neues Nachthemd aus weichem weißen Batist – wann und wie wird sie es anziehen? Sie muss ihn bitten, sich wegzudrehen. Aber sie will ihm die Stickerei zeigen. Kleine Vögel in Plattstich.

Sie bekommt Schluckauf. Sie errötet.

Achille legt sich einen Finger auf die Lippen und zeigt nach nebenan. Seine ganze Familie ist dort, Maria kann spüren, wie sie sich gegen die Wände drücken, atmen und lauschen. Die Nacht ist seltsam ruhig. Hier in Sassone hört sie sich anders an. Gedämpft, als wäre dieser einsame Fleck auf dem steinigen Weg von einer Wolke oder Decke gedämpft, selbst die Tiere haben keine Stimme. Sie hört ein tiefes Brummen und erkennt es schließlich: jemand schnarcht. Natürlich lauscht seine Familie nicht. Sein Vater schnarcht.

Achille geht zu ihr, langsam wie ein Jäger, doch ein wenig wackelig auf den Beinen, und lächelt, ohne seine Zähne zu zeigen.

Sie bringt immer noch kein Wort heraus. Was ist los mit ihr? Ihr Herz liegt ihr auf der Brust, wie das Herz Jesu, sichtbar und pochend. Was soll sie tun? Was wird er machen? Er wird wissen, was zu tun ist, weil er ein Mann ist, er ist *Contadino* und Soldat, und er wollte nie Priester werden, das weiß sie. Sie hat sich diesen Augenblick so oft vorgestellt, doch ihre Fantasie hat sie immer im Stich gelassen. Sie hat sich an Strohhalme geklammert – Geschichten, die sie belauscht hatte, Witze, wissende Andeutungen. Das Lied der Verrückten. Sie sehnt sich danach, ihn zu küssen. Sie hat noch nie einen Mann geküsst, noch nicht einmal ihren Cousin Duilio vor langer Zeit. Es wäre eine Sünde gewesen. Ihr ganzer Körper kribbelt. Sie will, dass Achille sie beruhigt, sie streichelt.

Er schaut auf die Madonna, runzelt sie Stirn und lächelt wieder. Er dreht die Statue auf ihrem Sockel zur Wand.

Maria ist erstaunt. Was darf die Mutter Gottes nicht sehen?

»Setz dich aufs Bett«, sagt Achille, der nun ganz nah vor ihr steht. Er weiß, was zu tun ist. Er flüstert. Er riecht nach Cologne, Tabak und Grappa.

Sie gehorcht. Sie hat ein Lied im Ohr.

Der kleine Vogel schlägt mit seinen kleinen Flügeln –

Er knöpft sein Hemd auf. Sein Blick ist sanft. »Bist du bereit?«

Sie nickt, als würde sie wissen, wozu sie bereit ist. Sie kann es sich nicht verkneifen, seinen Körper nach Narben abzusuchen. Sie hat ihre Stimme immer noch nicht wiedergefunden. Sie schluckt noch einmal. Und dann kommt der Schluckauf wieder. Aus ihrem Inneren bricht ein Lachen hervor. Es hört sich verrückt und entsetzlich an, wie bei La Delfina.

Achille legt ihr die Hand auf den Mund. Sein Blick ist leidenschaftlich. Er stößt sie auf den Bettüberwurf, die Hand liegt immer noch auf ihrem Mund und drückt gegen ihre Nase.

Sie bekommt kaum Luft. Obwohl er schlank ist, fühlt er sich schwer auf ihr an. Er starrt ihr in die Augen. Er drückt sie aufs Bett und starrt und starrt, erdrückt sie mit seinem Gewicht.

Endlich entdeckt sie eine Narbe, die sich blass und wulstig wie ein Ameisentunnel auf seiner Kopfhaut erhebt.

Plötzlich steckt er die Hand unter ihre Röcke, und sie schlägt ihm mit der Faust fest auf den Bauch.

»Nein!«, schreit sie – endlich ertönt ihre Stimme –, das hat sie auch damals im Piemont gemacht, als der *Signore* sie anfassen wollte.

Achille hebt die Hand, als wolle er sie schlagen, und hält dann inne. Er ist wütend. Doch dann wird sein Blick sanfter. »Dort, dort«, flüstert er. »Du bist eine Blume. Und ich werde dich lieben, Gott weiß, dass ich das werde.« Er streichelt ihr nun über die Wange, und es prickelt unter seinen schwieligen Fingerspitzen. Er streicht ihr übers Haar und streichelt immer weiter, über ihren Hals, die Arme, die Hände, dann küsst er ihren Hals.

»Schließ die Augen«, sagt er. »Wehre dich nicht.« Und dann öffnet er die Knöpfe. Zieht an ihrem Unterrock, der Unterhose, der Strumpfhose. Ihre Kleidung ist verheddert und verdreht. Sie ist im Gewirr gefangen. Einer ihrer Schuhe fällt zu Boden. Mit dem Knie drückt er ihre Beine auseinander, einfach so. Drückt ihr die Hand auf den Mund, als er in sie eindringt, erstickt ihre Schreie, stößt in sie hinein, dann hören seine Bewegungen auf, er erbebt, seufzt auf, zieht sein Glied aus ihr und rollt sich von ihr.

Nun öffnet sie die Augen. Starrt an die Decke. Schweiß steht ihr auf der Stirn. Sie liegt halb neben dem Bett, ist nur noch halb bekleidet, kalt und feucht dort, wo sie nackt ist.

Sie kann ihn immer noch nicht ansehen. Sie steht auf, zieht die Schuhe aus und geht in die Dunkelheit, wo das Kerzenlicht nicht hingelangt, zieht ihre Unterwäsche und die Oberbekleidung aus und faltet sie ordentlich. Sie spürt, wie ihr etwas die Beine hinunterläuft, und sieht ein rot-weißes Rinnsal an ihrem Oberschenkel. Einen Blutspritzer auf dem Boden. Sie zieht das Nachthemd für die Hochzeitsnacht an, es ist perfekt gebügelt. Sie macht Flecken darauf. Noch mehr Wäsche für sie. Ihr Körper fühlt sich wahnsinnig an, angespannt, schmerzend und flatterig.

Sie hört ein Husten von nebenan. Sie lauscht nach weiteren Geräuschen.

Sie steht immer noch und dreht sich zu ihm um.

Er schaut sie an, stützt sich auf die Ellbogen wie ein Mann, der ein Sonnenbad nimmt. Aber es ist kalt. Ihr Atem kondensiert in der Luft.

Sie weiß nicht, ob sie sich jemals – nun oder in Zukunft – vor ihm schämen soll.

Das Kerzenlicht flackert auf seinem Gesicht. Er sieht erschöpft aus. Ausdruckslos. Seine Kleidung ist aufgeknöpft, und sein Geschlechtsteil ist nass, entblößt und sieht in seinem schwarzen Nest aus Haaren monströs aus.

Maria hat so etwas noch nie gesehen. Sie hat ihren Vater oder die Brüder nie nackt gesehen. Aber sie erinnert sich an die Schnecken bei der Paarung. An einen Erpel, der eine Ente platt drückt, den mit Widerhaken versehenen Stachel. Das Kaninchen, das sie ausgenommen hat. Esel, Säue, Wildschweine. Doch Menschen wurden als dem Tier überlegen erschaffen, sie sind anders. Tiere tragen keine Kleidung, kochen und beten nicht.

Marias Körper ist heiß, kalt und völlig erschüttert.

Achilles Penis schrumpft, und sie schaut zu.

Das ist also Liebe machen. Und das bedeutet es also, sich mit einem Mann niederzulegen. Wie häufig macht man das? Tun ihre verheirateten Schwestern das auch? Und ihre Mutter? Und Severo, mit seiner kränklichen Frau? Hat Achille es schon einmal gemacht? Mit welcher Art Mädchen?

Er setzt sich auf, zieht sich aus und legt sich unter die Decke. »Komm her«, gähnt er und klopft aufs Kopfkissen. »Schlafenszeit, Frau.«

Maria geht ins Bett. Sie dreht die Madonnenstatue wieder um, sodass sie ins Zimmer blickt. Der kleine Tisch wackelt. Maria bläst die Kerze aus. In der Dunkelheit hält Achille sie fest, legt ihr den Arm um die Taille, sie fühlt sich sicher und beschützt, nass und tropfend, wild und völlig verwirrt.

Der kleine Vogel schlägt mit seinen kleinen Flügeln,
Er wollte ein wenig weiter nach unten fliegen!

Die Nacht ist ruhig, sie scheint im Takt ihres Mannes zu atmen, diesem Fremden, diesem Mann, der jede Nacht neben ihr schlafen wird, ihr ganzes Leben lag, für immer.

*

Maria erwacht am nächsten Morgen nach der Dämmerung. Es ist später, als sie normalerweise aufsteht, das weiß sie, obwohl die Fensterläden geschlossen sind. Achille ist nicht im Bett. Wo er gelegen hat, ist das Laken kühl. Auf ihrem Nachthemd und dem Laken ist Blut. Sie wird alles waschen müssen. Ein Hahn kräht. Die Luft ist kalt.

Sie blickt kurz auf das gelassene Gesicht der Madonna.

Sie steigt aus dem Bett und zittert, kniet sich vor der Madonna nieder, faltet die Hände zum Gebet und bittet sie still um Rat.

Die Madonna nimmt sich Zeit.

Nun, meine kleine Frühlingsblume, meine Nussknackerin, mein Kind, du hast mich im Gebet um Rat zu deiner Hochzeitsnacht gebeten, du hast meinen Schrein gleich neben das Bett gestellt, in Reichweite deines Hochzeitskissens – ich ziehe die Krone vor deiner Stickerei, auch wenn er sie noch nicht einmal angeschaut hat, ich weiß nicht, warum du das angenommen hast – Männer haben keinen Sinn für feine Dinge wie Nähen, oder dass du dein Haar mit Olivenöl weich wie Maisbart machst – obwohl er vielleicht deinen Nacken bemerkt hat, den du manchmal im Spiegel ansehen möchtest – obwohl Spiegel doch ein Werk des Teufels sind – wie häufig muss man es dir noch sagen?

Ich kann dir Trost spenden bei deinen eingesperrten Gefühlen, die feucht und sehnsüchtig sind.

Du kannst sie wegbeten.

Ich kann dir Trost spenden gegen den Schmerz. Ich habe Schmerzen ertragen. Ich bin wie eine kleine Zigeunerin nach Ägypten geflüchtet, habe am Kreuz geweint, den Körper meines blutenden Sohns gehalten, und … die sieben Schwerter des Leides haben mich durchbohrt, Maria – aber ich möchte kein Mitleid.

Mädchen werden unwissend geboren und sterben auch unwis-

send, das ist eine Art von Reinheit, aber wenn wir Glück haben, sterben wir auch durchtrieben. Sei durchtrieben, mein liebes Mädchen, du weißt, dass du das kannst. Du hast einen guten Ehemann gefunden – aber ich dachte, er wäre besser bei Kasse –, nun müsst ihr gemeinsam Geld verdienen und christliche Kinder zeugen. Dies ist die Zukunft, die du deinem Vaterland und der heiligen römisch-katholischen Kirche schenken kannst.

Was auch immer du machst, Maria, du musst so sein wie ich: ein Berg, stabil und beständig. Und trotzdem fließend, leicht wie eine Wolke. Verschwinde, wenn du musst, wie Dunst. Beschütze und tröste. Lasse Gottes Licht aus deinem Inneren strahlen. All dies musst du machen, meine liebe durchbohrte Frau, all dies musst du machen.

1928

Faschistische Ära Jahr VI

Das Flachland

Maria hat sich inzwischen ans Flachland gewöhnt, die Sonne, die bei Venedig aufgeht und hinter Verona untergeht, die Hügel in der Nähe, die keine Berge sind, die Wassergräben, die Straßen und Felder umranden, die Mücken und die lange, schwüle Sommerhitze, die Obstgärten und Weinberge, die frühe Reifung des Obstes.

Fosso ist nicht La Mèrica, aber es ist ein Neubeginn. Es ist eher ein Dorf als eine Stadt, klein und bescheiden im Vergleich zu Monastero, aber zehnmal größer als die *Contrà*. Auf der Hauptstraße drängen sich Geschäfte, Werkstätten und Häuser wie eine Mauer neben einen Bürgersteig, ohne Platz für Bäume oder Kolonnaden. Neben der kleinen *Comune*, wo die Männer arbeiten, die ins Büro gehen, und an der größten Kreuzung liegt die Osteria, in der man Wein trinken oder übernachten kann, dahinter noch die Kirche, der Kirchturm auf der Piazza und die Schule.

Es war ein Glücksfall, dass der alte Mann, dem der Lebensmittelladen gehörte, schließlich zum Sterben bereit war und keine Kinder oder Geschwister hatte. Oder es war ein Teil von Gottes Plan.

GENERI ALIMENTARI steht in großen, ausgeblichenen Buchstaben auf dem Schild an der Fassade. Das Anwesen verfügt über einen Wohnbereich, zu dem eine Treppe hinter dem

Geschäft führt. Unter dem Geschäft befindet sich ein kühler Keller. Im Dachboden mit dem Dach aus Terrakotta liegt der Getreidespeicher. Ein verwilderter Garten, in dem ein wenig Gemüse wächst, liegt im *Orto*. Hühnerställe, Käfige und leere Kaninchenställe, die auf neues Leben warten.

Das alles gehört Achille. Alles ist abbezahlt. Er hat es hart erarbeitet, mit unterschiedlichen Tätigkeiten auf Feldern, in Gräben und Geschäften – Maria ist stolz auf ihren einfallsreichen Ehemann, der so emsig schafft und sich mit fast allem auskennt. Doch seine Ersparnisse hätten nicht ausgereicht, das Haus vollständig zu bezahlen, und sie müssen zwei hungrige Kinder füttern. Sie dankt Gott für Achilles Feld, das er zu einem guten Preis verkauft hat. Und vor allem ist sie ihrem Vater für die großzügige Mitgift dankbar. Sie seufzt manchmal, wenn sie an Papà denkt, mit seinem Briefpapier und seinen Feldern, der so weit weg ist.

Es ist ruhig hier ohne Schwestern, Brüder und Cousins. Wenn sie doch nur ihr neues Zuhause sehen könnten, ihr richtiges Zuhause nach der ganzen Zeit in gemieteten Zimmern. Wenn sie doch nur die Arbeit sehen könnten, die sie und ihr unermüdlicher Ehemann bereits vollbracht haben. Ihre Kinder brauchen Gesellschaft. Sie muss ein paar Tiere besorgen.

Nun ist Fastenzeit. Frühling. Die Zeit, zu der die Flüsse zu Hause rauschen, bereit sind zum Ausspülen der großen Wäsche. Egidia und Claudia erledigen nun diese Arbeit mit Mama.

Maria und Achille putzen und sortieren die alten Bestände im Laden. Beiden steht Schweiß auf der Stirn. Sie haben die Wände und Böden gesäubert, den ganzen Staub und die Spinnweben entfernt. Er hat Vertäfelungen erneuert und ausgebessert. Zusammen haben sie eine Bestandsaufnahme gemacht. Sie können beide gut mit Zahlen umgehen, sind beide schnell. Sie sind ein gutes Team. Sie ist stolz, fühlt eine beständige Zufriedenheit.

Sie trägt ein Stillkorsett, für ihre schmerzenden Brüste voller Milch. Ihr geschwollener Bauch bildet sich jeden Tag mehr zurück, er sieht fast wieder normal aus. Diese ganze Arbeit ist gut für sie. Sie will zur Hochzeit ihrer Schwester Edda wieder ihre alte Figur haben. Sie will, dass Achille sie wieder begehrt. Sie will noch mehr Kinder.

Mitten im Geschäft spielt der kleine Primo mit Walnüssen und hat das Baby im Blick. Herzallerliebster Primo! Er ist ihr mutiger, schlauer Junge. Das Baby ist ein Mädchen – doch es wurde nach Jahren voller Fehlgeburten und erfolglosen Versuchen herbeigesehnt, und die Kleine ist stark, bei abnehmendem Mond empfangen, wuchs im Mutterleib heran, als die Geburtenprämie eingeführt wurde, kam ruhig und fröhlich zur Welt, wie ein Geschenk zum Dreikönigstag. Sie lässt sich leichter stillen als Primo. Sie macht gar keine Arbeit.

Calvinetto, der alleinstehende Metzger, taucht in der Tür des Geschäfts auf. »Willkommen im neuen Zuhause!«

Achille und Maria legen ihre Scheuerbürsten aus den Händen. Sie lassen die nassen Putzlappen in die Kübel fallen. Sie wischen sich die Finger an ihren Schürzen ab.

Sie geben sich die Hand.

Er riecht nach Fett und Blut. »Für uns ist es ein Segen«, sagt er. »Ihr seid jung. Der alte Mann hat vor Jahren schon aufgegeben. Ihm sind ständig die Vorräte ausgegangen. Und er wurde langsam ein wenig …« Calvinetto tippt sich an die Stirn.

»Der Notar hat davon gesprochen«, sagt Achille.

»Meinen Sie den Bürokraten Nervoso, den Betrüger?«

Hat sie der Notar betrogen?, fragt sich Maria.

Achille nickt verunsichert. »Genauso wie Beppe von der Osteria. Wir werden es wiedergutmachen. Langsam, aber sicher.«

»Und Sie haben wunderbare Kinder!«, sagt Calvinetto.

»Das ist unser Junge Primo«, erklärt Maria.

»Und das Baby heißt Maria Amelia.« Achille lächelt, während er sich herunterbeugt und dem Baby die Hand drückt.

»Mein Mann hat die Namen ausgewählt«, sagt Maria.

Primo steht auf und stellt sich stolz hin.

»Helft ihr Mama und Papà dabei, das Geschäft schön herzurichten?«

Primo stemmt die Fäuste gegen die Hüfte und stampft mit dem Fuß auf. »Das gehört uns.«

»Guter Junge, guter Junge«, lacht Calvinetto. »Wirst du nach den Kaninchen und Vögeln schauen?«

Primo runzelt die Stirn. »Aber wir haben keine …«

»Ich schenke sie euch«, sagt Calvinetto. »Um die Dinge in Gang zu bringen. Ich habe ein paar neugeborene Kaninchen für euch, die Ohren sind noch nicht lang, einige flaumige Hühnchen, und was haltet ihr von ein paar schönen fetten Ringeltauben? Würdest du sie füttern und ausmisten? Damit sie so groß und stark werden wie du?«

Verlegen blickt Primo zu Achille.

In der *Contrà* helfen sich die Leute gegenseitig, doch Maria hätte nicht mit dieser großen Hilfsbereitschaft Fremden gegenüber gerechnet. Das ist ein gutes Zeichen. »Sind Sie sicher?«, fragt sie.

»Natürlich bin ich sicher. Gerade ist die Zeit dafür«, antwortet er. »Es tut mir nicht weh. Und Sie sind noch ganz am Anfang.«

Maria weiß, dass es ihm sehr wohl wehtut – er ist ein unverheirateter Mann, deswegen muss er viele Steuern zahlen. Mussolini will Kinder. Fruchtbarkeit.

Achille lässt den Blick über die Regale schweifen und nimmt Waren für den Mann heraus. »Hier«, sagt er und reicht sie ihm. »Brandy. Und Tee. Importiert.«

Maria füllt eine Tüte aus Strohpapier mit Zuckerkugeln.

»Hier«, sagt sie mutig und versichert sich mit Blicken, dass Achille einverstanden ist. »Das ist auch importiert.«

»Dann werde ich Ihnen auch ein paar Meerschweinchen vorbeibringen.« Calvinetto lächelt. »Wie dem auch sei, wenn Sie etwas brauchen, wissen Sie, wo Sie mich finden. Die Bauern aus der Umgebung werden Ihnen Eier bringen, die Sie verkaufen können, außerdem Honig, Grappa, süßen jungen Käse, gereiften Käse, Kuhmilch, Ziegenmilch, Schafsmilch … Sie brauchen kein Geld von der Bank. Es wird mit Tauschhandel abgewickelt.«

*

Maria räumt nun übrig gebliebene Waren zurück in die Regale. Ordnet sie reihenweise an, die besten Dinge nach vorne, alltägliche Gegenstände in Reichweite, die besonderen Sachen ganz nach oben, dafür muss sie die Leiter nehmen.

Das Geschäft hat noch nicht eröffnet. Doch alles ist blitzsauber, die Fenster glänzen – wer hätte gedacht, dass das alte Glas noch so klar sein würde? Achille hat neu importierte Waren und Artikel aus der Umgebung bestellt: 100-Kilo-Jutesäcke mit rotem und weißem Mehl und drei Arten von Zucker; 50-Kilo-Kartons mit Pasta; Tee, Kaffee, Pfeffer, Gewürze, grobes Salz; riesige Kanister Olivenöl; Räder aus hartem Käse; Gerste, Hafer; Natronlauge, Seife; ein Fass mit gesalzenem Hering und Sardinen. All dies ist auf dem Weg, noch nicht greifbar, aber es wird bald ankommen. Maria denkt an den Heiligen Geist.

Achille sorgt sich wegen der Zolltarife, die die Lebensmittelpreise zu stark haben ansteigen lassen. Er sorgt sich wegen der Lohnkürzungen für die Menschen durch den Kampf für die Lira.

Aber alle müssen essen, hat Maria ihm gesagt, und sie versichert es ihm weiterhin. Selbst in der *Contrà* mussten sie manchmal in den Geschäften in Monastero einkaufen. Und die Menschen hier sind weniger autark, fast wie Stadtmenschen. Sie kaufen Seife, anstatt sie selbst herzustellen. Sie besorgen ihr Fleisch gern beim Metzger. Und wer kann schon Kaffee anbauen? Oder Kakaobohnen? Sie mögen Dinge aus der Fremde.

Die Menschen müssen essen.

Achille hört ihr zu, obwohl er der Chef ist. Ihm gefällt, dass sie so stark und praktisch ist. Sie hat ihm einen Sohn geschenkt. Weitere werden folgen. *Dank sei dir, gütiger Gott*, betet sie still, *dank sei dir für diese gute Partie*. Anfangs war sie sich noch nicht so sicher gewesen. Zwei Jahre mit seiner Familie, unter einem Dach mit seinem betrunkenen Vater, eingepfercht mit seinen Brüdern, Schwestern und den Tieren … die baufällige *Contrà* ihres Mannes hatte nicht den erhofften Aufstieg in eine bessere Welt dargestellt.

Sie kauert hinter dem niedrigsten Regal hinter der Theke, als ein Büromensch hereinkommt.

Er sieht gepflegt aus. Der Anzug ist von guter Qualität. Eau de Cologne.

Sie steht auf und richtet sich das Haar. Es fühlt sich wichtig an, mit einem Mann mit gesellschaftlichem Ansehen zu sprechen.

»Guten Morgen und willkommen in Fosso.« Er macht den Römischen Gruß, streckt den Arm nach vorn. Eine saubere, blasse Hand ohne Schwielen.

Maria fragt sich, ob sie ihn ebenso grüßen soll. Nein, sie unterstützt die Faschisten nicht, obwohl sie gut für Bauern und Arbeiter sind. Sie möchte mit Politik nichts zu tun haben. Das ist Männersache.

»Wir haben noch nicht geöffnet, doch es wird nicht mehr lange dauern.« Sie spürt eine leichte Aufregung, als sie es sagt.

Das Geschäft wird gleich nach Ostern fertig sein, dem Dienstag vor Eddas Hochzeit. Viele Dinge geschehen also gleichzeitig, alles ist aufregend.

»Das sehe ich. Danke. Ich suche nach Achille Montanari …«

»Er ist draußen«, antwortet sie. Gräbt und hackt, um den Garten bepflanzen zu können. Er hat die Obstbäume beschnitten. Hat die Hühner- und die Kaninchenställe repariert. Die neuen Tiere von Calvinetto leben nun dort mit Stroh und Futter. »Ich hole ihn.«

Maria will den Büromenschen nach seinem Namen fragen, doch sie überlegt es sich anders. Das geht sie nichts an. Achille hat ihn womöglich getroffen, als er die Übertragung des Eigentums erledigte. Das war so viel Papierkram.

Der Mann grüßt auch Achille mit dem Römischen Gruß. »Ich bin gekommen, um Sie offiziell in Fosso willkommen zu heißen.«

Achille verzieht entschuldigend das Gesicht und schaut auf seine Hände, die schwarz vor Schmutz sind. Seine Kleidung ist dreckig. Er lächelt höflich, ohne die Zähne zu zeigen.

»Sie haben in eine Geschäfts- und Wohnimmobilie investiert«, sagt der Büromensch, »hier, auf unserer Hauptstraße. Sie sind nun einer von uns. Ein Teil dieser blühenden kleinen Gemeinde.«

»Wir freuen uns auf ein langes Leben hier und auf eine große, glückliche Familie.« Achille grinst. »Wir haben zwei Kinder. Wir wollen vier oder fünf.« Er sieht Maria liebevoll an.

Sie errötet.

»Wenn Sie mehr als sechs Kinder bekommen, müssen Sie keine Steuern zahlen«, erklärt der Büromensch. »Haben Sie von den Rabatten auf Kredite gehört? Der Geburtenprämie?«

»Ja«, sagt Achille. »Aber wir haben das Grundstück aus eigener Tasche bezahlt.«

»Selbstverständlich. Und Sie wissen, dass Sie sich hier beim örtlichen Register anmelden müssen?«

»Wir sind gerade erst von Dueponti hierhergezogen«, entgegnet Achille. »Ich bin dort angemeldet.«

»Ja, das wissen wir.«

»Wir holen das nach.«

»Lassen Sie sich Zeit …«, sagt der Mann. Er schaut sich um, als würde er sich vergewissern, dass niemand zuhört. »Sie haben eine gute Militärakte. Sie sind anständige, hart arbeitende Menschen. Ich habe diesen Ort hier noch nie so sauber und bereit für den Verkauf gesehen. Und – wie Sie sagen – Sie haben keine Schulden …«

Maria hat keine Ahnung, worauf das Gespräch hinausläuft.

Achille sieht verwirrt aus.

»Wenn Sie möchten, schaue ich nach guten Investitionen für Sie. Gelegenheiten ergeben sich … Möglichkeiten. Manchmal unter der Hand. Sie haben wahrscheinlich Interesse, nicht wahr? Mit Kindern werden Ihnen die Ermäßigungen gewährt …«

Traue niemandem, denkt Maria. Sie blickt zu ihrem Mann.

»Wir haben gerade erst begonnen, stehen noch am Anfang. Wir müssen erst neue Waren bekommen und Gewinn machen. Aber ja, ich habe Interesse. Und ich danke Ihnen.«

»Nichts zu danken.« Der Mann lächelt. Er grüßt noch einmal und geht dann.

Maria ist nun allein mit Achille im Geschäft und will wieder an die Arbeit gehen, will auch, dass er sich wieder an die Arbeit macht, doch sie ist nervös. »Ich weiß nicht, was er mit Möglichkeiten meint.«

»Er hat Macht. Und er ist ein Kunde«, erklärt Achille. »Wenn dich jemand nach Politik fragt, sag einfach, du hast keine Ahnung, du bist eine Frau. Wir sind keine Politiker. Wir führen ein

Geschäft. Wir wollen so viele Kunden wie möglich. Wir können es uns nicht leisten, jemanden zu verärgern.«

»Glaubst du, dass der Notar dich betrogen hat?«, fragt sie gedankenlos.

Achille wird ganz weiß.

Sie hat das schon einmal gesehen. Sie gerät davon in Panik.

Die Tür zum Geschäft geht auf.

»Sie sind also vom Gemeindevertreter begrüßt worden! Ich bin Benedetta, die Frau des Bahnhofsvorstehers.«

Achille begrüßt die neue Besucherin. »Ich lasse euch Frauen allein, dann könnt ihr euch unterhalten.« Dann geht er.

»Habe ich Sie gestört?«, fragt die Frau des Bahnhofsvorstehers.

Maria schüttelt den Kopf. »Es war nichts Wichtiges.«

»Dieser Beamte ist ein Faschist, deswegen ist er wichtig.« Benedetta erschauert. »Zumindest haben wir keine Milizionäre hier.« Sie bekreuzigt sich. »Zumindest noch nicht. Haben Sie schon den Studentenpfarrer kennengelernt?«

Maria schüttelt den Kopf.

»Er ist Kommunist. Sein Albtraum ist, dass die Schwarzhemden kommen und ihn mitnehmen. Ich sage ihm, dass sie sich das bei einem Pfarrer nicht trauen, aber ich mache mir meine Gedanken.«

»Ich habe den leitenden Pfarrer gebeten, das Geschäft nach der Eröffnung zu segnen.«

»Don Goffredo kennt jeden hier in Fosso. Und auch in Campolongo.«

Maria ist sich sicher, dass das auch auf Benedetta zutrifft.

»Er weiß von allen Geburten, Todesfällen, Hochzeiten«, fügt Benedetta hinzu. »Und allem, was dazwischen geschieht!«

»Er hat uns eine Messingwaage geschenkt …«

»Die Leute schenken ihm ständig irgendwelche Sachen, Geld

natürlich, und Dinge, die er nicht braucht. Er liest Messen für sie, und so weiter, und dann *verteilt er den Reichtum um*, wie der Studentenpfarrer sagen würde.«

»Alle Leute waren schon so liebenswürdig zu uns …«

»Haben Sie bereits Antonio den Bäcker kennengelernt? Er ist nicht liebenswürdig. Ich glaub, er mag keine Menschen. Er ist ein Eigenbrötler, trotz seiner Frau und der Kinder. Er hat Maria Rosa einen Heiratsantrag gemacht, als sie gerade auf einen Feigenbaum geklettert war und er sich auf dem Weg in den Krieg befand, oder eher flink zur Piazza eilte, um sich mit den anderen Jungen freiwillig zu melden. Ich bezweifle, dass er an seine Rückkehr geglaubt hat. Die meisten taten das nicht. Er hat sie von dem Baum heruntergebeten. Sie kannten sich kaum. Und nun fragt sich Maria Rosa, wie ihr Leben verlaufen wäre, wenn sie damals nicht von dem Baum heruntergekommen wäre …« Benedetta schnaubt. »Das Leben ist eine Treppe. Menschen gehen hoch. Menschen gehen runter. Oder das Leben ist wie ein Feigenbaum! Ich habe gehört, dass Ihre Schwester heiratet, hier in der Nähe?«

So wird in einer Stadt genauso wie in der *Contrà* getratscht. Maria mag keinen Klatsch. Menschen erzählen alles Mögliche, und Tratsch ist ein Teufelswerk, auch wenn das Wort harmlos wirkt. »Etwa fünfzehn Kilometer entfernt«, sagt Maria. »In Altavilla.«

»Ich habe gehört, dass Ihr Schwager ein großes Anwesen besitzt. Sie können mit dem Zug fahren, müssen aber hier und am Ziel ein Stück laufen.«

»Sie schicken uns ein Motorfahrzeug mit einem Fahrer.«

»Wie extravagant! Wissen Sie schon, was Sie anziehen?«

Maria schaut an sich hinab auf ihren schlichten alten Rock, ihr Baumwollhemd und den Schal, der unter ihrem Hals wie eine große Krawatte zusammengeknotet ist. Vor der Schwangerschaft hat sie sich für jede Jahreszeit neue Kleidung genäht. Nun nicht mehr. Sie hat nichts für einen speziellen Anlass. Und ihre kluge kleine Schwester Edda heiratet in bessere Kreise ein. Scheinbar hat Rodolfo ein Bauernhaus, das einer Villa gleicht. »Natürlich werde ich etwas Neues zum Anziehen haben. Wir waren mit der Arbeit hier so beschäftigt …«

»Die Damenschneiderin ist wirklich gut. Ihr Ehemann ist auch Schneider. Ist das nicht lustig? Es ist ein Monopol! Ich frage mich, worüber sie sich abends im Bett unterhalten.« Benedetta schnauft wieder. »Hier, ich zeichne Ihnen eine Karte auf.«

*

Mit der kleinen Amelia im Korb und Primo neben sich läuft Maria den Gartenweg zum Hintertor entlang.

Achille steht mit den Stiefeln tief im Dreck und hört kurz auf zu graben. »Nicht unvernünftig werden«, sagt er ruppig, doch er lächelt dabei. Er hat dieser Ausgabe zugestimmt, ein richtiges Kleid von der Schneiderin für die Hochzeit der Schwester mit den reichen Leuten. *Bella figura.*

Sie drückt ihm einen Kuss auf die grimmige Stirn.

Er riecht nach Schweiß, seinem herben, männlichen Geruch, ihr gut aussehender Mann mit den starken Schultern und der Kriegsnarbe auf dem Schädel, die wie ein Ameisentunnel aussieht. Er muss nicht zum Schneider gehen. Er wird nicht mit zur Hochzeit kommen. Das spart Geld. Außerdem wird der Laden dann gerade die ersten Tage geöffnet sein.

Die Häuser in den Seitenstraßen haben vor und neben sich Gärten, Obstbäume und Nussbäume mit jungen Trieben – Pfirsiche, Mandeln, Walnüsse, Kirschen – kleine Parzellen mit Wein und Gemüse, wuchernde Artischocken, Wildblumen und Hühner, die an den Rändern herumspazieren. Die Sonne scheint sanft, aber warm. Die Singvögel zwitschern. Der Tag ist wie ein Feiertag.

Maria folgt der Karte von Benedetta, die sie mit Bleistift auf gelbes Strohpapier gezeichnet hat; auf dem Weg kommt sie am Haus des Lehrers, des Uhrmachers und des Kräuterkundlers vorbei und auch an anderen Orten, die sie noch nicht kennt.

Primo jagt die Hühner und kann mit dem Lachen gar nicht aufhören.

Die Kleine schläft in ihrem Korb wie Moses.

Ein missmutiger Mann kommt auf Maria zu und überrascht sie mit seinem Gruß. Er hat große Augen mit schweren Lidern und eine Warze auf der Wange. Sein Kopf sieht aus wie der eines Mönchs, oben ist er kahl.

»Attilio«, sagt er mit einem kurzen Lächeln. »Der Bäcker.«

Sie stellt sich vor.

»Genau, Ihnen gehört der Lebensmittelladen«, sagt er. »Das habe ich mir gedacht. Sind das Ihre Kinder?«

Maria nickt.

»Wie alt ist der Junge?«

Maria tätschelt Primos Kopf. »Er wird drei im August.«

»Haben Sie Mehl bestellt?«

»Ja«, antwortet sie.

»Welche Sorte?«

»Rotes und weißes …«

»Sehr gut, guten Tag.« Und er geht einfach so davon.

Maria versucht, sich den Jungen vorzustellen, der das Mädchen vom Feigenbaum heruntergerufen hat. Damals muss er noch charmanter gewesen sein.

Als sie beim Haus des Schneiders ankommt, tritt gerade ein Soldat heraus.

Er schaut in den Korb und streicht dem Baby über die Wange. Seine Finger sind fett, gefleckt und fest wie Schweinewürstchen. Doch er heißt Scopeton. »Wie der Fisch«, fügt er lachend hinzu. »Ich bin ein kleiner Fisch in einer großen Welt.«

»Sie verteidigen unser Land. Das ist bei Weitem nichts Kleines«, sagt der Schneider, und seine Augen sehen feucht aus, beinahe weinerlich hinter seinen Brillengläsern, die so dick sind wie Flaschenböden.

»Wir sollten dafür beten, dass es keine Kriege mehr gibt«, sagt die Schneiderin, als sie Maria in den Laden führt. Sie berührt nacheinander die anmutigen, mit Stoff bezogenen Knöpfe vorne an ihrer Jacke. Wie Perlen eines Rosenkranzes. »Wir sollten für Hochzeiten und Taufen beten.«

Das Arbeitszimmer hat einen kühlen Boden und weiße Wände. Zwischen ausgeschnittenen papierenen Schnittmustern, die sich auf Haken einrollen, hängt ein Bild der heiligen Veronika, die ihren Schleier mit Jesu Antlitz in der Hand hält. Geheftete Kleidung hängt halb fertig an einer Metallschiene. Die Nähmaschine ist mit einer riesigen Spule mit elfenbeinfarbenem Garn bestückt.

»Meine Schwester heiratet direkt nach Ostern«, sagt Maria und dreht ihren goldenen Ehering immer wieder im Kreis. Sie mag, wie er sich anfühlt, glatt und beruhigend. Sie hat noch nie eine Schneiderin dafür bezahlt, dass sie ihr ein Kleid macht. »Ich möchte besonders aussehen für sie, auch wenn ich immer noch stille. Und Primo, mein Junge hier, braucht auch etwas Schönes.«

Ihre eigene Hochzeit war vor fünf Jahren. Vor Ostern. *A Carnevaleto se sposa 'l fioreto, a Pasqua roba ca vanza.* Vor der Fastenzeit werden die wohlhabenden Mädchen verheiratet und an Ostern die Vornehmen.

Ihr selbst genähtes Kleid aus einfacher blauer Wolle war dunkel und praktisch – sie hat es lange angezogen –, und zur Messe und an Festtagen trägt sie immer noch ihre schwarzen Hochzeitsschuhe.

Ihr weißer Schleier hingegen liegt in einer dunklen Schublade, zusammen mit Kräutern in Seidenpapier eingeschlagen. Sie wird ihn ihrem Mädchen für den Hochzeitstag geben. Ihre Tochter wird ganz in Weiß heiraten, wie eine Contessa.

Vorerst schläft und träumt Baby Amelia, ihr Rosenblütenmund ist zu einem leichten Lächeln verzogen.

Segnungen

Am Dienstag nach Ostern kommt Don Goffredo mit seinem Ministranten ins Geschäft. Alle Fensterläden sind geöffnet, und das morgendliche Sonnenlicht fällt durch die Fenstergitter und lässt das spitzenbesetzte Chorhemd des Priesters neben seinem langen schwarzen Rock weiß erstrahlen. Sein Gesicht ist rund und sein Hals dick.

Er hat genug zu essen, denkt Maria.

»Guten Tag«, sagt er und nickt Achille, Maria, Primo und sogar Baby Amelia zu, das von Maria im Arm gehalten wird. Alle sind sauber und tragen ihre besten, bescheidenen Kleider, stehen in einer geraden Linie, wie für eine Inspektion. Es gibt noch einiges zu tun, doch der Laden ist bereits voller neuer Ware, und alles glänzt sauber.

Don Goffredo schaut sich um. Dann nimmt er Marias verschränkte Hände und schüttelt sie sanft. »Wie ich sehe, steht das Weihwasser bereit.«

Der kleine Ministrant steht schweigend neben ihm.

Maria nickt. Unsicher kniet sie sich hin. Letzte Woche, am Ostersamstag, hat sie an der Prozession zu dem Fass mit Weihwasser vor dem Altar in der Kirche teilgenommen. Sie hat sich eine kleine Flasche abgefüllt.

Heute Morgen hat sie ein Fingerbreit in ihr bestes Trinkglas geschüttet und es auf den hölzernen Tresen gestellt, der auf

Hochglanz poliert ist. Neben das Glas hat sie einen Olivenzweig gelegt, den sie vom Palmsonntag aufbewahrt hat. Nun fragt sie sich, ob sie die große Messingwaage aus dem Weg hätte räumen sollen, weil sie für das Geschäft ist und Jesus doch verärgert war, als im Tempel Handel betrieben wurde. Doch dem Priester scheint es nichts auszumachen, schließlich war die Waage ein Geschenk von ihm, und vielleicht wirkte sie auf ihn golden und symbolisch, wie die Tugend der Gerechtigkeit.

Er legt sich die goldglänzende Stola um.

Langsam und mit gesenktem Kopf geht er zum Tresen, die Hände hat er zum Gebet gefaltet. Als er sich bekreuzigt, tut es ihm jeder gleich. Er kniet sich vor den Tresen, als wäre es ein Altar. Dann steht er auf.

Leise spricht er die lateinischen Segnungen, dabei nimmt er den Olivenzweig und taucht ihn ins Wasser. Er betet die ganze Zeit, schwenkt den Zweig zum Tresen, der Waage, den hohen und tiefen Regalen, der Schneidemaschine, dem Obst und Gemüse in Kisten, Konserven, Flaschen, Säcken auf dem Boden, der Tür zum Lager, der Hintertür, der Vordertür zur Straße, den Fenstern, und schließlich besprenkelt er Achille, Primo, Maria und Baby Amelia mit heiligem Wasser.

Als die Gebete beendet sind, legt er den Zweig neben das leere Glas, dreht sich herum und macht ein segnendes Kreuzzeichen. Er beugt den Kopf und steht mit geschlossenen Augen da.

Dann geht der Messdiener zu Achille und Maria und hält ihnen einen Korb entgegen.

Primo ist begeistert. Er hat auf diesen Augenblick gewartet. Achille hat ihm Geld für die Kollekte gegeben. Primo nimmt die Münze aus der Tasche und legt sie in den Korb, grinst und blickt zu Maria, um sicherzugehen, dass sie zuschaut.

Sie zerzaust sein Haar.

Achille legt ein Bündel aus Geldscheinen in den Korb und senkt den Kopf.

Mit dem immer noch schlafenden Baby auf dem Arm geht Maria hinter den Tresen und nimmt sich den Korb mit den besten Frühlingseiern, den sie für den Priester vorbereitet hat.

Der Ministrant hält beide Körbe und beugt den Kopf, um die Dankbarkeit des Priesters zu zeigen.

Primo klatscht. Er kann einfach nicht anders.

Der Priester lacht.

Alle lachen.

Achille grinst und küsst Maria.

Primo klammert sich an ihr Bein.

Das Baby wacht auf und ist hungrig.

Maria spürt, wie ihre Brüste Milch verlieren.

Als Don Goffredo sich gemeinsam mit dem Ministranten von ihnen verabschiedet und alle gute Laune haben, denkt sie an das ausgeblichene alte Wandbild, das sie in der Kirche in Fosso gesehen hat: Die blinde Fortuna und ihr Rad. Der Mann am unteren Ende stürzt in das gefräßige Maul eines Monsters hinab, doch der Mann oben sitzt aufrecht auf einem Thron und lächelt, wie ein Mann, der mit guter Gesundheit und einer guten Familie gesegnet ist, und bereit, ein gutes Geschäft zu eröffnen.

Gebrannte Mandeln

Der Heimweg von der Hochzeit ihrer Schwester war eine wilde Irrfahrt. *Wo die Schweine lang gelaufen sind, haben sie eine Straße gebaut.*

Maria sitzt auf der Strohmatratze hinten auf dem motorisierten Lastwagen für die Ernte. Primo liegt neben ihr, er ist erschöpft von den langen Tagen, den Verwandten, die ihn und die anderen Kinder verhätschelt haben, so viel Aufmerksamkeit und Zeit zum Spielen, der Aufregung und dem Essen. Nun schläft er dank des Schlaflieds aus Motorgeräuschen und dem sanften Ruckeln. Sie will ihn daran erinnern, auf seinen Anzug aufzupassen. Er muss noch an Feiertagen und anderen besonderen Anlässen schön aussehen. Doch sie wird ihn jetzt nicht stören. Ihr mutiger, schöner Junge träumt.

Das Baby liegt auf dem Rücken, gurrt und gluckst, tritt mit den Beinchen in die Luft, ballt die kleinen Hände zu Fäusten, in den weit geöffneten Augen spiegelt sich der Himmel.

Maria kennt die Orte zwischen Altavilla und Fosso nicht gut. Sie erkennt hier einen Kirchturm, dort ein Bauernhaus, doch die Weingüter und Getreidefelder vermischen sich in ihrem Kopf. Sie kennt die Namen von Städten und Orten, wie Cantinon und Bierara. Und Santa Croce, wo all die Diebe leben.

Der Fahrer kennt den Weg. Edda hat ihm strenge Anweisungen erteilt. Marias jüngere Schwester hat in Weiß geheiratet, strahlte auf der Treppe der Kirche von Altavilla, hat für einen Fotografen auf einem Streifen Filz posiert, der als Prozessionsteppich ausgelegt worden war. Sie hat eine perlmuttfarbene Krone getragen, die mit einem Kinnriemen an einer Haube befestigt war, und eine lange Schleppe. So viel Stoff, so viel Spitze. Sie hat wie eine Prinzessin ausgesehen. Sogar ihre Schuhe waren weiß. Ihre Ärmel bestanden ganz und gar aus handgefertigter Spitze, mit Manschetten, die über ihren Korb mit Frühlingsblumen drapiert waren. Ihr Bräutigam hatte die Allüren eines Mannes, dem alles in Altavilla gehörte, wenn nicht sogar die Kirche.

Sie muss eigentlich nicht arbeiten, hatte Rodolfo später gesagt, kalt und stolz. *Aber sie ist meine Frau, sie kann tun und lassen, was sie will.* Und dann hatte er Maria zugewinkt. *Gut, dass Achille nicht hier ist und diesen Satz aus meinem Mund hört.*

Maria ist froh, dass Achille nicht mit bei der Hochzeit war und wie ein armer Schwager aussah, ein bäuerlicher Ladenbesitzer mit seinem einfachen Anzug und den Stiefeln. Er musste arbeiten, den Laden fertigstellen. Ihr starker, gut aussehender Mann mag sowieso keine Feiern oder Hochzeiten.

Sie drückt den Hut gegen den Kopf, während sie in den weiten, sonnigen Himmel hinaufblickt. Sie ist müde, doch sie sitzt aufrecht und passt gut auf, dass ihr neues Kleid und das Mantelkleid nicht ausleiern oder schmutzig werden. Beides ist aus taubengrauem Krepp, mit der Maschine und von Hand genäht und sorgfältig mit Spitze und Satinschleifen verziert.

Sie ist Claudia zuvorgekommen, hat Mama gesagt, die liebe harte Mama mit ihren heruntergezogenen Mundwinkeln, die wegen der Hochzeit ihrer zweitjüngsten Tochter lächelt. Mama macht sich Sorgen, dass Claudia nie heiraten wird. *Hast du das Haus gesehen? Es sieht wie eine palladianische Villa aus.* Maria weiß nicht, was das bedeutet. Ihre Mutter weiß es auch nicht.

Die Worte sind von jemand anderem. *Aber meine Söhne, meine Söhne! Sie haben keine guten Frauen auserwählt. Ich bete für sie beide, bete alle Heiligen an, doch bei diesen Mädchen braucht man ein Wunder, um sie in gute Frauen zu verwandeln.*

Und direkt neben Mama saß Zia Luigia. Keine Spur von ihrem Sohn.

Unser Cousin Duilio ist seltsam geworden, flüstert Egidia Maria ins Ohr. *Seitdem seine Frau und das Baby gestorben sind, Gott habe sie selig. Ihre Hüften waren zu schmal. Er ist ein Eremit. Wenn ich ihn mal sehe, spricht er von der Rettung Italiens. Er sagt, er müsse weg aus den Bergen.*

Maria spricht ein stilles Gebet für Duilios tote Frau und das Kind. Wie kann ein Mann sich von solch einem Unglück erholen? Sie betet, dass ihr Cousin stark sein wird. Es ist kein Wunder, dass er den mitleidigen Blicken in der *Contrà* entkommen will. Sie erinnert sich an den Jungen, der sie küssen wollte, als sie noch jung war und nichts von der Welt wusste. Jeder, alles hat sich verändert.

Die Sonne bringt sie zum Blinzeln, und der Motor des Wagens tönt lauter als Glockengeläute oder Vogelgezwitscher. Maria legt Primo die Hand auf den Kopf. Sie fährt ihm über die Stirn und streicht ihm sanft das Haar von den schlafenden Augen.

Sie hebt ihr Handgelenk, das Veilchenöl ist immer noch da, riecht süß und kostbar. Für sie ist es der Duft nach Zuhause: Blumensammeln und Mamas Handarbeit.

Papà ist zur Hochzeit gekommen, natürlich, er trug seinen festlichen Anzug und sah herausgeputzt aus, aber irgendwie auch alt. *Beste Grüße an Achille*, hat er gesagt, als hätte er Maria vor Kurzem erst gesehen. *Du hast gut genug eingeheiratet.* Er hat viele Fragen zu dem Geschäft gestellt. Maria hat ihm alles erzählt. Über Buchhaltung, die sie sich neu angeeignet hat. Die Inventur, die Besuche der Beamten, die Reparaturen, Calvinettos Tiere, die Geschenke, die Segnungen, die Eröffnung, die dankbaren Kunden und den Gewinn vom ersten Tag an. *Deine Schwester hat es noch besser angetroffen als du*, hat ihr Vater stolz gesagt.

Und Marias älterer Bruder Severo, der sie immer geärgert hatte, sprudelte geradezu über vor Zeitungsnachrichten. *Ihr eröffnet ein Geschäft und seid glücklich, aber zwei Tage später versucht jemand, den König mit einer Bombe zu töten, und alle anderen sind tot oder verletzt. Nichts ist sicher. Nicht einmal euer Geschäft. Nicht einmal der König.*

Und ihr Bruder Vito – mit Valeria, die mit ihrem hübschen Gesicht schweigend neben ihm saß – sprach einzig und allein von Rennradfahren und dem Giro d'Italia, der im Mai beginnen sollte.

Liebste Schwester, hat Edda gesagt und Maria dabei umarmt, sie dabei mit Spitze und Duft umhüllt und ihr ein Chiffonsäckchen mit gezuckerten Mandeln gereicht, als Andenken an die Hochzeit. *Ich bin hier bei dir im Flachland! Ich bin nicht so weit entfernt. Wir können uns sehen, besuchen und aufeinander aufpassen. Ich bin so glücklich.*

*

Als Maria zu Hause ankommt, ist sie überrascht, dass Achille nicht im Geschäft ist. Die Arbeit ist noch nicht ganz erledigt, einige Handgriffe fehlen noch: die Tür des Lagerraums schleift über den Boden, das Licht funktioniert nicht … Vielleicht ist er oben. Es ist Sonntag, der Ruhetag. Vielleicht wartet er auf die Rückkehr seiner Familie. Warum steht er nicht mit offenen Armen an der Tür, der Vater, der aus dem Fenster sieht und nach unten rennt, weil er seinen Sohn vermisst hat? Vielleicht ist er aber auch im Getreidespeicher und beseitigt die alten Maiskolben und den Schmutz.

Sie bringt die Kleinen nach oben. Es riecht nicht nach seinem Rauch oder dem Mittagessen. Er ist den ganzen Tag über nicht hier gewesen. Sie muss seinen Namen nicht rufen. Wo ist er? Für die Messe ist es zu spät. Er geht nur an Feiertagen in die Kirche. In der Osteria? Er könnte dort Karten spielen, rauchen und mit Zündhölzern zocken, an Kaffee und Grappa nippen, der von Beppe oder Teresa serviert wird.

Maria stellt den Korb mit dem Baby auf den Küchentisch. Sie wechselt Primos Kleidung. Sie gibt ihm ein Glas Wasser und schickt ihn in den Garten, um die Hühner rauszulassen und mit den Kaninchen zu spielen. Im Schlafzimmer hängt sie ihr Kleid und ihr Mantelkleid auf. Sie zieht ihre gewöhnliche Kleidung und ihre Holzschuhe an. Sie sieht nun wieder schlicht aus, doch das Veilchenöl duftet noch an ihren Handgelenken.

Sie setzt sich hin und öffnet ihr Stillkorsett. Sie legt das Baby an die Brust, es saugt gierig, zwickt mit den dicken Fingerchen in die Brust, das pausbäckige Gesicht ist voller Freude, als es satt ist.

Achille ist immer noch nicht wieder da.

Maria legt das Baby wieder ab und fragt sich, was sie tun soll.

Ist er bei einer Frau? Sie hat es früher schon einmal vermutet. Aber Fosso ist eine kleine Stadt, eigentlich ein Dorf – er könnte nirgendwo hingehen, ohne dass ihn jemand beobachtet. Die Menschen reden.

Vielleicht gibt es anderswo eine Frau. Damals in Dueponti vielleicht, wo sie Zimmer gemietet hatten, bevor sie hierher gezogen sind. Vielleicht diese ruhige Frau, die Seide verarbeitete, oder dieses kokette Mädchen beim Eisenwarenhändler. Wollte Achille deswegen nicht mit zur Hochzeit? In Santa Croce könnte es eine unlautere Frau geben – die Stadt ist voller Gauner.

Maria geht zum Schrank und versucht zu erkennen, was fehlt. Sie schaut in die Schublade. Sie kennt alle seine Sachen, sie wäscht und bügelt seine Unterwäsche, stopft seine Socken und näht seine Knöpfe wieder an, wenn sie abfallen. Er muss gerade seinen Sonntagsanzug tragen.

Unten bemerkt sie seinen hölzernen Werkzeugkasten, den er auf dem Boden des Geschäfts stehen gelassen hat. Unter den Werkzeugen entdeckt sie ein kleines braunes Munitionsetui aus Leder. Sie öffnet den Verschluss. Rost verschmutzt ihre Finger.

Der Inhalt ist nicht sonderlich alt.

Hier ist diese Patronenhülse von ihm mit der kleinen Heiligenminiatur im Inneren. Sie erinnert sich daran, wie er sie hochgehalten hatte, als er die Geschichte über diesen Esel erzählte. Ihr Vater und ihr Bruder hatten mit weit aufgerissenen Augen beeindruckt zugehört. Das Messing ist angelaufen.

Und nun entdeckt sie etwas, das sie noch nie zuvor gesehen hat: Eine Mitgliedskarte der PNF, der Partito Nazionale Fascista. Mit seinem Namen. Eine Mitteilung zu seinem Militärdienst beim Krieg in Schnee und Eis. Und eine Briefmarke mit dem Bild von Mussolini. *Montanari, Achille – IL FASCISTA*. Er hat sich anscheinend während der Weizenschlacht der Faschistischen Partei angeschlossen, zwei Jahre nach ihrer Hochzeit, fast an ihrem Jahrestag. Hat er es für sie gemacht? Für die Familie? *Wir haben ein Geschäft, wir bleiben unparteiisch*, sagt er immer.

Ihr Magen krampft sich zusammen. Warum hat er ihr nichts gesagt?

Hier ist sein Zertifikat über die unbefristete Freistellung vom Militärdienst. Kein Wunder, dass er heiraten durfte, lebendig und gut aussehend, mit nur dieser einen großen Narbe. Alle Männer wurden damals verstümmelt oder umgebracht. Auf seiner Krankenhauskarte des Militärs stehen die Daten seiner Malariabehandlung. Diese Krankheit ist nun fast zehn Jahre her. Sie spricht ein Dankesgebet, dass er nun gesund ist.

Doch ihre Finger zittern. Hier ist ein Foto von ihm mit einer

Frau. Einer wunderschönen jungen Frau. Und er ist ein gut aussehender junger Mann, nur ein wenig jünger als damals, als er in der *Contrà* auftauchte, den Berghang mit der gefüllten *Gavegnà* auf dem Kopf heraufschritt.

Er hält die Hand dieser Frau. Sie schauen sich verliebt an. Zärtlich. Sie sehen aus, als wären sie verlobt.

Achille schaut Maria nie auf diese Weise an.

Die Frau trägt eine Fuchsstola und hält eine kleine Tasche aus Netzstoff in der Hand; er trägt eine Knopflochrosette und einen feinen Spazierstock – Dinge, die dem Fotostudio gehören müssen. Selbst die glänzende gestreifte Krawatte. Doch die Stiefel sind von ihm. Und die Schuhe mit den hohen Absätzen betonen ihre zierlichen Knöchel.

Maria hat beim ersten Kennenlernen mit Achille ihr altes braunes Kleid getragen. Einfach. Gestopft. Es reichte bis auf die Schuhe. Er hatte etwas darüber gesagt, dass man Röcke nun kürzer tragen würde. Nun weiß sie, warum er es gesagt hat.

Auf der Rückseite des Fotos sieht sie in einer fremden Handschrift die Worte: *Maria Amelia*.

Er hat diesen Namen für seine erstgeborene Tochter ausgesucht.

Maria sucht nach einem Datum, einem Jahr, irgendeinem weiteren Hinweis, doch sie findet keinen. Aber auch so weiß sie, dass diese Frau vor ihr mit Achille zusammen gewesen ist.

Und dass er sie geliebt hat.

Maria legt die Dokumente zurück und verschließt das Lederetui, dann vergräbt sie es unter den Werkzeugen. Immer noch zittern ihr die Hände. Ihr Herz ist von Eifersucht erfüllt, die sie durchbohrt und verletzt wie ein Schwert. Sie schließt den Deckel der Holzkiste.

Wo ist ihr Ehemann gerade?

Nach Einbruch der Dunkelheit

Achille kommt im Dunkeln nach Hause. Maria hört ihn, bevor sie ihn sieht. Er stolpert draußen auf der Treppe und flucht leise.

Sie sitzt am Küchentisch und ist erleichtert, dass die Kinder im Schlafzimmer schlafen. Was soll sie sagen? Sie hat sich fröhliche Grußworte zurechtgelegt, als wäre alles in Ordnung.

Er ist da. Er riecht nach Wein und Tabakrauch. Schweiß. Er steht in der Tür und sieht dumm aus. Seine Augen sind müde und wässrig. Er erstarrt wie ein Tier, das gern unsichtbar wäre.

»Was machst du hier?«, fragt er.

Sie bekommt kein Wort heraus.

»Ich dachte, du würdest morgen zurückkommen.«

»Da hast du dich vertan«, entgegnet sie ruhig.

Er ist durcheinander. »Wie war die Hochzeit? Wie lange sitzt du schon dort?«

Sie kann ihm nicht antworten.

»Maria, was ist los mit dir?« An seinem Mund hängt Spucke.

Sie kann ihn gerade nicht anschauen. »Nichts.«

»Gut. Dann gehe ich ins Bett.« Er geht zur Schlafzimmertür, seine schweren Stiefel poltern zu laut.

»Nein«, sagt sie. »Du weckst die Kinder.«

Gehorsam bleibt er auf halbem Weg stehen. Er wartet.

Doch sie weiß nicht, was sie sagen soll. Sie will, dass er sie liebt. »Was hast du in meiner Abwesenheit getrieben?«

»Nichts.«

»Mit wem warst du zusammen?« Sie versucht, diese Frage beiläufig klingen zu lassen.

»Mit niemandem.« Diese beiden Worte sind gelogen und klingen falsch. Sein Blick ist nun gereizt. »Ich gehe ins Bett. Wir können morgen früh sprechen.«

»Warum hast du dich der Faschistischen Partei angeschlossen? Warum hast du mir nichts davon gesagt?«

Ihm bleibt der Mund offen stehen.

»Warum hast du es mir nicht gesagt?« Sie steht auf und geht mit verschränkten Armen auf ihn zu.

»Und warum hast du diesen Namen für unsere Tochter ausgewählt?«

»Weil es ein schöner Name ist.« Er stinkt. »Für ein schönes Mädchen.«

»Welches schöne Mädchen?«, fragt sie.

»Du bist mein ganzes Leben, Maria.« Nun wirkt er ausweichend.

»Welches schöne Mädchen?«, wiederholt sie und bemüht sich um eine ruhige und gelassene Stimme. Hat sie ihn verloren? Sie starrt ihn an, sucht in seinem Gesicht nach Zeichen, seinem ausweichenden, sprachlosen und wütenden Gesicht. Sie wartet und wartet, fürchtet seine Antwort.

»Das Mädchen, das ich heiraten wollte«, sagt er schließlich.

Sie schnappt nach Luft.

»Bedränge mich nicht, Maria.«

»Dich bedrängen?«, Maria schlägt ihm gegen die Brust. In ihrem Inneren wütet ein Sturm. »Warum hast du sie dann nicht geheiratet? Warst du heute bei ihr? Bei ihr und ihren hohen Absätzen und dem dummen Gesicht?« Sie will ihn schlagen.

Aber er schlägt sie. Er umklammert ihren Kiefer. »Sei ruhig«, sagt er. »Sei ruhig.« Sie starrt auf seine Hand. Den goldenen

Ehering an seinem Finger. Sie gerät in Panik. Sie kann ihn nicht zurückschlagen. Sie will ihn nicht noch wütender machen. Er ist stärker als sie.

Dann schlägt er ihr mit dem Handrücken gegen den Kopf, schwer und laut, der Ehering donnert ihr fest gegen den Schädel, und sie verliert fast das Gleichgewicht, doch sie richtet sich auf. Sie will ihn von sich wegdrängen, doch er schlägt weiter auf sie ein, erst auf ihren Arm, dann auf die Schulter.

Zitternd und voller Schmerzen weicht sie zurück. In Richtung Schlafzimmertür. Sie will die Kinder nicht wecken, aber sie weiß nicht, wohin sie sonst gehen soll. Sie kann nicht durch die Hintertür ins Freie stürzen. Es ist Nacht. Er versperrt ihr den Weg. Er scheint die ganze Küche auszufüllen. Sie kann die Kinder nicht allein lassen. Sie hat keine Wahl. Sie bereitet sich vor.

Er schlägt sie erneut, diesmal gegen die Schulter.

Sie wankt, fängt sich und lässt sich auf den Boden sinken.

Er steht über ihr, mit erhobenen Fäusten, angespanntem Gesicht und roten, tränenden Augen.

Sie gibt nach, gibt auf – wenn sie sich von ihm schlagen lässt, wird er bald schon aufhören, und dann wird es vorbei sein.

Plötzlich senkt er den Arm.

Ihr Junge steht in der Schlafzimmertür.

»Primo!«

Wie lange ist er schon dort?

»Du gehst jetzt zurück ins Bett, sonst gibt es Ärger«, sagt Achille.

Dann schreit das Baby, und Maria spürt, wie Milch aus ihrer Brust tropft. Sie lässt das Baby weinen, bis sie weiß, dass sie auf dem Weg ins dunkle Schlafzimmer sicher ist. Stillen wird das Baby beruhigen.

*

Erst mitten in der Nacht erinnert Maria sich an ihr Gebet. Ihr Körper schmerzt, als sie aus dem Bett steigt.

Die Kinder schlafen.

Unten im Laden schläft Achille.

Sie kann sein dumpfes, grollendes Schnarchen durch den Boden hören.

Die Madonna der Berge ist in der Dunkelheit unsichtbar, doch Maria zündet keine Kerze an. Sie berührt das Glas und starrt in die Dunkelheit, wartet und wartet, bis die Madonna spricht.

Oh, Maria, mein aufgeschreckter Vogel, meine dreiste Dienerin, du wurdest noch nie zuvor auf diese Art geschlagen, oder? Nicht mehr seit deinen Kindertagen, als dein liebender Vater die Hand gegen dich erhoben hat – aber er hat den Gürtel benutzt. Kinder, wie Tiere, müssen diszipliniert werden.

Du hast die Madonna del Manganello gesehen, die mit einer Hand einen Knüppel in die Luft streckt und im anderen Arm den kleinen Jesus trägt. Selbst die Gottesmutter muss manchmal Gewalt anwenden.

Eine ordentliche Tracht Prügel hat noch niemandem geschadet, sagt Il Duce.

Bemühe dich, so zu sein wie ich, Maria: fest und beständig wie ein Berg. Pura e dura. *Und dennoch fließend, leicht wie eine Wolke. Die verschwindet, wenn sie muss, wie Dampf.*

Schätze dich glücklich.

Deine irdische Milch fließt frei. Deine Kinder wachsen gut heran. Dein Mann ist gut, findig und arbeitet hart. Und er ist von dir. Von niemand anderem. Du bist sein Leben, das hat er gesagt.

Männer machen, was Männer eben machen. Ihre Bedürfnisse unterscheiden sich von deinen, mein verletztes Veilchen. Sie tragen die Last der ganzen Welt auf den Schultern. Sie brauchen Trost durch deine Kochkünste. Sie brauchen deine Bewunde-

rung – sieh einmal, wie die Augen deines Mannes aufleuchten, wenn du ihn lobst.

Es ist die Pferdefliegenfrau, die ihren Mann verliert. Stell ihm keine unsinnigen Fragen mehr, Maria. Unwissenheit ist eine Form von Glück.

Mache aus dir eine süße Kastanie, ein frohes Lamm. Wenn du im Geschäft arbeitest, tu es für ihn. Wenn du Gnocchi machst, mach sie für ihn. Mache das Bett warm und einladend für ihn. Du hast ihm versprochen, mit ihm zu leben, zu beten und zusammenzubleiben, bis in alle Ewigkeit. Zusammen könnt ihr weitere Kinder machen, das solltet ihr tun.

1936

Faschistische Ära Jahr XIV

Martedì grasso

Es ist Fastnachtsdienstag, der letzte Tag vor der Fastenzeit. Maria kann sich freinehmen, um zur Beerdigung ihrer Schwägerin zu gehen; Achille kommt eine Woche lang ohne sie zurecht. Gestern hat er sie geschlagen – sie haben sich über Eddas Ehemann Rodolfo und einige schiefgegangene Geschäfte gestritten. Er hat sie fest geschlagen, aber nicht ins Gesicht. Sie dankt Gott dafür, dass man im Gesicht nichts sieht. Verschont er ihr Gesicht absichtlich? Nein, das tut er gewiss nicht, er denkt nicht mehr nach, wenn er in Rage gerät. Es passiert nicht häufig. Sie kann ihre Schmerzen und Prellungen vergessen. Sie hat sich hübsch gemacht. Sie will einen guten Eindruck machen. *Bella figura*. Sie will, dass die Menschen in Monastero und in der *Contrà* sehen, wie weit sie es gebracht hat. Sie ist ehrgeizig. Eines Tages werden sie und ihr Mann vielleicht nach La Mèrica gehen.

Doch heute fährt sie in die Berge, wo sie vor achtunddreißig Jahren geboren wurde.

Zuerst zu der großen Kirche in Monastero zur Beichte und Messe.

Dann zur *Contrà* zur Aufbahrung des Körpers und der Beerdigung.

Sie nimmt ihre Kinder mit, die wie Küken hinter ihr herlaufen: Primo, Maria Amelia, Arsenio, Cecilio – die lebenden Kinder. Sie stellt sich ihre verlorenen Kinder in der Luft vor, wie Staub, der vom Weg aufgewirbelt wird: der Säugling Tito, der im Kindbett starb, als sie gerade mit Cecilio hochschwanger war, und der stillgeborene Ignazio, der heute ein Jahr alt wäre. Gott habe sie selig.

Sie trägt Schwarz, ihr bestes Wollkleid. Und ihre neuen Strümpfe sind aus echter Seide, trotz der Autarkie – Mussolini würde sie immer wieder ausgebesserte Strümpfe tragen lassen, oder diese klammen synthetischen, die an den Knien ausbeulen. Sie trägt ihre beste Kleidung, ebenso wie die Kinder. Sie bringen Geschenke und Blumen mit. Sie will, dass die Menschen in Monastero sie so sehen, und sie will auch, dass die Menschen in der *Contrà* sie so sehen. Sie ist eine wohlhabende Frau.

Sie nehmen eine elegante und neue Bahn, Kunstleder und Chrom und Schiebefenster. Sie schweben durch elegante und neue Bahnhöfe, entlang langer Bahnsteige, Fahrkartenschalter, vorbei an Wärtern in hübschen Uniformen, Marmor und Zement. Alles Zeichen, dass die Zeit sich geändert hat, alles ist neu, von Fosso bis Vicenza und auch von Vicenza bis Monastero am Ende der Bahnlinie. Sie sind in der Moderne angekommen. Der Krieg gegen die Rückständigkeit.

Vom Bahnhof aus müssen sie laufen. Die Stadt liegt an einem Punkt, wo sich zwei Täler treffen, doch die Berge scheinen sie einzukesseln, sie ragen in die Wolken empor. Die Straßen sind steil. Maria spürt den Kitzel der Höhe, riecht die gute, kalte Luft, sieht den riesigen, weiten Himmel. Sie nimmt Cecilio auf eine Hüfte und geht mit großen Schritten, trotz der Schmerzen, die sie an den geprellten Stellen hat. Sie stampft mit den Stiefeln auf, als würde sie Kreuzottern tottreten. Ihre Stiefel sind neu, aus dem besten Leder hergestellt und mit Kaninchenfell gefüttert. Ihre Küken müssen sich sputen, um mit ihr Schritt zu halten.

Die Frau ihres Bruders Vito heißt sie am Brunnen auf der Piazza willkommen. Sie versinkt in ihrem unförmigen Mantel. Sie hat weder Fett noch Muskeln am Körper. Ihre Haut wirkt grau. Sie beachtet die Kinder kaum.

Arsenio bleibt der Mund offen stehen. Er hat noch nie so einen dünnen Menschen gesehen.

»Herzlich willkommen, Schwester«, sagt Valeria, ohne zu lächeln.

»Bist du allein hier?«, fragt Maria selbstvergessen.

Valeria drückt sie an sich und flüstert ihr ins Ohr: »Die anderen müssen alle arbeiten. Was soll ich sagen? Deine Mutter hasst mich. Ich kann weder Wäsche noch Wasser tragen. Vito hat mich aufgegeben. Und Severos Frau, das weißt du ja, die hat deine Mutter auch gehasst. Sie hasst uns, weil wir schwach sind. Sie hasst uns, weil wir ihre Söhne geheiratet haben. Sie bringt uns beide um.«

Die Taktlosigkeit ihrer Schwägerin entsetzt Maria. Sie löst sich aus der Umarmung. Sie will sie wegstoßen. »Onora ist an Tuberkulose gestorben.«

Valeria blickt auf Marias Kinder. »Hallo, kennt ihr mich noch? Ich bin eure Tante. Nach der Messe werden wir nach Hause gehen, hoch oben auf dem Berg, und etwas Leckeres essen.«

Valeria isst nicht, sie kocht noch nicht einmal, doch die Kinder können schweigen. Niemand erwähnt den aufgebahrten Körper, der sie in der *Contrà* erwartet.

Während der Messe spürt Maria die neidischen Blicke der Gemeinde. Sie weiß, dass sie Stolz verspürt und dass Stolz eine Sünde ist, und dass die Streits mit Achille auch eine Sünde sind und dass sie sein Temperament bändigen sollte und nicht noch Öl ins Feuer gießen, und dass sie gerade erst bei der Beichte vom Priester von ihren Sünden freigesprochen wurde und dass sie um ihre Schwägerin trauern sollte – doch sie kann nicht anders: sie ist stolz und kämpft gegen Mitleid an. Sie erinnert sich an die Palme, das Emblem der Märtyrer, die für immer auf dem Familienbild verewigt sein wird. Sie ist fest entschlossen, nie wieder bemitleidet zu werden.

Die Predigt dringt kaum zu ihr durch. Wie geht es ihren Brüdern? Einem ist die Frau gestorben. Und diese Frau, Valeria, wird von Melancholie verzehrt, ist verwelkt, gebeugt und vorzeitig gealtert. Kann ein Mensch einfach verblassen? Wer macht dem Mann nun die Wäsche? Gott sei Dank hat Claudia nie geheiratet. Maria ist stolz auf ihre Kinder, die neben ihr sitzen. Primo, ihr perfekter, schlauer Junge mit seiner neuen Brille. Die achtjährige Amelia mit ihren dunklen Augen und dem glänzenden kastanienbraunen Haar. Arsenio, der groß ist für sein Alter. Und der kleine Cecilio, gutmütig und tollpatschig, seine Füße baumeln von der Bank.

Als die Messe vorbei ist, bleiben die Menschen auf der Hochterrasse vor der Kirche mit Blick auf die Piazza stehen. Manche stehen auch auf den steilen Marmorstufen. Nun sehen sie Marias Mantel aus der Nähe und können dessen Qualität bestaunen. Sie grüßen Maria, kondolieren ihr, tätscheln die Köpfe der Kinder, bewundern ihre geraden Körper und die schöne Kleidung.

»Signora Montanari«, sagen einige.

»Maria Vittoria«, sagen andere mit größerer Vertrautheit. »Sind das deine Kinder? Wie groß sie schon geworden sind!«

»Wie ist das Leben im Flachland?«

»Wie hart haben euch die Sanktionen getroffen?«

»Geht es deinem Mann gut? Grüß ihn schön von mir. Herzliches Beileid.«

»*CREDETE! OBBEDITE!*«, ruft eine Stimme auf der Piazza. Fast Mussolinis Motto. Glaube, gehorche.

Maria schaut zur ersten Stufe hinunter.

Dort steht eine zerlumpte Gestalt mit geschwärztem Gesicht und zwei großen Hörnern. *Gehorche* klingt wie Geheule. Der Kopf kippt nach hinten, und der Mund wird weit aufgerissen, um der Kirche entgegenzubrüllen: »Ich hasse die Kirche – aber ich muss sie lieben! Weil der Priester mich füttert, mir die besten Reste gibt, weil der Priester das beste Essen bekommt. Ich gehorche. Ich kämpfe. Nein, ich kämpfe nicht. Wenn man kämpft, ist man verrückt.«

Die Gemeinde lacht nervös.

»*A Carnevale, ogni scherzo vale*«, sagt ein Mann neben Maria. *Zur Karnevalszeit ist jeder Witz erlaubt.*

Aber La Delfina spielt keine Streiche oder macht karnevalistische Witze. Sie weiß gar nicht, was es mit dem Tag auf sich hat. Dennoch hat sie ein Publikum, und es ist verstört, oder auch amüsiert, und will sich nicht bewegen. Vielleicht haben die Menschen Angst vor ihr. Sie schneidet ihnen den Weg ab.

»An diesem Tag verkleidet man sich«, murmelt jemand. »Aber schaut euch einmal diese erbärmliche Frau an. Sie weiß nicht, was sie tut, sie ist eine Zumutung.«

Delfina ruft nach oben in die Menge: »Ich würde die Kleidung des Priesters nähen, wenn ich eine Nadel ruhig genug halten könnte. Oder wenn ich nicht stinken würde!«

»Woher weißt du denn, dass du stinkst?«, ruft jemand spottend.

»Der Priester sagt es, und die schielenden Kinder in jeder *Contrà* sagen es auch. Aber *sie* stinken. Sie riechen nach den Tieren, mit denen sie schlafen.« Sie hört auf, und die Stille gehört ihr. »Das Scheißhaus riecht für uns alle gleich, aus uns läuft und quillt dasselbe heraus, und wir alle werden schließlich derselbe stinkende Schlamm sein.«

»Bist du der Teufel mit diesen Hörnern?«, ruft jemand lachend.

»Oder ein Kaminkehrer?«, fragt jemand anderes. »Schaut euch nur das schwarze Gesicht an.«

Doch Delfina antwortet nicht. Sie singt *Faccetta Nera*, das Marschlied von der schönen Abessinierin, der schönen Sklavin unter den Sklaven. Ihre Stimme ist brüchig, und sie singt falsch. *»Faccetta nera … moretta che sei schiava fra gli schiavi …«*

Einige singen mit. Sie kennen den Text, weil man den Text von Hymnen kennt. Ein Mann bewegt die Arme, als würde er eine unsichtbare Militärkapelle dirigieren. Aber Delfina bringt die Worte durcheinander, und einige verlieren das Interesse. Bald schon lachen sie und weisen sie zurecht. Andere murren und verfluchen sie. Ein Mann ruft, dass morgen die Fastenzeit beginne und dies eine Zeit der Wohltätigkeit und nicht des Faschismus sei.

Die Menge geht auseinander, die Leute nehmen die Treppe zur Piazza.

Die Verrückte rupft sich die Hörner heraus, die nur Zweige sind, die sich in ihrem verfilzten Haar verfangen haben. Sie wirft sie hoch in die Luft. Tanzend hüpft sie von einem Fuß auf den anderen.

Die Leute treten zurück. Ihr Gelächter verklingt in der Luft. Die Stöcke scheppern auf den Boden.

Delfina geht zur Kirche hinauf. Sie nimmt drei Stufen auf einmal. Sie ist die Berge gewöhnt. Ihre Beine sind lang und schlank wie die einer Bergziege. Die Menge weicht zurück.

Maria kann sie nun riechen. Sie erinnert sich an den Geruch. Es sind die Ausdünstungen der Hölle.

Und da steht sie vor ihnen, zu nah.

Arsenio sieht so erschrocken aus, als würde er gleich losweinen, doch stattdessen tritt er nach dem alten Weib, verfehlt es. Cecilio will es ihm gleichtun und fällt um. Die Kinder kichern.

Delfina spuckt. Sie zeigt auf jedes Kind: »Junge, Mädchen,

Junge, Junge. Eins, zwei, drei, vier. Lachen, lachen, lachen, lachen. Dunkel, dunkel, dunkel, dunkel.« Sie atmet geräuschvoll ein. »*Lebe gefährlich!*«, ruft sie, obwohl alle in der Nähe sind und sie gut hören können.

Die Worte sind bekannt, weitere Worte von Mussolini.

Maria schiebt ihre Kinder hinter sich. Cecilio klammert sich an ihr Bein.

La Delfina hält inne. Die wilden runden Augen in ihrem geschwärzten Gesicht starren Maria an.

»Du … du hast mich immer geärgert, als du auf dem Scheißhaus warst – damals – bevor sie dich verheiratet und weggeschickt haben – *Menschen wandern, Berge aber bleiben an Ort und Stelle.*«

Sie wendet sich der Menge zu. Als würde sie vom Balkon eines Palastes eine politische Ansprache halten. Ihre Stimme klingt laut. Sie breitet die Arme weit aus. »Sie hat die Seife gemacht. Die Wäsche gewaschen. Die kleine Wäsche jede Woche. Die große Wäsche jedes Jahr. So natürlich wie der Mondzyklus.«

Maria erschaudert. Wie häufig hat die Verrückte zugeschaut und gelauscht? Sie hat die *Contrà* einem unglücklichen Schatten gleich heimgesucht, schlimmer als der schlimmste Zigeuner.

La Delfina wendet sich wieder Maria zu und sagt: »Das hat dir eine Aufgabe gegeben. Meine Aufgabe ist geheimnisvoll, wie eine Wespe, ist keinem etwas nutze, doch Teil eines Plans. Du bist gut zum Kochen, Waschen und Kinderkriegen geeignet ….«

»Nun ist genug. Wo ist der Priester?«, erhebt eine ältere Frau die Stimme.

»Nein, lassen Sie sie«, entgegnet ein Mann. »Sie tut nichts.«

La Delfina schaut Amelia fest in die Augen. »Ich sage es allen Mädchen – wenn sie ihre Mädchenblasen und ihre Mädchendärme leeren – *wenn du heiratest, wirst du sterben* –, aber was weiß eine Verrückte schon?«

Amelia zuckt die Achseln und errötet. Sie nimmt Marias Arm und drückt ihn.

La Delfina zeigt mit einem schmutzigen Finger auf Maria. »Du, du hast nach deinem goldenen Ring gelechzt.«

Maria berührt ihren Ehering und wünscht sich, sie hätte Handschuhe angezogen. Sie lächelt die Zuschauer an, doch es ist das Lächeln ihrer Mutter, mit herabgezogenen Mundwinkeln. Sie fühlt sich wie gelähmt. Soll sie fluchen oder lachen oder sie wegschicken oder sich darum kümmern – was soll sie machen?

Delfina kauert sich hin und holt Atem. Das Geräusch ist gespenstisch. Ein Atemzug nach dem anderen. Sie kauert immer noch. Ihre Schultern heben und senken sich. Dann springt sie auf, ergreift Marias Handgelenk und hält es fest, während sie in die Menge ruft: »Sie ist keine der Frauen, die ihren Ehering fürs Vaterland hergeben würde. Sie. Ist. Nicht. Dumm! Sie weiß, dass das Gold in der Hand mehr wert ist als Stahl vom Staat, selbst wenn der Anführer der Schwarzhemden, der Sohn eines Schmiedes, es selbst graviert hat.« Sie lässt Marias zitternde Hand los. »Was er nicht getan hat.«

Die Verrückte starrt Valeria an. Mustert sie von oben bis unten. Ihre Stimme wird sanfter. »Du, du willst sterben. Ich hätte es dir vorhersagen können: *Wenn du heiratest, wirst du sterben!* Aber du hättest niemals auf mich gehört. Alle Mädchen wollen doch nur heiraten. Nicht Delfina. Nein, nein, nein, nein. Du hast den Kampf verloren. Seine Eltern sagen ihm: *Wer wird sich um die Kinder kümmern, wenn sie einmal nicht mehr ist? Arme, in Ungnade gefallene Waisen. Wer wird die Arbeit erledigen?* Man spricht davon, dich ins Irrenhaus zu bringen.«

Valeria schnappt nach Luft.

Andere murmeln und schauen weg, gehen weg.

»Ich habe sie gehört«, kreischt Delfina. »Besser du als ich! Besser du als eine Verrückte!«

»Das ist zu viel«, sagt Maria wütend. Sie nimmt Cecilio auf den Arm, obwohl ihre Schulter schmerzt. Sie bedeutet den anderen Kindern und Valeria, ihr zu folgen.

»Überall in der Natur finden Kämpfe statt!«, brüllt Delfina die Leute an. Sie stößt mit dem Ellbogen in die Luft. »Ich kenne den Text. *Der italienische Charakter muss durch Kampf geformt werden.* Und durch Wäsche. Wir müssen die Fäulnis mit Seife und kochendem Wasser bekämpfen. Das Lamm Gottes wäscht die Sünden der Welt hinweg. Selbst in der höchsten *Contrà*, wo der Schnee rein ist, sind die Menschen dem Himmel nahe, doch sie leben wie Tiere in ihren Ställen, nur durch eine dünne Wand von der alles sehenden, stinkenden Hexe getrennt.«

Primo zischt Arsenio an: »Warum grinst du?«

Arsenio wird rot. Er klammert sich an Marias Ellbogen.

Maria und ihre Familie schreiten wie Mitglieder der königlichen Familie die Treppen hinab, mit ihren Geschenken und Blumen. Doch sie fühlt sich nicht majestätisch, ganz und gar nicht. Sie ist zugleich voller Scham und Wut. Sie will weglaufen. Sie muss zur *Contrà* gehen. Zur Beerdigung. Zu ihrer Familie. Das sind zu viele Schritte. Und nun gibt es noch mehr Schritte.

Als sie die Piazza erreichen, zetert La Delfina immer noch auf der Terrasse vor den Kirchentüren herum. Der Priester ist gekommen und versucht, sie zu beruhigen. Maria fragt sich, ob er ihr Essen gibt.

Maria geht mit großen Schritten zum Brunnen, hält dort an und denkt nach. Sie weiß nicht, was sie machen soll. Sie ist sehr enttäuscht. Sie muss darüber hinwegkommen. Das Wasserplätschern beruhigt sie.

»Mama, ist das eine Hexe?« Primo zupft sie am Ärmel.

»Sei nicht albern«, sagt Maria.

»Kennst du sie?«

»Ich habe sie manchmal in der *Contrà* gesehen. Als ich noch klein war. Diese Frau ist verrückt.«

»Armes Ding«, sagt Amelia.

»Sie will dein Mitleid nicht«, erklärt Maria. Sie schaut sich auf der Piazza um. Es gibt einen Eisenwarenhändler. Eine Kräuterapotheke. Ein Milchgeschäft. Eine Osteria. Und verschlossene Fenster. Ein oder zwei Menschen stehen hier und dort auf kleinen Balkons und betrachten das wilde Schauspiel oben auf den Kirchentreppen. Die Stimme der Verrückten erzeugt ein Echo.

»Ich wollte sie treten«, sagt Arsenio grinsend.

»Ich auch!«, sagt Cecilio.

»Ich werde euch beide treten«, fügt Primo hinzu.

»Valeria, warte hier«, sagt Maria. »Pass auf die Kinder auf.«

Auch in der Metzgerei kann sie hören, wie draußen weiter herumgezetert wird, Gott weiß, welche Unflätigkeiten und welchen Unsinn sie nun von sich gibt. Die Menge klatscht. Jemand spottet. Dann Gelächter im Chor. Eine andere Stimme ruft nach einer Zugabe.

Maria bezahlt eine anständige Sopressa, die in Strohpapier eingewickelt ist. Das letzte Mal Fleisch, dann folgen vierzig Tage Abstinenz. Plötzlich erinnert sie sich, dass sie als Kind der Frau manchmal ein Stückchen Käse oder Wurst hingelegt hatte. Gott wird froh sein, wenn sie einer Bettlerin Essen gibt.

Aber es ist nicht so leicht.

La Delfina steht nun im Brunnen, hockt wie ein Raubvogel im Marmorbecken, ihr dreckiges Unterkleid ist durchnässt, grau und braun. Die Menge hat sich um sie versammelt, untätig und unsicher.

»Hier«, ruft Maria. Angestrengt versucht sie zu lächeln. Die Leute beobachten sie. Ihre eigenen Kinder beobachten sie. Ihre

Schwägerin beobachtet sie. »Etwas zu essen. Fleisch. Schön und fettig. Vor der Fastenzeit.« Sie geht zum Brunnen.

Jemand applaudiert.

Delfina zeigt auf Maria oder auf das angebotene Geschenk. »Du … Cousine …«

»Sei nicht albern. Ich bin nicht deine Cousine«, sagt Maria bestimmt. Doch sie hat die Worte schon einmal gehört.

»COUSINE!«, brüllt Delfina. Sie ist undankbar. Außer Rand und Band. Völlig verrückt. »Meine Cousine!«, ruft sie. Dann richtet sie den Blick in die Ferne. Ihr bleibt der Mund offen stehen. Sie ist ruhig.

Jemand steht im Schatten der Arkade, neben dem Milchladen, hinter den breiten, niedrigen Gewölben. Die Gestalt ist dunkler als die Schatten.

La Delfina richtet sich auf, als der Mann auf den Platz ins Licht tritt. Er trägt einen Knüppel.

»Und du …«, kreischt sie das Schwarzhemd an. »*Squadrista!* Freiwilliger! Unehelicher! Du bist mein Halbbruder! Nicht mehr und nicht weniger. Dein Vater ist mein unehelicher Vater.«

In Marias Innerem herrscht Aufregung.

Duilio geht, er marschiert nicht. Er trägt die Uniform der MVSN, schwarze Krawatte auf einem schwarzen Hemd, schwarze, glänzende Schuhe. Er trägt einen schwarzbewimpelten Fes mit dem goldenen Abzeichen der Faschisten. Einen Sam-Browne-Schultergürtel. Einen Holster. Einen Dolch. Er schwingt den Knüppel, als wäre es ein Sport. Als würde man träge einen Ball schlagen.

Wie lange hat sie ihn schon nicht mehr gesehen? Diesen hübschen Jungen mit den dunklen Augen, der sie küssen wollte? Den Querulanten, den Sensiblen, der Priester oder Soldat werden würde. Den Unglücklichen. Sie kann keinen klaren Gedanken fassen. Hier ist der bedrohliche Milizmann, ihr Cousin. Er trägt schwarze Handschuhe, aber sie weiß, dass er zwei Stahlbänder am Ringfinger trägt. *ORO ALLA PATRIA*. Seine Frau war vor Jahren bei der Entbindung gestorben, deswegen hatte er ihren und den eigenen Ehering abgelegt. Die Trauer hat sich tief in sein Gesicht gegraben.

Er hat Maria nicht gesehen, oder?

Die Menschen treten zurück.

Delfina spricht ihn an. »Bruder!« Sie hat keine Angst. »BRUDER!«, wiederholt sie, lauter, als hätte er sie nicht gehört.

Maria kann den Schatten der Wahrheit in seinen Augen sehen. Sie ist beunruhigt. Sie hat einmal ein Gerücht gehört, ihr Onkel hätte übermäßigen Appetit gehabt und andere Kinder gezeugt. Arme Zia Luigia. Aber die Leute sagen alles Mögliche, und Tratsch ist Teufelswerk.

»Bruder! Cousine! Ihr beiden, zusammen!« Delfina zeigt auf Duilio und Maria. »Es war einmal, vor langer Zeit, vor dem Krieg gegen was auch immer, da habe ich euch gesehen!« Delfina tut so, als würde sie die Luft küssen, und streichelt sich. Sie wackelt mit den Hüften.

Marias Kinder schauen zu. Ihre schweigende Schwägerin schaut zu. Amelia sieht durcheinander aus. Arsenios Mund steht offen. Die Menschen wissen nicht, was sie nun machen sollen. Einige werden wütend. Andere murmeln vor sich hin.

Einige Einzelgänger stehlen sich davon und entschuldigen sich beim Schwarzhemd.

Delfina hat ihn immer noch im Blick. »Aber nun hast du den Hut, du hast die Gangart, du hast das Gesicht, Gesicht, Gesicht. Du gehst in jeder *Contrà* umher, in Albarela und hier im Schoße von Monastero und weiter unten im Tal und zu anderen Tälern und bestimmt auch in die weit entfernten Städte, möchte ich wetten. Du nennst dich Apostel der Gewalt. Ich habe dich noch nie ein Schwein schlachten sehen.«

Duilio salutiert der Menge mit vor sich ausgestrecktem Arm. Sein Gesicht ist teilnahmslos. Er schaut Maria an, doch er scheint sie nicht zu erkennen. Er blickt ihre Kinder an. Er schaut alle noch übrigen Zuschauer an.

»Einige von euch müssen sicher arbeiten.« Er schwingt die Keule auf die Schulter.

Einige Menschen salutieren oder grüßen. Einige bleiben. Andere murmeln leise vor sich hin und stehlen sich davon.

»Komm aus dem Brunnen weg, du machst ihn noch kaputt.« Duilios Stimme ist hart und besonnen. »Das ist öffentliches Eigentum, und du bist verdorben.«

»*Freiheit ist eine verdorbene Göttin*«, sagt Delfina. Wieder Mussolinis Worte. »Ich bin die Freiheit.« Sie lacht und bespritzt sich von oben bis unten mit Wasser, als würde sie sich waschen.

»Und ich bin die Polizei. Ich nehme dich fest.«

»Du willst mich reinigen.«

»Ich werde raufklettern und dich holen, wenn es sein muss.«

»Und deine kostbare Uniform besudeln?« Sie heult. Sie johlt. Doch nun ist Angst in ihrem Blick. »*CREDERE. OBBEDIRE. COMBATTERE.*« Sie singt. »Ich kenne den Text.«

Maria kennt den Text ebenfalls. *Glauben, gehorchen, kämpfen.* Der Slogan ist allgegenwärtig.

Delfina taumelt auf dem Rand des Springbrunnens und brüllt: »*Die Faschisten verachten Selbstmord!*«

Dann klettert sie hinunter, planscht, rudert mit Armen und Beinen, aus ihrem schmutzigen Unterkleid trieft Brunnenwasser. Nun schlottert sie. Ihre Augen sind weit aufgerissen und rund, als sie Duilio anstarrt. »Der Priester wäscht mir den Mund aus, wenn ich fluche. Seine Seife besteht aus Olivenöl und Lavendel. Sie riecht nach Engeln, aber im Mund ist sie der Teufel.« Um ihre Füße hat sich eine Pfütze gebildet. »Ich will nicht *gereinigt* werden.«

Maria umklammert immer noch die Sopressa – ihre wohltätige Gabe –, und Amelia lehnt sich an sie, während Duilio die Verrückte wegführt.

Die Nachzügler sehen nun verlegen aus. Das Geschehen ist vorbei, und sie haben nichts mehr anzuschauen, außer sich selbst. Der Platz ist ruhig, und das Plätschern des Brunnens wirkt sehr laut.

»Nächstenliebe!«, schreit Delfina, die plötzlich wieder auf der Piazza ist. Sie ist entkommen. »In uns allen fließt dasselbe Blut. Schau: Mein Bruder liebt mich jetzt.« Sie eilt zu Maria, tätschelt ihren Ärmel, schnappt sich das Päckchen vom Metzger und rennt wieder zu Duilio. »Verdorbene Freiheit!«, brüllt sie ihm entgegen.

Und dann verschwinden die beiden im Schatten der Arkade.

Marias Herz pocht wie verrückt.

Valerias Gesicht gleicht einer Regenwolke. »Stimmt das?«

Maria schüttelt den Kopf. »Diese Bettlerin ist nicht mit mir verwandt.«

»Unsere Familie ist erstklassig«, sagt Primo. »Unser *Nonno* hat Briefpapier mit seinem Namen drauf. Gedruckt.«

»Nein«, sagt Valeria. »Ich meine das mit dem Irrenhaus.«

»Davon weiß ich nichts«, sagt Maria. »Ich lebe im Flachland.«

»Aber sie schreiben dir doch. Sie erzählen dir Sachen.«

»Vito schreibt mir nicht.«

Valeria wickelt den Mantel enger um sich. »Also stimmt es.«

»Diese Frau sitzt halb nackt in einem Brunnen. Sie ist besessen. Ich weiß nicht, warum du ihren Worten überhaupt Glauben schenkst. Es ist, als würde man einer Schlange zuhören.« Maria stampft mit den Stiefeln auf. Sie hat kalte Füße. Alle werden darüber reden. Könnte dieses erbärmliche Geschöpf mit ihr verwandt sein? *Bruta canaja.* Hässliches, niederes Leben.

Und Duilio, was ist aus ihm geworden? Er erkennt sie nicht einmal mehr. Sein Gesicht ist eine Maske. Angespannt, verflucht, verändert. Und dieser Knüppel, den er mit sich herumträgt. Sie hat von seiner fanatischen Politik gehört. Er ist genauso verrückt wie das alte Weib. Haben die Leute die Geschichte mit dem Kuss geglaubt?

»Sei nicht traurig, Mama.« Primo streichelt ihr über die Hand.

Die Kinder warten geduldig, haben immer noch Geschenke und Blumen in der Hand.

»Du musst Hunger haben.« Maria bückt sich, nimmt Cecilio hoch und ignoriert dabei die Schmerzen im Arm, dort wo Achille sie geschlagen hat.

»*Porco can*. Schweinehund. Ich habe kalte Füße. Du bestimmt auch. Wir müssen noch auf einen Berg steigen und zu einer Beerdigung gehen.«

Delfina

WINTER

No desmentegar che al mese de zenaro, vive ben chi ga el frumento nel granaro.

Vergiss nicht, dass es im Monat Januar denjenigen gut geht, die Getreide auf dem Speicher haben.

Am Ende des alten Jahres schlachten Delfinas Leute das Schwein.

Sie kann es riechen, der Geruch ist so natürlich wie Schnee oder das Dreikönigsfest. Die Bedingungen sind ideal: die Winterwelt ist ein Eishaus.

Sie sitzt auf ihrem Felsen und schaut zu.

Sie haben das Schwein mit Kastanien und Eicheln gefüttert, zumeist allerdings mit Speiseresten. Das ganze Jahr über verputzt das Schwein die Abfälle, die sich sonst zu Haufen ansammeln und verrotten würden.

Das Schwein wird fett.

Es wächst.

Es wird nie richtig alt.

Die Menschen arbeiten bei Tageslicht.

Sie führen das Schwein aus seinem gemütlichen Stall mit den Steinmauern neben der Küche hinaus in den Schnee. Dies ist neu für das Tier, nahezu aufregend.

Aber das Schwein ist nicht dumm. Es weiß, dass etwas nicht in Ordnung ist. Durch seine Nase führt ein Seil, und es kann das Maul zum Schreien noch weit genug öffnen. Es hat noch nicht aufgegeben.

Das Schwein ist pfiffig, aber es ist zum ersten Mal in dieser Situation, die Menschen allerdings machen es jedes Jahr, in jeder Generation, in jedem Jahrhundert. Sie haben die Oberhand. Sie sind ihm überlegen, eine bessere Klasse von Tieren. Sie haben ihre Traditionen, und sie sind stark.

Sie – Delfinas Leute – kesseln das Schwein ein und schlitzen ihm die Kehle auf, Blut strömt heraus, gequälte Atemzüge, Widerstand und Kapitulation. Zum Sterben braucht das Tier eine Weile. Auch als es nicht mehr blutet, bewegt sich der Körper noch. Sie fangen sein Blut auf, versuchen, keinen Tropfen der süßen, dicklichen Flüssigkeit zu verschwenden, aus der sie Blutpudding und Blutwurst machen.

Blutspritzer im Schnee.

Im Haus haben sie Wasser in einem geschwärzten Kessel auf dem Feuer gekocht. Der Holzrauch steigt in den Himmel auf, schwer wie Weihrauch in der Kirche, vernebelt die klare Luft.

Die Menschen in der *Contrà* schleppen den Kessel nach draußen.

Sie sind Marias Familie. Sie sind die Familie von allen. Alle sind miteinander verwandt, teilen denselben Stammbaum.

Delfina ist ein uneheliches Kind.

Delfinas Vater ist Duilios Vater.

Die Familie will nicht, dass sie zu ihr gehört, sie können sie nicht aufnehmen, aber sie können sie auch nicht gehen lassen.

Sie schütten kochendes Wasser über das tote Schwein – nun ist es ein Ding mit mehr Zwecken, als Delfina zählen kann. Ein Ding, zwei Dinge, drei Dinge, mehrere Dinge und noch mehr Dinge.

Sie kratzen die Borsten ab, die weichen, dann die harten, stacheligen. *Porca miseria*, fluchen sie, ein haariges Biest. Das Messer, das Wasser und die Haare erzeugen Hunderte kleine Wasserspiele innerhalb eines Nebels aus Dampf. Sie reinigen sein totes Gesicht und seine Ohren.

Sie binden das Schwein mit den Füßen an einen Baum wie den heiligen Petrus – das ist Blasphemie, und der Priester würde ihr den Mund mit Seife und Wasser auswaschen, falls er sie hören würde. Seine Seife riecht nach Engeln, ist im Mund aber ein Teufel.

Sie schneiden das Schwein in der Mitte durch, die Zitzen, an denen noch nie gesäugt wurde, sehen aus wie Reihen von Knöpfen an jeder Seite der Naht. Sie scheiden die lebenswichtigen Organe heraus und schmeißen sie in einen Eimer. Sie schneiden die Lunge, die Leber, die Nieren heraus. Sie köpfen und vierteilen es.

Delfina weiß, dass dasselbe mit einigen Märtyrern passiert ist. Mit einigen einsamen Seelen, die gegen die Anführer der Schwarzhemden gewettert haben. Einigen Verrückten, die auf Mussolinis Nase geschossen oder sich ketzerisch geäußert haben. Wer würde es wagen, die Trockenlegung der Moore, Brückenbau oder das Römische Reich infrage zu stellen? *Il Duce ha sempre ragione*. Er hat immer, wirklich immer, recht.

Delfina hat ein Foto von ihm gesehen.

Er ist wie Gott, er ist überall, selbst hier in den Bergen, so weit entfernt von allem. Er hat ihnen Meersalz geschickt, hat damit eine lange in die Vergangenheit zurückreichende Tradition von Bergschwachköpfen beendet – alle Gehirne brauchen Salz. Er hat eine Weile gebraucht, um hierhin zu gelangen. Er wurde von Granatsplittern getroffen, vielleicht einhundert Mal, und sie sind ihm im Körper stecken geblieben, aber er lebt. Ist stärker als der arme tote heilige Sebastian.

Seife und Wasser, Seife und Wasser.

Lebe gefährlich, sagt Il Duce. Er lebt, um sich fortzupflanzen, er ist ein Mann, aber sie hat gehört, dass er anschließend Geige spielt. Er sagt, Freiheit ist eine verdorbene Göttin.

Ich bin die Freiheit, sagt Delfina, als würde sie mit ihm sprechen. *Ich bin eine Göttin.* Die Seife und Wasser braucht.

Ihre Cousins haben das feinste, reinste Fett abgeschnitten – den Talg –, der die Nieren wie eine zähe Wolke umschließt. Eine stinkende Angelegenheit, der Talg.

Sie passen gut auf das ganze Fett auf, nicht nur auf den Talg. Sie schneiden und zerhacken und sägen an den kurzen Wintertagen. Sie schmeißen den Kadaver auf ihren Holztisch. Drehen ihn um, lassen ihn hinplumpsen. Das träumende Schwein ist nun im Himmel, seine liebe Seele ist hinaufgestiegen.

Delfina kannte seine Stimme. Sie kennt alle Stimmen der Tiere, als wären sie ihre eigenen Kinder.

Ihre Leute schneiden Brocken aus dem Fleisch, um Lardo zu machen, weiß mit dünnen pinken Streifen, der dann gesalzen, gepfeffert, mit Kräutern verfeinert und zwei Wochen lang unter einem glatten Stein versiegelt wird.

Oh, wie sehr sie es liebt, durch ihre Küchen in ihre Vorratskammern zu huschen – an den Balken hängen Salamis, Zwiebel- und Knoblauchzöpfe, Baccalàscheiben, ihre Regale sind voller Gefäße mit Fett, konserviertem Gemüse, Weinflaschen, Käse, getrockneten Trauben und Kräutern, Körben voller Nüsse.

So. Viel. Essen.

Es sieht aus, als würden sie nie Hunger leiden, aber das tun sie, oder werden es tun, oder haben es getan und werden es nie vergessen. Sie erinnern sich an die Spanische Grippe. *La Spagnola*. Sie erinnern sich an den Krieg in Schnee und Eis. Sie erinnern sich an die Wirtschaftskrise von 1929.

Sie hat manchmal Hunger, aber sie stiehlt niemals. Sie schläft in einem Stall oder in einer Hütte. Sie besitzt nichts. Sie will nichts. Wer könnte von einer Familie klauen, zu der doch alle gehören? *CREDERE. OBBEDIRE. COMBATTERE.* Das ist das neue Gebet. *Glauben, gehorchen, kämpfen.*

Aber Delfina fasst gern etwas an, riecht an Dingen, schmeckt sie. Vergräbt die Hände in einem Sack Reis. Streichelt den Prosciutto wie den salzigen Schenkel eines Mannes, eines Soldaten in Abessinien, ein Krieg ohne Tränen, ein Krieg der modernen Dinge und neuen Straßen. Sie haben hier auch neue Straßen, weiter unten im Tal, hinter dem Steinweg.

Und weiter unten hat Delfina auch Züge gesehen. Und Fabriken.

In dem kalten Licht der Berge zerteilen sie das Schwein. Das Fleisch hebt sich so rot gegen den Schnee ab. Solch ein Schnitt, ein anderer Schnitt, noch ein Schnitt, es ist eine Kunst, und Delfina will es nicht verpassen.

Das Schwein besteht nur noch aus Stücken, eine Kathedrale aus Rippen, Rippenstück auf Rippenstück, Koteletts, Osso Collo, Coppa, Pancetta, Berge aus Fett und Haut, um Cotechino zu machen, das beste Fleisch, das zu Würsten verarbeitet wird, Därme als Hüllen und die gut abgewaschene, gut eingeweichte Speiseröhre, aus der eine große, dicke Salami wird.

Delfina sitzt gern hier, auf diesem Felsen. Sie wird ihn glatt sitzen, falls sie Jahrhunderte lang auf ihm sitzt.

Doch das wird sie nicht.

FRÜHLING

Delfina hat so lange überlebt.

A marzo, ogni mato va descalzo. Wenn der März vor der Tür steht, gehen alle Wahnsinnigen barfuß.

Zu ihren nackten Füßen wachsen winzige Alpenveilchen und winzige Wilderdbeeren, Babys, die Babys bleiben. Neugeborenes Süßgras. Wilder Spargel dringt durch die Erde in den Wäldern.

Die Dorfbewohner, ihre Cousins, die italienische Großfamilie, alle sind draußen, suchen und ernten, Vipern oder keine Vipern. Sie – Delfina selbst – alle – lieben die Futtersuche. Die Natur gibt! In den Bergen sind sie dem Himmel näher als die meisten anderen, dennoch sind sie nicht näher an Gott. Manchmal denkt Delfina, Gott ist nicht der Vater oder der Sohn, sondern nur ein Gespenst, wie der Heilige Geist, in allem. Das ist Blasphemie, und der Priester würde ihr den Mund mit Seife und Wasser auswaschen, falls er sie hörte. Seine Seife riecht nach Blumen, schmeckt aber wie Fabriken.

Im Tal gibt es Fabriken. Im Flachland gibt es Fabriken.

Krieg ist gut für Fabriken.

Ihre Leute haben Krieg früher gehasst, sie haben ihn immer gehasst, aber nun verstehen sie seinen Sinn. Gegen die Abessinier kämpfen. »*Faccetta Nera*«, singen sie beim Marschieren, beim Singen, während sie Sklaverei verbieten. Das kleine schwarze Gesicht wird ein Schwarzhemd tragen.

Kommunismus bekämpfen.

Haben sie die Weizenschlacht gewonnen?

Ihre Cousins haben ihre Parzellen gedüngt, Gemüse angepflanzt, haben überprüft, dass der Weizen, den sie im Vorjahr vor dem Frost gepflanzt haben, so wächst, wie er sollte. Die Natur gehorcht. *CREDERE. OBBEDIRE. COMBATTERE.*

Wie sieht das Emblem der Faschisten aus – ein *Fascio* ist doch bloß ein Bündel aus Stöcken, die zusammengebunden sind?

Alle Menschen sind zusammengebunden, Blut ist dicker als Wasser, deswegen, glauben sie, gehorchen und kämpfen sie, wie in der Natur.

Wohin Delfina in der Natur auch schaut, sie sieht Kämpfe. Singvögel kämpfen um Territorium. Säuglinge kämpfen um Milch. *Der italienische Charakter muss durch Kampf geformt werden.*

Hinter dem Tal befindet sich ein Gipfel aus Granit – ist er schwarz oder blau? Ist er überhaupt da? Delfina vergisst seinen Namen, und dennoch trägt jedes Stück Felsen einen Namen.

Delfina ist ein Bergmädchen, und sie ist vierzig oder fünfzig, niemand im Ort weiß, an welchem Tag sie geboren wurde oder wo, über einem Geschäft oder auf einem Strohbündel, auf Abfall vielleicht, niemand lebt, den es interessiert oder der sich daran erinnert.

Ihre Mutter ist gestorben.

Ihr Vater verleugnet sie.

Sie haben die Mädchen während des Krieges evakuiert, aber sie haben Delfina nicht evakuiert. Sie hat keine Mitgift, kein Vermögen. Sie ist verrückt. Sie hat mit Soldaten geschlafen. Wer würde sie noch füttern, wenn er das wüsste? Italienische Soldaten – sie war wählerisch – wer weiß das? Sie hat ihnen ihr Fleisch gegeben. Sie ist eine Seidenraupe, frisst und wächst, bereitet sich aufs Weben vor, darauf, gekocht zu werden, zu sterben, bevor sie fliegen kann.

Delfina wird vom Priester gefüttert. Er muss nie Hunger leiden. Er fasst sie nie an, weil er vom Heiligen Geist erfüllt ist. Sie schläft in seinem Stall, manchmal aber schläft sie in einer Berghütte, den Sternen nah, und riecht die Erde. Sie wandert gern umher.

Menschen wandern, Berge aber bleiben an Ort und Stelle.

Delfina rennt in die Wälder, um vor den anderen den wilden Spargel zu finden, bevor die Austriebe spillerig, holzig und nicht mehr essbar sind. Sie schlägt mit ihrem Stock auf den Boden, um die Vipern zu verscheuchen, aber in Wahrheit ist sie noch nie gebissen worden. Hier ist ein Austrieb, hier ist ein Austrieb, gerade Austriebe, gewundene Austriebe. Essen für eine Person. Hier ist ein Klumpen. Sie sammelt sie in ihrem Kleid.

Sie nimmt ein Bündel – ein *Fascio* – von wildem Spargel. Sie würde ihn braten, aber sie hat keine Küche. Und auch keine Pfanne. Sie hat keinen Vater. Er ist nicht im Ossarium, nicht dort, in der Gedenkstätte, wo die Besucher hingehen, wo Delfina hingeht und über die ganzen Toten entsetzt ist, die ganzen Männer, die sie nicht getroffen hat, die ganzen Männer, die sie nicht geheiratet hat, fünf- oder sechstausend Männer, zahllose Knochen und Zähne und Schädel und bröselnde Kiefer und Löcher, wo zuvor Augäpfel waren. Delfina ist dort gewesen, hat die Finger durch den Käfig gesteckt und an einem Zahn gewackelt, dann an noch einem, sich mit dem ein oder anderen abgemüht, an ihm gedreht und versucht, ihn herauszuziehen. Aber ein Schädel lässt seinen Besitz nicht gern gehen, hält daran fest wie ein lebender Mann.

Nicht sie, nicht Delfina, sie verliert Zähne wie ein sterbender Mann.

Wenn der Mai kommt, werden ihre Cousins, die Menschen mit Land, den Mais anpflanzen. Eine Bohnenpflanze pro sechs Maispflanzen, die starken geraden Stängel, die die drahtigen aufrecht halten, wie bei den Menschen. Die Bohnen sind dankbar. Delfina ist dankbar.

Delfina ist fünfzig oder vielleicht vierzig. Sie weiß es nicht. Sie zählt nicht nach. Es ist egal. Das Land ist fruchtbar genug für Bohnen und Hexen. Es ist Frühling. Fast Sommer. Die Täler sind grün. Die Täler sind weich. Die Täler gehören ihr allein. Und alle – ihre Leute – alle hassen den Krieg, sie haben den Krieg immer gehasst, doch nun sagen sie, dass der Krieg richtig ist.

Se piove tra lujo e agosto, piove miel, ojo e mosto. Wenn es zwischen Juli und August regnet, regnet es Honig, Öl und Most.

Die Sommerrosen knicken unter dem Gewicht der Bienen ein. Schwertlilien beugen sich und fallen, wenn sie nicht hochgebunden werden. Singvögel, die nicht gegessen wurden, zwitschern aus ganzem Herzen. Die Frösche werden gebraten, eine Delikatesse. Und kleine Fische werden aus dem klaren, seichten Wasser des Flusses gefischt. In den Tälern ist der Weizen gewachsen, und die Menschen haben ihn gemäht. Sie ernten, was sie gesät haben. Sie haben den Weizen gebündelt und gestapelt, damit er vor Regen geschützt ist, falls er vor der Dreschzeit fällt. Stroh ist kratzig. Männer und Frauen arbeiten in Reihen, heiße Sensen in den Händen. Sie sind schon vor Sonnenaufgang emsig bei der Arbeit, die Bäuche gefüllt mit Milch und Polenta.

Die schwachen Ehefrauen sterben vor den Tagen des kratzigen Strohs. Delfinas Leute legen sie nicht in das riesige Ossarium zu den ganzen Helden. Sie begraben die nicht kämpfenden Toten in einer weißen Schublade in einer weißen Wand auf einem weißen Friedhof. Delfinas Cousins sind zum Trauern zu beschäftigt, zu beschäftigt mit der Arbeit, sie müssen mehr Geld verdienen, sie gehen irgendwo hin, sie wollen nie wieder Hunde essen, sie sind alle zu beschäftigt zum Innehalten und Zusammenbrechen wie eine Frau. Delfina ist eine Frau. Alle Dinge brechen zusammen. Sie hat es gesehen. Sie ist verrückt.

Sie haben den Mais geerntet, direkt nach dem Weizen. Und die Bohnen, die schwachen Bohnenranken, die zwischen den starken Getreidehalmen wachsen, die nun geerntet sind und vor dem Winter zum Trocknen in ihren Hülsen auf Steinen in Höfen und auf harten Böden liegen. Ihre Leute arbeiten so hart.

Delfina liebt die Bohnen.

Sie liebt den Mais.

Sie liebt die jubelnde Menge.

Ihre Leute haben beim Fußball die Goldmedaille gewonnen, *ORO ALLA PATRIA!* Sie hassen alle Kriege, sie haben ihren Appetit verloren, sie hassen die Deutschen, aber im Monat August lieben ihre Leute die Olympischen Spiele in Berlin. *GOLD FÜR DAS VATERLAND!*

Delfina hasst Fußball.

Delfina hasst Männer.

Nun ist Zeit für die Pilzsuche. Das machen sie – ihre Leute – im Sommer, so voraussagbar wie die Eisenbahnen. Sie sind auf der Jagd nach dem einen, den sie *Granulato* nennen. Sie spüren den braunen langbeinigen *Ganbarolo* auf. Sie beschmutzen sich die Hände mit dem Blut des *Sanguinelo*: Sein orangefarbener Stiel wird gelb, wenn man ihn durchtrennt, und danach grün. Dann schwärzen sie sich die Hände mit dem schleimigen *Gonfidio*, dessen Lamellen weiß sind. Sie jagen nach dem *Farinela*, dem *Munaro*, dem Hellweißen, der so stark nach Mehl riecht. Jeder Mehl-Räsling könnte ein Zeichen dafür sein, dass ein *Porcino* in der Nähe ist. Sie dienen als Informanten, vielleicht ist ein Verräter in der Nähe, der lauert und fett wird. Delfinas Leute lieben *Porcini*, sie sind verrückt danach. Wenn sie sich verstecken, sind sie cremeweiß und liegen auf dem Boden, stellen sich schlafend und werden manchmal von kleinen Schnecken angefressen.

Das Schwarzhemd Duilio folgt Delfina. Ihr Nicht-Halbbruder will sie einsperren lassen. Sie wegschicken. Sie ist nicht der richtige Pilz. Er denkt, sie sei giftig. Aber sie ist die *Vescia*: eine Lampe. Grell weiß und genoppt. Und wenn sie alt wird – sie *ist* alt –, ist die alte *Vescia* ein brauner Ballon. Wenn man draufsteigt, explodiert sie und lässt eine braune Wolke aus Sporenstaub aufsteigen.

Duilio wird Delfina zur Strecke bringen.

Sie muss immer in Bewegung bleiben. Sich verstecken. In der Dunkelheit verharren. Ihre Spuren verwischen. Blätter zerstreuen. Leichtfüßig gehen, sich im Fluss waschen, damit sie nicht riecht. Sie weiß, dass sie eine Schande ist. *Verdorbene Freiheit.* Ungewaschen und blasphemisch.

Hier sind die winzigen Frösche, feucht und braun zwischen den Grashalmen. An nichts schuldig.

Hier ist ein Ameisennest in einem alten Baumstumpf.

Hier bildet Regenwasser in einem riesigen Kuhfladen eine spiegelnde Pfütze.

Hier sind blauer Enzian und winzige Butterblumen. Auf dem Teppich erblühen Sterne, Delfina hat ihren Himmel unter den Füßen.

Vor ihr steigt das Tal wie eine Wand auf, es ist mit Obst- und Nussbäumen bepflanzt, die für Holz, Nahrung und Futter sorgen.

Doch ihre Leute erinnern sich an die Zeit, als sie noch Hunde essen mussten, und sie verfluchen sie, *porca miseria.* Sie hassen sich dafür, *porca, porca, magnagati.* Haben sie auch Katzen gegessen? Sie hasst den Krieg. Sie hasst Männer. Sie ist verrückt.

Des Nachts spielt der Regen auf den Dachpfannen ein Lied, schlägt hohe und tiefe Töne auf dem Dach an – und tagsüber zeigen Schattenfinger von den Fliesen, die aus der Dachtraufe hervorragen – gesegnet sind die, die ein Dach über dem Kopf haben. Aber Delfina muss von diesem Ort der Menschen fliehen, mit den schüchternsten Pilzen und Schlangen nach Hause in die Wälder zurückkehren. Die braun gestreiften Vipern, die Bäche, Lichtungen und Bergwiesen mögen. Die ein Meter lange Hornviper. Sie wiegt eine heruntergefallene, von Flechten schorfige Dachpfanne wie ein Baby. Sie lässt sie fallen.

Sie verlässt ihren Wachfelsen.

Sie rennt.

Es ist Herbst, und Delfina lebt immer noch, deswegen singt sie. *Per i morti e per i santi, se se veste pì pesanti. Gh'è che porta, anzi, de sera le mudande de lana vera.* Im Vergleich zu Heiligen und Toten sind wir mit mehr bekleidet. Einige Menschen tragen in der Abendkälte Unterhosen aus echter Wolle.

Sie – Delfinas Cousins – sie haben die melancholische Frau in das Irrenhaus gebracht, wo sie hingehört, wo sie inzwischen hingehört, obwohl sie anfangs ganz anders war. Was für eine Schande. Die Frau ist dreißig oder vierzig, Delfina weiß es nicht genau, sie hat aufgehört zu zählen, irgendetwas in der Mitte. Es ist egal, sie kannte die Zahl nie. Das macht zwei erwachsene Männer ohne Frau in einem Jahr.

Die Faschisten verachten Selbstmord.

Delfina hätte den Mädchen sagen können, *falls du die Jungen aus unserer Familie heiratest, dieser hartgesottenen, geldgierigen, Kümmerlinge und Mösen hassenden Familie, wirst du sterben* – aber sie hätten niemals auf sie gehört.

Hier geben Mütter ihren Söhnen mehr Essen als ihren Töchtern, damit die Söhne groß und stark werden und sich im Alter um sie kümmern. Hier stellen sich Väter an die Seite ihrer Söhne, weil sie für sie arbeiten werden und sich ihren Unterhalt verdienen – Töchter hingegen sind nur flatterhafte Dinger, die zu anderen Familien fliegen. Delfina ist ein Mädchen ohne Familie.

Nun ernten die Leute aus jeder einzelnen *Contrà* Trauben in den Bergen und auf dem Flachland. Delfinas Leute machen Wein. Wenn Delfina einen weißen Ochsen hätte, würde sie ihn vor einen Wagen spannen, der voll mit Traubenfässern beladen ist. Wenn sie einen Keller hätte, wenn sie einen Lagerraum hätte, würde sie dort Eichenfässer mit faulendem Saft lagern, der von ihren schuppigen Füßen ausgepresst wurde.

Nun verteilen ihre Cousins und Halbcousins zähe, stinkende Gülle auf dem nackten Boden. Der Dung der Esel, die Kuhfladen, die Ausscheidungen, die in Ställen und Käfigen aufgesammelt wurden.

Bald können ihre Großfamilien wieder Weizen anpflanzen, bevor der Frost Zuckerguss über den Feldern ausbreitet und die Erde unter den Füßen erhärten lässt. Delfina kann nicht noch einen Winter überleben, nicht mit der Schwärze des Hemds, nicht mit dem Schädel auf dem Hut, nicht mit dem Fortschritt, dem Gesicht, den Männern. Sie hasst Männer. Sie hasst Krieg.

Ihre Leute pflücken Pflaumen und Kirschen, pflücken Äpfel und Pfirsiche – süße, sanfte, großzügige Natur! So großzügig, dabei errötend, so gelb und rot und violett und pink. Einige ihrer Leute segeln zu den am weitesten entfernten Ländern: Amerika, Argentinien, Australien: die ganzen Länder von La Mèrica.

Ihre Leute haben ein Abkommen mit Deutschland unterzeichnet. Ihre Leute hassen die Deutschen für alles, was sie davor gemacht haben, bei einem deutschen Akzent wird ihnen allen schlecht, doch die Deutschen können sie vor ihren Sünden und Feinden beschützen. Die Deutschen können ihnen Obst und Freundschaft geben.

Se son rose, fioriranno. Delfinas Priester sagt Nein. Wenn sie Rosen sind, werden sie blühen.

Aber sie ist vor der Welt der Menschen und Priester geflüchtet, ist auf ihren schwarzen Füßen in die dunkelsten Ecken gegangen, wo sich die Vipern und die schleimigsten Pilze verstecken.

Sie sitzt auf Felsen. Neuen Felsen. Sie bewegt sich jeden Tag. Keine Zeit, um sie mit ihrem Dreck zu beschmutzen. Berge bleiben an einem Ort, doch La Delfina bewegt sich wie eine Fledermaus.

Ihre Cousins essen geschmorte Kutteln mit Polenta und Gemüse, während es zarte grüne Dinge zum Kochen gibt: Bohnen, Radicchio, Erbsen … Und Pilzrisotto. Gnocchi mit Fleischsoße, die auf dem Teller glänzt. Sie hat Obst von ihren Bäumen genommen, irgendwo anders hat sie ein Würstchen gefunden, ein trockenes, das sich hält, das ist das Wichtigste bei diesen Würstchen: Man muss sie nicht kochen, festes Fleisch, das mit Fett und Salz zerkleinert wird, damit kann man eine ganze Armee satt machen, ins im Krieg liegende Afrika oder Spanien reisen, passt in eine Tasche, wird nie schlecht.

Porca, porca. Während sie auf den Innereien des Schweins herumkaut, entschuldigt sie sich bei seiner Seele im Himmel.

Ihre Cousins, die Leute aus der *Contrà*, werden an Weihnachten Orangen haben. Sie selbst hat kein Essen mehr. Sie geht auf Nahrungssuche. Es gibt Dinge zu essen, rohe Sachen und sich bewegende Sachen, Gottes Geist in allen Dingen. Die Natur gibt.

Aber Delfina hört, wie sich die Armeen nähern, Massen von Männern in schwarzen Hemden, die hinter Duilio marschieren, und dahinter noch ein Duilio, zu viele, um sie zu zählen. Ein Duilio, zwei, drei, vier, noch mehr, noch mehr, mehr Stiefel, mehr Embleme, mehr, mehr … sie vertut sich immer mit den Zahlen.

Delfina hat nie Geld gehabt, deswegen weiß sie nicht, wie man zählt.

Hier auf diesem Felsen kann sie sehen, wie das Tal unter ihr ansteigt. Es ist kalt, es ist immer kalt, sogar im Sommer ist es kalt, aber nun ist fast Winter.

Dighe de sì, dighe de no,
copa le vecie, le giovani no!
A le giovani on bel grembiale,
a le vecie el diabolo a spale.

Sag Ja, sag Nein,
Töte die alten Frauen, nicht die jungen!
Für die jungen eine hübsche Schürze,
Für die alten den Teufel auf der Schulter.

Hier, auf diesem Felsen, dem heutigen Felsen, sitzt Delfina und singt mit dem Teufel auf ihrer Schulter.

Er nimmt ihre Hand in seine schwarzen Hände und dreht das Messer, glänzend wie ein Spiegel, hin und her. Dies ist eine Neuheit, fast schon aufregend. Niemand hat sie mit einem Seil in ihrem Maul hierhin geführt. Das würde sie nicht zulassen. Sie ist verrückt, doch sie ist nicht bescheuert, sie hat gesehen, wie die anderen Jahr für Jahr das Schwein schlachten. Sie sind eine höhere Klasse von Tieren, sie haben Macht, sie haben Uniformen und Gold, sie sind an Schreie und Blut gewöhnt. Sie jagen sie wie Pilze, wie die Hexe, die sie ist, die Hure mit dem unflätigen Mundwerk, die Frucht eines sich herumtreibenden Vaters.

Sie weint um ganz Italien, weint um die Dinge, die fast passiert wären, die unreifen Pflaumen, die gefallenen Pfirsiche, die ganzen verspeisten Singvögel, die Seidenraupen, die spinnen und sterben, bevor sie fliegen können.

Der Teufel nimmt sie bei der Hand, mit dem Schlachtermesser in den Fingern, schwarz wie ihre eigenen Hände, und lässt es durch ihren Hals gleiten, so geschmeidig wie durch Butter, sauberer als Wasser.

1942

Faschistische Ära Jahr XX

Getreide in Kriegszeiten

Fünf Kinder. Maria hat fünf lebendige Kinder und zwei tote im Himmel. Sie bekreuzigt sich. Im Geschäft ist es ruhig, sie kann dort laut beten. Maria Bruna spielt auf dem Zementboden neben den Säcken und Fässern. Das Kind kann nicht still sitzen, weiß aber, dass es nichts anfassen und nirgendwo hineinklettern darf. Die Kleine kennt die Rückseite von Marias Hand. Sie ist zwei Jahre alt, wurde geboren, als Italien Frankreich den Krieg erklärt hatte und in das Land einmarschiert war, fast auf den Tag genau, und niemand mit Erinnerungsvermögen wollte einen Krieg, niemand, noch nicht einmal die Soldaten.

Maria denkt an die ganzen Knochen und Schädel, die im Ossarium aufgehäuft liegen. Die Verwüstung und die Stille. Sie denkt an neue Kriege an entlegenen Orten, so viele neue Kriege, einer nach dem anderen – hungrige Italiener, gierige Deutsche –, und sie fühlt sich müde.

Es ist gut, ein Geschäft zu haben. Die Menschen werden immer essen müssen. Alle scheinen in diesen Tagen an Essen zu denken. Die Leute müssen ihre Kinder füttern, ob mit Rationen oder ohne. Aber noch ein Kind, noch ein Mädchen … Dieses Kind füttert Maria nicht gern. Sie ist ihr immer im Weg. Weint oder klammert sich an Marias Knöchel, will Aufmerksamkeit. Und sie ist schwächlich, nicht wie Amelia, die mit vierzehn noch nie Fieber oder Husten gehabt hat.

Im Augenblick gibt es keine Kunden, und Maria kann das Geschäft putzen, obwohl es heiß ist. Sie mag es sauber. Sie arbeitet gern hart. Sie hat immer schon hart gearbeitet. Sie ist vierundvierzig Jahre alt und stark genug, um noch weitere Kinder zu gebären, das will Mussolini, Kinder, viele Kinder, das hat er allen Frauen in einer Rede gesagt, als er nach Padua gekommen ist, doch Maria hat schon genug Nachwuchs. Sie hat gelernt, ihren Ehemann abzulenken, ohne dass er es merkt: Sie schafft es, dass er sich Geldsorgen macht, fragt ihn, was aus seinem Traum von La Mèrica geworden ist, seinem Ziel, nach dem Ersten Weltkrieg und vor dem Zweiten Weltkrieg reich zu werden, erzählt ihm von einem Nachbarn, der argwöhnische Fragen gestellt hat: *Warum wurde Achille nicht zum Kämpfen nach Frankreich oder Afrika geschickt? Warum tritt er nicht der Faschistischen Partei bei?* Oder sie bringt das Baby ins Bett.

Sie stolpert über Bruna. »*Bruta canaja!*«, flucht sie. Alle Mädchen machen Probleme. Wo auch immer in der Welt Probleme sind, selbst wenn sie von Männern verursacht werden, ist auch immer eine Frau in der Nähe.

Bruna fängt an zu weinen.

Maria nimmt sie auf den Arm und wischt ihr die Tränen weg, ihre Finger sehen auf Brunas weicher weißer Haut rot und faltig aus.

»Da, da«, sagt sie sanft, fühlt sich schuldig, ist aber ungeduldig. »Du musst wachsen.« Sie gibt ihr ein Stück süßen Pecorino-Käse. »Iss nicht alles auf einmal. Bewahre dir etwas auf. So lange du kannst.«

Es funktioniert. Bruna ist abgelenkt.

Maria setzt sie wieder auf dem Boden ab und putzt mit einem Hanflappen und Wasser. Sie haben eine Schwengelpumpe hier, hinterm Haus, das ist so viel praktischer, als zum Brunnen zu gehen. Sie verwendet einen Schuss Essig, aber nicht zu viel.

Alles ist kostbar. Sie reinigt die große Holztheke, wo sie jeden Tag Lebensmittel auf der großen Messingwaage wiegt, Geld entgegennimmt, Coupons entgegennimmt, Waren hinüberreicht – getrocknete Bohnen, Prosciutto, wertvolles Fett, Pasta –, ihre Hände wickeln Pulver und Getreide in grobes blaues Tonpapier, pilotenblau, ihre Finger machen präzise Bewegungen, damit rein gar nichts von dem Mehl, Zucker oder Soda verschüttet wird. Ein Körnchen, das runterfällt, und die Kunden würden sich schon beschweren.

Maria weiß, dass sie die Kunden nicht verärgern darf, doch sie hasst ihre Fragen. *Warum trittst du nicht der Faschistischen Partei bei? Du wirst besondere Privilegien bekommen, sogar guten Tabak, nicht diesen Dreck, als würde man Kartoffelschalen rauchen.* Sie wissen nicht, dass Achille Mitglied bei den Faschisten ist, es schon war, als der Faschismus noch gut war, lange bevor jeder Mitglied wurde. Aber er ist kein Schwarzhemd. Und er redet nicht über Politik.

Achille und Maria schlagen sich nicht auf eine Seite. Sie werden allen dienen: Bauern, Priestern, Aristokraten, Faschisten, Sozialisten, Katholiken, Anarchisten – solange die Kunden zahlen. Geld ist Geld, egal von wem es stammt. Wenn man verkauft, muss man neutral sein. Wenn man ein Geschäft hat, kann man sich nicht positionieren.

Warum haben sie Achille nicht nach Griechenland oder Ägypten geschickt? Normalerweise stellt eine Frau mit einem losen Mundwerk diese Frage. Oder ein Monarchist. Oder ein Lehrer.

Maria muss dafür sorgen, dass sie alle glücklich sind. Kommunisten sind niemals glücklich.

Wegen seiner Malaria, antwortet sie. *Er hat so viel Zeit in Militärkrankenhäusern verbracht. Endlose Monate im gottverlassenen Apulien. Dann den ganzen Weg nach Piemont, von Krankenhaus zu Krankenhaus. In seinem Körper war mehr Chinin als Blut.*

Beamte sind einfach. Sie weiß, dass sie die ganzen Antworten in den Dokumenten finden. *Er hat die Dokumente*, sagt sie. Trotz ihrer Unterschiede vereint Carabinieri, Milizen, Präfekten, Bürokraten und Soldaten ihre Liebe zu Stempeln, Siegeln und Zertifikaten. Sie lieben Lob. *Dank euch tapferer Männer haben wir Monfalcone von den Österreichern zurückerobert. Lang lebe Italien!*

Sie lenkt mit Gefühlen und Geschichten vom Klatsch ab. Sie vergessen ihre neugierigen Fragen bei Marias Antworten. *Er hätte beim Dienst für das Vaterland sterben können. Er hat beim Krieg in Schnee und Eis gekämpft. Gott sei Dank bevor wir uns kennengelernt haben – ich wäre sonst vor Sorge umgekommen. Sie sollten sich seine Narben anschauen.*

Sie wünscht sich, er hätte mehr Narben. Sie liebt die schwülstige Narbe, die sich wie ein Ameisentunnel unter seinem Haar schlängelt. Warum hat er nicht mehr Narben? Die Geschichte mit dem Wasser und dem Esel hätte bei ihm mehr Narben zurücklassen müssen.

Jemand hat deinen Cousin hier im Laden gesehen. Ist er gekommen, um in deiner Nähe zu sein? Maria antwortet, dass das nur ein Zufall sei. Duilio lebe in Campolongo, doch sie sehe ihn kaum. Er kauft seine Lebensmittel woanders. *Duilio ist ein Fanatiker.*

Einmal ist er ins Geschäft gekommen, mit seiner schicken neuen Uniform, seinem Holster, seinen langen schwarzen Stiefeln, seiner schwarzen Kappe, auf der ein silberner Totenkopf mit Dolch zwischen den Zähnen prangte. Er hat Geld ausgegeben wie ein reicher Mann und hat sich darüber gefreut, die anderen Kunden zu beeindrucken. Zweifellos ist er ins Flachland gezogen, um in Marias und Eddas Nähe zu sein – sonst hat er keine Familie mehr, außer zu Hause.

Die Ladentheke ist nun sauber, das dunkle Holz glänzt fast.

Der Schweiß steht ihr auf der Stirn. Sie will, dass Achille das sieht. Sie arbeitet hart für ihn. Er ist ihr Ehemann. Sie muss ihn bis zu dem Tag lieben, an dem sie Gott gegenübertritt – sie hofft, dass das im Himmel sein wird, aber sie weiß, dass es auch im Fegefeuer oder der Hölle sein könnte.

Krieg ist wie die Hölle, denkt sie, endlos wie die Hölle und überall. Und Italiens Feinde sind überall: Abessinien, Somalia, Ägypten, Albanien, Griechenland, Frankreich, Großbritannien, Russland, Mexiko, Amerika – sogar La Mèrcia! Achilles Traum von der Neuen Welt kann man vergessen. Im Dezember, als das Radio den Krieg gegen Amerika verkündete, waren die Dorfbewohner still und betrübt. Weihnachten stand vor der Tür. Kein Jubel erklang. Jeder hat einen Verwandten in Amerika oder träumt davon, dorthin auszuwandern. Niemand will gegen die Amerikaner kämpfen. Maria erinnert sich an all die Dinge und Tiere, die die Amerikaner ihrer Familie geschenkt haben, nachdem die Österreicher alles zerstört hatten. Es war ein Neubeginn gewesen. Niemand mag die Deutschen. Wie kam es dazu, dass sich Italien mit Deutschland einlässt? Im vergangenen Jahr hat Deutschland für Italien in Griechenland, Afrika und Sizilien das Gesicht gewahrt, deswegen ist nun alles miteinander verstrickt.

Maria wischt sich den Schweiß aus dem Gesicht. Sie hat angestrengt nachgedacht und geschrubbt. Ihre Arme sind immer noch stark. Sie ist vielleicht schon mittleren Alters, aber sie kann immer noch so viel Wäsche tragen wie ein Mann, ohne dass es sie im Rücken schmerzt, und sie kann immer noch einen riesigen Polentatopf aufs Feuer heben. Der Sommer ist immer heiß im Flachland, anders als in den Bergen. Die Luft steht, ist schwer. Sie fragt sich, ob sie sich jemals daran gewöhnen wird. Mücken vom Kanal und aus den Wassergräben sind abends eine Plage. Aber das Getreide und das Obst wachsen und gedeihen wunderbar. Zu Hause hätte sie niemals eine so süße Feige ernten können.

Bruna ist auf dem Fußboden eingeschlafen. Sie ist nicht gesund, ein armes Kind. Und dennoch wäre es falsch, ein schwächliches Kind im Krieg zu verhätscheln oder zu verwöhnen. Sie muss stark sein, um zu überleben.

Was ist, wenn sie wie Severos Frau endet?, fragt Achille manchmal, wenn Bruna hustet oder zu blass aussieht.

Maria erinnert sich an ihre Schwägerin Onora, die immer kränklich war und Medikamente genommen hat, ins Sanatorium gegangen ist, sich vor der Arbeit gedrückt und nur fades Essen zu sich genommen hat – sie war so eigen –, dann ist sie an Schwindsucht gestorben und hat Kinder ohne Mutter in der Welt zurückgelassen.

Oder Vitos Frau, sagt Achille. *Du musst verhindern, dass sie so wird.*

Valeria war so schwach, dass sie sich der Melancholie hingegeben hat und in ein Irrenhaus gegangen ist.

Noch mehr Kinder ohne Mutter auf der Welt. *O, che bella figura!*

Maria hält inne, um ein Gebet für ihre armen Brüder ohne Frau aufzusagen.

Die Ladentür öffnet sich. Es ist Achille. Er sieht schuldig aus oder wütend, wie ein verheirateter Mann, der bei einer Frau gewesen ist. Sie dreht das Goldband an ihrem Ringfinger. Nein. Das würde er nicht machen. Er hat sich ausgelebt, bevor er sich niedergelassen hat. Er ist ein guter Christ. Er geht sogar manchmal in die Messe, damit ist er besser als die meisten Männer. Die einzigen Männer in der Kirche sind alt oder verkrüppelt oder fast schon tot …

»Wo sind die Kinder?« Er schaut in den leeren Laden. »Keine Kunden?«

»Primo ist mit seinen Freunden draußen. Und Amelia …« Maria hält bei dem Namen inne. »Maria Amelia, Arsenio und Cecilio sind bei ihren Cousins und helfen bei der Ernte.«

Sie zählt sie der Reihe nach auf, fängt beim Ältesten an. »In Altavilla. Sie sind die ganze Woche lang da. Laufen mir hier nicht zwischen den Beinen rum. Aber das weißt du.«

Er sieht abgelenkt aus, als hätte er nicht zugehört.

In Maria steigt Angst auf. Sie will es nicht zeigen. *Krieg ist ein Wort, das in uns keine Angst hervorruft*, hat Mussolini gesagt. *Guerra, una parola che non ci fa paura*. Aber der Krieg hat alle furchtsam gemacht. Sie hat gelernt, ihre Gefühle nicht zu zeigen und sich zusammenzureißen. »Wir werden dafür etwas zurückbekommen. Und Rodolfo ist schließlich unser Schwager.« Maria stupst Bruna mit dem Schuh an. »Unser Baby schläft hier hinter der Theke.«

Achille steht an der Theke wie ein wartender Kunde. Sein Gesicht ist weiß und angespannt.

Er ist in meinem Alter, denkt Maria, *und ist immer noch hübsch. Wie viele Frauen finden ihn gut aussehend? Vielleicht kann sie ihn deswegen im Bett immer auf später vertrösten? Oder bin ich nicht mehr schön genug?* Überall herrscht Krieg, die Menschen werden wütend, und sie will einfach nur in Sicherheit und gesund sein, mit Gottes Gnade. Sie bekreuzigt sich. Aber er hat die Stirn in tiefe Falten gelegt, in seinem Inneren brodelt es, sie kann es sehen, hat es vorher schon gesehen, so sieht er aus, wenn er sie schlagen muss.

Sie überlegt, was sie falsch gemacht hat. Frauen, wie auch Kinder und Tiere, müssen unter Kontrolle gehalten werden, so ist es, sie versteht das. Er peitscht einen Esel, er schlägt die Kinder mit einem Gürtel, er schlägt seine Frau. Das machen einige Männer. Doch diesmal hat sie nichts falsch gemacht. Was um Himmels willen hat sie falsch gemacht? Sie hätte Rodolfo nicht erwähnen sollen. Er hasst Rodolfo, sie haben sich wegen geschäftlicher Dinge zerstritten, er hat ihn sogar verflucht, gemeiner als ein Zigeuner – doch er wusste, dass die Kinder wegen der Ernte zu ihm fahren würden, und Edda ist ihre Schwester, ihr Blut.

Achille schlägt fest mit der Faust auf die Theke. Die Messingwaage erbebt und klimpert wie seltsame Musik. Der Stapel mit dem Tonpapier springt ein wenig in die Höhe. Flaschen klirren. Dann ist alles ruhig. Außer Bruna. Sie schreit.

Maria nimmt sie auf den Arm und drückt sie an die Brust. Armeelastwagen rumpeln am Geschäft vorbei. Sie schaut nicht hin. Sie blickt weiter starr auf die Theke. Die Welt ist voller Maschinen und Grollen. Ein Lastwagen folgt auf den nächsten. Die Fenster im Laden wackeln. Sie ist froh, dass sie nicht schwanger ist. Wird er über die Theke klettern oder um sie herum gehen? Er hat sie noch nie im Geschäft geschlagen. Es könnte zu jeder Zeit ein Kunde hereinkommen. Er hat sie noch nie vor jemand anderem geschlagen, nur vor den Kindern.

»Ich wurde denunziert«, sagt er schließlich.

Maria weiß nicht, was sie sagen soll. Aber sie will fragen, wer ihn denunziert hat und warum. Sie will fluchen. Sie wartet.

»Dein Cousin hat mich gewarnt«, sagt Achille. »Sie werden mich einsperren, ich muss fliehen.«

Maria spürt, wie Wut in ihr aufsteigt. Achilles Neuigkeiten sind schlimmer als Schläge. Sie kann mit Schlägen leben. Sie kann nicht ohne einen Ehemann leben. Fünf Kinder und ein Geschäft und Krieg überall und ein Ehemann im Gefängnis – sie kann ohne ihren mutigen, starken und findigen Ehemann nicht leben.

Bruna wimmert. Das lenkt ihn ab. Jedes Kind ist zu etwas gut.

Maria drückt sie enger an sich, küsst sie auf die Stirn. Wiegt sie, schuckelt sie, schaut dabei aber Achille an. »Schnell«, sagt sie und will an der Theke vorbei.

Wird er mich vorbeilassen?

Sie nimmt Bruna auf eine Hüfte und schließt die Läden an den Fenstern, verriegelt die Tür. Das Rumpeln der Armeefahrzeuge wird schwächer. Wie viele sind es dieses Mal? Es fühlt sich an, als wären es Hunderte.

»Wir haben geschlossen – wir wurden kontrolliert – wir machen Inventur – das Mädchen hat Fieber. Irgendwas. Geh hinten raus.« Maria traut sich nicht, ihn anzuschauen. Dieser Augenblick zählt. Wird er auf sie hören? Sie hat nun die Verantwortung. Mit Bruna auf der Hüfte geht sie in den Vorratsraum, sie spannt die Schultern an, falls er nach ihr schlägt.

Er folgt ihr.

Sie stellt das Licht an und setzt sich auf einen ungeöffneten Sack Reis, der sich unter den Beinen rau anfühlt. Sie stellt die Füße fest auf den Boden. »Hat jemand gesehen, wie du und Duilio euch unterhalten habt?«, fragt sie. Ihre Stimme ist nun leiser, wird von dem engen Raum, den Kisten und Kartons und dem von der Decke hängenden Baccalà gedämpft.

Achille bleibt stehen. »Wir haben uns hinter dem Mais versteckt. Haben das Feld auf unterschiedlichen Wegen verlassen. Warum sorgst du dich wegen so etwas Unwichtigem?«

»Man kann nicht vorsichtig genug sein. Alles ist wichtig.« Ihr Herz klopft schnell, ihr Herz ist stark, doch sie hasst dieses Gefühl. »Wohin könntest du fliehen?« Sie erinnert sich daran, wo die verrückte Delfina in den Bergen und Tälern gelebt hat, überall und nirgendwo, hat sich in Ställen, Hütten und den Wäldern versteckt. Mama könnte ihm Nahrung hinlegen. Ein Körper könnte so jahrelang am Leben gehalten werden. Vielleicht bis zum Ende des Krieges. Wird der Krieg *jemals* enden? Aber die verrückte umherziehende Delfina, die wusste, wie man sich versteckt, die stark und wild war, wurde tot auf einem Felsen gefunden, schamlos und obdachlos, eine Lektion für alle.

Achille stampft immer wieder auf den Boden. »*Porco can, porca miseria, porca Madona …*« Er schlägt gegen das Käserad, das dreißig Kilo wiegt.

Bruna heult.

»Halt den Mund, dummes Mädchen«, sagt er.

»Oder wir verstecken dich bei den Hühnern«, sagt Maria.

Es funktioniert. Das Kind lernt.

»Wenn ich fliehe und sie mich finden, wird es noch schlimmer sein«, sagt Achille. »Hängen, erschießen, ich weiß es nicht.«

»Warum?«

»Weil ich ihre Zeit verschwende. Weil ich wie ein Feigling davonlaufe. Schlechter Faschist, schlechter Faschist. Schlimmer als ein wenig Getreide vom Schwarzmarkt. Es ist besser, wenn sie mich einfach festnehmen.«

»Und was dann?«

»*Porco Dio*, ich weiß es nicht, Maria! Diese ganzen dummen Fragen!« Er ist wieder wütend, doch er wird sie nicht schlagen. Sein Gesicht ist bleich wie das eines Toten.

»Also geht es um den Schwarzmarkt«, sagt sie.

Achille nickt.

»Aber du bist so lang ein guter Faschist gewesen, wie lang genau?« Sie weiß genau, wie viele Jahre.

»Fast mein halbes Leben.«

Ein Faschist der ersten Stunde, dennoch ist es ein Geheimnis, fast eine Lüge. »Das muss zu deinen Gunsten gewertet werden. Und Duilio …«

»Dein verdammter Schwarzhemd-Cousin …«

»Er hat dich schon gewarnt. Vielleicht kann er uns helfen, ein gutes Wort einlegen oder so etwas …«

»Und sagen, ich hätte es nicht gemacht, oder was?«

»Einen guten Grund dafür finden, dass du es gemacht hast … Jeder macht, was er kann, um durchzukommen …«

»Ich wurde denunziert, Maria. Irgendein verdammter neidischer Dorfspion hat …«

An der Ladentür poltert es.

Maria und Achille halten inne und lauschen. Die Tür klappert. Es hört sich wie Donner an. Bruna bewegt sich nicht. Die Welt hält den Atem an.

Sind sie schon hier? Werden sie ihn mitnehmen?

Draußen, hinter dem Geschäft und hinter der Straße, schlagen Kirchenglocken die Stunde.

Marias Augen kribbeln. Sie vermisst den Glockenturm von zu Hause. Die Glocken klangen süßer. Sie vermisst Egidia, ihre kleine Schwester. Aber Maria weint nicht. Sie ist stark. Sie ist kein Weichei, kein Schwächling, keine Prinzessin.

Sie ist sicher, dass gerade niemand an der Tür ist. Wer immer es auch war, er ist weg. Vielleicht war es nur ein Kunde.

»Duilio hat Kontakte«, sagt sie schließlich ganz ruhig. »Ich weiß, du kannst ihn nicht ausstehen …«

»Er ist ein Verbrecher. Etwas Schlimmeres gibt es nicht.«

»Er gehört zur Familie.«

Sommerrettung

Maria weiß, dass die Milizen jederzeit kommen können. Doch sie will, dass alle wie üblich gemeinsam essen. Sie will ihre Familie an einen Tisch bringen, wie es ihr Vater im Ersten Weltkrieg gemacht hat, für den Fall, dass sie nie wieder eine vollständige Familie sein würden. Sie will ein Foto und zumindest ein letztes Abendmahl, vielleicht noch ein letztes Abendmahl am nächsten Tag, und dann wieder am Tag danach. Sie weiß einfach nicht, wann die Männer kommen werden. Sie fragt sich, ob es besser ist, zu wissen, dass einem Gefahr bevorsteht und sich darauf vorzubereiten, oder nichts zu wissen und bis zum letzten Atemzug glücklich zu sein.

Sie bereitet ein Lebensmittelpaket vor: ein Stück gereiften Asiago-Käse, die heutige Brotration, einige Pflaumen von dem Baum, und – für ihre Schwester – Salz und echten Kaffee. Sie füllt eine Flasche mit Wasser und dreht den Verschluss fest zu. Sie kontrolliert das Splitterschutzpapier auf dem Fensterglas und schließt die Läden. Die Lichter werden ausgeschaltet. Mit ihrem Lebensmittelpaket unter dem Arm und Bruna auf der Hüfte schließt sie das Geschäft von außen ab und steckt die Schlüssel in die Tasche.

»Ihr habt zu?«, ruft ihr Calvinetto von nebenan entgegen. Er hält ein Bündel aus polentagelbem Papier in der Hand. Seine

Metzgerschürze ist so blutig, dass man aus ihr eine geschmackvolle Brühe zubereiten könnte.

Maria nickt. »Ich muss die Kinder aus Altavilla abholen. Achille ist weg.«

Sie fragt sich, ob ihr Ehemann vom Schlafzimmerfenster auf sie herabblickt, durch einen winzigen Spalt. Sie verbietet sich hochzuschauen. Vielleicht hat er sich schon in den sicheren Keller zurückgezogen. Doch wenn die Männer ihn wollen, finden sie ihn im Handumdrehen. Sie können mit einem Brecheisen den Riegel an der Ladentür öffnen. Die ganze Welt würde zuschauen. Durch die Hintertür kommen sie leicht rein – wenn sie durch die Ställe mit den Kaninchen und Hühnern gehen können, ohne sich ihre schicken Stiefel zu ruinieren. Würden sie in den Keller schauen? Es könnte sein, dass sie gar nichts von seiner Existenz wissen.

»Jemand in der Familie ist krank«, sagt Maria.

Calvinetto schüttelt den Kopf. »Harte Zeiten. Ich habe gehört, dass Arbeiter in den Fabriken umfallen, weil sie so hungrig sind.«

»Wir haben morgen wieder geöffnet«, sagt sie und hofft, dass es wahr ist.

»Fährst du nicht mit dem Rad?«

»Das ist mit der Kleinen zu anstrengend. Und ich komme mit drei weiteren Kindern zurück.« *Außerdem*, das sagt sie nicht, *kann es sein, dass Achille schnell abhauen muss.*

Der Weg zu ihrer Schwester ist lang, aber – falls es keine Schwierigkeiten gibt – kann Maria vor Einbruch der Dunkelheit wieder zu Hause sein. Vielleicht nimmt sie sogar jemand mit – ein *Contadino* mit Platz auf seinem Wagen, oder ein Lkw mit Soldaten. Sie schnallt sich Bruna auf den Rücken. Sie ist zu leicht. Ihr kleines Mädchen ist ein Fliegengewicht. Aber nun ist nicht die Zeit für Sorgen. Sie stopft das Lebensmittelpaket neben Bruna. Sie weiß, dass es ihr mit den Gummisohlen an ihren Schuhen heiß werden wird, doch alte Sohlen aus Autoreifen sind wahrscheinlich besser als brüchiger Kork und auf jeden Fall besser als Pappe. Sie zieht ihren breiten Strohhut auf und geht los.

Die Straße in der Stadt ist zum Glück frei von Wichtigtuern. Sie geht an der Bäckerei vorbei. *RISPETTATE IL PANE – Mussolini*. Die alten, vergilbten Poster hängen immer noch da. Doch die Worte sind groß und schwarz. *RESPEKTIERT DAS BROT – Mussolini.*

Im vergangenen Herbst haben sie das Brot rationiert. Nur 200 Gramm pro Person und Tag. Zu Beginn des Frühlings waren es 150 Gramm. Nicht genug. *Unser tägliches Brot gib uns heute*, denkt Maria, sie betet. Sie hat ihre Coupons bei Achille gelassen. Nur für den Fall, dass ihr auf dem Weg etwas passiert.

Am Fenster des Bäckers hängt ein neues Poster. Es war heute früh noch nicht da. Es zeigt einen durchtriebenen kleinen Mann mit einer schwarzen Augenmaske und einem Verbrecherhut. *Il Ladro Nero! Lo conoscerete tutti.* In der einen Hand hält er eine pralle Tasche, in der anderen Geldscheine. Er wirft einen langen Schatten. *Der schwarze Dieb! Ihr kennt ihn alle.* Auf dem Weg nach Altavilla geht sie an der kleinen Stadt Santa Croce vorbei, wo es immer ruhig ist, kein Geräusch ertönt, kein Baby schreit, kein Topf klappert, weil jeder in Santa Croce ein Dieb ist und alle nachts – die ganze Nacht lang, jede Nacht – so beschäftigt mit dem Klauen sind, dass sie tagsüber schlafen müssen, in Kriegszeiten und auch in Friedenszeiten. Maria fragt sich, ob die Menschen in Santa Croce wie der Mann auf dem Poster aussehen. Sie fragt sich, ob Attilio der Bäcker Achille denunziert hat. Er lächelt immer so seltsam kalt und grüßt sie wie ein Alliierter.

Sie geht an den letzten Häusern des Dorfes vorbei. Noch ein

Poster an der Wand. *La carta è oro. NON SPRECATE.* Eine Frau hält Papier in der Hand, verwendet es wieder, verbrennt es nicht. *Papier ist Gold. VERSCHWENDE ES NICHT.* Wie viel Papier wird mit der Herstellung von Postern verschwendet?

Bruna wird vom Gehen in den Schlaf gewiegt. Die Sonne brennt. Die Hitze des Zements und der Steine weicht einer sanften Brise über den Maisfeldern und der feuchten Wärme von Straßengräben. Das Wasser für die Bewässerung steht niedrig. Frösche singen wie ahnungslose Narren, die darauf warten, gefangen und gegessen zu werden. Insekten schweben in Wolken umher, bemerken ihre Jäger nicht. Der Himmel ist frei von feindlichen Flugzeugen. Nach der Abenddämmerung wird man das besondere Geräusch des Flugzeugs hören, das die Verdunkelung kontrolliert. Und nachts wird vielleicht bombardiert werden. Einige der großen Städte sind zerbombt worden. Die Stadtmenschen fliehen aufs Land, wo es Essen gibt, wo die Bomben noch nicht fallen, wo ein Mensch Kaninchen halten kann. Das Land versorgt die Stadt mit Essen. Doch viele Menschen leiden Hunger. Arbeiter fallen in den Fabriken in Ohnmacht. Deswegen ist der Schwarzmarkt nötig. Jeder versucht, so gut es geht durchzukommen.

Maria geht weiter. Die Straße ist eben und kurvig. *Wo das Schwein gelaufen ist, haben sie die Straße gebaut.* Das stimmt, denkt Maria. Ein entlaufenes Schwein rennt in blinder Panik einfach davon. Sie nicht. Achille auch nicht. Ist dies der Ort, wo Duilio ihren Mann gewarnt hat? Sie ist auf jeder Seite von einer Mauer aus Maisstängeln umgeben, gerade und lang, zwei Meter hoch und bereit zur Ernte. Das Getreide wurde abgewogen und wird bald Teil des Gemeindevorrats sein. Perlweißer Mais für die weiße Polenta, die sie hier im Flachland gern essen, und gelber *Granturco*, diesen Mais kennt sie aus den Bergen. Menschenfutter. Wiegen sie auch Tierfutter? Die Beamten haben alles ausgerechnet. Es ist schwer, mit ihnen zu arbeiten, obwohl Achille es eine Weile lang geschafft hat. Aber in diesem Augenblick, auf dieser Straße, ist es so, als wäre kein Krieg. Es könnte auch einfach ein gewöhnlicher Sommertag auf dem Land sein, und sie macht einen Spaziergang zu ihrer Schwester Edda, die es so gut angetroffen hat mit ihrer Villa, Stallknechten und den Stallungen. Schlaue Edda. *Du musst lernen, damit dich die Leute nicht über den Tisch ziehen.* Rodolfo arbeitet kaum und hat Achille bei Geschäften betrogen. Was wird Maria zu Edda sagen? Die Wahrheit – dass Achille denunziert wurde und sich wie ein Zigeuner im Keller versteckt? Oder etwas anderes, eine bessere Geschichte? *Bella figura.* Ihre kleine Schwester wird sie voller Mitleid anschauen. Was für eine Schande. Maria geht weiter.

Die Straßenseite ist von Gras und blutrotem Mohn gesäumt sowie von anderen kleinen Blumen, blau und weiß und gelb. Wenn man hier eine Wildblume pflückt, verwelkt sie in Minuten – anders als Bergblumen, die trocknen und ewig halten. So ein großer Unterschied zwischen den Bergen und dem Flachland! Sie hat ein Alpenedelweiß in ihr wertvolles Buch *Die christliche Braut* gesteckt, und Enzianblüten, die nach all den Jahren immer noch blau sind. Vielleicht wird auch sie ein langes Leben haben, weil sie aus den Bergen kommt und robust ist. Deswegen hat Achille sie und nicht die feine Amelia mit den hohen Absätzen geheiratet. Seine Eltern haben es verboten. Dieses Mädchen war aus einer kränklichen, labilen Familie. Wie die Frauen von Severo und Vito – ihre eigenen Brüder hatten nicht auf Papà gehört. Achille ist schlauer, er hat auf seine Eltern gehört, das ist ein gutes Zeichen, er ist ehrenwert. Und gesunde Kinder sind gut für Italien. Wie hätten die Kinder ohne den Schwarzmarkt genug zu essen? Ohne langsamer zu werden, muss Maria einfach am Wegesrand nach essbaren

Pflanzen schauen: Löwenzahn, Nesseln, Fenchel, Kräuter – obwohl es zu spät im Jahr ist, das weiß sie. Fast alles wurde bereits im Frühling gepflückt.

Sie hört einen Zug und versucht, die Entfernung zu bestimmen. Es ist keine Staatsbahn, sondern die *Vaca Mora*, die langsame, rußgeschwärzte örtliche Dampfeisenbahn. Vielleicht könnte Achille auf diese Art entkommen. Sie stellt sich vor, wie er auf den Zug springt und sich bei der Ladung versteckt. Wie weit fährt dieser Zug? Venedig ist nicht weit genug weg, es ist nicht Amerika, aber es ist auf dem Meer. Achille kann nicht schwimmen. Sie stellt sich vor, wie er von uniformierten Männern gefangen und geköpft wird. Niemand kann schwimmen. Die ganze Familie könnte einfach so in einem Wassergraben ertrinken. Duilio verbringt seine Nächte an Gräben, wo er Getreide und Kreuzungen bewacht. Er muss seine schicken Stiefel einölen, damit sie kein Wasser durchlassen.

Die Uniformen sind schick. Il Duce muss jemand Feinen damit beauftragt haben, solche Kostüme zu entwerfen. *Einen Schneider oder einen Näher?*, fragt sich Maria. Jedes Mal, wenn ein uniformierter Faschist im Laden auftaucht, Waren bestellt oder nach den Couponbögen verlangt, muss sie einfach den Schnitt und die Qualität des Stoffes bewundern. *Orbace*, gefilzte Wolle im Winter. Oder Lanitalwolle, die wie von Zauberhand aus Milch hergestellt wird. Schicke Borten. Sie näht gern, mag das Gefühl von Stoff in den Händen. Die Beamten lassen sie die Nähte begutachten, ihre Manschetten und Säume berühren. Und nun, bei der Hitze, tragen sie Cafioc, das aus Ginster und Hanf besteht, und ganz gewöhnliche, reine, echte Baumwolle. Knöpfe aus Bakelit und Holz. Sie sind für den Sommer angezogen – ebenso wie die armen Soldaten, die sie ins eingeschneite Russland geschickt haben.

Bruna schläft immer noch, und Maria dankt Gott – was hat

die Jungfrau Maria mit ihrem kleinen Jesus gemacht, als sie vor Herodes' Armeen geflüchtet sind? Hat Jesus geweint? Nein, er war Gott, obwohl er ein Mensch war, und Gott wusste, dass er nicht weinen darf, obwohl er noch ein Baby war. Und Spinnen wissen, wie man Netze webt. Und Sterne wissen, wie man scheint. Bruna ist nur ein Baby, nur ein Mädchen. Sie wird nicht scheinen, aber für Primo gibt es Hoffnung. Er lernt schnell, ist raffiniert und mutig. Und er ist hübsch – alle Mädchen sind hinter ihm her. Er ist fast siebzehn – zu jung, um zu kämpfen. Aber in nur einem Jahr könnte er eingezogen und getötet werden. Oder verstümmelt. Der Gedanke ist unerträglich. Vielleicht wird seine schlechte Sehkraft ihn davor bewahren. Er ist das Licht in ihrem Leben. Sie haben gesagt, der Krieg würde kurz sein und dass das Bankett großartig sein würde, dank der Deutschen, aber das ist es nicht. Das Bankett! Welches Bankett? Maria bekreuzigt sich und betet im Takt ihrer Schritte für Primo.

Sie schaut in den großen blauen Himmel hinauf. Dort oben kreisen zwei Schwalben. Wenn die Familie doch nur nach La Mèrica ausgewandert wäre. Sie denkt an die Menschen, die weit weg gegangen sind, den ganzen Weg nach Australien: Dal Molin, Rossi, Moro, Marangon, Volpato … Calvinettos Cousins und die Brüder des Schneiders, dem Anschein nach halb Bierara, alle Mitglieder der Familie Visentin … Und Gott weiß, wie viele weitere. Primo könnte das Geschäft übernehmen und es in der Neuen Welt vergrößern. Achille hat ihm die ganzen wichtigen Dinge beigebracht. Geld, Kunden, Risiken, Vereinbarungen. *Vertraue niemandem.* Sie könnten Achilles Felder verkaufen, jedes ist für zusätzliches Einkommen mit Maulbeerbäumen gesäumt. Mit Seide kann man Geld machen. Und mit dem Geschäft. Und mit den geheimen Ersparnissen von seinem inoffiziellen Handel ohne Coupons. Primo ist nicht so stark und groß wie sein Vater. Achille kann 30-Kilo-Säcke Zucker versteckt unter seinem *Tabarro*-Mantel tragen, man merkt es seinem Gang nicht an, genauso locker wie ein Mann mit leeren Händen. Niemand sonst könnte das so gut verbergen. Was wird sie ohne ihren mutigen, findigen und hübschen Ehemann machen? Vielleicht verhaften sie ihn jetzt gerade. Sie hat Primo gewarnt, damit er vorsichtig sein kann. Was wird sie Edda sagen? Und den Kleinen? So viele Geheimnisse. Äußerer Schein. *La figura*.

Sie muss mit Duilio sprechen. Sobald sie zurückkommt. Seinetwegen ist Achille gewarnt worden. Duilio denkt, er kann alles machen, weil er dieses Todesabzeichen auf seinem Barett hat, Anarchisten und Streikende verprügelt hat, ebenso wie politisch linke Soldaten, Menschen, die nicht patriotische Dinge in der Öffentlichkeit sagen, selbst wenn sie offizielle Faschisten sind, jeder, der ihm in den Weg kommt, Menschen, die er nicht mag – sie hasst den Gedanken daran, zu ihm zu gehen und ihn anzubetteln, aber er wird ganz gewiss Antworten haben. Und er gehört zur Familie. Er kann ein gutes Wort einlegen oder ein Dokument ändern. Oder ein Geschäft abwickeln. Sie hat Geld für sich angespart, das muss sie Achille nicht sagen – aber nein, Duilio ist fanatisch. Er hasst Korruption genauso wie Kommunismus. Er würde sich nicht bestechen lassen.

Worin besteht die Strafe für Schwarzhandel? Das stand nicht auf dem Plakat. Warum hat sie nicht früher daran gedacht? Es könnte ein Monat im Gefängnis sein. Achille hat eine Lizenz für das Geschäft. Sie kann ohne ihn zurechtkommen, der Laden kann geschlossen werden – für einen Monat. Aber es könnte länger sein. Zwei Monate. Und was, wenn daraus ein Jahr wird? Oder er in ein Arbeitslager in Deutschland kommt? Schlimmer als ein Fegefeuer. Sie werden das Geschäft verlieren. Verhungern.

Maria kann es nicht erwarten, Duilio zu treffen. Sie würde

am liebsten auf der Stelle kehrtmachen. Aber sie muss die Kinder einsammeln. Sie muss sie ein letztes Mal zum Abendessen versammeln, bevor die Familie auseinandergerissen wird. Sie werden womöglich nie wieder alle beisammen sein. Ihr Vater hat alle Familienmitglieder für diese Fotografie versammelt. Maria ist nun der Vater.

Die Straße ist lang, zu lang. Der schiefe Glockenturm von Santa Croce ist nun ganz nah. Still. Der Glöckner ist womöglich auch ein Dieb. Maria steht an der Kreuzung zwischen vier Feldern, auf halbem Weg nach Altavilla. Ein Mähdrescher dröhnt in der Nähe. Sie macht eine Pause. Ihre Füße sind heiß und wund. Sie befreit Bruna und sitzt am Rand des Grabens. Das Wasser ist grün vor Algen, dick wie Farbe. Sie rückt Brunas Häubchen zurecht und reinigt ihr blasses, klebriges Gesicht. In dieser Hitze ist sie ein liebenswertes Mädchen.

Maria küsst sie auf die Stirn. »*Carissima*«, sagt sie sanft und dankbar, dabei drückt sie Brunas dünnen kleinen Arm.

Beide essen sie. Und trinken. Käse, Brot, Pflaumen. Sie trinken noch mehr Wasser und machen im Graben Pipì, erst das Kind, es wird gehalten, dann hockt sich die Mutter hin, beide lassen auf dem grünen Untergrund Wasser. Insekten hüpfen umher und stieben auseinander. Eine Eidechse flitzt über die Böschung in die Stoppeln des Feldes.

Weizenfelder sind kostbar. Getreide wird rationiert, bevorratet und gemäß der Anzahl der Gemeindemitglieder und deren Bedürfnissen aufgeteilt. Mehr davon für alte Leute, mehr hiervon für Kinder. Wie können die Beamten jedes einzelne Gramm Nahrung von einem Feld nachhalten? Welcher Vorbeigehende wird nicht dazu verführt, etwas Reifes und Leckeres zu pflücken, das ganz am Rand wächst? Achille hat doch nichts Schlimmeres als das getan? Das muss sie Duilio sagen. Sie muss ihn unbedingt sehen.

Die Dreschmaschine dröhnt rhythmisch im östlichen Feld in der Nähe des Bauernhauses, sie trennt das Getreide von den Stängeln. Stängel für Stroh, Getreide zum Bevorraten, Getreide für die Müller und Bäcker – vielleicht war es Attilio der Bäcker, der Achille denunziert hat. Oder könnte es nicht auch Benedetta, die Frau des Bahnhofsvorstehers gewesen sein? *Traue niemandem.*

Trotz der Hitze und der Tageszeit werfen drei *Contadini* Ährenbündel von einem riesigen Heuhaufen in die Öffnung des Dreschers. Das ist Knochenarbeit, allerdings nicht so schlimm wie Mähen, Bündeln oder Nachlesen. Es sind noch andere Männer in der Nähe, die Strohballen aufstapeln und Getreidesäcke in die Vorhalle wuchten. Maria wundert sich über die Uhrzeit. Sie sollten im Haus sein, zu Mittag essen oder schlafen. Sie dankt Gott, dass sie in einem Geschäft arbeitet. Am Feldrand steht ein Militärlaster, den bewaffnete Männer bewachen. Der Motor des Lkw ist aus. Die Soldaten rauchen.

Die Bauern werden als Nächstes *Cinquantini* anpflanzen, ein Getreide, das in fünfzig Tagen heranwächst. Alle essen in diesen Tagen das, was sie bekommen können, sie würden auch einen winzigen Maiskolben abnagen, der eigentlich für die Hühner gedacht ist. Sie essen Katzen und Hunde. Anders als diese SS-Männer in Deutschland, die wie Könige speisen und von Teresa aus der Osteria bekocht werden. Sie haben sie und ihre älteste Tochter, die ihr hilft, in ein Gefangenenlager gebracht. Um zu kochen und – Gott bewahre – auch für andere Dinge? Die Kinder, die sie zurückgelassen hat, sind in einem Heim, sie könnten ebenso gut Waisen sein. Und Beppe hat die Osteria in den Ruin getrieben. Er ist zum Trinker geworden. Maria hat Glück, ihre Familie ist bislang noch zusammen, und niemand trinkt. Aber das Herz wird ihr schwer, als sie sich im Stillen wieder und wieder sagt: *Achille wurde denunziert.*

Maria geht schnell, Bruna brabbelt vor sich hin, und der schweigende Glockenturm von Santa Croce liegt nun hinter ihnen. Vor ihnen die lange Pappelreihe, die sie als Straße nach Bierara erkennt. Zwischen den Bäumen steht eine Kolonne aus Armeefahrzeugen, dunkel und lärmend. Und hinter Bierara liegen die Weinberge von Cantinon, ein Hauch von strahlendem Grün, und weit entfernt stehen Zypressenreihen, die die Distanz und die Zeit erkennen lassen, und über ihnen in Blau die Gebirgsausläufer. Maria berührt ihren Anhänger. Das winzige Madonnamedaillon um ihren Hals. Sie wird bald in Altavilla sein, wo ihre kleine Schwester lebt.

*

Hitze flimmert niedrig am Himmel. Am Ende der staubigen weißen Zufahrt, die an der einen Seite mit blühenden Oleanderbüschen und an der anderen mit eingezäunten Feldern gesäumt ist, auf denen *Contadini* arbeiten, sieht Eddas Haus wie eine Villa aus. *Im palladianischen Stil*, hatte die Schwester nach ihrem Einzug gesagt. Und Maria hatte herausgefunden, dass Palladio Palazzi für Adelige gebaut und ihre Schwester angegeben hatte.

Der lärmende Drescher ist im Hof aufgestellt, groß wie ein Haus und vibrierend, seine sich drehenden Räder und Rollen sind immer in Bewegung. Zerlumpte Arbeiter laden Körbe voller Mais von dem Erntewagen. Überall sind Kinder. Die Kleinsten hocken in der Sonne, ziehen Hüllblätter und Maisbart ab. Die Älteren werfen die geschälten Kolben auf das Förderband, das in die Maschine führt. Die Kerne werden in Kisten befördert. Die *Scataroni* schießen auf der anderen Seite in Kisten.

Edda ist nirgendwo zu sehen.

Ein Milizsoldat in engen Kakihosen lehnt an der Wand des Portikus.

»Mama!« Marias Söhne rennen auf sie zu, um sie zu begrüßen. Arsenio ist der schnellste. Er ist groß für seine elf Jahre und hat lange Beine. Cecilio folgt, ihr ruhiger kleiner Junge, er ist erst acht. Sie sind beide schwarz wie Araber geworden, seitdem sie sie vor einer Woche hier abgeliefert hat.

»Wir haben zwei Bohnensorten und Mais geerntet, und ich habe einem Bettler einen Topf mit Pipì über den Kopf geschüttet!«, sagt Arsenio und hüpft auf und ab.

Maria nimmt Bruna vom Rücken und befreit sie, aber die Kleine klammert sich an ihre Beine und lässt nicht los. Dafür ist es zu heiß. Maria fühlt sich in ihrem Rock gefangen. Sie will um sich treten wie eine Kuh beim Melken. Arsenio grinst und scharrt mit dem Schuh im weißen Staub, wartet auf ihre Aufmerksamkeit. Sie tätschelt ihm den Kopf. Sie beugt sich nach unten, um Cecilio zu küssen. Er braucht sie stärker als die anderen. Er wurde zur Zeit der Weizenschlacht geboren.

Keine Amelia weit und breit. Wo ist sie? Vielleicht im Haus mit Edda, arbeitet in der Küche oder breitet Bohnenschalen zum Trocknen auf dem gepflasterten Hof aus.

Edda erscheint in der Eingangstür, trocknet sich die Hände mit einem Handtuch ab.

Maria denkt, nicht zum ersten Mal, dass sie sich selbst anschaut, aber hübscher, als sie jemals war, und neun Jahre jünger.

»Liebe Schwester!«, sagt Edda. »Du bist früh dran. Wir sind noch nicht fertig.«

»Du bist wie eine Gräfin«, sagt Maria und umarmt sie. »Diese ganzen Arbeiter. Und das in der Nachmittagshitze.«

»Wir können es uns nicht leisten, vom Regen überrascht zu werden. Und wir haben den Drescher nur kurz, dann wird er zu einem anderen Hof gebracht. Außerdem gelten die Jahreszeiten nicht für den Staat.« Sie deutet mit dem Kopf auf den Wächter. »*Seine* einzige Aufgabe ist das Rauchen.«

»Und zählen.«

»Ja, und zählen. Der Großteil unserer Ernte wird bevorratet.«

L' ammasso. Maria erschaudert bei dem Wort.

»Aber wir tun, was wir tun müssen. Wir kommen über die Runden.«

»Ihr macht immer noch Gewinn«, sagt Maria.

»Rodolfo sorgt dafür, dass alles läuft.« Edda lächelt.

Maria hat ihrer Schwester nie erzählt, wie sehr Achille Rodolfo hasst und dass er ihn verflucht hat. Aber vielleicht weiß sie es dennoch. Menschen reden.

»Wie geht es Achille?«, fragt Edda.

»Ich muss dir etwas erzählen, aber nicht hier«, sagt Maria. »Kinder, bleibt draußen und helft weiter. Zia Edda und ich müssen uns unterhalten, und dann gehen wir nach Hause. Deine kleine Schwester braucht Wasser. Bring sie in den Schatten. Such Amelia, sie soll auf sie aufpassen.«

»Sie erntet Bohnen«, sagt Edda, während sie in die dunkle Kühle der Eingangshalle gehen. »So viel Energie! Ich wünschte, ich wäre noch einmal vierzehn.«

»Sie ist außerdem noch geduldig. Ich habe gedacht, sie könnte lernen, mit Seide zu arbeiten.«

»Willst du sie nicht im Geschäft haben?«

»Zu viele Soldaten in der Nähe. Außer Sichtweite ist sie sicherer. Und Achille besitzt diese Maulbeerbäume hinter Fraoleto. Mit Seide kann man Geld machen.«

Edda nickt. »Ein Handwerk ist genauso gut wie eine Mitgift.«

Sie sitzen an dem langen Holztisch und trinken Wasser aus hübsch verzierten Gläsern.

»Hast du Bohnen zu Hause?«, fragt Edda. »Ich gebe dir eine Tüte mit. Sie sind enthülst.«

»Und ich habe auch etwas für dich.« Maria öffnet ihr Päckchen. »Kaffee.«

»*Surrogato?*«

»Nein, *Caffè-Caffè*.«

Edda öffnet das Päckchen, schließt die Augen und atmet den Duft ein. »Woher hast du das?«

Maria hat Achille nicht gesagt, dass sie sich an seinen geheimen Vorräten bedient hat. Sie will ihre Schwester überraschen. »Und hier ist ein wenig Salz – aber nur, wenn du es brauchst.«

»Salz braucht man immer.« Edda streicht über das Tonpapier. »Und du nennst *mich* Gräfin. Das ist besser als Geld. Ich kann dir Sahne und ein wenig Kalb mitgeben – alles schön frisch aus dem Eisschrank. Wir müssen es gut verpacken, weil es draußen so heiß ist. Und so viel Mais, wie du tragen kannst. Das werden die Wächter nicht merken. Nun erzähl mir, was mit Achille los ist. Ist seine Malaria wieder da?«

»Nein, noch viel schlimmer.«

*

Eddas Ochsengespann mit den besonderen Vorrichtungen aus Weidengeflecht für die Maisernte bringt Maria und ihre vier Kinder nach Hause. Auf dem Weg nehmen sie noch eine betagte Witwe aus Bierara mit, die sie auf der Brücke in Santa Croce wieder aussteigen lassen. Der Fahrer dreht sich bei der Kreuzung gleich hinter Fosso um und winkt ihnen zum Abschied.

»Ich fühle mich wie ein *Gerarca*«, sagt Arsenio und sieht stolz aus. »Mit unserem eigenen Fahrer.«

»Sei nicht albern«, sagt Amelia. »Das ist nur ein Ochse und ein Wagen.«

»Besser als Gehen«, erklärt Maria. »Und *dort* ist dein *Gerarca*.«

Ein teures Auto kommt von hinten herangefahren, der schwarze Lack glänzt, die weißen, tadellos sauberen Zierleisten schimmern im Abendlicht. Es wird im Vorbeifahren langsamer. Im Inneren kann man uniformierte Offiziere erahnen. Italienische und auch deutsche. Außen der Geruch nach richtigem Benzin, nicht die Abgase von *Gas povero* oder Alkohol.

Maria fragt sich, ob im Auto der Mensch sitzt, der ihren Mann denunziert hat. Einige ihrer besten Kunden sind hohe Beamte – sie haben genügend Geld für besondere Waren. Sie weiß nicht, was sie sagen wird, wenn sie jemand nach der Sahne oder dem Fleisch fragt. Und dem nicht erfassten Mais auf den Rücken ihrer Kinder.

Sie lächelt das Autofenster an. »Cecilio, wink wie ein guter Junge.«

Er gehorcht.

Alles geht gut. Das Auto fährt an der Bäckerei vorbei und dann weiter geradeaus.

Maria hält den Atem an und geht weiter.

Vor dem Geschäft wird es langsamer, oder vor dem Haus neben dem Metzger, nicht weiter, das weiß sie. Doch dann fährt es um die Ecke in Richtung der *Comune*.

Maria atmet aus, ihre grauenvollen Schuhe mit den Gummisohlen schmerzen, und sie würde sie sich gerne von den Füßen reißen, aber niemand geht barfuß wie ein Zigeuner – das tun nur Zigeuner –, und Achille versteckt sich wie ein Zigeuner, oder vielleicht haben sie ihn auch schon verhaftet, und sie hat ihren Kindern nichts erzählt. Edda weiß noch nicht einmal, dass und seit wann Achille Faschist ist – das ist schlecht für das Geschäft, wenn es die Menschen wissen – und die Verdunkelungsdrohnen am Himmel und die Abenddämmerung, noch ein Tag fast vorbei, aber dort geht Primo die Straße auf und ab, um sie zu treffen, und seine Hosen und seine Jacke schlackern an ihm wie Segel, und mit einem solchen Sohn wird sich alles zum Guten wenden, das spürt sie, und sie betet zur Madonna der Berge, nur um sie die Dankbarkeit sehen zu lassen, die aus ihrem mütterlichen Herzen strömt.

*

Der Fotograf stellt sie hinter dem Geschäft auf. Sie posieren vor der weiß verputzten Wand zwischen den Gitterfenstern. Maria und Achille sitzen auf Stühlen, die sie aus der Küche geholt und auf den Feldweg in Richtung des *Orto* gestellt haben. Achille schaut Maria nicht hingebungsvoll an, er berührt sie nicht. Nicht wie seine erste Liebe vor langer Zeit. Er setzt ein Gesicht für die Kamera auf. Er ist das Familienoberhaupt.

Der Fotograf steht zwischen zwei Reihen Radicchio. »In diese Richtung schauen!«, ruft er hinter der großen Klappkamera.

Maria schlägt bescheiden die Knöchel übereinander. Sie schaut direkt in die Kamera. Ihre Familie ist zusammen. Aufrecht. Vereint. Ernst.

Die Gerätschaften des Fotografen blitzen und machen ein Geräusch, als würde eine Falle einen großen Vogel fangen. Dann ist es vorbei. Maria lässt Bruna und Cecilio los. Die Aufgabe ist erledigt. Ihr Vater wird stolz sein. Sie sind nicht auseinandergerissen worden, und sie sind nicht versehrt, trotz dieses Zweiten Krieges.

Conejo in umido

Wann werden sie kommen, um Achille zu verhaften? Vielleicht kommen sie gar nicht. Vielleicht sollte er nur verwarnt werden – wenn sie doch nur Duilio fragen könnte. Er ist der einzige Mensch auf der Welt, den Maria fragen kann. Aber sein Haus ist verrammelt und verriegelt, und beim Fascio sagen sie, dass er auf einer Mission in den Dolomiten ist. Vielleicht hat er diese Mission absichtlich angetreten, um nicht mehr greifbar zu sein.

Jede Unterhaltung, jeder Augenblick ist klar, laut und langsam. Das Geschäft läuft gut, aber jedes Mal, wenn sich die Ladentür öffnet, hat Maria Todesangst.

Primo und Amelia helfen ihr bei der Arbeit. Ebenso wie Arsenio.

Achille weiß nicht, was er machen soll – soll er sich aus der Öffentlichkeit zurückziehen, die Stadt verlassen, wie ein Verbrecher im Keller umherschleichen oder seine Arbeit wie zuvor weiterführen, um zu zeigen, dass er nichts zu verbergen hat … Deswegen bleibt er oben im Haus und repariert Dinge, er macht die Buchhaltung, er raucht, er nörgelt und bastelt herum.

Jeden Tag zur Mittagszeit, wenn Maria den Laden abschließt, kommt Achille an den Tisch, und die ganze Familie setzt sich zusammen hin. Sie sprechen das Tischgebet, danken dem Herrn für seine Fürsorge. Seit ihrer Rückkehr aus Altavilla sorgt Maria dafür, dass sie besser essen als diese SS-Offiziere aus Deutschland.

Das Kalb aus Altavilla neulich.

Bigoli co l'arna.

Baccalà in tocio.

Nur noch einige Tage. Nicht mal mehr eine Woche. Die Milizsoldaten sind da, bevor das Mittagessen zu Ende ist. Heute hat sie Fleisch und Gemüse aus dem eigenen Garten zubereitet. Noch nicht einmal der genauste Beamte könnte das nachhalten. Geschmortes Kaninchen mit Bratkartoffeln. Gedünstete Erbsen. Bitteres Gemüse, gedünstet und mit Olivenöl und Weinessig angemacht. Sie hat mehr Salz benutzt, als sich die meisten Menschen leisten können. Achille hat das gesehen. Wie wird sie ohne einen Ehemann zurechtkommen? Die Soßenpfützen auf dem Teller, weil sie nicht am Öl gespart hat, doch das Kaninchen muss Hunger gelitten haben – seine Glieder sind schlaksig und dürr.

Achille kaut noch, als er aufsteht. Er öffnet die Küchentür und lässt sie herein. Sie haben sich ihren Weg gebahnt durch die Hühnerställe und Käfige, den *Orto*, die Ausscheidungen, die Hühner auf dem Weg. Sie sind die Steinstufen heraufgeschlichen. Drei Schwarzhemden. Die Abzeichen funkeln golden und rot. Die faschistische Axt. Maschinenpistolen. Zwei gewöhnliche Fußsoldaten und ein Offizier. Die Uniformen sind elegant. Ihre schicken Stiefel sind schmutzig – gut. Achille ist stark genug, um mit einem Schlag alle drei – oder auch mehr – eine ganze *Squadra* außer Gefecht zu setzen.

Maria steht auf, weiß aber nicht, was sie sagen soll.

Alle sind still, selbst Primo. Selbst die Kleine.

»Montanari, Achille?«

Ihr Mann nickt.

Zwei Männer packen ihn am Arm. Nun erkennt sie sie aus

dem Geschäft. Sie hat ihre Namen vergessen – normalerweise erinnert sie sich an die Namen von allen.

Der andere Mann, mit einem größeren Hut, mit zahlreicheren Abzeichen, mehr Rot und Gold auf Schwarz, liest aus einem Dokument vor. Er hat Pockennarben im Gesicht, dicke und lange Wimpern wie ein Pony. Sein Akzent stammt aus einer anderen Provinz. Vielleicht haben sie ihn extra ausgewählt, weil er ein Fremder ist. Sogar die Art, wie er steht, ist anders. Er ist aus Deutschland. Nein, aus Bozen, dort sind sie wie die Deutschen. Nein, sie kann es nicht herausfinden. Er ist fremd. Was sagt er?

»Weil der Faschist Montanari Achille, Sohn des Olmo, bei der Justizbehörde wegen der Beschaffung von Getreide denunziert wurde, das er von dem gemeinschaftlichen Vorrat genommen hat, und weil er von der Partei suspendiert wird wegen des eben genannten Vergehens, das untersucht wurde, wird er wegen der Verletzung von moralischem Verhalten schuldig gesprochen und ebenso wegen des Verstoßes gegen faschistisches Verhalten gemäß Artikel 31 des Statuts der Nationalen Faschistischen Partei. Ich vollstrecke hiermit die folgenden disziplinarischen Maßnahmen: eins, Austritt aus der Partei, und zwei, Festnahme zwecks Arretierung, ein abschließendes Urteil wird noch gesprochen, Höchststrafe: Tod durch Hinrichtung.«

Tod durch Hinrichtung? Maria sackt auf ihrem Stuhl zusammen, bevor ihre Beine nachgeben. Sie wirft eine Schüssel oder ein Glas auf dem Tisch um und spürt etwas Nasses an der Hand.

Keins der Kinder bewegt sich.

»Wir sehen uns bald wieder«, sagt Achille ruhig. Er schaut Maria und jedes einzelne Kind an. »Oder im Himmel.«

Die Männer verbinden ihm die Augen und nehmen ihn mit, die Treppe hinunter – dieses Mal gehen sie durch den Laden zur Vordertür.

Plötzlich fallen Maria die Namen der beiden Soldaten aus dem Ort wieder ein. Scopeton. Fratasso. Sie haben beide Frauen.

Auf dem Tisch liegt ein Dokument. *Partito Nazionale Fascista. Federazione dei Fasci di Combattimento.* Ein Brief, der von jemandem unterschrieben, gestempelt, getippt und nummeriert wurde. *VINCERE* steht in fetten Großbuchstaben quer auf dem Papier.

L'ammasso. Er hat von der Bevorratung, dem Gemeindespeicher gestohlen. Und die Strafe darauf ist Tod durch Hinrichtung.

Maria hört ihr eigenes Herz so laut und schnell schlagen wie einen Drescher.

Amelia bricht in Tränen aus, schluchzt in der Stille, heult wie ein Tier.

»Sie haben Papà mitgenommen!« Sie geht zum Fenster zur Straße und drückt ihr Gesicht dagegen. »Papà! Papà! Mama, mach doch was!«

Maria steht nun am Fenster, schaut auf die Straße. Die Kinder drängen sich neben sie. Sie schniefen und wimmern. Hinterlassen fettige Fingerabdrücke auf dem Glas und dem Splitterschutzpapier. Sie beobachten, wie Achille hinten auf den Lastwagen geschubst wird. Er kämpft nicht. Sein Kopf ist gebeugt. Er ist folgsamer als ein Lamm.

Scopeton macht immer Witze über seinen Namen, dass er bis in alle Ewigkeit ein kleiner Fisch in einer großen Welt sein würde. Fratasso bekommt zusätzliche Rationen, weil er sechs Kinder hat. Werden sie morgen immer noch bei ihr im Laden einkaufen kommen? Wird sie das Geschäft schließen müssen? Wer hat die beschämende Verhaftung ihres Mannes gesehen? Sie sind durch die Haustür hinausgegangen, unter der Fassade, auf der *GENERI ALIMENTARI* steht, auf dem öffentlichen Weg, für alle sichtbar. Einen Augenblick lang fragt sich Maria, ob Calvinetto nebenan ist und ob er das alles mit angesehen hat.

Das Fahrzeug verschwindet um die Ecke.

»Wohin bringen sie ihn?«, ruft Amelia.

»Ich weiß es nicht«, antwortet Maria.

»Ich bin nun der Chef«, sagt Primo schließlich und rückt seine Brille zurecht.

»Du bist der Mann im Haus«, sagt Maria und richtet sich auf. Ihre Stimme krächzt. An ihrem Handgelenk ist Blut, sie weiß nicht, woher es stammt, und es hat sich mit Soße und zerquetschten Erbsen vermischt. Sie hat sich geschnitten. Sie wischt sich die Hand an der Schürze ab. Sie räuspert sich. »Du bist nun der Mann im Haus, mein liebster Junge, aber ich bin der Chef, weiß Gott, das bin ich. Nun esst und seid ruhig. Alle.« *Magnè e tasì.*

Sie gehorchen.

Graspa co asperula

Maria schickt Amelia mit einer Nachricht für Duilio los. Sie gibt ihr ein Bündel mit gebrauchten Wollsachen für die Soldaten in Übersee mit. Das ist gutes Gemeinschaftsverhalten. Das könnte man beim Fascio bemerken. Amelia trägt eine Bluse mit Blumen, die aus einem alten Seidentuch genäht wurde. Die Milizsoldaten werden eine hübsche Vierzehnjährige doch nicht mit Fragen über ihren Vater belästigen, oder doch?

Als Amelia zurückkehrt, steht Primo hinter der Ladentheke, und Maria kniet im *Orto*, reinigt das letzte Gemüse von Unkraut und Schnecken. Sie sammelt sie für die Hühner in einem Eimer. Sie fragt sich, wann die richtigen Nahrungsmittel aufgebraucht sein werden und die Menschen wieder Schädlinge essen müssen. Schnecken müssen eine Woche lang ausgehungert mit Maisgrieß vom Schleim befreit und ausgenommen werden. Sie hasst diese Tiere. Ihre Fingernägel sind schwarz, und die Hände sind rau von der Erde. Ohne dass man es ihr anmerkt, betet sie zu der Madonna der Berge: für Amelias Erfolg, für Achilles Freilassung, für das Kriegsende, dafür, dass sie auswandern können.

»Er will, dass du ihn heute Abend zu Hause besuchst, nachdem das Geschäft geschlossen ist. Er meinte, du sollst vorsichtig sein. Nicht das Rad nehmen. Dich hübsch machen. Und niemandem davon erzählen.«

Amelia steigen Tränen in die Augen. »Werden wir Papà zurückbekommen?«

»Wir werden unser Bestes tun«, sagt Maria. »Zieh dir eine andere Bluse an und hilf mir hier. Dann kümmere dich ums Abendessen. Die Jungen werden Hunger haben.«

Hübsch machen. Werden Offiziere anwesend sein?

Maria jätet weiter Unkraut, aber ihre Hände fühlen sich unbeholfen an. Duilio hat Achille gewarnt. Duilio kann ihr nun helfen. Da ist es egal, dass er ein Fanatiker ist. Er hat Einfluss. Er beeindruckt gerne andere Leute. Und er gehört zur Familie. Auch wenn sie ihn nie besucht. Er muss es einfach verstehen. Sie kann ihn anbetteln. Sie kann sich vor ihn knien und weinen, wenn es sein muss. Sie wird versprechen, Flaggen im Geschäft aufzuhängen. Sie muss Frau und Mann zugleich sein.

Als sie die Hintertür zuzieht, trägt sie ihr bestes Sonntagskleid, obwohl Dienstag ist und sie nicht in die Kirche geht. Der Abend ist immer noch warm. Sie hat einen Essenskorb, ein Geschenk für ihren Cousin, wie das in der Familie üblich ist. Nichts daran ist unerlaubt. Ihr Kleid ist wirklich nicht neu, doch es besteht aus echtem italienischen Seidenkrepp, ist olivfarben und hat wattierte Schulterpolster. Auf ihrem Revers trägt sie eine Blumenbrosche, die sie aus Filzresten und Draht hergestellt hat. Ihr langes Haar ist zu einem Knoten geflochten, an ihren Schläfen sind erste graue Strähnen zu erkennen. Sie trägt Parfum – einen Hauch Veilchenöl hinter jedem Ohr und auf den Handgelenken. Sie hat sich die Erde unter den Nägeln weggeschrubbt.

Die Hühner machen Radau, als sie an ihnen vorbeigeht. Calvinetto von nebenan wird denken, dass ein Fuchs oder ein Dieb in der Nähe ist. Sie schaut hoch zu seinem Fenster. Kein Licht, keine Spur von ihm. Natürlich nicht. Verdunkelung.

Sie schließt das Hintertor und blickt nach links und rechts

auf die Straße. Sie kann niemanden sehen, die Straße ist nur von blassem Mondlicht beleuchtet. Sie will nicht gesehen werden. Welche Offiziere werden bei Duilio sein? Ein *Comandante* oder vielleicht ein *Centurione*. Wie ist der Rang ihres Cousins? Das sollte sie wissen. Er muss es in all den Jahren zu etwas gebracht haben. Er kann nicht mehr ein kleiner Gefreiter sein. Sie geht vorsichtig um die Ecke, an der Hauptstraße entlang. Sie ist nicht an hohe Absätze gewöhnt. Das letzte Mal hat sie sie bei einer Beerdigung getragen, davor bei einer Taufe. Die Straße ist dunkel und ruhig. Schwer zu glauben, dass hinter diesen Fassaden Menschen sind, elektrisches Licht, Öllampen, Acetylen-Lampen, Feuer, Kerzen.

Wie Schatten kommt ein Paar auf sie zu. Sie nicken sich zum Gruß zu, als sie aneinander vorbeigehen. Sie kennt die beiden aus dem Geschäft. Sie bekommen Extrarationen für einen betagten Invaliden. Jungen streifen umher, sie sind noch nicht alt genug für den Militärdienst, sie gehen in Richtung der verdunkelten Osteria an der Ecke.

Don Goffredo tritt aus einem Haus – vielleicht hat es einen Todesfall gegeben. »Gott segne dich, Maria«, sagt er. »Bete für Frieden.«

»Ich grüße Sie«, antwortet sie, ohne ihren Schritt zu verlangsamen.

Sie geht an der Kirche und der Schule vorbei. Sie lässt den Friedhof hinter sich, wo ihre toten Babys ruhen. Sie passiert die Getreidefelder und Weinberge.

Vor Duilios Haus steht kein *Gerarca*-Auto, kein besonderes Fahrzeug. Das faschistische Emblem über seiner Haustür schimmert sanft im Mondlicht. Er wird dafür gutes Geld bezahlt haben. Er muss sich um Geld sowieso keine Sorgen machen. Die freiwilligen Milizen bekommen alle möglichen Luxusartikel.

Sie klopft mit den Fingerknöcheln.

In der Nähe heult ein Fuchs, oder vielleicht auch ein Baby.

Die Tür geht auf. Duilio hält eine Kerze in der Hand. Er schaltet das elektrische Licht nicht an. Er sieht zwanglos aus ohne seinen schwarzen Uniformrock. Nur mit seinem schwarzen Hemd, das er nicht in die Hose gesteckt hat. Stiefel. Keine Krawatte. Kein Holster. Kein Schultergurt. Aber er trägt ein Barett mit einem Abzeichen, einem scheußlichen silbernen Totenkopf mit einem Dolch zwischen den Zähnen.

Schläft er damit?, muss sie sich trotz ihrer Nervosität fragen. *Er ist verrückt.*

»Wer weiß, dass du hier bist?«, fragt er und schaut links und rechts auf die Straße.

»Es ist ruhig wie in einer Kirche«, sagt sie. »Ich habe dir ein wenig Essen mitgebracht.«

Er wird sanfter. »Willkommen, Cousine.«

Sie geben sich Küsschen. Rechte Wange, linke, rechte. Er trägt Cologne, oder er wäscht sich mit edler Seife. Er riecht nach Verbene und Kiefer.

»Komm rein. Du siehst gut aus.«

Maria errötet in der Dunkelheit. Er kann es nicht sehen. Erinnert er sich noch an den Tag am Brunnen, als er sie küssen wollte? Natürlich erinnert er sich. Und an einen anderen Tag, im Wald. Wer hat damals zugeschaut? Sie hat ihn zweimal abgewiesen. Sie wollte ihn auch küssen, aber sie hatte Angst und wusste nichts von der Welt. Sie wusste nur, dass ihre Tugend ihr größtes Geschenk war und sie von Gott gezwungen wurde, sie zu beschützen, aus Angst, ein gefallenes Mädchen zu werden, wie Eva, die aus dem Himmel vertrieben wurde, oder eins dieser Mädchen, die in ein Erziehungsheim kommen. Duilio hat anschließend jahrelang geschmollt und ihr nie vergeben.

Und hier steht er nun, derselbe Cousin, ihr eigenes Blut, mager, aber gut aussehend, trotz der Jahre, in denen er im Krieg gekämpft hat, trotz der Trauer um eine Frau, die bei der Entbindung gestorben war, und der einsamen Jahre anschließend.

»Sind Offiziere hier?«, fragt Maria, während sie die Tür hinter sich schließt. In dem Augenblick, als sie es sagt, weiß sie, dass es eine dumme Frage ist. Sie wird wieder rot. Dieses Mal kann er es sehen.

»Niemand ist hier«, antwortet er. »Komm rein. Setz dich hin. Du kommst nie zu Besuch.«

Sie gehorcht.

Sein Zuhause ist das eines Junggesellen, strahlt nicht die Wärme von Kindern oder einer Familie aus. *Fioi e fiori i fà la casa.* Sein blasses Gesicht wirkt im Kerzenlicht noch schmaler. Unter seinen faltigen Augen liegen tiefe Schatten. Er schaltet das elektrische Licht an, und die Schatten verschwinden.

»Danke, dass du Achille gewarnt hast.« Sie reicht ihm den Korb über den Tisch.

»Polenta. Wachteln. Pflaumen vom Baum.«

»Familie ist Familie. Aber ich konnte sie nicht davon abhalten, ihn mitzunehmen.«

»Aber wir hatten Zeit, uns darauf vorzubereiten.«

»Ich dachte, er könnte etwas Dummes tun und weglaufen. Du hast unter deinen Verhältnissen geheiratet. Sein Vater ist ein Trinker. Solche Menschen sollten aus der Welt geschafft werden.«

Sie erinnert sich an Achilles Vater, nach Grappa stinkend, fluchend, Frau und Kinder mit Gürtel und Fäusten verprügelnd. Alle Familienmitglieder haben wie kleine Katzen vor ihm gekuscht. Aber obwohl Achille sie manchmal schlägt, ist er ganz anders als sein Vater und trinkt auch nicht. Maria dankt Gott, dass die *Contrà* von Sassone im Augenblick weit weg ist. Sie schreibt der Familie manchmal Briefe, das reicht.

»Erinnerst du dich noch an die Verrückte, die dachte, sie wäre meine Schwester?«

Maria nickt. »Delfina.«

»Sie hat sich das Leben genommen, wusstest du das?«

Maria schüttelt den Kopf. »Ich habe nur gehört, dass sie tot ist.«

»Sie hat sich selbst den Hals aufgeschlitzt. Uns die Arbeit abgenommen. Allerdings ist Säuberung glorreich und patriotisch.«

Selbstmord ist eine Todsünde, denkt Maria. Aber vielleicht ist es für eine Verrückte keine Todsünde. *Wenn du heiratest, wirst du sterben* – Delfina hat nicht geheiratet und ist allein gestorben. Warum erwähnt Duilio sie überhaupt?

Er hält inne und schaut in den Lebensmittelkorb, als würde er nach etwas suchen. »Und Achilles Mutter ist einfältig. Seine ganze Familie – nun, du hast mit ihr zusammengelebt. Keine Disziplin. Kein Hirn. Ein schlechtes Vorbild. Ich weiß nicht, wie du es mit ihnen ausgehalten hast.«

»Das Leben ist hart, Cousin«, sagt Maria. Sie flüstert fast.

Duilio nimmt nun Pflaumen aus dem Korb, eine nach der anderen. »Allmächtiger Gott, wir danken dir für die ganzen Gnaden, die du uns gewährst.«

Vielleicht denkt er, dass Geld im Korb versteckt ist. Aber das stimmt nicht.

»Was werden sie mit ihm machen?«, fragt Maria. »Was kannst du für uns tun?«

Duilio zuckt die Schultern.

»Jeder handelt auf dem Schwarzmarkt. Jeder tut, was er kann, um über die Runden zu kommen.«

»Ich habe dich das nicht sagen hören, Cousine. Er hat eines der schlimmsten Verbrechen begangen. Ein wenig Mehl im Geschäft hier und dort, ein wenig illegaler Tauschhandel, das ist eine Sache. Aber Getreide aus dem Gemeindespeicher klauen … Glaubst du denn, dass die Behörden einen Mann mit all diesen Getreidefeldern nicht bemerken?«

»Sie sind verpachtet, er bekommt im Augenblick nur die Pacht.«

»Nicht alle sind verpachtet, das weißt du. Außerdem geht es bei der Sache um viele, viele Kilos. Das ist schlicht und einfach Diebstahl. Ein Vergehen zum Nachteil der ganzen Gemeinde. Beraubung von Veteranen und armen Kindern. Kein Wunder, dass die Vorräte ausgehen, obwohl die Rationen so genau berechnet werden! Das ist eine strafbare Handlung gegen den Staat, meine liebe Cousine. Dein Mann hat ein Staatsverbrechen gegen ganz Italien begangen. Das ist antinational. Schändlich.«

Maria nickt. Hat er sie nur herbestellt, um sie zu demütigen?

»Aber ich habe dir noch gar nichts zu trinken angeboten. Ein Gläschen Grappa?« Er schenkt zwei kleine Gläser ein. »Dieser hier ist ganz besonders. Mit Waldmeister. Der Geschmack der Heimat.«

Es schmeckt ein wenig bitter, bekannt und warm. Sie leert ihr Glas.

»Gut, nicht wahr?«, sagt Duilio. »Ich bekomme davon Heimweh.«

Sie nickt.

»Du weißt, dass darauf die Todesstrafe steht?«

Sie nickt.

Er schenkt noch einmal ein. »Ich habe das noch nie erlebt, Todesstrafe nur wegen Diebstahls. Noch nicht. Er ist ja kein Bolschewist. Und er hat seine Schuldigkeit im Großen Krieg getan. Seine Akte ist sauber. Aber alles wird immer schwieriger. Die Sanktionen, die gegnerischen Bombardierungen … Und niemand sieht deine Kinder in einer der Jugendorganisationen. Oder bei politischen Paraden. Unsere Anführer könnten an einem diebischen Vater ein Exempel statuieren wollen. Sie könnten sein Eigentum beschlagnahmen. Oder sie könnten ihn in ein Lager schicken, wie diese barbarischen Slaven. Falls das geschieht, kannst du nicht mehr viel für ihn tun.«

Also ist es noch nicht zu spät, sie kann ihren Ehemann retten.

Duilio leert sein Glas und wischt sich über die Lippen. Er zieht die Vorderseite seiner Mütze nach unten und zeigt nun mehr von diesem silbernen Totenkopf mit dem silbernen Dolch in dem silbern grinsenden Mund.

»Sag mir, was ich tun kann«, sagt Maria schließlich.

»Welches Parfum trägst du?«

Maria versucht, ihre Verwirrung zu verbergen. »Mama hat es gemacht. Aus Veilchen.«

»Noch etwas, das bei mir Heimweh hervorruft.« Duilio starrt sie an. »Du weißt, dass meine Mutter dasselbe gemacht hat. Komm näher, damit ich es besser riechen kann.«

Maria beugt sich nach vorne, streckt ihm die Hände mit nach oben gedrehten Handgelenken entgegen. Ihr Herz schlägt wie wild. Sie weiß, was er will. Er ist ein Mann, und er hat Macht. Aber was kann er tun, um Achille zu retten?

Duilio nimmt Marias Hände, drückt sie an den Gelenken zusammen, als wäre sie eine Gefangene. Er atmet den Duft tief ein.

»So süß, meine süße Cousine. Du hast dich gut gehalten.«

Kann er ihren Puls spüren? Die Haut ist dort so dünn, durchscheinend, sie kann ihre Adern in blauen Bündeln sehen, ein unordentliches Bündel, ein *Fascio*, direkt unter der Haut an jedem Handgelenk. Ihr Herz schlägt in ihren ausgestreckten Händen. Sie will ihre Hände ruhig halten. »Ich mache alles, was du willst«, sagt sie und blickt ihm in die Augen. »Aber was kannst du für meine Familie tun?«

»Ich glaube, dass er einige Monate im Gefängnis absitzen muss. Dann holen wir ihn raus. Er wird bis in alle Ewigkeit aus der Partei ausgeschlossen. Schlechter Faschist.«

Maria spürt, wie ihre Hände zittern.

»In der Zwischenzeit musst du Parteimitglied werden. Sie werden dich ohne eine Karte der Nationalen Faschistischen Partei kein Geschäft führen lassen. Es ist äußerst wichtig, den Leuten zu zeigen, dass deine Finanzen und deine Moral unabhängig sind von ihm. Das zu tun würde für besonderes Vertrauen sorgen. Du hättest einen Gefallen gut, wegen deiner Verbindung mit mir. Aber du müsstest dein Geschäft tadellos führen. Unbefleckt. Wie Maria-Maria!« Duilio sieht sie an und wartet auf eine Antwort. »Maria-Vittoria.« Niemand nennt sie mehr bei ihrem vollen Namen. Er hält immer noch ihre Handgelenke fest. Mit gelockertem Griff. Aber er lässt nicht los. »Wer auch immer euch denunziert hat, könnte es wieder tun.«

Ihre Arme werden müde.

»Es gibt eine Geschichte, die ich mag«, fährt er fort. »Der Priester sagt einem Mann, er müsse zur Buße die Stufen des Monte Berico erklimmen. Dort geht es siebenhundert Meter bergauf. Er befiehlt ihm, fünf getrocknete Bohnen unter die Sohlen von jedem Schuh zu legen, wie Kieselseine unter den Sohlen beider Füße, damit er Schmerzen erleidet. Später dann fragt der Priester den Mann, ob er seine Buße getan habe. Der Mann sagt Ja, die ganzen siebenhundert Meter lang, doch er hat die Bohnen zuerst gekocht!« Das Lachen wird zu einem Husten. Er lässt Marias Hände nicht los, er wendet den Kopf ab, um zu husten. »Ich habe zu viel Zeit in diesen verdammten Gräben verbracht. Zu viel Feuchtigkeit. Aber wie dem auch sei, ich bin mir sicher, dass wir auch Achilles Bohnen durch Kochen weich machen können. Du weißt, wie ich das meine.«

Maria nickt. Er sagt nicht mehr *sie* – nun sagt er, *wir* können Dinge erledigen.

»Kannst du einige wenige Monate ohne einen Mann aushalten?«

Maria nickt.

Ja.

Und dann schüttelt sie den Kopf.

Nein.

Sie hasst diesen Mann, ihren groben Cousin, dafür, dass er sie so festhält, mit ausgestreckten Armen, sodass ihre Brüste nach vorne fallen, dafür, dass er sie wie ein gefallenes Mädchen behandelt, doch sie starrt in seine dunklen Augen, und er sieht immer noch gut aus, seine Augen sind schwarz, sein schwarzes Barett ist verrutscht, und der Totenkopf grinst, er ist zu glücklich, und seine Haut ist weich und frisch rasiert, und er würde sie nie schlagen, und er hat sie immer geliebt, und er riecht nach Kiefer und Verbene, und er ist sauber und hat Privilegien, und er hat die Macht des Staates auf seiner Seite, und ihr Kopf ist ganz leicht vom Grappa, und sie hasst ihn, und es tut weh, wie er ihre Hand hält, doch der kleine Vogel – ihr Herz – schlägt mit den Flügeln.

Duilio zieht sie an sich und küsst sie auf den Mund. Dieses Mal weiß sie, was zu tun ist, dieses Mal weiß sie es.

Segnungen

Oh, Maria, du bist eine Henne ohne deinen kämpfenden Hahn, ein partnerloser Vogel in einem Käfig. Du würdest jeden Preis zahlen, um einen Schwarzmarkt-Ehemann aus dem Gefängnis zu befreien. Er ist dein Weinpfahl in dieser bösen Welt. Du bist die schwache und irrende Rebe, rettest den starken Ehemann, den du liebst und brauchst …

Das redest du dir ein.

Du hast dir eingeredet, dass du weinen und betteln würdest, dass du dich vor deinem sterblichen Cousin so wie vor mir niederknien würdest.

Nun redest du dir ein, dass du es tun musstest, dass es keine Wahl gegeben hat, dass Krieg herrscht.

Aber du lügst, du lügst sogar dein verlogenes Selbst an.

Ich erbebe ob deiner Unehrlichkeit.

In Wirklichkeit warst du heiß wie eine Ziege und ebenso schändlich wie diese Hexe, die sich selbst angefasst hat und mit ihrem Unterkleid durch die Contrà *gewandert ist, das schmutzig von ihren eigenen Händen war.*

Ich erbleiche vor Abscheu.

Delfina war mittellos. Obdachlos. Schamlos.

Alles, was du nicht sein willst. Alles, wovor du Angst hast.

Alles, was du sein kannst.

*

Ende Oktober feiern Fosso und die anderen Dörfer in Campolongo den zwanzigsten Jahrestag des Marsches auf Rom. Niemand sagt seine Meinung oder macht sich über irgendetwas lustig. Niemand spricht über die letzten Bombardierungen, die Mailand bei hellem Tageslicht zerstört haben. Die neusten Fotos von Mussolinis hängenden Gesichtszügen und dem vor Sorge ergrauten Haar werden nicht erwähnt. Achilles Abwesenheit wird nicht erwähnt. Niemand beschwert sich über Hunger, noch nicht einmal Nevoso, der großmäulige Notar. Alle haben ihre beste Kleidung angezogen – *bella figura* –, auch wenn das geflickte Mäntel bedeutet. Die Ärmel der Lehrer sind ausgefranzt. Calvinettos Bäuchlein ist weg. Beppe von der Osteria sieht wie ein Schatten seiner selbst aus. Einige Menschen tragen *Zoccoli*, plumpe Holzscheite, die mit Leder an die nackten Füße geschnallt werden. Selbst die Soldaten sehen schäbig aus.

Nicht aber die Offiziere der Faschisten. Sie tragen ihre warmen schwarzen Uniformen, schicke Mäntel und Waffenröcke, Stiefel aus echtem Leder. Ihre Frauen sind mit maßgeschneiderten schwarzen Kleidern und Seidentüchern bekleidet, die vollständig mit faschistischen Emblemen bedeckt sind, dem Wort *DUCE* als Streumuster. Viele von ihnen sind Fremde, einige sind sogar Deutsche. Scopeton ist hier und Fratasso, die Milizen, die ihren Mann festgenommen haben, neben anderen Kunden, die Maria aus dem Geschäft kennt.

Und die Schulkinder aus Campolongo marschieren wie eine Armee, erst die kleinen Söhne und Töchter von der Nachwuchsorganisation *Kinder der Wölfin*, sie sind jünger als Cecilio, aufgeregt und abgelenkt. Dann die *Balilla* – Arsenio mit seinen elf Jahren könnte bei ihnen Mitglied werden – und dann die größeren, älteren Jungen der *Avanguardisti*, die von Schwarzhemden flankiert werden, welche die alten Fragen in die Menge rufen. »*A chi la vittoria?*« Wem gebührt der Sieg?

Es gibt nur eine richtige Antwort. Ein Römischer Gruß und ein Ausruf, alle Kinder zusammen. »*A noi!*« Uns!

Und dort ist Duilio, Marias Cousin ersten Grades, der Mann, dessen Haut ihr vertraut ist, in seiner Paradeuniform, und er ruft dasselbe Wort, ihren Namen, beansprucht sie in der Öffentlichkeit. »*A chi la Vittoria?*«

Nur eine Seite kann gewinnen. Duilio gewinnt vorerst.

Bei der Messe segnet Don Goffredo Fahnen und Banner. Er beschwert sich nicht über die Männer, die in der Kirche Hüte tragen: mit Fransen verzierte Fes-Hüte, Alpini-Hüte mit der einzelnen Feder, Barette mit Totenschädeln. Ihm scheinen die Dolche und Waffen und Knüppel nichts auszumachen.

Duilio bringt ein geheimnisvolles Objekt nach oben zum Priester und legt es vor ihn hin, er wartet auf Knien auf seine Segnung. Das Ding ist rund und gezahnt, wie ein großes Bleigewicht für Waagen, die riesige Getreidemengen abwiegen, es ist glänzend schwarz bemalt. Der Priester spricht seinen Segen. Duilio verbeugt sich und betet.

Als er am Ende der Kirchenbank an Maria vorbeigeht, dreht er sich um, um es ihr zu zeigen, stolz wie ein Junge, der gerade zum ersten Mal ein Tier getötet hat.

»Bewundere es«, flüstert er. »Er sieht alles.«

Und dann sieht sie, dass das Ding in seiner Hand ein Profil hat: Mussolinis Stirn, Nase, Mund und Kinn sind rundherum zu sehen, egal wie man das Objekt auch dreht. Es ist geschmacklos, nahezu gotteslästerlich. Nur Gott sieht alles, nur Gott weiß alles.

Amelia rutscht der Rosenkranz aus der Hand und fällt rasselnd auf den Boden. Sie kniet sich hin, um ihn aufzuheben, errötet wegen des Ungeschicks. Sie bekreuzigt sich.

Duilio ist zu lange geblieben. Es reicht nicht, dass er ihr Cousin ist. Die Leute werden reden. Sie werden denken, dass Maria Faschistin sei. Sie werden es wissen …

Sie schließt die Augen. Als er weitergeht, tut sie so, als würde sie beten. Sie kann nicht beten. Sie kann nicht denken. Sie merkt, wie ihr die Schamesröte ins Gesicht steigt.

Wer in der versammelten Menge aus Alten und Jungen weiß es? Attilio der Bäcker? Der einsame Beppe ohne seine Teresa? Benedetta, die Frau des Bahnhofsvorstehers? *Vertraue niemandem.* Wer hat gesehen, wie Maria seit Achilles Verhaftung Woche für Woche zu Duilio gegangen ist? Eins ihrer eigenen Kinder? Amelia? Wer hat ihr in den finstersten Verdunkelungsnächten nachspioniert, unter den leuchtenden Sternen, als sie durch seine faschistisch geschmückte Tür hinein- oder herausgekommen ist, oder wie sie nach Hause geschlichen ist? Wer hat den Sex auf ihrer Haut gerochen?

Veilchenöl

Als der November kommt, ist es so kalt, wie es sein sollte. Doch nach dem harten Winter im vergangenen Jahr, der kältesten Zeit, an die sich alle erinnern können, ist diese Kälte tatsächlich erschreckend.

Alles ist nun erschreckend. Geräusche, Gesetze, Nachrichten, Gesundheit, Wetter, heute, morgen … Maria verspürt die ganze Zeit Angst, sie liegt ihr wie ein Stein im Magen oder ist wie ein Schatten, der ihren Körper nicht verlassen will, egal wie sehr sie auch versucht, ihm zu entkommen.

Die Menschen haben Hunger. Und Hunger macht Angst. Ein dürrer Hund zittert, weil ihm die Kälte direkt in die Knochen kriecht. Ein dürrer Hund zittert, wenn sein Herrchen den Prügelstock herausholt. Das ist dasselbe. Ein dürrer Hund zittert.

Achille wurde vor drei Monaten verhaftet, und drei Monate sind so lang wie eine Jahreszeit, in der Früchte verrotten oder von Fleisch und Blättern nur blanke Knochen und Rippen übrig bleiben. Drei Monate ohne Nachricht über das Schicksal ihres Mannes, noch nicht einmal durch ihren Cousin.

Duilio sagt, er wisse nichts, es liege nicht an ihm. Er gibt an und macht Versprechungen, sagt ihr, sie solle geduldig sein, zeigt seine Uniform, doch er hat weniger Macht, als er sich eingestehen mag. Achilles Schicksal liegt in den Händen der geheimen politischen Polizei.

Zu Hause ist das Bett kalt. Es gibt nur ein *Monega*, das die Kinder abwechselnd dazu benutzen, ihre Betten zu wärmen. Als Maria schlafen will, zittert sie. Wenn sie im Dunkeln sehen könnte, würde sie ihren kondensierenden Atem erkennen. Als sie noch klein war, vor den Kriegen, saß die ganze Familie mit den großen Tieren im Stall, um sich nachts zu wärmen, die Männer haben Karten gespielt, *Briscola* und *Scopa*, die Frauen haben gehäkelt und genäht, alle haben gesungen. Nun singt niemand. Wenn sie sich jetzt selbst aus dem Himmel sehen könnte, würde sie eine einsame mittelalte Frau mit zu wenig Fett am Leib sehen, die sich unter Jacken und Decken zusammenkauert und von dem Gewicht fast erdrückt wird. Zumindest hat sie Jacken und Decken. Und manchmal die kleine, weiche und unschuldige Bruna, die sich an ihr wärmt und bei ihr Trost sucht. Maria hat wertvolles Feuerholz für die nächsten Monate – sie dankt Gott für ihre Familie in den Bergen, die es ihr geschickt hat, sie bekreuzigt sich, berührt die Stirn, die Mulde zwischen ihren Brüsten, jede Schulter mit ihren kalten Fingern. Sie dankt Gott für ihre Kinder. Sie hat gutes Essen für sie, weil sie ein Geschäft hat. Aber ihr werden zu wenig neue Waren geliefert. Die Rationen reichen nie für alle Kunden mit ihren endlosen Coupons. *Warum gibt es keine Butter? Was haben Sie mit meiner Portion gemacht?* Sie hat angefangen, Reste auszukratzen und das fischige Salz aus dem Heringsfass zu verkaufen. *Aber die Kinder sind krank und werden ohnmächtig!* Sie schläft nachts ein, ist wach und träumt gleichzeitig. Die Kälte lässt ihr Hirn schwimmen und ertrinken und Ängste wie Geister aufsteigen.

Sie hasst sich für ihre egoistischen Gedanken. Ihr Mann ist im Gefängnis, in Padua oder Vicenza, vielleicht in Venedig. Duilio weiß nicht, wohin sie ihn nach der örtlichen Polizeidienststelle gebracht haben. Die Zelle ihres Mannes muss eiskalt sein und voller Ungeziefer, er muss zittern wie ein dürrer Hund. Er war immer schlank, trotz seiner Stärke. Wie lang dauert es, bis Muskeln verschwinden? Sie hat gehört, dass es in Venetien Gefangenenlager gibt. Geben ihm die Faschisten genug zu essen, diesem starken Mann, den sie jeden Tag seit ihrer Hochzeit mit Nahrung versorgt hat? Vielleicht geben sie ihm gar nichts zu essen.

Er sollte Gnocchi mit Fleischsoße essen. Sie kann die Gnocchi so zubereiten, dass sie fest und dennoch zart sind, dass sie ihre Form behalten, aber im Mund zerschmelzen. Sie mogelt nicht mit zu viel Mehl. Die richtigen Kartoffeln: weiß und locker im Inneren, außen gelb. Mit Schale gekocht. Man braucht Hausfrauenhände zum Schälen. Sie hat Hausfrauenhände. Sie könnte ihm Pilzrisotto machen, das ist eins seiner Leibgerichte. Langsam und geduldig gerührt, der Reis wird nicht abgekratzt, nicht zerstampft oder zerdrückt. Oder Pasta mit Bohnen. Nun ist Winter, und ein Mann braucht Nahrung, die ihn sättigt, wärmt und die von seiner treuen Frau zubereitet wird.

Was geben sie ihm zu essen? Küchensalz, damit er qualvolle Magenschmerzen bekommt? Rizinusöl, damit sich sein Darm entleert, er nur noch ein leerer Sack ist? Sie hat von ihren Strafen gehört. Sie hat von Männern gehört, die in ihren eigenen Exkrementen nach Hause gewankt sind, nachdem sie auf der Piazza Rizinusöl trinken mussten. Dumme Männer, die sich bei einem Kartenspiel gegen die PNF ausgesprochen hatten oder an einem öffentlichen Ort die falsche Parteizugehörigkeit kundgetan haben oder sich über Mussolini lustig machten.

L'Appetito è il miglior condimento, steht auf seinen Plakaten, als ob die Menschen noch mehr Appetit benötigen. *Gli obesi sono infelici* – aber wo sind die übergewichtigen Menschen, die beweisen können, dass sie unglücklich sind? Was wissen die wohlgenährten Politiker über Hunger? Sind sie die Unglücklichen? Was wissen sie über Kälte?

Heute Abend ist Maria nicht kalt. Sie ist bei Duilio. Sie sehnt sich nach seinem warmen Bett, seinem warmen Körper. Der Grappa wärmt sie auch.

Sie liegt wie ein Kind auf seinem Bett.

»Du weißt, dass heute das Fest der Unbefleckten Empfängnis ist«, fragt er, als er sie auszieht. Er erwartet keine Antwort.

Sie nickt.

Er nimmt sein schwarzes Barett mit dem Todesabzeichen und setzt es ihr auf den Kopf. »Du bist also endlich in die Partei eingetreten – warum erst so spät?« Er zieht sie gern auf. »Du bist eine unabhängige Frau mit einer Gewerbeerlaubnis – wo wärst du ohne das Geschäft?«

»Ich hätte noch hungrigere Kinder«, sagt sie. Sie findet, auch er sieht dünn und hungrig aus.

Maria ist nun eine richtige Faschistin, doch ihre Kinder und Kunden müssen das nicht wissen. Auf ihrer neuen Parteikarte steht, dass sie zum *Fascio Feminile* gehört, der zum *Fascio di Combattimento di Campolongo* gehört, der zum Verband der Faschisten der Provinz gehört, der wiederum zur Nationalen Faschistischen Partei gehört. Die ganzen Vereinigungen bilden eine große, komplizierte Familie, die durch Verpflichtung, Liebe und Angst zusammengehalten wird. *VINCERE.*

Duilio zieht ihr die Schuhe aus, streift ihre gestopften Strümpfe so leicht wie Maisblätter ab. Er knöpft ihr Kleid auf. Seine Bewegungen sind anmutig – es ist schwer, sich ihn als Angehörigen der Miliz vorzustellen, trotz der Uniform, die er wie ein Fanatiker immer trägt. Er ist noch nicht einmal ein hoher Offizier – sie haben ihn noch nicht für seine Loyalität belohnt. Er ist nicht so klug, wie er glaubt. Er ist eitel und durchtrieben. Er sollte gemieden werden. Doch er riecht so gut, sie will ihn inhalieren, ihn ganz einatmen. Sie will ihn verzehren. Und er kann sie um den Finger wickeln – er weiß, wie er sie anfassen muss, bewundert ihren Körper wie eine Offenbarung. Er atmet das Veilchenöl an ihren Handgelenken ein, streichelt über ihre Haut wie ein Märtyrer in Ekstase, knabbert an ihrem Hals, leckt an ihren Brustwarzen und den weichen Innenseiten ihrer Arme wie an gesegneten Oblaten, leckt an ihren Handgelenken, an ihrem Bauch wie an einem Teller, an ihren Schenkeln. Er schleckt an ihr wie an reifem Obst, isst und trinkt sie, schält sie, dringt in sie ein, gleicht ihr, lässt sie alles vergessen und nur den Augenblick erleben. Ihre Körper sind schweißgebadet, glitschig wie neugeborene Babys, muskulös und robust, dann weich wie Kissen, nass und heiß. Er erzittert. Er hustet. Seine Stimme ist brüchig. Er will sie in den Arm nehmen, doch er hustet. Und dann erinnert sie sich an sich selbst, an Gott und an Achille. Und sie sieht diesen Mann neben sich, den Cousin, der sie liebt, den gut aussehenden, arroganten Cousin, den sie hasst, der so gut riecht, dass sie nicht genug von ihm einatmen kann, der an einer Krankheit leidet, die er sich in den langen feuchten Nächten eingefangen hat, als er sich wie ein Wilder in den Kanälen und Gräben verstecken musste, wo er Dinge bewachte und absperrte und Dinge herausrief und Menschen mit seinem Knüppel geschlagen hat – und sie fragt sich, wie sehr eine Frau einen Mann nach dem Sex verabscheuen kann und ob es immer schon so gewesen ist, seit Adam und Eva. Und sie fühlt wieder die Angst, die immer da ist und ihr schwer im Magen liegt. Angst vor Vergeltung, vor dem Entdecktwerden, Angst um ihre Familie, der Fluch der hungrigen Armut, der Schrecken der Hölle.

»Wann kommt Achille aus dem Gefängnis?«, fragt sie. »Er

sitzt nun schon fast drei Monate lang. Du hast gesagt, dass er nach drei Monaten freikommt.«

Und Duilio antwortet nicht. Er kommt aus dem Husten nicht mehr heraus.

Vor den Bomben

Zwei Tage später kommt Scopeton wie ein normaler Kunde ins Geschäft, als hätte er nie jemanden festgenommen. Er ist in Zivil – man erkennt ihn fast nicht.

»Ich hätte gern etwas Butter«, sagt er und hält ihr seinen Couponbogen entgegen, als wäre er ein Bürger wie jeder andere. »Und Zucker, Linsen, Pasta.«

Maria starrt seine Hände an. Diese Hände haben ihren Ehemann festgenommen, ihn am Arm gepackt, ihn mit verbundenen Augen die Treppe hinunter und dann in einen Laster gestoßen. Die Finger sind kurz, dick und mit Altersflecken bedeckt, wie kleine Salamis. Kleinere Hände als ihre eigenen. Sie hat das schon früher einmal gesehen, doch sie kann sich nicht genau erinnern, wann das war. Wo hat er seit der Verhaftung gesteckt? Er hat eine Frau. Er trägt ein Stahlband am Ringfinger. Seine Frau muss diejenige sein, die normalerweise das Essen kauft. Natürlich tut sie das. Frauen besorgen Lebensmittel. Männer gehen selten einkaufen. Maria fragt sich, welche Kundin seine Frau ist. Sie sollte es wissen. Es ist egal.

»Gut, dass Sie endlich der Partei beigetreten sind«, sagt er. »Es sah langsam schlecht aus.«

»Bitte sagen Sie es niemandem, ich flehe Sie an. Ich muss ein Geschäft führen«, sagt sie.

Er lässt nicht durchblicken, ob er sich daran halten wird.

»Ich kann Ihnen die Linsen geben«, sagt sie. »Und ich habe ein wenig Honig. Reicht das?«

»Ich nehme, was Sie haben«, antwortet Scopeton. »Ich habe eine Nachricht für Sie, von Ihrem Cousin.«

Marias Herz schlägt so schnell, sie fragt sich, ob er es durch ihre dicke Schürze sehen kann. Sie wiegt die Linsen ab und schüttet sie in eine gefaltete Papiertüte, verschließt gekonnt die Öffnungen, dann treffen sich ihre Finger in der Mitte, und der Inhalt wird mit einer letzten Falte verschlossen.

»Wissen Sie, dass er befördert worden ist?«, fragt Scopeton.

»Das wusste ich nicht«, antwortet Maria.

»Er ist nun *Aiutante*.«

Der Rang ist niedriger, als Duilio gefallen würde. Doch er wird mit seinen neuen grünen und goldenen Abzeichen angeben.

»Es ist eine Ehre für ihn, obwohl es ihm nicht mehr viel nützt«, fährt Scopeton fort. »Er hat mich gebeten, Ihnen mitzuteilen, dass er im Krankenhaus ist. Er hat Tuberkulose. Man kann ihn besuchen, aber Sie sollten wissen, dass diese Krankheit äußerst ansteckend ist.« Scopeton steckt ihr einen Zettel mit der Adresse zu.

Die Gedanken bleiben ihr im Mund stecken. Ihre Hand zittert, als sie dem Mann mit den Salamifingern, dessen Nachname *gesalzener Fisch* bedeutet, ein klebriges Honigglas reicht. Der Honig ist nicht gefiltert: kleine Stücke von toten Bienen und Waben schwimmen in der Masse. Der Zucker ist am Deckel kristallisiert. Gott sei Dank für Bienen und deren Zucker. Gott sei Dank für die Bauern, die ihr den Honig verkauft haben. Sie zählt die Preise im Kopf zusammen. Sie verlangt einen höheren Betrag vom Milizsoldaten. Er zahlt und scheint es nicht zu bemerken.

»Sie sollten ihn besuchen. Er hat Ihnen noch etwas zu sagen – er hat Informationen.« Scopeton trommelt mit den Fingern auf die Theke, als würde er nachdenken. Doch er hat gesagt, was er sagen wollte. Nun steht er einfach da und wartet.

»Danke«, sagt Maria, weil es das ist, was er erwartet, doch sie will ihm Flüche entgegenspeien, wie eine wütende Zigeunerin. »Danke.«

Scopeton nimmt seine Waren, grüßt und geht.

*

Oh, Maria, mein in die Enge getriebenes Huhn, du musst dich gut vorbereiten. Du musst deinen Cousin besuchen, um Informationen betteln, um Hilfe, um Gnade – er wurde befördert.

Aber er liegt im Sterben. Du fürchtest dich vor Ansteckung.

Bist du krank?

Er hat seine Bestrafung in diesen Gräben erhalten. Er verdient Strafe, genau wie du. Du hast dich mit dem Ansteckenden ins Bett gelegt. Ihn wie ein dreckiger Hund abgeleckt. Ich weine beim Gedanken an deine Kinder – sie werden wehrlose Waisen sein, wenn du krank wirst und stirbst.

Bist du schwanger?

Wie kannst du den Krieg überleben oder Erfolg haben, wenn du immer weiter Kinder bekommst? Du bist vierundvierzig Jahre alt und immer noch so fruchtbar wie eine Flussaue, ergiebig wie Kompost. Und dennoch würdest du die moralische Sünde des Mordes nicht begehen, die politische Straftat der Abtreibung, trotz der Geburtenprämie.

Du hast nicht nachgedacht, meine reife Frucht.

Ich habe dich nicht beten hören.

Du beichtest nicht richtig, du raffiniertes Mädchen, du Unkrautsammlerin, du Wölfin im Schafspelz. Du hast zu viele Geheimnisse. Du verwendest Wolle wieder, wie ein gutes Kriegskind. Du bereitest alles auf, was du kannst. Aber du kannst deinen Ruf nicht retten, nicht ohne Reue, nicht nach diesen drei Monaten voller Sünde.

*

Die Hähne haben gekräht, die Kirchenglocken geläutet, und Fosso ist wach. Maria und Primo öffnen das Geschäft für den Tag. Sie schaut auf dem Boden und in den Ecken nach Mäusespuren. Er klappt die Fensterläden auf. Er kehrt den Boden. Draußen ist es immer noch dunkel.

Maria ist zum Bäcker gegangen und hat die erbärmliche Tagesration Brot für die Familie geholt. Nun steht sie hinter der Theke und bringt Papiere in Ordnung.

»Ich gehe heute Vormittag nach Vicenza«, sagt sie, ohne aufzuschauen.

»Vicenza?«

Ihre Ausweispapiere sind schon in ihrer Tasche, zudem etliche Geldscheine, nur für den Fall. »Um zu sehen, wie ich deinem Vater helfen kann.«

Primo hört auf zu fegen. »Gibt es Neuigkeiten? Wir wissen doch nicht einmal, wo er ist.«

»Amelia hat letzte Nacht im Schlaf gesprochen. Sie hat vom heiligen Antonius geträumt.« Maria bekreuzigt sich, wegen des Heiligen und wegen der Lüge. »Dein Vater ist nicht verloren. Wir können herausfinden, wo er ist.«

Bevor Primo weitere Fragen stellen kann, sagt sie: »Ich habe nicht mehr genug Zeit, den Boden oder die Treppe zu wischen. Du kannst es heute machen. Oder du fragst Amelia. Nimm nur ein wenig Bleiche, nicht zu viel.«

»Hast du einen Termin mit jemandem?«

Maria nickt. »Mit einem Beamten.«

»Ich begleite dich.« Er ist der Mann im Haus. Ihr gesegneter Junge.

Sie will nicht, dass er mitkommt. Sie will ihm nicht erzählen, dass sie zum Krankenhaus geht, wo Duilio liegt, und nicht zu einer Behörde oder einem Gefängnis. »Deine Geschwister brauchen dich. Bitte kümmere dich um sie.«

»Ich sollte an deiner Stelle gehen. Es ist gefährlich.«

»Nein«, sagt sie so nachdrücklich, dass er nichts erwidern wird. »Jeder könnte ins Geschäft kommen, jeder Mann, zu jeder Zeit. Denke an Amelia. Wir brauchen hier einen Mann.«

Primo weiß nicht, was er sagen soll, sie kann es an seinem Gesicht ablesen.

»All dies«, sie zeigt um sich herum und schaut sich um, »wir müssen es beschützen.«

Die Hintertür öffnet sich, erst kommt Arsenio herein, dann Cecilio. Sie tragen etwas Schweres. Es ist Bruna, sie ist in ein Bettlaken eingewickelt, das die beiden Jungs aufspannen wie eine Hängematte. Cecilio schleppt sein Ende hinter sich her.

Arsenio grinst Maria an. »Dies ist unser Infanterist, der in Afrika verwundet wurde.«

»Wir sind Bahrenträger!«, sagt Cecilio stolz.

Die kleine Bruna lacht und zappelt im Laken.

»Der Soldat liegt im Sterben«, sagt Arsenio und schüttelt die Last, als wäre es nasse Wäsche.

Cecilio lockert den Griff.

»Raus hier«, sagt Primo. »Ich spreche gerade mit Mama.«

Arsenio lässt die kleine Bruna auf den Boden fallen.

Sie sitzt mitten auf dem Laken, blinzelt erschrocken.

Maria stampft mit dem Fuß auf. »Warum passt Amelia nicht auf dich auf?«

Arsenio zuckt die Achseln. Cecilio zuckt die Achseln.

»Geht raus und schaut nach den Tieren«, sagt Primo. »Ich will euch nicht mehr sehen, bis ihr ihnen Wasser und etwas zu fressen gegeben habt.« Er scheucht sie beide mit dem Besen. »*Und* Ausmisten nicht vergessen.«

Die Jungen runzeln die Stirn und zappeln noch einen Moment herum. Dann rennen sie fort.

Bruna will sich befreien, verheddert sich aber in den Falten des Leinens. Sie fängt gleich an zu weinen.

Maria nimmt sie mitsamt dem Bettlaken hoch. Ihr kleines Mädchen fühlt sich winzig an in ihren Armen.

»Weine nicht«, sagt sie. »Er war nicht böse mit dir.«

Sie bringt das Bündel nach oben zu Amelia.

*

Maria geht zum Krankenhaus in Vicenza. Der Weg in die Stadt gleicht einer Entdeckungsreise, sie fühlt sich so weit weg wie Rom an, sie könnte ebenso gut in Österreich oder Afrika liegen, dabei sind es doch nur wenige Kilometer. Maria geht. An verwahrlosten winterlichen *Orti*, abgeschnittenen Kohlklumpen, zerlumptem Mangold und abgedecktem rotem Radicchio vorbei.

Sie nimmt einen Zug. Wohin sie auch blickt, sie sieht Gräben und Kanäle. Kahle Reihen von Silberweiden, Haselnussbäumen, Maulbeerbäumen, Pappeln. Das Silbergrün der Olivenblätter, kahle schwarze Weinreben und noch mehr Weinreben, Zypressen und Eiben, Efeu, die glänzenden Blätter des Magnolienbaums, alle ungenießbar. Sie sieht die verfaulten schwarzen Mandelhüllen, die oben an einem Baum hängen, dann einen einsamen Granatapfel, feuerrot, verschwenderisch nicht gepflückt – wahrscheinlich sollte das Glück bringen. Sie erinnert sich an Orte. Sie sieht in der Ferne die graubraune Wand aus Bergen, die sich vom Himmel abhebt. Dahinter die unsichtbaren Gipfel, wo sie zwischen Granit und Holzrauch aufgewachsen ist. Sie und ihr Cousin.

Maria und Duilio.

Sie geht. Sie hat kein Kind auf dem Rücken. Sie führt ihre Parteikarte mit sich. Sie verschafft ihr Privilegien. Kontrollpunkte sind kein Problem. Die Soldaten und Milizen lieben ihre Karte. Sie denken, dass sie ihre Karte *ist*. Sie sucht in ihren Gesichtern nach Duilio. Sie wird von ihren Uniformen abgelenkt. In den Uniformen sehen sie alle aus wie Brüder, Cousins, Liebhaber.

Vicenza wurde nicht in Schutt und Asche gebombt, doch das könnte tagtäglich geschehen. Sie zerbomben alle Städte. Es ist nur eine Frage der Zeit. Diese Fliegersirenen und Zufluchtsstätten haben ihre Daseinsberechtigung. Überall hängen Plakate, die den Menschen sagen, wie sie sich verhalten sollen.

Sie sieht Duilio schließlich durch Glas, er trägt eine Maske und ein weißes Hemd. Er blickt sie mit wilden schwarzen Augen an. Er sieht verängstigt aus.

Nicht wie ihr Achille.

Und dennoch sieht er weniger gebrochen aus, als sie gedacht hätte, weniger totenähnlich. Außer dem blutigen Verband um seinen Kopf sieht er nahezu gesund aus. Sie ist enttäuscht. Sie will, dass er stirbt. Dann spürt sie Schuld und Scham. Warum hat er eine Wunde am Kopf? Ist er hingefallen oder ohnmächtig geworden? Sie würde gern weinen. Aber sie ist nie ein Weichei oder eine Prinzessin gewesen. Sie hat kaum geheult, als ihre Babys gestorben sind. Es gab keine Zeit. Sie hatte einfach zu viel zu tun.

»Ich wusste, dass du kommen wirst«, krächzt Duilio.

»Ich musste kommen.«

Er lächelt fast schon jungenhaft. »Wenn ich rauskomme, werden wir zusammen sein.«

Er hustet und sucht nach seinem Taschentuch. In seinen schwarzen Augen ist Panik. Sein weißes Hemd ist rot besprenkelt.

Sie weiß nicht, warum sie nun weinen möchte. Sie weiß nicht, was sie will, oder wollte, mit diesem Schattenmann, dem sie gehorcht. Sie hätte ihn nicht ohne eine Sondererlaubnis des Vikariats in Venedig heiraten dürfen. Er ist ihr Cousin ersten Grades. Er ist in seinem Leben aufgestiegen, deswegen hat er Macht, doch nun ist er sterbenskrank – stehen diese beiden Sachen miteinander in Verbindung? Sie muss im Moment so viel nachdenken, dass sie davon Kopfschmerzen bekommt. Sie bekommt nicht genug Salz. Davon bekommt man Kopfweh.

Duilio flüstert: »Ich habe Achille gesehen.«

Sie kann nichts sagen. Sie fühlt sich, als hätte er ihr in den Magen geschlagen.

»Ich wurde befördert. Ich glaube, ich kann ihn retten.« Duilio schaut suchend. »Willst du das?«

Deswegen ist sie hierher gekommen. Sie nickt langsam. Sie fleht ihn mit ihrem Blick an.

»Das wäre mein Geschenk«, sagt er. Er hustet. »Wenn du dich mir versprichst.«

Marias Herz zieht sich zusammen, setzt aus, wird zu Stein. Sie verschränkt die Hände zum Gebet und schaut ihn an. Sie erinnert sich daran, zu atmen, zwingt sich zu sagen: »Ich verspreche es.«

»Sie werden ihn umbringen, wenn du mich enttäuschst.«

Er grinst. »Wenn ich rauskomme …«

»Wenn du rauskommst …« Sie ringt sich ein Lachen ab. Sie starrt Duilio mit Liebe und Hass im Blick an. Sie kann die Knochen unter seiner Haut sehen. Sie versucht zu beten, dass er Achille rettet. In ihrem Kopf schwirren verwirrende Wörter umher.

Sie geht, sie weiß nicht, was er tun wird, sie will, dass er stirbt.

Winterrettung

»Ich habe Sie gestern am Kontrollpunkt gesehen«, sagt die Frau des Notars. Sie steht an der Theke im Geschäft, hat die Hände voller Coupons ausgestreckt.

Maria hat die Waren immer noch nicht, auf die ihre Kundin bereits letzte Woche oder letzten Monat Anspruch gehabt hätte. Diese Engpässe treten nun häufiger auf. Die Rationen sind gut berechnet, allerdings ist nicht genug Ware für die Coupons da. *Deswegen braucht man den Schwarzmarkt*, würde Achille sagen. *Deswegen ist der Schwarzmarkt böse*, würde Duilio sagen.

Welcher Kontrollpunkt? Und warum spricht Nevosos Frau überhaupt über Kontrollpunkte? Vielleicht hat sie zwei und zwei zusammengezählt – und bezichtigt Maria des Ehebruchs. Oder sie hat ihre Parteikarte gesehen – je nachdem, wie loyal die Frau ist, könnte sie Maria deswegen etwas Böses wollen. Oder vielleicht sät sie einfach gern Zwietracht.

Maria starrt sie an. Der Mund der Frau ist zusammengekniffen wie ein schlecht gestopftes Loch, ihre Augen sind schmal, sie gehört zu den Menschen, die zutiefst missgünstig sind, die die Dinge ihrer Nachbarn begehren. Aber Maria weiß, dass sie zu allen Kunden freundlich sein muss – zu jedem, egal auf welcher Seite er steht. Und nur Gott im Himmel weiß, welche Seite gewinnen wird.

»Welchen Kontrollpunkt meinen Sie?«, fragt Maria ganz unbeschwert.

»Zwischen hier und der Stadt. Ventana. An der Brücke. Sie wissen, welchen ich meine. Hatten Sie geschäftlich in der Stadt zu tun?«

»Die Zeiten sind hart«, sagt Maria. Das ist ihre Standardantwort auf alle schwierigen Unterhaltungen. »Wir müssen reisen – aber das Mehl ist immer noch aus, es tut mir leid. Ich habe einige nicht rationierte Waren, falls Sie Interesse haben.«

»Die haben Sie schnell gehen lassen.«

Maria fragt sich, was sie antworten soll. »Sie wissen, wie Männer sind, die nicht genug zu tun haben, und dann eine Frau ohne Begleitung …«

»Und Ihr Mann, wo ist er? Ich habe ihn seit … seit … nicht mehr gesehen.«

Jeder weiß, dass Achille gefangen genommen wurde. Calvinetto nebenan muss die Milizen gesehen haben. Andere müssen sie auch gesehen haben. Die Männer sind absichtlich durch den Laden aus der Vordertür gegangen, dann auf die Hauptstraße. Achille ist seit drei Monaten weg. Ein Vierteljahr mit teilnahmslosem Gesicht, ohne einen Ehemann. Sommer, dann Herbst, eine ganze Jahreszeit, Stunden und Tage, in denen sie Gottes Gebote in der Finsternis der Verdunkelung gebrochen hat.

»Die Zeiten sind hart«, sagt Maria schließlich noch einmal. »Sie wissen, was passiert, man sagt das Falsche zu den falschen Menschen und muss beichten gehen, selbst wenn man ein gesetzestreuer Mensch ist, so wie *Sie*. Es war ein Fehler, das werden Sie bald schon bemerken. Mein Ehemann ist wie eine Eiche. Er ist stark und gut. Das weiß jeder in Fosso. Und auch außerhalb von Fosso. Bis über Campolongo hinaus. Er wird bald nach Hause kommen. Die Kinder werden …« Maria spricht nicht weiter. Amelia wird überglücklich sein.

Der schmale Mund der Frau bewegt sich, als würde sie Knorpel kauen.

Maria muss dafür sorgen, dass sie zufrieden bleibt. »Ich gebe Ihnen ein wenig Feuerholz aus den Bergen. Zum halben Preis, für Ihre Treue – aber sagen Sie niemandem etwas. Mein Bruder hatte nicht mehr. Wissen Sie, ich habe gehört, dass die Menschen Weinpfähle klauen und verbrennen. Wir alle müssen uns Vorräte anlegen, aber das ist schockierend, oder?«

Die Notarfrau weiß nicht, was sie antworten soll. Sie hat die Kontrollpunkte vergessen. Das besondere Angebot reizt sie.

Der Winter ist da. Es wächst überhaupt kein Obst mehr. Die Trauben und Kastanien wurden geerntet. Der Weizen wurde bereits von denen ausgesät, die Weizen und Felder zum Besäen haben. Es hat angefangen zu frieren. Bald wird Schnee und Eis Fosso stärker im Griff haben als einige Kontrollpunkte hier und dort. Die Menschen, die bereits hungrig sind, werden der Kälte zum Opfer fallen.

»Wie viel kostet das Feuerholz?«, fragt die Notarfrau.

»Ich hole es Ihnen.« Maria weiß, dass sie diesen kleinen Kampf gewonnen hat. Sie ist diejenige mit dem Laden.

*

Ist es Glück, dass die tratschende Notarsfrau die Frau des Ladenbesitzers in dem Augenblick gesehen hat, als sie den Kontrollpunkt in Ventana verlassen hat? Maria beantwortet die Frage für sich mit nein. Sie hat Parabeln gelauscht. Gott ist Bestimmung. Gott weiß alles. Er kennt die Geheimnisse und den Sinn von Krieg, Leid und allem anderen, obwohl Sterbliche durch Geheimnisse und Unwissen verwirrt werden.

Ist es Glück, dass Duilio nun todkrank geworden ist? Nein, das muss auch Gottes Werk sein. Deswegen werden die Spione und Tratschtanten von Fosso bald erfahren, dass die gute Maria einen leidenden Cousin gepflegt hat, einen Mann, der hier in den Ebenen keine weitere Familie hat. Deswegen hat sie ihn in den letzten Monaten so häufig besucht. Obwohl alle wissen, dass er ein Schurke ist. Sie hat ihre christliche Pflicht erfüllt, mehr nicht. Familiäre Verpflichtungen. Dies ist ihre Befreiung, ihre Erlösung durch die Beichte, ihre Verteidigung gegen Achille.

Werden die Schwarzhemden den Schwarzmarkthändler freilassen? Sie redet sich ein, dass sie Zustimmung in seinem Blick gesehen hat. Sie betet dafür. Er liebt sie auf seine Art. Aber sie weiß, dass es für ihn wie ein Spiel sein wird, ja oder nein, ein Münzwurf, weil er die Macht hat. Er hat die Macht, das zeigt er gerne. Es macht keinen Unterschied, dass er dem Tod ins Angesicht blickt.

Sie fragt sich, wie ihr Mann sein wird, wenn er zurückkehrt – falls er zurückkehrt. Wie eine Eidechse ohne Schwanz. Oder grimmig wie ein Stier. Die Leute haben geredet, natürlich haben sie das – er ist ein Mann, der verhaftet wurde, weil er den Gemeindespeicher bestohlen hat. *Che figura!* Und dennoch: Falls er um die Todesstrafe herumkommt … wäre das das Allerwichtigste.

Doch das Geschäft sieht leer aus. Die Kunden beschweren sich, bekommen ihre Rationen nicht. Es kann nun nicht mehr am Handel auf dem Schwarzmarkt liegen, dass das Geld fließt. Es gibt kleine verräterische Zeichen für Luxus zu Hause – *Caffè-Caffè*, ein neuer Mantel – Duilio sei Dank.

Maria stellt sich vor, wie ihr Mann den ganzen Weg aus dem Gefängnis, das in einer Stadt liegt, nach Hause geht – sie weiß nicht, welche Stadt es ist, sie weiß nicht, auf welcher Straße er geht oder wie lang sie ist, sie will es nicht wissen – und sie hat Angst.

*

Nachdem sie das Geschäft abgeschlossen hat, geht Maria zu Duilios Haus. Draußen ist es dunkel, aber es ist früher als ihre gewöhnliche Besuchszeit. Menschen sind unterwegs. Bald ist Weihnachten – vor einem Jahr wurde der Krieg gegen Amerika ausgerufen: Heute Abend trägt sie nicht ihre guten Schuhe oder ihr bestes Sonntagskleid. Kein Veilchenöl. Ihr ist es egal. Und ihr ist es auch egal, wer sie sieht. Sie geht schnell. Sie macht große Schritte.

Als sie sein Haus erreicht, muss sie einfach zu dem *Fascio* hochschauen. Das macht sie immer. Um nachzusehen, ob es noch da ist. Wie ein Zeichen. Wie ein Engelskreuz an einer Tür oder das Altarlicht, das zeigt: Gott ist zu Hause. Sie hat den Schlüssel nun seit über zwei Monaten. Sie schließt die Tür auf und geht hinein. Das Haus ist bitterkalt, obwohl er erst seit vier Tagen fort ist.

Als sie in seine Küche geht, schaltet sie das Licht an. Dort ist dieser scheußliche schwarze Kopf von Mussolini mit seinem endlosen Profil, das in alle Richtungen blickt. Sie kann ihn noch nicht einmal umdrehen, damit er wegschaut. *Er sieht alles.* Sie findet eine Scheibe Prosciutto-Speck, ein halbes Kilo Grana-Käse, zwei Zitronen, eine Flasche Grappa, in der Zweige von Bergkräutern schwimmen, wertvolle Gramm Salz, echten Kaffee, Butter. Er hat seine Annehmlichkeiten, aber er ist nicht reich. Ein *Comandante* hätte mehr und bessere Dinge. Sie stapelt alles auf dem Küchentisch auf.

In seinem Schlafzimmer sind Uniformen – sie können bleiben. Dort sind Toilettenartikel: Rasierseife, Cologne. Sie öffnet die Flasche. Sie riecht nach ihm, nur schärfer, nicht auf seiner Haut verdünnt. Sie sinkt ins Bett und beruhigt sich. Sie könnte das Cologne als Andenken mitnehmen, aber was, wenn Achille es findet – es aufträgt? Sie stöpselt die Flasche zu und stellt sie auf den Boden. Sie legt sich hin, drückt das Gesicht in Duilios

Kissen, riecht ihn und riecht sich, verblasste Spuren ihrer Parfums, die miteinander vermischt sind, Verbene und Veilchen, ihr Schweiß und Sex, tröstlich, warm. Und dann sieht sie Blutflecken auf seiner Bettwäsche, die zusammengeknüllten Taschentücher unter seinem Kissen. Ist das der Augenblick der Verdammnis? Hat sie gerade die gierigen Keime der Tuberkulose eingeatmet? Das weiß nur Gott.

Sie muss schnell handeln. Sie sammelt seine Socken, Unterhemden und -hosen ein. Ein Paar Schuhe – sie sind zu groß für Primo, zu klein für Achille, aber Arsenio wird irgendwann in sie hineinwachsen, er ist jetzt schon groß. Anständiges Leder. Die Sohlen so gut wie neu. Sie kann sie gegen etwas tauschen, wenn es sein muss. Haben sie ihren Cousin mit seinen schicken Stiefeln ins Krankenhaus gebracht? Nein, hier stehen sie. Und seine Totenkappe. Zum ersten Mal sieht sie den grinsenden Totenkopf als Bild für Duilios eigenen Tod. Und hier ist sein Rucksack.

Sie schüttelt ihn aus und füllt ihn mit seinen Schuhen und der Unterwäsche, darauf die Lebensmittel aus der Küche, seine halb aufgebrauchte Handseife, Rationskarten, Münzen. Sie rennt wieder ins Schlafzimmer und öffnet alle Schubladen, bis sie die Kiste mit seinen Dokumenten gefunden hat.

Hier ist seine Heiratsurkunde. Und hier das Foto des Hochzeitspaars. Noch so jung, doch er hat damals schon die Stirn gerunzelt. Und hier, ein Bild seiner toten Frau mit dem Baby, beide tragen Hauben und spitzenbesetzte Kleider, sie liegen zusammen in einem Sarg, die Hände zum Gebet gefaltet, lächelnd gespannte Wachsgesichter. Und hier, ein Bild seines Vaters – könnte Zio diese Hexe Delfina gezeugt haben? Dieser Gedanke ist unerträglich. Und hier, ein Bild von Zia Luigia, die so missmutig ist, wie es Marias eigene Mutter immer war. Gott sei Dank lebt Mama immer noch. Maria bekreuzigt sich. Unten in der Kiste findet sie die beiden gravierten Stahlringe, die Duilios Hochzeit und seine Treue zur Faschistischen Partei symbolisieren. *ORO ALLA PATRIA*. Er hat immer beide Ringe getragen. Dann auf einmal nicht mehr. Seit wann? Dummer Narr. Seine beiden goldenen Eheringe waren so viel mehr wert.

Schließlich noch etwas, das sich mitzunehmen lohnt: richtiges Geld. Scheine. Sie steckt sie ohne zu zählen in die Tasche.

Es herrscht Krieg. Sie ist ein Plünderer, eine Jägerin, sei's drum. *Der italienische Charakter muss durch den Kampf geformt werden.* Sie ist kein Dieb. Sie fällt nicht große alte Maulbeerbäume für Mais oder verdünnt Mehl mit Sägespänen, oder klaut Pfähle von Weinbergen zum Verbrennen. Und sie nimmt auch keine Waren aus den Vorräten: Die Engel im Himmel werden es verstehen. Familie ist Familie. Und Duilio, das spürt Maria ganz deutlich, wird nie wieder nach Fosso oder zu irgendjemandem zurückkehren.

Fleischextrakt

Der Laden ist geschlossen. Maria erledigt die Arbeit am Rationsbuch bei Kerzenlicht, klebt die Coupons, die sie von den Kunden bekommen hat, für die Behörden auf große Papierbögen. Primo ist draußen, aber die anderen Kinder sind oben.

Heute ist Dienstag, genau eine Woche nach dem Fest der Unbefleckten Empfängnis. So viel hat sich in dieser einen Woche verändert. So ist die Welt. Beim Rad der Fortuna, das auf die Kirchenwände gemalt ist, sitzt oben ein Mann selbstgefällig auf seinem Thron wie ein König, doch derselbe Mann fällt am unteren Ende ins Maul eines höllischen Monsters. Es könnte ein Kriegsbild sein. Erst eine Seite, und man spricht von Eroberungen, dann eine andere Seite, Mussolini könnte gewinnen, die anderen könnten gewinnen. *A chi la vittoria? A noi.* Das Gebet eines Politikers, keine Gewissheit. Es ist so wahrscheinlich wie Auswandern nach La Mèrica, reich werden oder den perfekten Ehemann finden.

Sie spürt Achille, bevor sie ihn richtig sehen kann. Er befindet sich am Rande ihres Sehfeldes hinter den Gitterstäben des Ladenfensters. Sie gibt vor, in ihre Arbeit vertieft zu sein, um sich selbst Zeit zu geben, nur noch einige Augenblicke. Sie will ihren Ehemann zurück, sie hat Duilio angefleht, ihn zu retten, sie hat diesen Moment herbeigesehnt, sich darauf vorbereitet, doch sie ist nun nicht glücklich, sie hat Angst und fühlt sich schuldig, als wäre er zurückgekommen, um sie zu überraschen. Sie starrt in den Laden, um sicherzugehen, dass alles in Ordnung ist, doch das Kerzenlicht dringt nicht in die schattigen Bereiche vor.

Achille späht durch eine Ritze im Verdunkelungspapier. Sie glaubt, seine Augen zu sehen. Ihr Ehemann klopft an das Fensterglas. Das Geräusch erschüttert sie im Kopf. Sie bekreuzigt sich. Sie sucht nach den Schlüsseln und lässt sie fallen.

Sie geht zur Ladentür. Sie fummelt mit den Schlüsseln herum. Sie weiß, was sie über Duilio sagen muss. Sie hat ihn besucht, weil er krank ist. Er ist ein schlechter Mann, aber er liegt im Sterben.

Sie bekommt den Riegel erst nicht auf. Sie lässt Achille herein.

Er trägt ein Tuch auf dem Kopf wie eine alte Frau. Er zieht es ab. Sein Haar ist kurz geschoren.

Maria verriegelt die Tür und schließt die Fensterläden.

»Sie hätten verschlossen sein sollen«, sagt er.

»Ja, ja, tut mir leid.« Sie faltet ihre Hände zum Gebet. »Du bist hier!«

Er hat abgenommen, trägt *Zoccoli*, den Mantel von jemand anderem, schmutzig wie ein Landstreicher. Er hat Blutergüsse auf Gesicht und Schädel, verschorfte Schnitte, Beulen. Die alte Ameisentunnelnarbe ist freigelegt. Tiefe Schatten unter den Augen.

Sie umarmt ihn, aber er schreckt zurück und stößt sie von sich.

»Haben sie dich gefoltert?«, kreischt sie. »Wie bist du hierher gekommen?«

Er betrachtet sie. »So begrüßt du mich?«

»Ich dachte, ich würde ohne dich sterben …«

»Bist du aber nicht. Du siehst gut aus. Dicker. Glücklicher.«

»Was ist los? Ist deine Malaria wieder zurück? Haben sie dich gefoltert? Was kann ich dir bringen? Brühe? Grappa? Polenta? Sie haben dir wehgetan … dein schönes dickes Haar.« Sie will seinen Kopf anfassen, doch er weicht zurück.

»Du bist hysterisch.«

»Du bist hier! Die Kinder …«

»Was ist mit den Kindern?«

Sie atmet tief ein. Sie hat ihn provoziert. Zu viele Worte, zu eilig, zu viele Fragen. Er will nicht, dass sie ihn anfasst. »Die Kinder werden überglücklich sein, dich zu sehen …«

»Was hast du getan, um mich aus dem Gefängnis zu bekommen?«

Sie stehen in der Mitte des Geschäfts. Er riecht rauchig und sauer, wie jemand anderes, ein Fremder. Sie kann sich nun gar nicht mehr vorstellen, ihn zu umarmen. Sie weiß nicht, was sie sagen soll. Hat sie ihn aus dem Gefängnis bekommen? Nein. Sie ist machtlos. Duilio hat diese Macht. Sie hat Duilio gefragt. Aber sie will den Namen ihres Cousins nicht aussprechen.

»Ich habe getan, was ich konnte«, sagt sie langsam und ruhig.

»Sag mir, was du gemacht hast.«

»Nichts, ich habe hart gearbeitet, ich wusste nicht, was ich machen soll.«

»Du hast nichts gemacht?«

»Ich habe getan, was ich konnte«, wiederholt sie. Es klingt nach einer Rechtfertigung oder Entschuldigung.

»Ich habe Nevosos Frau gleich hinter Fosso getroffen.«

Maria wird ganz steif. »Sie ist eine Tratschtante. Du verschwendest doch wohl keine Zeit mit Menschen wie ihr. Du bist viel zu schlau dafür.«

»Sie hat gesagt, sie hat dich gesehen …« Achille hat große Schwierigkeiten, die Worte auszusprechen. Was haben sie ihm im Gefängnis angetan? Sein Gesicht ist rot, die Zähne zusammengebissen, die Augen tränen. »Wo bist du allein hingegangen, so aufgetakelt und …«

»Ich habe mich um den Laden gekümmert. Wir haben immer noch ein Geschäft …«

»Das aus dem letzten Loch pfeift …«

»Andere sind noch schlimmer dran. Du solltest sehen, wie …«

»Und sie haben mir meine Genehmigung weggenommen. Aber du willst mir nicht antworten, das sagt mir alles. Was hast du mit diesem Irren, diesem Bastard, gemacht, als ich nicht …«

»Meinst du meinen Cousin?«

Achille ballt die Hand zur Faust. »Ich hätte ihn töten sollen.«

»Ich habe ihn besucht, weil er krank ist, er könnte bald sterben, er gehört zur Familie, ich habe meine Pflicht getan.«

»Er hat gesagt, dass du …«

»Wann hast du ihn gesehen?« Sie versteht es nicht. Duilio war zu krank, um irgendwohin zu gehen. Oder er war zum Gefängnis gegangen, bevor er ins Krankenhaus kam. Das Gefängnis muss in Vicenza sein. »Ist er gekommen, um dich zu retten?«

»Nein, Maria. Er ist gekommen, um mich zu verspotten.« Achilles Wut fährt ihm in den Körper.

Sie kann kaum atmen. Sie war letzten Dienstag mit Duilio im Bett. Seit Freitag ist er im Krankenhaus. Oder vielleicht schon eher. Was hat er gesagt? Etwas, weswegen Achille ihn nun töten will.

»Er war nicht krank, Maria. Er …«

»Was er auch gesagt hat, es stimmt nicht.«

Achille starrt seine Hand an. »Aber ich habe dir nicht gesagt, was aus seinem dreckigen Maul gekommen ist.« Er schaut hoch. Sein Gesicht ist nun weiß, er atmet schwer. Er hebt die Hand, um sie zu schlagen.

»Wage es nicht.« Primo steht in der Hintertür. Er nimmt seine Brille ab. »Ich werde dich als Erstes umbringen, das schwöre ich dir.«

Achille dreht sich abrupt zu seinem Sohn um. Sein Arm ist immer noch in der Luft.

Maria stiehlt sich davon.

Primo hebt die Faust wie ein Boxer. »Ich meine es ernst. Wirklich ernst.« Er ist kleiner, und er ist kein Kämpfer, aber er ist genauso wütend wie sein Vater. »Wenn du sie jetzt anfasst, oder wenn du sie irgendwann wieder anfassen wirst, bringe ich dich um. Gott weiß, das werde ich machen.«

Achille brüllt und stürzt sich auf seinen Sohn.

Sie prügeln sich, schlagen aufeinander ein, fürchterliche Stille zwischen den Schlägen, während sie sich fest umklammern und nach den Armen und dem Kinn des anderen zielen, grunzen und fallen und rollen und wieder ausholen, feste zuschlagen.

»Aufhören!«, schreit Maria. »Schluss!« Sie kann den Gedanken nicht ertragen, dass Primos hübsche Nase gebrochen oder sein Gesicht mit Narben verunstaltet wird. Er war bis zum heutigen Tag in Sicherheit. Gott bewahre, dass ihn nun sein eigener Vater verletzt. »Basta!«

Doch die Männer kämpfen verbissen, und Primo schlägt den Vater plötzlich so fest ins Gesicht, dass es rot aus seiner Nase spritzt, und nun ist Primo still, und Achille kneift die Augen zusammen, und sie tränen ihm, und beide Männer bewegen sich nicht, aber ihre Oberkörper heben und senken sich mit tiefen Atemzügen, und sie starren sich mit Panik in den Augen an.

Achille legt die Hände fest auf sein blutiges Gesicht und steht fast wieder, stolpert und schafft es dann, sich aufzurichten. Ohne zu sprechen oder jemanden anzuschauen, geht er zum Lagerraum und verschwindet in der Dunkelheit. Auf dem Boden sind Blutstropfen, dick und glänzend.

Primo steht auf, wischt sich sorgfältig die Fingerknöchel ab, sucht sein Hemd und seine Hose nach Rissen ab. Er ist unverletzt. Sogar seine Brille ist noch heile.

Maria und Primo starren sich an. Fassungslos.

Lieber, lieber Primo! Er hat Tränen in den Augen, sieht wütend und reuevoll aus. Ihr mutigstes und bestes Kind. Er ist wie ein Schutzengel eingesprungen, um sie zu beschützen.

Aber was ist jetzt? Sie hört Stöhnen, erschreckend und fürchterlich, sie hat noch nie zuvor solche Geräusche gehört, und es ist alles ihre Schuld, und das Stöhnen endet nicht, und Achille schluchzt im dunklen Keller.

Maria will ihn beschützen, ihn festhalten, ihn füttern und ihn wieder gesund machen, ihren Mann, ihre Eidechse ohne Schwanz. Doch sie bewegt sich nicht. Sie kann sich nicht bewegen.

Niemand bewegt sich, bis schließlich Achilles Weinen verklingt. Nach Minuten oder Stunden.

Maria bückt sich mit einem Lappen in der Hand und schrubbt die Blutstropfen weg, spuckt auf den Boden, um alles zu säubern. Die Farbe lässt sich nicht leicht entfernen. Blut ist stur. Sie folgt der Spur, bückt sich wie ein Ährenleser. Es wäre leichter, wenn sie knien würde, doch sie muss auf ihre Kleidung achtgeben.

Am Eingang des Geschäfts richtet sie sich gerade auf. Sie reibt ihre eigenen Hände mit Spucke sauber, doch sie sind noch klebrig vom Blut. Sie geht in die Finsternis, am hängenden Baccalà vorbei, und starrt durch die geöffnete Falltür in den Keller, wo sie nur Achilles Umrisse erkennen kann, der Mann des Hauses, ein zitternder Schatten auf der Mitte der Treppe, ein übel riechender Körper im Mantel eines Fremden. Er ist nicht viel mehr als ein verletzter kleiner Junge, der sich zu ihren Füßen zusammengerollt hat.

Primo steht nun neben ihr, hält eine Lampe. Die Baccalà werfen unheimliche Schatten auf die Wände des Geschäfts, wie zerlumpte Gespenster. »Komm, Papà«, sagt er. »Zeit, nach Hause zu kommen.«

Maria und Primo nehmen Achille an den Armen und führen ihn nach oben. Sie wissen beide, dass sie den Kindern nichts von dem Kampf erzählen werden. Und Maria weiß, dass sie niemandem etwas von Duilio erzählen wird, noch nicht einmal dem Priester.

Sie weiß außerdem, dass ihr Mann sie nicht mehr schlagen wird, solange Primo in der Nähe ist. Achille wird nicht – kann nicht – für das Geschäft verantwortlich sein, er hat keine Genehmigung. Als sie die Außenstufen hinaufwanken, in der bitterkalten Winternacht nach Luft schnappen und nun erschöpft sind, entscheidet sie, dass sie nie wieder mit ihm im selben Bett schlafen wird.

*

Amelia läuft nicht durchs Zimmer, um ihren Vater zu umarmen. Sie bleibt am Holzofen sitzen und stopft Kleidung. Sie hat Bruna und die anderen Kinder ins Bett gebracht. Die Küche ist tadellos sauber. Hat sie Geräusche aus dem Laden gehört? Ist sie die Treppe hinunter geschlichen und hat gesehen, was passiert ist?

»Schau dir einmal an, was sie mit ihm gemacht haben«, sagt Primo. »Steh auf, komm schon, hilf uns. Haben wir heißes Wasser? Etwas, um ihn zu säubern?«

»Papà«, sagt Amelia, als wäre ihr Vater tot und nicht gerettet. »Wir haben dich vermisst.« Ihr steigen Tränen in die Augen. Langsam legt sie ihr Nähzeug weg und schüttet heißes Wasser vom Ofen in eine große Schüssel. Sie nimmt die Seife, Duilios angefangene Olivenölseife. Sie taucht einen Lappen ins Wasser. »Ich wasche dir das Gesicht.«

Achille ist wie Lazarus, er stinkt, ist ausgemergelt und nach drei langen Monaten von den Toten auferstanden. Maria sieht zu, wie ihre Tochter ihre Pflicht erledigt, geduldig das Blut abtupft, ihm die angeschwollene Nase abwischt, seine blutunterlaufenen Augen säubert, den Schmutz von seinem Nacken scheuert. Amelia konzentriert sich. Ihr scheint das Blut nichts auszumachen. Sie scheint es nicht zu bemerken, wenn ihr Vater zusammenzuckt. Sie könnte ebenso gut sticken oder einen Vogel rupfen.

Die Schlafzimmertür geht auf, und die kleine Bruna kommt schlaftrunken und zitternd in die Küche getapst.

»Geh wieder ins Bett, damit dir nicht kalt wird«, sagt Maria.

»Ich bin erschöpft«, sagt Primo. »Mama, du ruhst dich aus. Papà, wir reden morgen übers Geschäft.« Er geht.

Maria löst einen Teelöffel Fleischextrakt in einer Tasse mit heißem Wasser auf und bietet es Achille an. »Hier«, sagt sie. »Du musst dich stärken.«

Amelia geht aus dem Weg und packt ihre Nähsachen zusammen.

Achille trinkt die Brühe, umfasst die Tasse mit schmutzigen zerschrammten Händen.

»Amelia, du kommst jetzt mit mir ins Bett«, sagt Maria. »Ich stehe morgen mit den Hühnern auf.«

»Ich habe die *Monega* in dein Bett gelegt, als ich die Jungen schlafen gelegt habe. Ich habe mehr Kohlen reingefüllt, aber sie könnten inzwischen kalt sein.«

»Es wird schon warm genug sein. Dein Vater muss sich waschen und ausruhen. Er kann hier beim Ofen schlafen und sich die Knochen wärmen.«

Achille erwidert nichts.

*

Oh, Maria, Ehemänner wachsen nicht auf Bäumen, und sie wachsen auch nicht in inzestuösen Betten.

Dein Ehemann ist frei.

Dein Cousin liegt im Krankenhaus.

Diese beiden Dinge hängen miteinander zusammen. Du weißt, dass das kein Zufall ist, du bist mit zu vielen Männern zusammen.

Du liebst beide Männer, du armes, bedauernswertes, schmutziges Kind.

Du hasst sie beide.

Dein Ehemann ist dem Tod von der Schippe gesprungen, aber er ist wie eine Eidechse, die ihren Schwanz verloren hat. Du siehst bei einer Eidechse den blutigen Stumpf, wo einst der Schwanz war. So machen sie sich davon. Anschließend sind sie nicht mehr dieselben.

Dein Cousin hat sein Versprechen gehalten. Er hat dir vorerst einen Ehemann beschert. Du hast ihm als Gegenleistung etwas versprochen. Das wird Duilio nie vergessen. Er ist kein Mann, der etwas vergisst.

Ich kann dein erschrockenes, flehendes Gesicht sehen, selbst hier in der tiefschwarzen Nacht, wo du mich kaum erkennen kannst. Doch ich habe keine Antworten.

Kosakenstiefel

Benedetta, die Frau des Bahnhofsvorstehers, kommt mit einem Korb am Arm ins Geschäft. Sie geht langsam. Ihre Beine sind aufgedunsen. Auch ihre Hände sind geschwollen und rot. Doch ihre Augen leuchten. Sie hat immer Neuigkeiten.

»Bei uns kommen bald Flüchtlinge an«, sagt sie, als wären Maria und sie bereits mitten im Gespräch. »Kinder sind in den Städten nun nicht mehr sicher. Sie schicken die Kleinen überall hin, weg aus Genua, Turin, Mailand, weg von den Trümmergebieten, nach Süden und Osten, einfach überallhin.«

»Sogar hier nach Fosso?«, fragt Maria.

»Warten Sie nur ab«, sagt Benedetta. »Ich werde die Erste sein, die sie aus dem Zug steigen sehen wird. Sie suchen nach allen, die Platz haben. Nach Fabrikbesitzern, *Signori* mit einer Villa oder zweien, nach Bossen, die haben doch alle genug Platz, oder etwa nicht? Und Beppe von der Osteria, bei dem die halbe Familie weg ist. Und die Schutzhütte in der Stadt. Denken Sie doch einmal drüber nach, sogar ich, ich habe ein Zimmer und einen Stall. Besser Kinder als Soldaten oder Spione. Die sind kleiner. Essen weniger. Apropos Essen …« Sie schaut sich verständnislos im Laden um. »Jedes Mal, wenn ich hierherkomme, frage ich mich, wie lange es noch dauert, bis wir Katzen und Hunde essen. Auf den Plakaten steht allerdings, dass man keine Katzen essen soll.«

»Wir müssen sie die Mäuse essen lassen.« Maria fühlt sich an den anderen Krieg erinnert. Katzen und Hunde. Spanische Grippe. »Die Zeiten sind hart«, sagt sie und kann sich selbst nicht mehr hören.

»Calvinetto hat darüber gesprochen, Eidechsen und Eichhörnchen zu erlegen. Aber er ist Metzger, kein Jäger. Es gibt immer noch Frösche, wenn man sie denn erwischt«, schnaubt Benedetta.

»Da ist nicht viel dran.« Maria kneift sich in den Daumen. »Aber sie sind eine Delikatesse. Man braucht nur Butter, um sie zu braten. Oder eine schöne Soße. Man kann die Stadtkinder zum Fröschefangen losschicken. Sie werden es für ein Spiel halten.«

Maria lässt den Blick durch den Laden schweifen. Sie sieht die Lücken, wo einst dicke Säcke und volle Fässer und Beutel mit echten Waren standen, keine Ersatzwaren. Aber selbst wenn sie nur wenige Vorräte hat, gibt es immer noch selbst angebaute und Tauschlebensmittel aus dem Herbst: Nüsse, getrocknete Pilze, Obstkonserven, trockene Bohnen, die hart genug für einen Büßer sind, um sie in die Schuhe zu stecken. Im Keller ist Wein. Tomatenpassata in Flaschen. Und einige Fertigwaren: Käse aus der Umgebung, Baccalà, Chicoréepulver, künstlicher Zucker. Keine Importe – seit Jahren schon gibt es keine luxuriösen Importe mehr, mit Ausnahme von Waren aus den verlorenen Kolonien. Es gibt abessinischen roten Tee, der überhaupt kein Tee ist. Und es gibt Caffeol, das kein Kaffee ist. Falls sie belagert werden und sie keine Kunden hat, hat sie genug, um ihre Familie zu ernähren und den Winter zu überleben. Falls Bomben fallen, kann sich die Familie mit den Lebensmitteln im Keller verstecken.

»Ich habe Ihnen das hier mitgebracht«, sagt Benedetta. »Ich habe es auf den Schienen direkt neben der Kreuzung gefunden.

Ich weiß nicht, ob ein Kind es aus dem Fenster geworfen hat oder wie es dorthin gekommen ist.«

Maria fragt sich, wie lange Benedetta schon so dasteht und ihr eine Puppe entgegenstreckt.

»Möchten Sie sie gegen etwas eintauschen?«, fragt Maria. Sie wird dieses Angebot nicht annehmen. Die Puppe ist nicht nützlich oder essbar.

»Nein, sie ist für Ihr kleines Mädchen«, sagt Benedetta. »Sie ist so niedlich, schauen Sie sich ihre Augen an.«

Die Puppe hat große braune, zur Seite blickende Augen, die feucht aussehen, als wären sie gerade erst aufgemalt worden.

»Amelia ist für so etwas zu alt, sie ist vierzehn und arbeitet nun …«

»Ich dachte an die Kleine.«

»Bruna?«

»Sie kennt doch nur den Krieg. Ich dachte, es ist fast Weihnachten, mir wurde die Puppe geschenkt, sie hätte ebenso gut vom Himmel fallen können …« Benedetta hält Maria immer noch die Puppe entgegen. »Sie besteht aus Filz und weichen Materialien, nichts konnte zerbrechen. Ich denke, sie trägt eine russische Tracht, wie nennt man das – Kosaken? Und echte Lederstiefel, im Gegensatz zu uns! Also zumindest einen echten Lederstiefel …«

Die Puppe sieht teuer aus. Sie trägt einen bestickten Filzmantel in schönen leuchtenden Farben. Ihr Gesicht ist süßer als das vom Jesuskind, und ihr leuchtendes Haar ist zu einem fransigen Pony geschnitten, der unter einem pelzverbrämten schwarzen Filzhut herausschaut. Ihr fehlt ein Stiefel. Auf dem nackten Fuß befindet sich ein Stempel: *Lenci*. Ein italienischer Name.

»Wo ich schon einmal hier bin, werde ich ein wenig Proviant besorgen.« Benedetta trägt immer noch die Puppe in der Hand. »Hier, nehmen Sie sie, sie ist ein Geschenk. Für Bruna. Worauf warten Sie noch?«

Maria nimmt die Puppe von der Frau des Bahnhofsvorstehers entgegen, die ihre Kundin ist. Die Frau des Bahnhofsvorstehers erwartet nichts als Gegenleistung. Sie zahlt für ihre Lebensmittel und geht.

Als sich die Ladentür schließt, starrt Maria auf den Körper auf der Theke neben dem Stapel mit blauem Tonpapier. Die Lippen der Puppe sind kirschrot. Ihre traurigen, unschuldigen Augen sind so aufgemalt, dass sie bis in alle Ewigkeit zur Seite blicken werden, doch Maria erwartet halb, dass sich die Augen bewegen, das Gesicht hat etwas sehr Lebendiges. Sie starrt der Puppe lange in die Augen, möchte, dass sie zurückblickt. Doch die Puppe schaut weiterhin weg. Warum dieses Geschenk? Irgendein Geschenk?

Bruna hat nie eine Puppe gehabt.

Amelia hat nie eine Puppe gehabt.

Maria hat nie eine Puppe gehabt. Sie blickt zur Seite, wie die Puppe, zur Ladentür. Warum diese Freundlichkeit? Nun weint sie, lehnt sich auf die Theke, schluchzt, wegen der Gewalt und der Güte, der Frau des Bahnhofsvorstehers und der sanften kleinen Bruna und Froschschenkeln und verlorenen Lederstiefeln und harter Arbeit und weil sie Angst hat und unschuldig ist. Und das Weinen hört nicht auf, es scheint von ganz tief in ihr drin zu kommen, mit schmerzenden Atemzügen, als würde sie all die Jahre beweinen, in denen sie nicht geweint hat, weil sie nie ein Weichei oder eine Prinzessin war und einfach nie geweint hat – nie – und sich ihre ganzen Tränen in ihrem Bauch angesammelt haben, wie Wasser im tiefsten Brunnen, und sie weint um Duilio und um Primos mutiges und schönes Gesicht und um Achille und um ihren Vater, die ganzen Männer, die starken, schützenden Männer, und um ihre ganz eigene, sündigende, abscheuliche, egoistische Seele.

*

Du bewunderst mein gelassenes Gesicht, Maria, doch ich bin nicht sanft und mild, wenn ich an dich denke. Denkst du an mich, wenn du in die Messe gehst, zur heiligen Kommunion und zur Beichte – oder denkst du an Haut, die Haut berührt?

Du hast dein Buch Die christliche Braut *verloren – wo hast du es zum letzten Mal gesehen? Hast du es in den Bergen gelassen? Erinnerst du dich daran, dass du es in Fosso gelesen hast? Führe dir deine christlichen Pflichten vor Augen.*

Du hast deine Gebete, deine Rosenkränze und deine Kasteiungen vernachlässigt.

Und an meinem Tag, dem Fest der Unbefleckten Empfängnis, lagst du mit der Schlange im Bett.

Krieg ist keine Entschuldigung. Es gibt keine Entschuldigung.

Du hast deine Kinder vernachlässigt – den Grund, warum du auf Gottes Erde gekommen bist! Kinder brauchen mehr als Essen und Schuhe. Und vergiss nicht die Kleinen, die hier bei mir im Himmel sind und mit Schrecken in ihren unschuldigen Augen auf ihre Mutter hinabschauen.

Maria, Maria, fälschlicherweise nach mir benannt, du bist den Höllenqualen so nah, dass ich fast schon die Hitze der Flammen spüren kann, die an deinen Füßen lodern. Deine Stiefel werden dich nicht vor den Feuern der ewigen Bestrafung schützen. Tu Buße. Bete, solange du noch genug Atem hast.

*

Die Jungen sind in der Schule. Maria lässt Amelia das Geschäft führen und auf Achille und die Kleinen aufpassen.

Sie nimmt die Straße zum Bahnübergang.

Zerfaserte weiße Nebelschleier wabern über dem Boden. Gebäude schweben ohne Fundament. Kahle und immergrüne Bäume treiben wurzellos umher.

Bald schon liegt die ganze Welt im Nebel. Undurchdringlich. Undurchdringliches Blauweiß überall. Ein plötzlicher Geist, ein Baum in der Nähe. Ein goldener Lichtfleck von einem Haus. Unwissen, ob dort ein Graben, eine Straße, ein Weinberg, See oder Feld ist. Der Nebel ist zur Welt geworden.

Blind geht Maria durch den Nebel. Sie kennt den Weg. Sie macht große Schritte, als könnte sie sehen, doch sie ist in jedem Augenblick darauf gefasst, mit einem Fremden, einem Tier, einem plötzlich auftauchenden Auto zusammenzustoßen. Aber nichts ist da. Nur Nebel und dickes Eis.

An der Kreuzung ist kein *Carabiniere* oder Faschist zu sehen, noch nicht einmal der Bahnhofsvorsteher. Gut. Sie hätte Schwierigkeiten, ihre Absichten zu erklären. Sie hat Schwierigkeiten, sich selbst darüber klar zu werden. Nur eine Verrückte würde im Nebel nach Dingen suchen. Es fühlt sich wie etwas an, das sie zur Buße tun muss. Die Madonna hat ihr ein Zeichen aus dem Himmel gegeben. Eine Prüfung. Nun ist der Himmel außer Sichtweite.

Die Kälte ist extrem. Eis knirscht unter ihren Füßen. Wann ist die Puppe vom Himmel gefallen? Wenn es erst danach geschneit hat, ist ihre Suche völlig vergeblich, aber sie kann nicht bis zum Frühling warten. In etwa einer Woche ist Weihnachten. Warum um alles in der Welt muss sie den fehlenden Stiefel finden? Ihre Chancen stehen nicht gut. Sie sollte auf den Knien rutschen, wie eine richtige Büßerin, in Schnee und Eis, doch sie muss ihren Wollmantel schützen. Er darf nicht kaputtgehen. Und ihre Strümpfe dürfen nicht kaputtgehen. Deswegen bückt sie sich.

Wird sie ihn finden? Vielleicht ist er inzwischen in einem anderen Land. Die Mutter Gottes im Himmel kann alles sehen, selbst den winzigen Schuh einer Puppe im venezianischen Nebel. Die Mutter Gottes im Himmel kann die irdische Schuld einer Frau sehen, ihre befleckte Seele – ein Sterblicher ist ebenso transparent wie Glas.

Gebückt geht Maria die Bahngleise entlang, sucht sie ab, die Ränder und die Schwellen, den Bereich zwischen ihnen, nacheinander, die vereisten Kanten. Wird sie den Stiefel finden? Sie konzentriert sich auf jedes verrottete Blatt, jeden losen Stein, der wenige Zentimeter vor ihren Stiefeln liegt. Braun auf Weiß oder Grau, Braun auf Braun. Sie geht, Schritt für Schritt, in langsamen, winzigen Schritten in eine Richtung, dann zurück, Meter für Meter, auf der anderen Seite. Dort ist nichts. Nur alter Schnee und Eis und viele Steine. Noch nicht einmal Zweige oder Holz oder Papier – es wurde als Anzündmaterial aufgesammelt. Sie findet italienische Zigarettenstummel – *Milit, Giuba, Macedonia, Africa* – wie viele Soldaten sind hier durchgefahren? Und wie viele gute italienische Jungen und Männer, sowohl Soldaten als auch Zivilisten, sind in Arbeitslager nach Deutschland deportiert worden? Sie dankt Gott im Himmel, dass Primo verschont geblieben ist. Er ist zu jung, um einberufen zu werden. Aber der Krieg ist unersättlich.

Und dann sieht sie ihn. Erst denkt sie, es sei ein Pappbehälter für Patronen einer Schrotflinte. Er ist mit Frostkristallen bedeckt.

Sie ist völlig verzückt, hebt ihn sanft auf, vorsichtig, um das gefrorene Leder nicht zu zerreißen.

Sie hält den Stiefel wie einen Schatz in den Händen.

Das ist ein Zeichen. Die Mutter Gottes im Himmel hat sie noch nicht aufgegeben. Sie streicht über den kalten, abgewetzten, unglücklichen Stiefel, der nun so wertvoll ist, sie stellt sich gerade hin und versucht zu beten. Zum zweiten Mal in zwei Tagen, nach zwanzig Jahren, weint Maria.

Versprochenes Bankett

»Sie haben Ihren Cousin in den Norden gebracht«, sagt Scopeton. »Zurück nach Monastero, in die Nähe seiner Heimat. Ihrer Heimat.«

Sein Gesicht ist nicht markant, er sieht nicht außergewöhnlich aus, doch Maria erkennt ihn dieses Mal. Die Uniform hilft. Und seine kurzen Wurstfinger, die wie Minisalamis auf der Theke liegen.

»Dort ist ein Militärkrankenhaus«, sagt er.

»Das heißt, er wird nicht sterben?«, fragt Maria, ohne nachzudenken.

»Er hat Kampfgeist. Ich habe es auch bei anderen gesehen. Die Liebe zum Vaterland lässt sie weiterleben. Und er hat seine Beförderung. Wenn er wieder gesund ist, kann er dort oben Personal rekrutieren. Ärger bekämpfen.«

Das ist kein Nationalismus, sondern Ärger, denkt Maria. *Seine Wut hält ihn am Leben.*

»Die Bergluft wird ihm guttun«, sagt sie laut. Sie erinnert sich an Duilio auf dieser Piazza vor langer Zeit, schmallippig und pflichtbewusst, als er die Verrückte weggeführt hat. Nun ist er wieder in der Nähe seines Zuhauses. Die Leute aus der *Contrà* werden ihn sehen. Sie werden ihn nach ihr fragen. Was immer er auch zu Achille gesagt hat oder nun zu irgendjemandem sagt, ihr Wort steht gegen das ihres Cousins. Die

Menschen glauben, was sie hören. Wenn er doch nur sterben würde.

»Sie können ihn nicht besuchen, falls Sie darüber nachgedacht haben«, sagt Scopeton. »Ich weiß, dass er Ihnen lieb und teuer ist.«

»Er ist Familie«, sagt sie ruhig. Sie weiß immer noch nicht, ob sie schwanger ist. Oder ob sie sich angesteckt hat. Oder beides.

»Er sagt, Ihr Mann hat ihn gerettet. Vielleicht hat er sich deswegen revanchiert, obwohl er von ihm angegriffen wurde …«

»Verstehe ich nicht«, sagt Maria. Scopeton spielt Spielchen mit ihr.

»Der Arzt, der sich um die Verletzung Ihres Cousins gekümmert hat, hat die Tuberkulose diagnostiziert. Gerade rechtzeitig, vermute ich.«

Verletzung. Die verbundene Wunde an Duilios Kopf.

»Nun erhält Ihr Cousin die beste medizinische Versorgung und eine zweite Chance im Leben.«

Maria zwingt sich zu sagen: »Ich werde Dankesgebete zu Gott sprechen.«

Scopeton neigt den Kopf, einfach so. »Bei ihm wurde eingebrochen, wussten Sie das?«

»*Dio mio.* Die Zeiten sind hart«, sagt sie. Das sagt sie immer. »Mich schockiert nichts mehr. Wurde etwas Wertvolles gestohlen?«

»Ich weiß es nicht. Einige persönliche Dinge. Bei ihm war nicht viel zu holen. Wir haben sein Haus geräumt. Er hat ein genügsames Leben geführt. Vorbildlich. Außerdem hat er uns gebeten, Ihnen das hier zu geben.« Scopeton greift sich mit seinen Wurstfingern in die Manteltasche. Er schiebt etwas Kleines, ähnlich wie Münzen, über die Theke. Diese beiden Eheringe aus Stahl.

Der Verrückte. Die Leute werden reden. »*Oro alla patria*«, sagt Maria. Gold fürs Vaterland.

»Oh, und das hier.«

Ein winziger Umschlag. Mit einer Faschistenaxt bedruckt und versiegelt.

»Sie haben großes Glück gehabt. Ihre Jungen auch.« Scopeton salutiert und verlässt das Geschäft, ohne etwas zu kaufen.

Als sie sich sicher sein kann, dass er wirklich weg ist, öffnet Maria den Umschlag. Ihre Finger zittern.

Meine liebste Cousine, sind seine ersten Worte, seine schwache Handschrift krakelt über das Papier. *Ich sollte leben. Er hat mich für Dich gerettet. Dein Herz ist mein Herz. Wenn ich Dich rufe, wenn es mir wieder gut geht, musst Du kommen. A chi la Vittoria? D.*

*

Es gibt nicht genug zu essen. *Hunger ist der beste Koch*, steht auf dem Plakat. Als würde irgendjemand mehr Appetit brauchen. Die besten Lebensmittel sind in den Tagen vor Achilles Verhaftung hereingekommen. Der schlimmste Teil des Winters steht noch bevor.

Die Hühner legen Eier. Sie sind Gold wert. Maria wird die Hühner nicht töten. Die Kaninchen bringen Fell und Fleisch. Sie muss gut auf sie aufpassen und sicherstellen, dass sie sich vermehren. Eine *Signora* aus der Stadt hat einen Schinken von Calvinettos Cousin gekauft, mit einem Set zwölf massiver Silberlöffel – aber ein Mann kann kein Silber essen. Mit Ausnahme von Kohl und einigen wenigen Wurzelgemüsen wurde alles im *Orto* abgeerntet oder aufgegessen. Maria hat alles, was sie konnte, eingelegt oder getrocknet, vorsichtiger als sonst, nichts wurde verschwendet. Sie hat die halbe Herbsternte verkauft und getauscht, als sie noch frisch war. Sie weiß, wie sie ranziges Öl aufbereiten kann, verdorbenes Fleisch braten und Kaffee aus Satz und Chicorée machen kann.

Es gibt immer noch das Geschäft – sie kann plündern, was noch übrig ist –, aber es gibt keine Waren zum Verkaufen mehr … Nein, sie müssen Geld haben. Maria denkt an eine Schlange, die ihren eigenen Schwanz frisst. Wann ist sie bei ihrem Magen angekommen? Egal was auch passiert, sie brauchen Geld. Selbst wenn das Brot hart und schwer wie Zement ist, kostet es Geld. Ärzte und Medikamente kosten Geld. Strom kostet Geld, egal wie viel sie auch mit Holz und Talg sparen kann. Sie erinnert sich daran, dass ihre Mutter für Dinge bezahlt hat, die sie nicht selbst machen konnte: Kleidung, Natronlauge, Töpfe und Pfannen – mit Eiern statt Geld.

Zur Not gibt es das *Ente Opere Assistenziali* für Almosen – aber das EOA wird von der Partei geleitet – und man könnte nach ihren Söhnen fragen. Zur Not gibt es Edda. Sie hat bestimmt geheime Vorräte auf dem Speicher und kann ihr etwas abgeben. Dennoch kann Maria nicht bei ihrer Schwester betteln. Müsste Achille dafür geradestehen? Es gibt immer Polenta. Sie können alle mit Polenta überleben. Sie hat Feuerholz von ihren Brüdern. Aber nicht mehr bis zum Frühling: Sie sind durch den Schnee von den Ebenen abgeschnitten.

Vielleicht wird Mussolini mit seinem weißen Haar und dem dicken Gesicht bald sterben oder sich ergeben. Vielleicht wird Deutschland Italien unter seine Fittiche nehmen, und das versprochene Bankett wird beginnen. Das Bankett! Keine Plünderungen, keine Kriegsbeute, sondern ein Bankett. Vielleicht wird der Krieg vor Winterende vorbei sein, die Sanktionen werden vorbei sein, und der Frühling wird eine reiche Ernte in Friedenszeiten mit sich bringen.

Schließlich blutet sie. Maria heißt den Schmerz willkommen. Sie schickt Amelia nicht los, um Löwenzahnblätter zu sammeln. Sie sagt einen Rosenkranz zum Dank, jeden Morgen, an dem sie blutet, und jeden Abend. Die Frucht ihres Leibes wäre verflucht und die Mutter Gottes würde nicht über einen Bastard mit einem toten Vater lächeln – doch Duilio ist nicht tot. Er wartet.

1944

Faschistische Ära Jahr XXII

Fasoi, formajo, graspa

Die Welt ist voller Nazis. Sie haben ganz Norditalien besetzt. Sie haben gefangene Italiener zum Bau der Gotenstellung benutzt, die Italien entzweit: Gräben, Festungen, Bunker und Stacheldraht von Küste zu Küste. Sie haben ihre Obersten in Städten stationiert, Züge und Bahnhöfe sowie Brücken und Knotenpunkte eingenommen, sind in jeden Palazzo und in jede *Comune* eingefallen. Venetien ist voll mit ihnen. Verona, Vicenza, Padua. Campolongo. Sogar Fosso. Auf den Straßen. In jedem freien Zimmer.

Nun ist der Laden plötzlich voller Nazis.

Der Keller ist geheim. Die Falltür ist versteckt.

Maria versucht, die Männer zu zählen, doch sie ist abgelenkt und beunruhigt. Sie sehen alle gleich aus, mit ihren Rosetten, ihren Adlern und Schulterklappen. Ihren Waffen.

»Guten Abend«, sagen sie, als würden sie freundlich grüßen. »*Buona sera.* Heil Hitler.«

Es herrscht Ausgangssperre, die Sonne geht unter.

Sie wissen, dass sie die einzigen Kunden sein werden. »Heil Mussolini.«

Das muss ein Witz sein. Der italienische Anführer hat keine Macht, kein Land. Italien hat Deutschland vor einem Jahr den Krieg erklärt.

Jeder einzelne von ihnen nimmt das Grüßen sehr ernst. Als

wären sie hier willkommen. Als wäre dies eine Art besonderes Familientreffen. Sie hasst den deutschen Akzent. Jedes Mal, wenn sie ihn hört, denkt sie an den Ersten Weltkrieg, und die alte Angst ist wieder da. Ihr wird übel. Sie kann sich nicht daran gewöhnen.

Sie nehmen sich Zeit. Sie verlängern jede Art von Gewalt, die sie freisetzen wollen.

»Was ist das?«, fragen sie auf Deutsch und auch in stolzem Italienisch, nehmen eine Flasche ohne Etikett oder eine wiederverwendete Kiste in die Hand.

»*Funghi*«, sagt Primo hinter der Theke. Wenn es möglich ist, spricht er im Dialekt. Das verstehen sie nicht so gut. »*Fasoi. Formajo. Graspa.*«

»Was ist das? *O, bello, bello!*«, sagen sie.

Sie bedienen sich an Lebensmitteln, Waren von Bauernhöfen, rationierten Waren, Ersatzwaren, Pasta, selbst gemachtem eingelegtem Obst, der Ernte vom Oktober, den eingelagerten Waren vom November. Manchmal nehmen sie ein Glas zur Hand, schauen fragend, brummeln sich etwas auf Deutsch zu und lachen. Sie nennen die Italiener Schweine.

Achille nimmt die Leiter, um Waren von den Regalbrettern weiter oben zu nehmen. Er ist der stumme Gehilfe der Invasoren.

Die kleine Bruna versteckt sich unter der Theke, auf der sich Lebensmittel stapeln. Sie umklammert ihre Puppe, als wäre sie ihr Kind. Sie beruhigt sie, streichelt ihr über das Filzgesicht und wiegt sie wie ein Baby.

»Wir lieben italienisches Essen«, sagen die Nazis. »*Bello, bello.*«

Als sie schließlich die Regale leer geräumt haben, tragen sie zusammen, was sie haben wollen, machen einen großen Stapel in der Mitte des Ladens, und der leitende Hauptmann bedeutet Maria, sie solle alles zusammenrechnen.

Ist das noch ein Witz? Noch eine Demütigung? Sie versucht,

die Idee mit einer Handbewegung wegzuwischen. Sie versucht, es freundlich zu machen – als würde sie ihnen heute ein Geschenk machen, ein besonderes Angebot für treue Kunden.

»Nein, nein«, sagt der Hauptmann. Er ist eindringlich, lächerlich höflich. Als er nickt, steigt und fällt der Adler auf seinem spitzen Hut. »Wir zahlen. Gutes Geschäft!« In seinem Gesicht spiegelt sich aufrichtiger Anstand. Als würde er den italienischen Schweinen mit dem Laden einen Gefallen tun. Haben sie so auch Eddas Haus besetzt? Marias Schwester lebt nun mit ihrer Familie und den Arbeitern im Stall, während die Deutschen in ihrem Haus herumwandern. Wie ein Hotel für Nazis. Es gibt sogar einen Flügel.

Der Hauptmann zieht eine Ledermappe heraus und öffnet sie für Maria. Er lächelt freundlich. Er ist nahezu stolz. »Schauen Sie. Reichsmark. Wir zahlen. Ein sehr guter Verkauf für Sie heute.«

Das ist eine Beleidigung. Der Wechselkurs ist mies. Sie haben das Geschäft fast geleert. Die meisten Menschen in Fosso hungern. Das ist Raub, der sich als korrekter Handel tarnt. Doch sie ist erleichtert, dass sie … irgendetwas bekommt. Auch wenn es dieses schändliche Geld ist. Sie wird von Dankbarkeit überwältigt. Der perverse Anstand des Ganzen weckt in ihr Brechreiz. Sie wagt es nicht, weder Achille – der zehn Nazis mit einem Schlag niederstrecken würde – noch Primo anzuschauen. Sie kann die Wut ihres Sohnes spüren. Doch er hilft ihr, die Waren zu wiegen und die Rechnung zu erstellen. Er wird genau beobachtet. Er wird keinen Fehler machen. Die Zahlen sind wichtig. Die Deutschen wollen Dinge richtig machen. Sie haben so hohe Prinzipien.

100 Mark entsprechen 1000 Lire.

Ein Deutscher entspricht zehn Italienern.

Vor zwei Monaten haben sie in Bassano den Menschen ihre

Art zu rechnen gezeigt. Aus den Bäumen der Allee wurden Galgen, einer nach dem anderen, und die Leichen wurden hängen gelassen, mit gesenkten Köpfen, hinter dem Rücken zusammengebundenen Händen, Schildern um den Hals, auf denen *Bandito* stand. Auf den Nachrichtenfotos, die auf die Mauern der *Comune* geklebt wurden, sah es aus, als würden die Füße der Toten den Boden berühren, sodass sie darauf laufen können. Eine Tote war eine Frau, genau wie sie.

Artikel für Artikel, Spalte für Spalte rechnen Maria und Primo den Betrag aus.

Die Eindringlinge wissen nichts vom Lagerraum oder Keller. Können sie ihr am Gesicht ablesen, dass sie etwas versteckt? Sie dankt Gott, dass sie das Haus und den *Orto* in Ruhe lassen. Seit Monaten vergräbt sie Hartkäse und Butter in einem Glas im Kürbisbeet. Sie bewahrt Obstkonserven und Nüsse in der Wäschetruhe auf. Duilios Geld befindet sich in einer alten Tabakdose.

Ihre mittleren Kinder hat sie auch versteckt. Sie sind im Getreidespeicher. Amelia ist sechzehn Jahre alt und hübsch. Im Kloster war sie sicherer, außer Sichtweite, dort lernte sie, Seide zu weben, und ein Handwerk ist ebenso gut wie eine Mitgift, doch sie konnte nicht länger im Kloster bleiben. Arsenio ist groß für sein Alter und nicht zu jung für ein Arbeitslager. Cecilio wird von ihnen betreut.

Achille trägt die Waren zu ihren Fahrzeugen auf der Straße, läuft hin und her.

Die Nazis bewundern seine Stärke überschwänglich. »Warum wirst du nicht nach Deutschland eingeladen?«

Primo hilft ihm nun.

»Und du auch?«, fragt der Hauptmann. »Trotz deiner Brille.«

Als Primo mit Achille draußen ist, zieht Maria ihre Parteikarte aus den Tiefen ihrer Tasche. »Hier ist meine Parteimitgliedschaft«, sagt sie zum Hauptmann. Ihre Kehle ist wie zugeschnürt, sodass sie kaum sprechen kann. Die Karte soll einen guten Eindruck machen. Die meisten Menschen wurden zwangsweise angemeldet. Die meisten Menschen haben ihre Karten weggeworfen. Jeder, der noch eine Karte hat, muss an den Faschismus glauben. Vielleicht werden seine Männer vorsichtiger sein, sich zurückhalten, weniger zerstören, weniger nehmen … »Und das habe ich auch.« Sie zeigt dem Hauptmann ihre Reiseerlaubnis, die auf der einen Seite auf Italienisch und auf der anderen auf Deutsch ausgefüllt ist. Sie versichert sich, dass Achille immer noch außer Hörweite ist. »Und mein Cousin ersten Grades ist Offizier bei den Faschisten. MVSN. CCN Schwarzhemden-Korps. Nun Schwarze Brigade …«

»Ja, ja«, antwortet der Hauptmann. Der Adler auf seinem Hut steigt zustimmend auf und ab. »Das verschafft mir ein gutes Gefühl.«

Maria ist beflissen, hoffnungsvoll.

»Aber wir arbeiten sehr hart. Und wir müssen essen«, sagt der Hauptmann. Er macht eine Bewegung mit seiner Pistole. »Die Rechnung bitte.«

In diesem Augenblick pfeift einer der anderen Männer und winkt ihn zur Vorratskammer.

Marias Hoffnung schwindet schneller, als ein Stein in einem Brunnen sinkt.

»Einen Augenblick«, sagt der Hauptmann mit seinem holprigen Italienisch. »Was liegt hinter dieser Tür?«

»Die Vorratskammer«, antwortet sie. Lügen wäre sinnlos.

»Was versteckt sich dort?«

»Niemand.« Achille öffnet die Tür. Er schaltet das Licht ein. »Nur Lebensmittel.«

»Unsere Existenzgrundlage«, sagt Maria.

»Sie haben heute ein gutes Geschäft unseretwegen«, sagt der Hauptmann.

Sie haben es heute unseretwegen gut, will sie sagen. Doch sie hat zu viel Angst. In der Vorratskammer befinden sich die letzten Reste des Familiengeschäfts. Waren zum Verkaufen. Nicht angebrochener Käse. Die Deutschen lieben Käse.

»Ich werde mich dort einmal umschauen«, sagt der Hauptmann.

»Hier!« Maria Bruna springt aus ihrem Versteck hinter der Theke hervor. Sie streckt ihm ihre Puppe entgegen. »Das brauchen Sie.«

Er ist einen Augenblick lang verdutzt und bricht dann in Gelächter aus, als hätte er noch nie etwas so Lustiges gehört und als würde es keinen Krieg geben.

Maria sieht, dass seine Pistole geladen und schussbereit ist. Andere Männer richten die Waffen auf ihr liebes Kind. Maria muss sich zurückhalten. Bruna darf nicht weinen, beschwört Maria sie. Nazis erschießen Kinder, das weiß sie. Sie erschießen jeden. Sie will, dass die Pistole nach hinten losgeht und ihm ein Loch in den Bauch reißt.

Bruna starrt ihn an, als wäre er ein Narr oder ein Politiker. Ihre braunen Augen sind feucht, aber sie weint nicht, sie hustet. »Er hat Glück gehabt«, sagt sie und schüttelt die Puppe. »Er ist vom Himmel gefallen.«

Maria erinnert sich daran, wie sie auf der Suche nach dem kleinen Lederstiefel an den Schienen entlanggekrochen ist.

Der Hauptmann tätschelt Brunas Kopf. *»Bella bambina.«* Sein Gesichtsausdruck ist freundlich. »Wir haben viel zu tun.«

Die Nazis lassen die Vorratskammer von Achille und Primo leer räumen, nur der Baccalà bleibt übrig.

Sie sehen die Falltür nicht. Sie gehen nicht in den Keller. Vielleicht sind sie dumm. Vielleicht hat Bruna sie ausreichend abgelenkt. Sie führen erneut das perverse Ritual mit den Gewichten und Summen durch. Sie zahlen mit ihren Reichsmark,

Geldscheinen mit Adlern und Gebäuden, Zinkmünzen mit Löchern in der Mitte. Noch mehr Adler. Und Hakenkreuze. Sie verlangen nach ihrer Quittung.

»Ich danke dir, liebes Kind, aber du behältst deine Puppe. Der Kosake ist unser Freund, dein Freund. Heil Hitler.«

Bruna bleibt ganz still.

Als sie gehen, pfeift einer von ihnen eine Melodie. Einer sagt *buon appetito*. Ein anderer sagt, er würde gern einen Juden erschießen.

Achille geht zum Fenster und blinzelt durch die Spalten im Papier.

»Sie räumen alles bei Calvinetto aus, was noch da ist. Hoffentlich finden sie nur noch Reste. Die Verbrecher.«

Maria ist erleichtert.

Kein Mord. Keine Verhaftung. Keine Vergewaltigung. Kein Vandalismus.

Nur Raub. Und Reichsmark.

Sie ist erleichtert. Dennoch hat sie keine Existenzgrundlage mehr.

Maria, Primo und die kleine Bruna stehen reglos in dem fast leeren Laden. Auf dem Boden liegen Körner, Pastastücke. Getrocknete Bohnen.

Primo steigen vor Wut Tränen in die Augen. Er beißt die Zähne aufeinander. »Abschaum«, sagt er. »Abschaum.«

»Hilf mir«, sagt Maria. »Wir dürfen nichts vergeuden.«

Neben ihr kniet Bruna sich hin und sammelt akribisch jeden essbaren Happen auf.

»Schlaues Mädchen«, flüstert Maria. »Du hast sie abgelenkt.«

Schließlich stottern und rumpeln die Motoren draußen. Die Ladenfenster klappern trotz des Papiers auf dem Glas, während die Nazi-Kunden wegfahren.

Essen ist Macht

»Du musst nicht gehen«, sagt Maria zu Primo, der an der Hintertür steht.

»Mit einem leeren Laden können wir nicht überleben.« Er hat einen harten Pappkoffer an das Familienrad gebunden und trägt einen Rucksack auf dem Rücken.

»Wir können Produkte von Bauern aus der Umgebung kaufen«, sagt sie. »Im Frühling werden wir Mais haben. Vielleicht können wir mit unseren Feldern …«

»Die sind konfisziert, Mama. Noch zwei Jahre, und du denkst …«

»Ich habe noch ein wenig Essen versteckt. Und getrocknetes Getreide im Speicher …«

»Das ist Viehfutter.«

»Für Polenta wird es reichen. Außerdem haben wir keine Tiere mehr, die Futter brauchen, außer den Meerschweinchen, und denen reicht Gras.«

Primo wirft einen Blick auf den erbärmlichen *Orto*. »Es ist November, Mama.«

»Zwiebeln und Gemüse werden wachsen.«

»Es gibt nichts, das wir hamstern können. Das wissen sie. Diese Verbrecher haben den Rest unserer Ernte aus dem Herbst gestohlen. Ich werde mich auf den Weg nach Vicenza machen. Ich werde sehen, was mir die Bauern auf den abgelegenen Feldern verkaufen. Oder in der Umgebung von Padua. Reis, Käse und wer weiß was noch. Ich werde nach Altavilla gehen. Zia Edda muss etwas für uns übrig haben.«

»Ihr ganzes Haus ist voller Nazis. Da soll sie noch Essen für uns haben?«

»Ich werde mit etwas zurückkommen. Von irgendjemandem.«

Maria hat ihm den Großteil des Geldes gegeben, das sie vom Verkauf nicht rationierter Waren beiseitegelegt hat. Und das Geld, das sie aus Duilios Haus mitgenommen hat, doch es ist wegen der rasanten Inflation nicht viel wert. Und den Großteil der Reichsmark.

Primo hat die großen Geldscheine in den Fahrradstangen versteckt. Außerdem hat er Geld in seinen Strümpfen und der Unterwäsche verstaut.

Sie macht sich Sorgen. »Hast du deine Papiere?«

Um sie zu beruhigen, nimmt er sein neues Ausweisdokument hervor. Seit dem Sommer muss jeder Mensch diesen Ausweis jederzeit mit sich führen – mit Ausnahme von Juden, die gar keinen Ausweis haben. Im Ausweis ist seine arische Rasse deutlich vermerkt. *STRIPE ARIANA*. Er zeigt Maria auch seine Aufenthaltserlaubnis, sie sieht genauso aus wie ihre. Sie wird ihn bis Verona an Schlangen, Kontrollpunkten und Deportationstrupps vorbeiführen. Er ist nun der Mann in der Familie. Achille kann nirgendwo hin.

»Du weißt, dass ich bis zu deiner Wiederkehr nicht schlafen werde. Du bist mein gesegneter, mein einziger …«

»Mama, ich bin jetzt neunzehn«, sagt Primo ruhig.

»Ja, genau das richtige Alter für sie. Zum Kämpfen oder Arbeiten. Oder Sterben.«

»Ich bin der Einzige, der es machen kann. Das weißt du so gut wie ich. Ich kann nicht zu Hause rumsitzen und nichts tun.

Wir müssen etwas essen. Wir müssen etwas verkaufen. Essen ist Macht.«

»Ja, Essen ist Macht«, wiederholt sie. Es klingt wie ein Motto. Sie fragt sich, ob sie es auf einem Plakat gesehen hat. »Respektiere Brot«, sagt sie und weiß nicht, warum.

»Ich bin morgen wieder da, oder übermorgen.« Primo umarmt sie, dann schiebt er das Rad den Weg im Garten entlang.

Maria schaut ihm nach, bis er am Tor ist, es öffnet und schließt, lauscht nach einem Geräusch von ihm auf der Straße und bleibt dort stehen, als würde er zurückkehren.

Ihr schöner, schlauer, geliebter Sohn.

*

Primo ist seit zwei Tagen fort, als die Partisanen kommen. Sie sind zu siebt. Ihr Atem kondensiert in der Dunkelheit zu weißen Wolken. Maria weiß, wer sie sind, bevor sie die schmuddeligen handgemalten CLN-Abzeichen sieht. Sie werden ihr wie ein heiliges Relikt entgegengehalten.

Ihr Anführer trägt einen schweren Mantel, der am Kragen aufgeknöpft ist, um sein rotes Halstuch mit dem Knoten zu zeigen. Er sagt nichts. Seine andere behandschuhte Hand hält eine Waffe. Sie haben alle Waffen. Sie tragen alle Mäntel – der *Tabarro*-Umhang ist verboten.

Maria hält eine Kerze in der Hand, es herrscht schon Ausgangssperre, Verdunkelungspflicht. Sie trägt jedes wollene Bekleidungsstück, das sie finden kann, um warm zu bleiben. Dennoch zittert sie. Der Frost im Hinterhof glitzert im Sternenlicht. In der Ferne flackern Feuerwerke am Himmel, dumpfe Aufschläge und Knistern, flimmernde Lichtscheine. Maria weiß, dass es kein Feuerwerk ist. Manchmal erbebt der Boden. Ganz Fosso duckt sich.

»Schwester, wir brauchen etwas zu essen«, sagt der Anführer. Er spricht Italienisch, keinen Dialekt. Er kommt nicht aus der Gegend.

»Wir auch.« Maria fragt sich, ob sie sie wegschicken kann.

»Sie haben ein Geschäft.«

»Es ist fast leer …«

»Fast. Das ist besser als nichts. Schwester, lass uns herein. Wir befreien Italien.«

»Mein Mann ist Veteran«, sagt sie. »Er hat für uns gekämpft und ist fast gestorben. Die Faschisten haben ihn ins Gefängnis gesteckt. Er ist als gebrochener Mann zurückgekommen …«

»Dann werden Sie mit unserer Sache sympathisieren«, sagt der Anführer.

Der Fliegeralarm heult auf.

»Lassen Sie uns rein«, sagt ein Mann hinter dem Anführer. Sie kann sein Gesicht nicht sehen. Doch, kann sie. Es ist geschwärzt wie bei einer verrückten Frau. Seine Augen sind glänzend weiß.

Die Partisanen mit ihren geschwärzten Gesichtern und aufgerissenen Augen kommen in den Laden und suchen ihn im Kerzenlicht ab, Regal für Regal. Ein Paket hier, eine Kiste dort, ein Haufen Rüben. Sie stopfen so viel wie möglich in ihre Rucksäcke, Beutel, Manteltaschen. Eine karge Ausbeute.

Sie müssen nicht nach dem Vorratsraum fragen. Sie gehen gleich hinein.

Achille ist nun da, steht neben Maria.

»Tu so, als wärst du schwach«, flüstert sie.

»Baccalà!« Ein Partisane kommt voll beladen aus dem Vorratsraum. Er grinst. Er nickt Achille zu und hält dann an, um Maria in die Augen zu blicken. »Ist dein Cousin nicht ein Schwarzhemd?«

»Er ist ein Verrückter«, antwortet Achille, bevor Maria etwas sagen kann. »Wir hassen ihn.«

»Obwohl er zur Familie gehört«, fügt Maria hinzu. »Er ist unser Feind.«

»Und unserer. Wir haben ihn im Blick.«

»Er ist in Monastero«, sagt Achille.

»Ja, das wissen wir. Er rekrutiert. Und foltert.«

Nein, denkt Maria. *Er erholt sich. Er ist krank.* »Wir wissen nichts«, sagt sie.

Achille starrt Maria an. »Er kann froh sein, dass er nicht tot ist.«

Den Partisanen muss man nichts von der Falltür zum Keller erzählen. Sie wissen es einfach. Doch sie brauchen Achille, damit er ihnen das Regal aus dem Weg schiebt. Niemand auf der Welt ist stärker als ihr Mann.

Maria führt im Kopf eine Bestandsaufnahme durch. Sie versucht auszurechnen, wie viel Wein sie tragen können. Und wie viel Getreide. Sie fragt sich, wie sie den Baccalà braten sollen, wenn sie unterwegs sind und sich verstecken. In ihrem Kopf verschwimmen die praktischen Überlegungen.

Die Männer raffen mehr zusammen, als sie allein tragen können. Draußen müssen noch andere warten.

Sie arbeiten ruhig und schnell. Sie machen aus den Waren sieben Stapel. Wein, Käse, Nüsse, Zwiebeln, getrocknete Bohnen. Obst in Sirup. Die Baccalà.

Sie binden doppelte Bündel und werfen sie sich über die Schulter wie Bergbauern. Und tragen noch mehr davon. Sie gehen nicht nach oben in die Küche, wo die Meerschweinchen in einem mit einem Tuch bedeckten Käfig versteckt sind. Sie interessieren sich nicht für den Getreidespeicher. Sie gehen so schnell wieder, wie sie gekommen sind. Keine Rechnungen, keine Quittungen, kein Geld. Anders als diese perversen Deutschen.

Nun sind der Laden, der Vorratsraum und der Keller leer.

Sie hört die lärmenden Hühner draußen. Die Partisanen

sind nicht dumm. Sie nehmen sie auch noch, gierig und schnell wie Füchse. Sie befreien Italien.

Und hier ist Amelia, in Mäntel und Decken gehüllt. »Mama, Papà, was ist passiert?«

»Geh hoch zum Feuer oder zu Bruna«, sagt Maria. »Wir haben nun nichts mehr.«

Draußen zischt, heult und hämmert das Feuerwerk weiter, Kisten werden aufgerissen, Menschen zittern, Falltüren werden zugeschmissen, Weinpfähle verbrannt, Lichtschein flackert, verrückte Frauen heulen, Sternschnuppen, Kirchenglocken stürzen herab, Fahrräder stoßen zusammen, Geldscheine knistern, die Madonna der Berge kippt immer wieder um, und Primo ruft, brüllt, schreit, die ganze Nacht lang.

Polenta e osei

»Schau dir das an«, sagt Achille.

Kein einziger Vogel hängt in den Netzen, nicht einmal ein Rotkehlchen oder ein Fink. Die Sträucher im *Orto* sehen aus wie in feine Spitze gehüllte Skelette.

»Mit einem Singvogel wäre es leichter.« Er löst ein Netz. »Und das ist der letzte Vogelleim.«

»Wir können noch mehr machen«, sagt Maria, »wir brauchen nur mehr Misteln.«

»Haben wir denn Öl? Oder Terpentin? Ein wenig Feuchtigkeit, und die Vögel fliegen einfach weg. Wenn es nicht wasserfest ist, bleiben sie nicht kleben, und wir haben nichts am Ende. Nichts.«

»Wir haben noch ein wenig Öl, das ich in einem Glas vergraben habe. Doch das will ich aufbewahren«, sagt sie.

Ihr starker Ehemann hilft den Nazi-Plünderern beim Beladen ihrer Lastwagen. Er verdankt sein Leben Duilio. Er schmeichelt den Partisanen nicht. Die Hühner sind weg, und er kann noch nicht einmal einen Singvogel fangen. Sie erinnert sich an den hübschen Helden, der mit großen Schritten den Berg hinauf kam, mit einer großen *Gavegnà* auf dem Kopf, ein Überlebender des Ersten Weltkrieges, mit nur einer Narbe – den gerissenen Soldaten, der seine Kommandanten überlistete und für die Hufe eines toten Esels belohnt wurde. Seine Akte war tadellos, das sagt sogar Duilio. Aber seit der Verhaftung hat Achille keine Hoffnung mehr. Sie hat sich dafür entschieden, nicht mehr das Bett mit ihm zu teilen. Er hat noch nicht einmal versucht, sie zu berühren.

Und der liebe Primo, der sich ihm widersetzt, der liebe Primo ist immer noch nicht zurückgekehrt. Er meinte, er wäre einen oder höchstens zwei Tage weg. Nun sind es drei Tage, und von ihrem Jungen keine Spur. Er könnte in einem dieser Züge sitzen, die in ein Arbeitslager fahren. Oder in Padua, wo er von der Banda Carità mit ihren *Speziellen Diensten* gefoltert wird – Zigarettenasche in offenen Wunden, Elektroschocks, Fütterung von Salz. Sie schmeißen ihre Opfer wie Müll auf die Straße. Primo meinte, er würde vielleicht bis nach Padua fahren. Don Goffredo hat ihn kurz in Vicenza gesehen.

»Glaubst du, dass Primo in Sicherheit ist?«, fragt sie.

Achille sitzt zusammengesunken auf dem feuchten Boden. »Solange er nicht angibt.«

»Er ist nicht dumm.«

»Er liebt die Amerikaner.«

»Sie befreien uns«, sagt sie.

»Aber man kann in ihm lesen wie in einem offenen Buch. Und er ist ein Hitzkopf.«

»Primo ist die Zukunft«, sagt Maria leise. Sie hätte ihrem Sohn gern etwas zum Schutz mitgegeben. Ihre PNF-Karte. Oder Duilios Eheringe.

Irgendetwas. Ihr Schwarzhemd-Cousin ist immer noch im Sanatorium – er ist zu krank, um ihr zu helfen, zu krank, um Primo zu helfen.

»Wir werden jemanden finden, der etwas Öl übrig hat«, sagt sie. »Wenn es ranzig ist, wird es billig sein. Aber erst brauchen wir die Beeren vom Mistelzweig. Amelia und ich können sie nach der Messe sammeln. Wir versuchen es an den Hängen hinter Campolongo.« Sie glaubt, dass ihre Tochter auf einen Baum klettern kann, wenn es sein muss. Die niedrigen Büsche werden alle schon abgepflückt sein. »Du wartest hier. Wenn Primo zurückkommt, essen wir Polenta mit geschmorten Vögeln.«

Achille schaut sie skeptisch an.

Sie wünscht sich, dass ihre Worte wahr sind. Aber in letzter Zeit sind ihr Mund und ihr Herz nicht miteinander im Einklang. Sie sagt Dinge, die sie sagen muss. Ihr Magen rumort vor lauter Halbwahrheiten, die halbe Lügen sind.

Sie starrt ihren Ehemann an, der ein Netz in seinen großen starken Händen hält, und sie will ihn treten oder verfluchen – nein, sie ist voller Mitleid. Er tut ihr leid. Es sieht so aus, als wäre das Netz für ihn. Sie sollte ihn respektieren. Aber er ist ans Haus gebunden. Er kann nirgendwo hin. Er hat eine Vorstrafe und keine Parteikarte. Wenn er nun beim Handel auf dem Schwarzmarkt erwischt würde, würden sie ihn auf dem Kirchplatz erschießen.

Die Plakate hängen überall. Die Aufschrift wirkt, als würde es der deutsche *Comandante* dieser Zone aus dem entfernten Verona oder von einem Palazzo in Vicenza herüber brüllen und mit der Todesstrafe drohen: *BESITZ VON TAUBEN UND RADIOS VERBOTEN, VERKEHR MIT FEINDEN VERBOTEN, ZURÜCKBEHALTEN VON WAREN VON DER DEUTSCHEN WEHRMACHT VERBOTEN, TRAGEN EINES TABARRO-UMHANGS VERBOTEN, FOTOGRAFIEREN VERBOTEN …*

Maria hat der Deutschen Wehrmacht keine Waren vorenthalten, als sie in ihren Laden gekommen ist. Ihr Ehemann und ihr Sohn haben sogar beim Beladen des Lasters geholfen. Wenn sie doch nur eine Taube besitzen würde. Sie würde sie nicht zum Verschicken von Nachrichten verwenden, sondern sie gierig verspeisen. Eine schöne, fette Taube wäre köstlich. Sie stellt sich vor, wie die Partisanen ihre Hühner erledigen. Gebraten. Gegrillt. Das dunkle Fleisch an den Schenkeln, lecker. Ihr läuft das Wasser im Mund zusammen. Sie hat Hunger. Jeder hat Hunger. Aber noch verhungert niemand. Die Kinder brauchen Fleisch, besonders die Jungen, damit sie groß und stark werden, sie brauchen mehr Blut in den Wangen. Sie muss die Meerschweinchen am Leben erhalten – sie essen Gras, das ist leicht zu besorgen, und sie vermehren sich vielleicht wieder. Nebenan ist ein Metzger, aber er hat kein Fleisch. Calvinettos winzige Vorräte für den Tauschhandel sind kaum noch vorhanden, selbst Fleischreste und Abfälle hat er nicht mehr. Die Nazis essen alles – sie haben eine Kuh gegessen, die in einem leeren Grab versteckt war. Auf einem Plakat steht, man solle keine Katzen essen, weil Katzen dazu gebraucht werden, Mäuse und Ratten zu fangen. *Magnagati.* So lautet der Spitzname für Menschen aus Vicenza. *Katzenesser*. Warum darf man einen Vogel oder ein Pferd essen, nicht aber eine Katze?

»Vielleicht wurden alle Vögel schon verspeist«, sagt Achille mitleiderregend.

»Wir werden ganz viele fangen, du wirst sehen«, entgegnet Maria. »Wir lutschen ihnen das Fleisch von den Knochen und essen auch noch die Knochen.«

*

Hinter Campolongo gehen Maria und Amelia sehr langsam und vorsichtig den fahlen, steinigen Weg und die immer noch grünen Hänge hinauf, auf der Suche nach einer Pflanze oder einem Lebewesen, das sie essen können. Sie suchen nach Pilzen, die vielleicht aus dem Boden geschossen sind. Oder nach

Nesseln. Oder nach Brombeeren – obwohl der Teufel nach September auf sie spuckt. Die Sonne scheint sanft, es ist warm für November.

Sie haben beide ihre Ausweispapiere dabei. Sie sind voll der Gnade von der heiligen Kommunion. Die Bibellesung handelte vom Bürgerkrieg im Heiligen Land vor langer Zeit. Bei der Predigt ging es um den Bürgerkrieg in Italien jetzt. Beim Abschlussgebet bedankte sich die Gemeinde, dass die Kirche von Campolongo nicht zerstört worden ist. Fosso hat nicht so viel Glück gehabt.

Amelia trägt zwei Taschen aus Sackleinen. Maria hat Duilios Rucksack auf dem Rücken und eins dieser unglückseligen Netze über die Schulter geworfen, sodass sie es jederzeit greifen und auf einen Vogel, ein Eichhörnchen, einen Frosch oder einen Igel schmeißen kann … Alles, was Fleisch hat.

Im winterlichen Unkraut und an den rauen Steinwänden finden sie Schnecken.

»Hier sind noch mehr«, sagt Maria. »Fosso ist abgeerntet.«

»Sie sind wunderschön«, sagt Amelia.

Ich hasse sie, denkt Maria. *Gott sei Dank überwintern sie und paaren sich nicht.*

»Sie müssen eine Woche lang ausgehungert werden. Wir müssen den Schleim und die Innereien loswerden. Das ist viel Arbeit. Und die hier sind klein …«

»Bruna hat kleine Finger«, sagt Amelia. »Sie ist geduldig und vorsichtig. Sie kann die Arbeit übernehmen.«

»Zumindest Fleisch.«

Wo ist Primo jetzt? Er ist schon zu lange weg. Schon seit drei Tagen. Ist er in Padua und wird in einer Zelle zu Tode gehungert? Sie stellt sich vor, wie sie ihm geschmorte Schnecken zu essen geben, Löffel für Löffel, ihrem erstgeborenen Sohn, ausgemergelt und verwundet.

Mit behandschuhten Händen schneiden sie die Misteln, giftige weiße Beeren in leuchtend grünen Kugeln, die kahle Zweige heimsuchen. Genug, um mehr Vogelleim herzustellen. Sie hacken auch Totholz, um es im Ofen zu verbrennen.

Der große Sack ist schwer und unhandlich, doch Maria geht noch nicht nach Hause. Sie ist auf der Jagd. Sie muss ihr Netz noch auswerfen. Der Vogelfänger ist wieder in der *Contrà*, in Moosgrün und Nussbraun getarnt, wird er sicherlich den Holzkäfig füllen, den er auf dem Rücken trägt. Maria ist nicht so gut ausgerüstet. Und es ist kein Vogel in Sichtweite.

»Hör mal«, flüstert sie. Ein Zucken im Busch.

Amelia bewegt sich nicht.

Doch da ist nichts.

Die Welt ist still, winterlich still, jedoch nicht so still wie bei Schnee. Und nicht so still wie in Friedenszeiten. Man hört immer Motorengeräusche.

»Mama, komm, wir gehen nach Hause. Die Tiere sind alle fort«, sagt Amelia. »Und vielleicht ist Primo wieder da.«

»Noch ein Versuch, wo wir schon einmal hier sind«, sagt Maria und führt ihre Tochter den Berg hinauf. »Dort oben sind Höhlen. Doch wir müssen nicht so weit gehen.«

Die Steine liegen lose unter den Füßen, und die behelfsmäßigen Schuhe werden weiß gepudert. Bald sind größere Steine auf dem Weg, die wie Monumente hervorragen oder unordentlich verstreut liegen. Die Sicht auf die sonnenbeschienenen Ebenen bis Vicenza ist klar: kahle Weingüter und Felder, Gräben, kleine Flüsse, Dächer aus Terrakotta, Kirchtürme – einige zerbombt und zerstört, andere unversehrt – Kolonnen von Nazifahrzeugen fahren auf den Straßen.

Primo könnte in einem dieser Laster sein. Falls Primo in einem dieser Laster ist, könnte ihm noch nicht einmal mehr ein Schwarzhemd-Cousin helfen.

Maria schaut sich um, berührt die Oberfläche, sucht nach Feuchtigkeit. Hier gibt es keinen Farn, bloß trockene Flechten und Efeustränge. »Stell dich neben mich, halte die Tasche auf und sei bereit.«

Sie steckt ihr Taschenmesser dort in den Felsen, wo er rissig und brüchig ist. Sie bricht ihn auf. Nichts. Sie probiert eine andere Öffnung aus. Und noch eine. Und noch eine. Und dann wird sie fündig. Einige überwinternde Eidechsen, sie liegen in einem Knäuel aufeinander.

»Schnell«, sagt sie zu Amelia. »Den Beutel.« Sie kippt sie hinein. Sechs Eidechsen. Fast für jeden eine, ein kümmerliches Gericht. Ihr läuft das Wasser im Mund zusammen. Sie findet gleich noch ein Nest. Sie schnipst sie hinein. »Wir brauchen noch mehr.«

Amelia ist entsetzt. »Für mich nicht.«

»Aus Fleisch wird Fleisch.«

»Primo würde das nicht …«

»Du brauchst das Fleisch.« Einen Augenblick lang erinnert sie sich an die arme Delfina.

»Sonst wird Gott dir keine Kinder schenken.«

»Wir haben die Meerschweinchen.«

»Erst einmal …«

»Und überhaupt: Gott *wird* mir Kinder schenken.«

»Wollen wir hoffen, dass sie dankbar sind und essen, was auf den Tisch kommt.«

Dann ertönt ein Geräusch, das sie beide kennen und beide nie wieder hören wollen. Zunächst ein Dröhnen in der Ferne. Feuerwerk, das kein Feuerwerk ist. Die Geräusche vom Weihnachtstag und Palmsonntag und diesem sonnigen Sonntag im Mai und all den Bomben dazwischen.

Maria schlägt weiterhin Teile des Felsens ab. Sie arbeitet schnell, doch ihre Hände zittern. Sie schneidet sich in den Finger. Sie rutscht aus. Sie schneidet eine Eidechse. Sie umklammert das zitternde Messer. Als sie zwei Dutzend Eidechsen gesammelt hat, hört sie auf. Sie ist außer Atem. Die Geräusche sind nun lauter, unverkennbar. Die Flugzeuge fliegen hin und her. Ihr Magen krampft sich zusammen.

»Das reicht!«, sagt sie zu Amelia oder den Alliierten oder zu beiden. »Knote den Beutel vernünftig zu.«

Bluttropfen sickern durch das Sackleinen. Verschwendete Nahrung.

Auf ihrer Hand ist Blut, Eidechsenblut, ihr eigenes Blut. Sie leckt es sauber.

Sie geht zum Wegesrand hinter dem Felsen.

Amelia steht neben ihr.

In der Ferne, wo die Stadt liegt, in dem hellen, blassblauen Himmel breitet sich eine riesige, schmutzige Wolke aus. Noch eine große Bombardierung. Wie häufig kann das passieren? Flugzeuge fliegen hin und zurück, hin und zurück, ein dauerhaftes, widerliches, grollendes Dröhnen. *Gott sei Dank trifft es uns nicht – aber wo ist Primo im Augenblick?* Ihr Sohn wird vor Ort von Nazis gefangen gehalten. Er wird von den Bomben in Stücke gerissen, die vom Himmel fallen.

»Es sind wieder die Amerikaner«, sagt Amelia.

»Und die Briten. Sie befreien uns«, sagt Maria und versucht, für ihre Tochter tapfer zu klingen.

»Warum bombardieren sie die Städte? Warum bombardieren sie uns? Warum bombardieren sie nicht die Nazis …«

»Komm, wir gehen nach Hause«, sagt Maria, obwohl sie weiß, dass es hier in den Bergen sicherer ist.

Die Kinder haben seit der Bombardierung an Weihnachten keine Schule mehr, in die sie gehen können. Und die Einwohner von Fosso haben ihre Kirche verloren. Die zerklüfteten Wände werden von Pfählen und Haufen aus Bauschutt gestützt.

Die alte Wandmalerei des Rads der Fortuna ist nur noch ein Scherbenhaufen.

»Wir müssen das alles nach Hause bringen, solange es noch möglich ist.« Maria ist sich ganz sicher, dass ihr Sohn zurückgekehrt ist und in der Küche steht, unverletzt, lebend. Sie kann es nicht erwarten, ihn wiederzusehen.

*

In Fosso heult die Sirene. Die Geschäfte und Fensterläden sind geschlossen. Nur Militärangehörige und deren Fahrzeuge sind auf den Straßen. Wie bei der Ausgangssperre, trotz Sonnenschein.

Als sie zu Hause ankommen, wirft Maria einen Stein an ein Fenster in der ersten Etage.

Arsenio öffnet die Ladentür.

Maria würde lieber einen anderen Sohn sehen. »Ist Primo wieder da?«

»Nein.«

»Habt ihr etwas von ihm gehört?«

»Nichts«, sagt Arsenio. »Sie bombardieren alles. Er könnte tot sein.«

»So ein Unsinn.« Maria reicht ihm das Netz und die schweren Taschen. »Hier, hilf Amelia damit. Ich gehe zur Osteria, um neue Nachrichten zu hören.«

»Aber die Sirene …«

»Die höre ich laut und deutlich.«

Arsenio schaut in eine Tasche. Er grinst. »Ihre Schwänze sind abgefallen.« Er grinst immer, wenn er nicht weiß, was er sagen oder machen soll.

»Also sind sie aufgewacht«, sagt Maria. »Lass keine entkommen. Hilf nun Amelia. Ich bin gleich wieder da.«

Sie will ihre Tochter nicht mit zur Osteria nehmen. Amelia ist zu hübsch. Dieser Ort gleicht einer Pension für Nazis. Anfangs hatten sie noch Respekt. Nun würden sie sie vergewaltigen und wieder rauswerfen, ihr Leben zerstören. Vielleicht kann sie vor Frühlingsbeginn wieder ins Kloster, wenn die Eier der Seidenraupe Pflege benötigen. Sie war dort sicherer. Gott weiß, was mit Beppes Frau und Tochter geschehen ist. Kein Wunder, dass der arme Mann ein Trinker ist.

Die Flugzeuge hören sich nun näher an, donnern in ihren Knochen. Die Sirenen heulen.

Die Osteria ist leer. Es scheint so, als würden die Männer vom Militär mit etwas anderem beschäftigt sein.

Qui non si parla di politica o di alta strategia. Hier spricht niemand über Politik. Trotz des Plakats über der Bar plappert Beppe: »Oh, Maria! Der Alarm kam zu spät. Die Bomben fielen, bevor sie es wussten. Sie haben sie nach gestern Abend nicht erwartet. Sie haben den Ort gestern Abend bombardiert. Das ist das Ende von Vicenza. Sie haben es nicht nur auf die Deutschen, sondern auf alle abgesehen, auf alles, das sich bewegt. Dreihundert Flugzeuge! Sie bezeichnen es als terroristischen Bombenanschlag …«

»Wer denn?«

»Die Nazis. Die Faschisten.«

An Beppes Wand hängt ein neues Plakat, auf dem die Jugend aufgerufen wird, der Kompanie des Todes beizutreten. Für Ehre und den Sieg – *Vittoria.* Wieder ihr Name. Unter einem schwarzäugigen Schädel mit einem Dolch zwischen den Zähnen.

»Die Alliierten verwenden neue Bomben, es ist ein Experiment, sie explodieren in der allerletzten Minute, das sind die schlimmsten für Menschen, wie Tausende kleiner Bomben, die überall explodieren, sie verursachen den größten Schaden, nicht an Gebäuden, sondern für die Menschen …«

»Hast du Primo gesehen …«

»Wer denkt sich so etwas aus? Und diese Bomben sehen wie Spielzeuge aus, entsetzlich. Das ist das Ende. Und riesige Brandbomben, und diese Stifte, die im Gesicht explodieren, wie die auf den Feldern, und diejenigen, die wie Schokolade aussehen, um hungrige Kinder reinzulegen, die nur ein wenig Zucker brauchen. Sie heben sie auf. Ein bisschen Zucker. Dann sind sie tot. Kleine Kinder. Wer denkt sich so etwas aus? Warum bist du unterwegs? Du solltest im Schutzraum sein.«

»Hast du Primo gesehen?«, fragt Maria wieder. »Don Goffredo hat ihn in Vicenza gesehen, aber vielleicht hat er sich geirrt.« Sie will sich wie eine Eidechse im Berg verstecken. Sie versucht, die Fassung zu bewahren. Könnte Primo trotz der ganzen Bomben überlebt haben? Sie denkt an sein schönes Gesicht.

Bomber fliegen über den Himmel, lauter als jeder Fliegeralarm. Sie hört nichts anderes mehr. Bomber dröhnen. Noch mehr Bomber. Auf dem Weg nach Vicenza. Oder auf dem Rückweg. Oder wieder auf dem Hinweg. Alles erbebt.

Beppe schüttelt den Kopf. Seine Augen sind rot und voller Tränen. Er streichelt über die Bar, als wäre sie ein Schmusetuch. »Weißt du, ich habe Teresa schon ewig nicht mehr gesehen … Und meine Tochter auch nicht mehr. Ich kann nicht …« Er schenkt sich drei Fingerbreit Wein ein. Er trinkt sie mit einem Schluck. »Es herrscht Ausgangssperre. Du solltest im Schutzraum sein. Oder zu Hause. Du wirst sterben. Und wenn du stirbst, solltest du bei deiner Familie sein.«

Maria will ihren Sohn füttern. Sie will Polenta mit Vögeln machen, aber sie muss erst die Vögel fangen. Das ist ihre Mission. Sie wird ihren Sohn füttern. Flugzeuge hin oder her. »Beppe, hast du Öl? Ranziges Öl ginge auch. Wir müssen Vogelleim machen.«

Beppe wischt sich die Nase am Ärmel ab. Er reibt sich die Augen. Sein Hemd ist schmuddelig. Er braucht eine Frau. Er ist ein Trinker. Er wischt sich wieder über die Nase. »Was hast du im Tausch?«

Eidechsen und Schnecken

Maria ist fest entschlossen, das Geräusch der Flugzeuge zu ignorieren; sie kommen und gehen, sie fliegen ganz tief am Himmel, in der Nähe, weiter weg. »Amelia, heiz das Feuer an und fang an, die Eidechsen zuzubereiten.«

Amelia verzieht das Gesicht. »Wie denn?«

»Wie Frösche«, antwortet Maria.

»Ich haben keinen Hunger«, flüstert Bruna ihrer Schwester zu.

»Selbstverständlich hast du Hunger«, antwortet Maria. Das Mädchen ist blass. Es braucht Fleisch. »Und du wirst für die Schnecken zuständig sein. Sie sind eine Delikatesse.«

Bruna lächelt wegen des Lobs.

»Sollten wir nicht in den Schutzraum gehen?«, fragt Cecilio.

»Ich werde dich allein in den Schutzraum schicken«, blafft Maria. »Was ist, wenn Primo nach Hause kommt?« Sie weiß, dass diese Antwort keinen Sinn ergibt. Primo könnte auch in den Schutzraum kommen.

Amelia kniet sich auf den Boden, nimmt Totholz aus einem Beutel und stapelt es ordentlich neben dem Ofen auf.

Cecilio hockt neben dem anderen Sack und stößt ihn ab und zu an, berührt vorsichtig die blutverschmierten Stellen. Im Inneren scheint sich nichts zu bewegen.

»Sag deinem Vater, dass wir Mistelzweige haben«, sagt Maria.

Amelia schiebt Anzündhölzer in den Ofen.

Bruna hustet wegen des Rauchs.

»Und mehr Holz«, fügt Maria hinzu, als Cecilio zur Tür geht. »Und Öl. Such deinen Bruder. Ihr Jungen könnt draußen ein Feuer anzünden, um Vogelleim zu machen. Die Bomber haben heute schon das Schlimmste angerichtet.«

Stillschweigend versucht sie, für Primos sichere Wiederkehr zu beten, aber das Geräusch der morgendlichen Bomben donnert ihr immer noch im Kopf.

*

Maria erwacht mitten in der Nacht. Sie hat Albträume gehabt. Es könnte am seltsamen Fleisch liegen. Nein, denkt sie, die Portionen waren zu klein, und sie hat sowieso Albträume.

Mit Polenta waren die Eidechsen gerade so genießbar, gebraten in aufbereitetem Öl mit Kräutern. Sie wären besser gewesen, wenn Maria gute Butter, Salz und Pfeffer genommen hätte. Sie hat Butter im Kürbisbeet vergraben. Sie weiß nicht, wie lange sie sie dort lassen soll – niemand weiß, wann der Krieg endet.

Achille und die Jungen haben keine Vögel gefangen. Vielleicht gibt es dort, wo Flugzeuge fliegen, keine Vögel. Er wird es morgen noch einmal versuchen.

Bruna hat das Eidechsenfleisch erst gegessen, als man sie dazu gezwungen hat.

Amelia hat geweint.

Für die Schnecken braucht sie Knoblauch, Kräuter und einen Schuss Wein. Sie werden gut mit Polenta schmecken. Doch zunächst müssen sie einige Tage lang in Sand ausgehungert werden, mindestens fünf Tage, bevor man bei den Überlebenden den Schleim abwaschen kann, sie wieder und wieder wäscht und sie dann ausnimmt. Die schwarzen spiralförmigen Innereien sind winzig und schwierig zu entfernen. Bruna kann die Arbeit mit ihren geschickten kleinen Fingern erledigen. Cecilio kann ihr helfen – seine Schule wurde zerstört, er kann nicht hingehen.

Amelia atmet tief im Schlaf.

Wo ist Bruna? In letzter Zeit ist sie immer mit den beiden ins Bett gekrochen, doch nun ist sie nicht da.

Maria hört sie in der Küche husten.

Bruna hustet immer. Sie ist empfindlich, im Gegensatz zu ihrer großen Schwester, die robust ist. Der Ofen wird kalt sein. Was macht Bruna in der Küche?

Langsam schlüpft Maria aus dem Bett, um Amelia nicht zu wecken. Sie wickelt sich in einen Übermantel ein. Sie zieht sich noch ein paar Socken an. Sie bibbert in der Kälte und tastet sich in der Dunkelheit zur Küche. Sie will das elektrische Licht anstellen, doch es herrscht Verdunkelung. Sie nimmt eine Kerze.

Bruna sitzt neben dem Meerschweinchenkäfig unterm Tisch. Sie hat das Tuch heruntergezogen. Sie sieht traurig aus. Sie zittert.

»Was machst du?«, fragt Maria.

»Mir ist warm«, antwortet Bruna. Sie hört sich kurzatmig an. Sie zittert.

Maria kniet sich hin und berührt die feuchte Stirn ihrer Tochter. »*Dio mio*«, sagt sie. »Du hast Fieber.«

»Tut mir leid«, entgegnet Bruna.

Maria fühlt sich schuldig. »Das muss dir doch nicht leidtun, Kleines.«

Bruna hustet wieder.

Während Maria ihrer Tochter den blutigen Auswurf von der Hand wischt, versucht sie, ruhig zu bleiben, doch sie ist völlig aufgelöst. Sie erinnert sich an Duilios Husten, seine zusammengeknüllten Taschentücher und die Bettwäsche mit den Blutflecken.

»Komm, *Carissima*«, sagt sie und nimmt ihr Mädchen in die Arme, wickelt es in den Übermantel. Sie spürt Brunas Herzschlag, er ist schneller als ihr eigenes ängstliches Herz. Brunas Herz ist kleiner. Es fühlt sich an, als würden beide Herzen bald zerbrechen.

»Möchtest du ein wenig Brühe?«, fragt Maria ruhig. Sie weiß nicht, was sie dem Kind geben kann. Vielleicht einen Schluck Wein? »Obst in Sirup?«

Bruna atmet laut. »Ich habe keinen Hunger.«

Maria hat diese Worte heute schon einmal gehört und fragt sich, warum sie ihnen keine Beachtung geschenkt hat. Bruna sollte Hunger haben. Jeder hat Hunger. Sie dachte, ihr Mädchen würde sich wegen des unbekannten Fleisches anstellen. Nun, wo sie sie im Arm hält, kann sie ihre Knochen spüren. Ihr kleines Vögelchen ist kalt und zittert. Es hat keinen Hunger. Es hustet Blut.

Was können Ärzte gegen Tuberkulose tun? Bruna in ein Sanatorium schicken, wie Duilio. Er ist nun zwei Jahre lang dort. Severos Frau ist an Schwindsucht gestorben. Ärzte kosten Geld. Sanatorien kosten Geld. Primo hat fast das ganze Geld. Und Primo hat das Fahrrad. Maria versucht zu überschlagen, wie viel Geld sie behalten hat. Aber die Zahlen schwirren ihr im Kopf umher. Vielleicht können sie ein wenig Land verkaufen. Aber niemand kauft oder verkauft Land. Vielleicht kann sie sich vom Priester Geld leihen. Oder von jemand anderem. Achille kann jetzt zum Arzt laufen. Nein, es herrscht Ausgangssperre. Er wird von den Deutschen erwischt und in ein Arbeitslager gesteckt werden. Arsenio kann zum Arzt laufen. Falls er geschnappt wird, werden sie ihn gehen lassen, er ist zu jung für sie, zu jung, um gegen die Alliierten zu kämpfen oder die Gotenstellung zu bauen. Aber selbst wenn er es zum Arzt schafft und selbst wenn er ihn davon überzeugt, mitten in der Nacht zu kommen, kann er doch nicht viel mehr tun, als wenn sie bis zum nächsten Morgen warten. Es ist bestimmt drei Uhr früh, oder vier.

Bruna keucht, aber sie ringt nicht nach Luft und ist nicht in Panik.

Vielleicht hat sie bloß eine Bronchitis.

Bruna hustet. Im Kerzenlicht wirkt ihr blasses Gesicht fast bläulich.

Maria schließt die Augen und wiegt ihre Tochter, wärmt sie, drückt ihren Kopf an sich. Sie will sie niemals gehen lassen. Sie denkt an Tito und Ignazio, ihre zwei toten Kinder im Himmel. Sie erinnert sich an das Foto von Duilios Baby, das im Sarg lag, die winzigen Hände zum Gebet gefaltet und mit Rosenkränzen umwickelt.

Doch Bruna ist vier Jahre alt. Sie ist kein Baby mehr.

Maria muss bis zum Morgen warten. Sobald die Ausgangssperre aufgehoben ist, wird sie Arsenio den Arzt holen schicken. Sie wird ihm sagen, dass er den ganzen Weg nach Campolongo laufen soll. Achille kann eins der Meerschweinchen schlachten. Amelia kann die Dose mit dem Obst aus dem Versteck hervorholen. Der Sirup wird Brunas Hals guttun. Der Arzt wird direkt auf seinem Rad angefahren kommen. Er wird sie untersuchen und feststellen, dass Bruna nur Fieber hat, wie Kinder das so häufig haben, egal ob Krieg herrscht oder nicht, dagegen kann man Medikamente nehmen. Oder eine Bronchitis, die vorbeigeht – er wird sagen, dass man sie vor Rauch und Kälte schützen sollte. Oder eine

Lungenentzündung, die gefährlich ist, aber auch einfach weggehen kann.

Bruna ist in Marias Armen eingeschlafen, sie keucht bei jedem Atemzug. Ihr Mund steht offen. Ihre Lider flattern.

Maria wartet auf den Morgen, die Nacht ist lang.

Sie streichelt ihrer Tochter übers Haar. Es fühlt sich feucht an. Kleine Kinder gehen an Tuberkulose zugrunde, schneller als Erwachsene. Bei diesem Gedanken fühlt sie sich der Ohnmacht nahe.

*

In der Dunkelheit vor dem Morgengrauen, als sie Bruna immer noch fest im Arm hält, steht Maria auf und starrt die Madonna der Berge an, ohne sie zu sehen. Sie erhofft sich Rat. Fürsprache.

Oh, Maria, dein kleines Vögelchen hat keinen Hunger gehabt, und du hast es nicht bemerkt. Sie hat gehustet, und du hast es nicht als wichtig erachtet. Du weißt noch nicht einmal, wie lange sie schon hustet.

Falls die arme Kleine Schwindsucht hat, kann sie dir nicht sagen, wann sie sich angesteckt hat.

Schau in deine Seele, Maria, schau in dein Herz. Schau in dein Bett.

Hast du sie angesteckt?

Du weißt immer noch nicht, ob du infiziert bist. Du traust dich nicht, daran zu denken. Du hast seinen tuberkulösen Atem eingeatmet, seinen Schweiß, seinen Speichel, sein mit Keimen verunreinigtes Kissen. Die Krankheit verläuft wochenlang unbemerkt, monatelang – jahrelang, wenn sie es will –, bevor sie ihre hässliche Fratze zeigt.

Sie lauert, Maria, wie das schlimmste hinterhältige Gift.

Deine anderen Kinder hier im Himmel erwarten sie ungeduldig, Maria. Sie sehnen sich nach ihr. Aber ich kann dir nicht das Leid in ihrem Blick beschreiben. Sie weinen.

Ich bemitleide dich nicht, Maria.

Du willst kein Mitleid.

Bete.

Heiliges Öl

Arsenio ist schon so lange fort. Viele Stunden. Er ist außer Atem. »Der Arzt ist weg. Die ganzen Bomben in Vicenza. Er ist dorthin gegangen, um zu helfen.«

»Wann ist er wieder da?« Maria merkt, dass die Frage dumm ist, als sie sie ausspricht.

Arsenio zuckt die Schultern.

Wenn sich der Arzt in Vicenza um Bombenopfer kümmert, kann er in Fosso nicht für die kranken Kinder da sein. Er könnte heute, morgen, nächste Woche oder nie zurückkehren. »Hast du die Leute gefragt?«

Arsenio nickt. »Wo ist Bruna?«

Maria schaut zur Schlafzimmertür. »Amelia ist bei ihr.«

»Ich bin gerannt und gerannt. Ich habe die Feldwege genommen. Ich bin den Deutschen aus dem Weg gegangen.« Er grinst. »Wie ein Spion.«

»Guter Junge«, sagt Maria, obwohl sie so angespannt ist. »Was ist mit dem Geld, das ich dir gegeben habe?«

»Ich habe nichts davon verloren.« Er kramt in seinen Taschen.

»Geh damit zum Kräutersammler. Weißt du, wo er wohnt?«

Arsenio nickt.

»Falls er nicht zu Hause ist, geh zur Kirche in Campolongo. Vielleicht besucht er die Messe. Bitte ihn, mit dem Rad hierher zu kommen. Erkläre ihm die Symptome. Wenn er nicht da ist, frage den Priester. Don Goffredo weiß alles.«

*

Der Kräuterkundler ist nicht da. Sein Fahrrad ist weg. Seine Frau hat ihn schon tagelang nicht mehr gesehen. Die Nazis könnten ihn festgenommen haben. Oder er könnte sich den Partisanen angeschlossen haben.

Arsenio kommt abends zurück, mit dem Priester.

»Vergeben Sie mir«, sagt Don Goffredo an der Hintertür. »Ihr guter Junge hier hat mir von Ihrem Mädchen erzählt.«

Maria lässt ihn herein. Die Luft ist eisig, und sie will schnell die Tür wieder schließen.

Achille hat ein Meerschweinchen geschlachtet und es im Ganzen gegrillt. Amelia hat Polenta gemacht. Cecilio hat das Glas mit der Butter aus der harten Erde unterm Kürbisbeet ausgegraben. Maria hat versucht, Bruna zu füttern.

Man muss das Mädchen zu jedem Bissen überreden. Die Kleine kann schlecht atmen, hustet und schläft.

»Ich habe gedacht, ich schaue selbst nach ihr.« Don Goffredo lächelt.

»Wissen Sie, wo der Kräuterkundler ist?«

Der Priester schüttelt den Kopf. »Tut mir leid, Maria. Alles ist ungewiss.«

»Werden Sie für sie beten?« Sie klammert sich an den Rosenkranz in ihrer Tasche.

Der Priester nickt.

Maria führt ihn ins Schlafzimmer, wo Bruna unter mehreren Mänteln und Decken schläft. Auf dem Kissen befindet sich ein Blutspritzer.

Amelia sitzt am Krankenbett.

»Ich habe dieses Jahr viele kranke Kinder gesehen«, sagt Don Goffredo. Er schaut Bruna lange an, dann sagt er: »Sie ist noch zu jung, um das zu verstehen …«

»Sie ist vier«, sagt Maria mit klopfendem Herzen.

»Das liegt daran, dass die Ärzte weg sind …« Der Priester runzelt die Stirn und überlegt, kratzt sich am Nacken und seufzt lange. »Ich werde diese liebe, süße Seele segnen. Die Sakramente sind auch für die körperliche Gesundheit wichtig, nicht nur für die Seele, das habe ich mit eigenen Augen gesehen.«

Maria weiß, was diese Worte bedeuten. Er meint die Letzte Ölung. Sie will sterben. Sie will an Brunas Stelle sterben.

»Wir sollten die ganze Familie zusammenbringen«, sagt der Priester. »Unsere Gebete sind stärker, wenn wir zusammen sind. Wir müssen eins mit Christus werden, in diesem Tränental, aus dem unsere Pilgerreise auf Erden besteht.«

»Hol die anderen«, sagt Maria zu Amelia.

»Gesegnet sei dieses Haus«, sagt Don Goffredo. Dann spricht er Latein. Er hat eine Tasche dabei, die wie ein Arztkoffer aussieht.

Maria fragt sich, warum sie sie nicht früher gesehen hat.

Er öffnet die Tasche und nimmt ein Kruzifix, ein Leinentuch, eine Flasche Wasser, eine Flasche Öl, einen Olivenzweig und zwei flache Schalen heraus.

Die Familie ist nun hier, kniet im Kerzenlicht ums Bett.

Maria kann nur Bruna anschauen, sonst niemanden.

Der Priester berührt Brunas Lippen mit dem Kruzifix. Er schüttet Weihwasser in eine Schüssel, taucht den Olivenzweig hinein und verspritzt es im Zimmer. Er geht ganz nah zu Bruna und flüstert ihr lateinische Worte ins Ohr. Er dreht den Kopf und scheint zuzuhören. Er nickt, als könnte er Bruna sprechen hören. Er bittet alle, für sie zu beten.

Maria senkt den Kopf. *Lieber Gott,* sagt sie so ruhig und leise sie kann, *der Vater, der Sohn und der Heilige Geist, Heilige Muttergottes im Himmel, liebe Heilige, liebe Engel und Erzengel …*

Als alle eine Weile gebetet haben – Maria weiß nicht, wie lange, ihre Gedanken rasen, und alles fühlt sich langsam an – salbt Don Goffredo ihr kleines Mädchen.

Er berührt Brunas Augenlider mit dem gesegneten Öl, murmelt Wörter auf Latein, dann wischt er das Öl mit dem Leinentuch wieder ab, anschließend salbt er ihre Ohren, links und rechts, ihre Nasenlöcher, links und rechts, murmelt die ganze Zeit weiter auf Latein, salbt ihre unschuldigen Lippen, ihre Hände, ihre Füße. Er wischt sich die Hände mit seinem Tuch sauber und legt es weg.

Weitere Worte auf Latein, die Maria von der Messe kennt, und dann weitere Worte, mehr Worte, als sie ertragen kann, auf Latein, noch mehr Latein, immer und immer mehr, dann macht er mit den Händen das Segenszeichen, und das Sakrament ist vorbei.

Risi e bici

»Mama, Mama, Mama, Mama!«, ruft Cecilio von unten. »Primo ist da! Primo ist wieder da! Primo!«

Maria rennt aus der Küche, stolpert die Außentreppe hinunter in den Hinterhof, in die gleißende Nachmittagssonne, den Weg entlang, an den leeren Hühnerställen und Käfigen, an den wuchernden Zwiebeln und der Roten Bete vorbei, und nimmt ihren lieben Jungen fest in die Arme. Er lebt. Und alles ist noch dran.

Als sie Primo loslässt, stellt er seinen Koffer ab. Er löst die Tasche von seinem Rücken und lässt sie auf den Boden fallen. Mit seinem Gepäck sieht er wie ein Flüchtling aus. Er hat abgenommen. Er war fünf Tage lang weg. Er hat immer noch seine Brille.

»Wir haben Eidechsen gegessen. Schmeckt wie fischiges Huhn«, sagt Cecilio.

Primo zerzaust seinem kleinen Bruder das Haar. »Eidechsen?«

»Am Freitag werden wir Schnecken essen«, sagt Cecilio.

»Mama …?«

»Nach den Deutschen sind die Partisanen gekommen. Sie haben uns alles weggenommen. Sogar die Hühner«, sagt Maria. »Weil sie Fleisch wollten.«

»Nun bist du also wieder da«, sagt Achille und geht auf seinen zurückgekehrten Sohn zu. »Hast du Erfolg gehabt? Wo ist das Fahrrad?«

Maria schluckt. Sie hat es nicht gesehen. Es muss auf der Straße stehen.

»Ich habe es getauscht«, sagt Primo. »Ich hatte keine Wahl. Es war aber sowieso kaputt. Wir können ein neues …«

»Wer hat dir das erlaubt?«, fragt Achille.

»Ihr habt Ungeziefer gegessen. Ich bringe euch Essen. Ich habe Gemetzel gesehen, bin unter Beschuss geraten und musste mich in Gräben verstecken. Ich lebe noch. Und du hast nichts Besseres zu tun, als nach diesem Fahrrad zu fragen?«

Achille ballt die Hand zur Faust. Er will seinen Sohn schlagen.

Nun kommt Arsenio. Gut. Ablenkung.

»Jungen, nehmt die Taschen«, sagt Maria. »Euer Bruder hat eine lange Reise hinter sich.« Sie sagt ihm nicht, dass Bruna mit Fieber auf dem Sterbebett liegt.

Oben in der Küche sitzt Primo am Kopfende des Tisches. Er trägt die Verantwortung. Wie das Familienoberhaupt.

Achille rüttelt an seiner Stuhllehne und bedeutet ihm, dass er verschwinden soll.

Primo steht ganz gemächlich auf.

Achille setzt sich. Alle sind nun am Tisch, außer den Mädchen.

Primo bleibt stehen, als würde er eine Rede halten. »Die Alliierten kommen von Süden. Die Deutschen treten den Rückzug an – aber das werden sie nicht zugeben –, und sie zerstören alles. Schienen. Kreuzungen. Brücken. Sie haben Arbeitslager nördlich und nordöstlich von hier und ein Todeslager in der Nähe von Triest. Und die Schwarzen Brigaden rüsten sich in Klöstern auf, gegen die Armee, gegen die *Carabinieri*, doch eigentlich sind sie hinter den Partisanen her. Ich habe einen großen langen Zug gesehen, der Richtung Süden fährt, ein Flachwagen nach dem anderen voller deutscher Panzer. Sie zwingen die Leute dazu, Krater mit einer Schaufel zu füllen, selbst dann, wenn die

Luftangriffe anfangen, damit man weiß, was geschieht: Jeder wird niedergemetzelt. Es gibt keinen Unterschied zwischen Tag und Nacht.«

Maria starrt ihren Sohn an. Er ist hier. Er steht vor ihr. Unverletzt, nur einige Kratzer und Schrammen.

»In Vicenza sind die Leute rausgerannt – wegen der Bombardierungen im Mai – sie wollten nicht unter Schutt begraben werden. Sie sind aus der Stadt gerannt und haben sich in Gräben geworfen. Aber diese Bomben sind anders. Ich habe Karren gesehen, auf denen Leichen hoch gestapelt waren. Das ganze Stroh war rot vom Blut. Und die Straße, rot überall. Und Jammergeschrei, so etwas habt ihr noch nie gehört. Es war wie in der Hölle. Sie befreien die antifaschistischen Mediziner aus dem Gefängnis und lassen sie arbeiten. Sie benutzen das Priesterseminar als Krankenhaus, aber sie haben keine Medikamente und brauchen Blut. Ich habe Blut gespendet.« Primo rollt den Ärmel hoch, um den blauen Fleck zu zeigen.

»Du musst Fleisch essen«, sagt Maria. Es rutscht ihr einfach so heraus.

»Was hast du gekauft?« Achille starrt auf den Tisch. Er blickt seinen Sohn nicht einmal an.

»Ich bin von Bauernhof zu Bauernhof gegangen, auf staubigen Nebenstraßen – nicht auf den Hauptstraßen, sie sind gesperrt. Und die wichtigsten Brücken sind vermint.«

»Was hast du gekauft?«

»Alle haben Nein gesagt oder verrückte Preise verlangt. Die Inflation ist wahnsinnig. Diese Marken waren nichts wert. Ich habe es bis Altavilla geschafft …«

»Edda!« Maria schluckt. »Wie geht es Edda?«

»Ich konnte nicht zu ihr gehen. In der Nähe waren überall Nazis. Es ist eine Art Hauptquartier. Ich habe Autos von Offizieren gesehen. Ich habe Edda nicht gesehen, aber Rodolfo, fast durch Zufall.«

Achille flucht leise.

»Er hat mich mit ein paar Amerikanern bekannt gemacht. Sie haben sich versteckt, mit Mitgliedern des Widerstandes zusammengearbeitet …«

»Wie geht es meiner Schwester?«, fragt Maria.

»Rudolfo hat gesagt, sie wäre nervlich am Ende. Sie haben genug zu essen, aber er konnte mir nichts mitgeben. Dort, wo wir uns getroffen haben …« Primo hält inne und dreht sich zu Achille. »Du solltest deine Flüche für die Besatzer und die Kommunisten aufbewahren.«

Maria wird ganz steif. Sie hat Angst, dass die beiden Männer miteinander kämpfen.

»Und du solltest deinen Rang kennen.«

»Achille …«

»Rodolfo ist ein Betrüger«, sagt Achille ruhig. »Er hat deinem wundervollen Sohn nichts mitgegeben. Überrascht mich das? Er hat sich selbst zum Affen gemacht. Und mich auch. Ich verfluche den Mann deiner Schwester, und ich verfluche deine Schwester, weil sie ihn geheiratet hat.«

Maria hat die Hände tief in den Schürzentaschen vergraben. Sie rollt einen Papierfetzen hin und her, immer wieder. Erschrocken bemerkt sie, dass es Duilios Nachricht ist. *Wenn ich Dich rufe, wenn es mir wieder gut geht, musst Du kommen.* Sie erschauert. Wann hat sie das Papier in die Tasche gesteckt? Sie hustet.

»Und ich verfluche deinen Cousin.« Achille starrt sie an. »Er hustet.«

Maria hustet wieder, sie kann es nicht unterdrücken. »Du verfluchst meine Familie …«

»Ich verfluche deinen Cousin. Und das Bett, das dein Cousin infiziert hat …«

»Jungen, helft eurem Bruder, die Taschen auf den Tisch zu stellen.« Maria zeigt auf Cecilio und Arsenio.

Es funktioniert. Alle sind abgelenkt.

Maria bietet Primo ihren Platz an.

Er zeigt sein breites, stolzes Lächeln mit den perfekten weißen Zähnen und seine schönen dunklen Augen. »Schaut euch das an«, sagt er. Und öffnet einen Koffer, als wäre er voller Schätze.

Er ist voller Reis.

»Davon werden wir eine Weile satt. Aber das ist der Preis …« Primo öffnet den anderen Koffer. Er hebt den Deckel einer braunen Kiste hoch und nimmt nacheinander viele kleine Dosen raus. Er rückt seine Brille zurecht und liest die Etiketten. »Getrocknete Eier. Tabak. Irgendein Fisch, Sardinen oder Hering. Marmelade. Irgendein Fleisch. Dosenkäse. Echter Kakao! Wie lange hatten wir keinen echten Kakao mehr? Ich glaube, das hier ist Pudding. Das hier Margarine – keine Butter, aber fast. Zucker – eine Dose Zucker! Verschiedene Gemüsesorten. Obst in Sirup. Kekse. Dauermilch, besser als Sahne und süß …«

Cecilo bleibt der Mund offen stehen, und Speichel schießt wie aus einem winzigen Brunnen heraus.

Arsenio berührt die Dosen. »Das ist wie ein Traum.«

»Ja! Und den Mädchen wird das hier gefallen: ein Stück Seife. Wo ist Amelia? Richtige Seife, die gut riecht und keine Tarnfarben hat.«

Maria erwartet noch mehr. Aber das war's. Die ganzen Reichsmark und das Geld, das sie von Duilio gestohlen hat, und das Fahrrad. Das Familienfahrrad. All das, und der liebe Primo ist nur mit diesen Dingen zurückgekommen. Sie ist sprachlos. Stumm. Sie schluckt hart. Sie hustet. Sie versucht auszurechnen, wie lange die blitzenden fremden Dosen halten werden. Wie weit sie das Getreide im Speicher strecken kann. Ob sie es durch den Winter schaffen, falls er nicht hart ist, und sie im Frühling auf gutes Gemüse hoffen können, und so lange wie möglich warten, bis das Gemüse so weit wie möglich gewachsen ist … Sie haben das Meerschweinchen, führt sie sich vor Augen. Die jämmerlichen Überbleibsel ihrer vergrabenen Vorräte, falls sie nicht von Würmern gefressen wurden. Achille kann mehr Vogelleim machen, aber er hat immer noch keine Vögel gefangen. In ihrem Kopf teilt sie die Dosen auf, jede in sieben Teile. Eine Portion wird kleiner als eine Eidechse sein. Sie fragt sich, wie sie den Winter überleben werden. Besonders Bruna.

»Wo ist Amelia?«, fragt Primo erneut.

In Marias Innerem ist alles angespannt und in Aufruhr. »Ich wollte sie wieder ins Kloster schicken, damit sie noch mehr lernen kann … also wenn sie dort immer noch Seide weiterverarbeiten … Damit sie dort sicher ist.«

»Aber ich hab dir doch gesagt, dass die Schwarzen Brigaden im Kloster sind.« Er klatscht in die Hände. »Und das … hätte ich fast vergessen!« Primo öffnet seine Stofftasche und nimmt ein weißes Gefäß aus Keramik mit Korkverschluss heraus. »Schwer wie ein Stein. Fleischextrakt.«

Im Raum herrscht Stille. »Ist das alles, was du hast?«

»Ja, das ist alles. Fürs Erste.« Primos Stimme klingt hart und verärgert.

Achille schüttelt den Kopf. Langsam. Links, rechts, links, rechts. Sein Gesicht ist weiß. Dann ganz rot. Er hat Speichel in den Mundwinkeln.

Die Kinder schauen auf ihre Hände, den Boden, die Dosen.

Achille schlägt mit der Faust auf den Tisch. Die Lebensmittel wackeln und fliegen in die Höhe. Reis fällt aus dem Koffer.

Primo schlägt den Koffer zu.

»Das reicht!«, schreit Maria. »Das ist Essen. Wir brauchen

Essen.« Ihre Stimme klingt stark, doch sie würde sich gern hinlegen, die Augen schließen und schlafen, immer weiter schlafen, und keine Albträume mehr haben, keine sterbenden Kinder, keine toten Kinder, keine Kinder, keine Lebensmittel, keine Männer, keine Mädchen, kein Krieg, keine Schande, kein Hunger, kein Schmerz, kein Lärm, keine Angst, keine Gedanken. »Bruna hat Schwindsucht«, sagt sie schließlich zu Primo, ohne ihn anzuschauen. »Der Priester hat ihr die Letzte Ölung gegeben.«

Achille haut noch einmal auf den Tisch.

Eine Dose rollt vom Tisch. Loser Reis verteilt sich, fällt auf den Boden und verteilt sich dort weiter.

Maria kniet auf der Erde, kümmert sich nicht um ihre Strümpfe, sammelt in ihrer Schürze Reiskörner, die Kinder neben ihr, sie sammeln und picken sie auf, Primo auch.

Sie hört, wie Achilles Stuhl auf dem Boden verrückt wird, das Geräusch seiner Stiefel und das Knallen der Tür.

*

Maria legt die zur Seite schauende Kosakenpuppe auf das Bett. Bruna wird sich darüber freuen, wenn sie aufwacht.

Die Madonna der Berge wacht mit gelassenen, nicht blinzelnden, unsterblichen Augen über alles.

Maria steht vor ihrem Schrein.

Sie wurde im Krieg geboren, sagt die Madonna. *Sie ist immer schon empfindlich gewesen. Aber du bist schuld, dass sie totenblass im Bett liegt. Du hast dein Mädchen vernachlässigt, ebenso wie du wegen deiner Jungen Tamtam gemacht und dich um sie gesorgt hast. Wirst du es nie lernen, Maria?*

Du betest an ihrem Krankenbett, du bringst ihr das Essen, das du mit deinen besten Zutaten gekocht hast, das du noch übrig oder irgendwo versteckt hast. Mir ist egal, welches Rezept oder Ge-

richt – dein Küken kann kaum etwas essen. Sie ist so ruhig wie ein Stein in einem See, blasser als ein Heiliger. Sie ist fast bei mir im Himmel. Die unsterbliche Seele isst das Essen deiner Welt nicht, auch wenn dieses Essen aus Liebe besteht.

Ja, Maria, Essen ist Liebe.

Doch bevor du faul wirst, bevor du auf dem Hintern sitzt und dich ausruhst, fall nicht dem Glauben anheim – auch nicht einen Augenblick lang –, dass Essen Liebe ersetzt.

Ein letztes Meerschweinchen

Brunas Leben hängt nur noch an einem seidenen Faden, aber sie schläft und schläft. Als der Arzt sie schließlich besucht, ist er deprimiert.

In nur einem Monat, einem bitterkalten Wintermonat, wird die wie durch ein Wunder aufgetauchte amerikanische Essenskiste aufgebraucht sein. Maria verwahrt die Dosen. Sie könnten nützlich sein. Sie schmeißt nichts weg. Doch sie wecken glänzende, harte Erinnerungen daran, dass Primo das Fahrrad und den Rest der Währung eingetauscht hat.

Der Koffer mit dem Reis ist fast leer – sie hat ein wenig verkauft, etwas gekocht. Die versteckten Vorräte sind beinahe zu Ende. Der Topf mit dem Fleischextrakt ist ausgekratzt. Sie bewahrt das letzte Meerschweinchen für das Weihnachtsessen auf. Christi Geburt war ein Wunder, und die Drei Heiligen Könige, die Hirten, die ihren Weg gefunden haben … Vielleicht wird vor dem Erscheinungsfest ein Wunder geschehen.

Maria steht mit gesenktem Kopf vor dem Madonnenschrein – ohne frische Blumen, nur mit alten, getrockneten, ausgeblichenen Blüten – und betet.

Der schlimmste Teil des Winters steht euch noch bevor, sagt die Madonna. *Dein Küken atmet, es lebt, Maria, doch nicht jeder kratzende Atemzug ist ein Zeichen. Es ist nur ein Atemzug. Ein Atemzug nun und dann noch ein Atemzug. Kein Versprechen, dass weitere folgen werden. Ihr Körper sehnt sich danach, wieder zu Staub zu zerfallen.*

Und dann die Warnzeichen der Natur, dass dieser Winter schlimmer sein wird als die meisten anderen. Ihr habt kein Feuerholz, ihr Dorftrottel. Viel zu wenige Kohlen für den Bettwärmer. Zu wenig Essen für den Tisch. Die Polenta reicht nicht. Du versagst, Maria, Eidechsenfängerin, die du bist – du wolltest Geld und Respekt, doch du bist in diesen Dingen schlimmer als diese Hexe Delfina.

Dein kleines Mädchen schwebt zwischen Leben und Tod, Achille ist ein gebrochener Mann, dein perfekter Sohn hat den Familienschatz weggegeben, und dein infizierter Cousin wartet auf dich, wenn sein Husten aufhört – und was geschieht dann, Maria?

Wird er dich rufen, wie er geschrieben hat? Du weißt, dass er das tun wird.

Wirst du dich wieder in sein sündiges Bett legen? Du weißt, dass du das tun musst.

Du hättest die Nachricht deines Cousins verbrennen müssen, meine Liebe – seine Liebesworte und seine Drohungen. Vielleicht wolltest du die Nachricht aber dennoch behalten. Du hast sie lange behalten, und sie steckte nicht immer in deiner Schürzentasche. Du musst sie dort hinein getan haben. Du wirst unvorsichtig.

*

Vor Weihnachten tauchen zwei Männer auf. Überall sind Männer des Militärs und Männer aus der Umgebung, die nicht kämpfen können, und Männer, die durch Fosso strömen wie Wasser durch ein Sieb, der Verhaftung entgehen wollen. Doch diese Fremden kommen wie Zivilkunden ins Geschäft und drehen nicht gleich wieder um, wenn sie sehen, dass es nichts zu stehlen oder kaufen gibt. Sie bleiben.

Einer ist schlank mit weißer Haut. Der andere ist ein Mohr mit einem Gesicht wie auf einer Kaffeedose. Beide tragen lange schmuddelige Mäntel, wie die Dorfbewohner, und beige, zu kurze Hosen, graue Handschuhe, schwarze Stiefel, schwarze Baretts. Sie sprechen Italienisch.

Maria weiß, dass es so etwas wie Italiener mit schwarzem Gesicht nicht gibt, es sei denn, man zählt die verlorenen Kolonien im weit entfernten Afrika zu Italien. Sie hätte das letzte Meerschweinchen kochen und essen sollen. Aber vielleicht wollen sie ihren Jungen, damit er für sie kämpft und stirbt, wofür sie auch immer kämpfen mögen. Es gibt so viele Gründe nun, so viele Seiten. Oder vielleicht wollen sie den Körper einer Frau. Sie ist sechsundvierzig, sie ist alt, doch nicht zu alt. Sie hat Geschichten von Vergewaltigungen und guten Mädchen gehört – sogar alte Frauen –, die sich wegen des Hungers in Huren verwandelt haben. Sie schaut sich die Gesichter der Männer an – sie weiß nicht, ob sie ihr wehtun werden.

»Jemand hat uns Ihre Adresse gegeben«, sagt der Blasse. Seine Bewegungen sind alarmierend, er zeigt ruckartig in eine Richtung.

Maria schaut zur Ladentür und hat große Angst, wer wohl als Nächstes hereinkommen könnte. *Verkehr mit Feinden ist verboten*. Sie denkt an die Leichen, die in Bassano hängen.

»Wir sind aus Altavilla«, sagt der Mohr. Er hört sich fast italienisch an, aber das kann wegen seines Gesichts nicht sein.

Ich glaube euch nicht, denkt Maria. Doch sie hat Übung darin, es sich nicht anmerken zu lassen. »Wie Sie sehen, ist unser Geschäft leer«, sagt sie. »Ich habe nichts zu verkaufen. Nichts zu geben.« *Und nichts, das ihr stehlen könnt*, würde sie gern hinzufügen.

»Haben Sie bitte keine Angst«, sagt der Mohr. »Wir brauchen eine Unterkunft.«

»Nur für ein oder zwei Nächte, bis wir weiterziehen.« Der Blasse schaut zur Tür. Er lächelt, und seine Zähne sind so groß wie die eines Pferdes und sehr weiß.

»Uns wurde gesagt, wir sollten nach dem Schild vor dem Geschäft mit der Aufschrift *GENERI ALIMENTARI* Ausschau halten. Wir wissen, dass es für Sie sehr gefährlich ist ...«

»Beihilfe ...« Sie hält inne. Sein Akzent. Sie erinnert sich an die Amerikaner, die nach dem Ersten Weltkrieg in die *Contrà* gekommen waren. Sie haben Lebensmittel und Tiere für einen Neubeginn nach der Zerstörung durch die Österreicher mitgebracht. »Wer hat Ihnen das gesagt?«, fragt sie.

»Das dürfen wir nicht verraten«, antwortet der Mohr. »Jemand in Altavilla.«

Schon wieder Altavilla. Meinen sie Rodolfo und Edda? Primo, als er dort war? Die Beherbergung von umherirrenden Italienern ist ein Verbrechen, allein schon Zeit mit ihnen zu verbringen ist ein Verbrechen, das mit der Todesstrafe geahndet werden kann. Italiener auf der Flucht sind Deserteure, Vaterlandsverräter, Partisanen oder entflohene Kriegsgefangene. Sie alle sind Feinde der Repubblica Sociale Italiana. Fremde sind noch schlimmer als Italiener. Viel, viel schlimmer. Maria begeht schon ein Verbrechen, wenn sie nur mit ihnen spricht.

»Sie haben die Plakate gesehen«, sagt sie. »Ich muss Sie melden. Sonst werden uns die Nazis hinrichten. Sogar die Kinder. Sie werden uns wie Fleisch an Bäumen aufhängen.«

Der Weiße schaut zur Hintertür.

»Wer sind Sie?« Endlich ist Achille da. Er hält eine Axt in der Hand. Er könnte beide mit einem Schlag zu Boden bringen.

Maria spricht im Dialekt mit ihm. »Sie wollen eine Nacht oder zwei hierbleiben ...«

»Wir haben ein Geschäft, mit Politik haben wir nichts am Hut. Wir schlagen uns auf keine Seite«, sagt Achille zu den

Männern. »Man würde uns dafür umbringen. Oder foltern. Sie haben von der Banda Carità gehört und …«

»Wir haben nichts zu essen für Sie«, sagt Maria.

Doch die Amerikaner nehmen Geld aus der Tasche und legen es auf die Theke. Dollar. Reichsmark. Lira-Scheine. Genug, um davon auf dem überteuerten Schwarzmarkt Huhn, Schwein, Getreide und Olivenöl zu kaufen …

Ihr läuft das Wasser im Mund zusammen.

»Geld nutzt einem im Gefängnis nichts«, murmelt Achille ihr im Dialekt zu. »Und auch nicht im Grab.«

»Wir könnten uns dafür Essen kaufen …«

»Wenn ich mich darum kümmere und nicht Primo. Er ist schlimmer als ein Mädchen. Das ganze Geld, und er kommt mit ein paar schicken Dosen zurück …«

»*Bevor* wir im Grab liegen«, sagt Maria.

»Wir haben noch nicht einmal ein Fahrrad.«

»Wir besorgen Ihnen ein Fahrrad.« Der Mohr hat gute Ohren. Er versteht sogar Dialekt.

Marias Hände stecken in der Schürzentasche, rollen ein Stück Papier zwischen den Fingern, immer wieder. Es ist nicht die Nachricht von Duilio. Die hat sie verbrannt. Ihr Cousin wird stärker, hat es warm, bekommt gutes Essen, doch sie kann ihn nicht um Schutz bitten.

Achille starrt sie an.

Sie hustet. Und nun denkt sie an diese Männer und deren Geld, an das tödliche Risiko, an ein neues Fahrrad und an den Winter, den kältesten, erbarmungslosesten Winter, und an die dürre Bruna, blass und hustend, und die Schatten des Todes, die jeden neuen Tag verdunkeln, und an Duilio, der darauf lauert, ihre Ehe zu zerstören … *Wem gebührt Vittoria, der Sieg?*, denkt Maria. *Wem gebührt Vittoria?*

»Wir sind den Amerikanern etwas schuldig«, sagt sie laut. Es fühlt sich an, als würde sie von einer Klippe springen.

Vor Achilles Tagen im Gefängnis hätte er wegen eines solchen Ausspruchs vor anderen Menschen die Hand gegen sie erhoben. Doch nun ist er eine Eidechse ohne Schwanz.

»Vielleicht könnten wir unseren Befreiern helfen?«, fragt sie Achille, als würde sie ihn um Erlaubnis bitten.

Er steht stramm wie ein Soldat. Er hält immer noch die Axt in den Händen.

»Nur für wenige Tage.« Sie senkt die Stimme. »Wir brauchen das Geld. Sonst *werden* wir vor Ende des Winters im Grab liegen«, flüstert sie. »Allen voran Bruna.« Und beim Gedanken daran, dass ihr kleines Mädchen stirbt, zieht sich ihr Herz zusammen.

»Sollten wir, ja«, sagt er. Als hätte er so entschieden.

Pipo und Baldassare

Alles geht Schritt für Schritt, denkt Maria. Gott hat die Welt an mehreren Tagen nacheinander erschaffen. Krieg. Hunger. Die Genesung eines kranken Kindes. Bergwasser auf Granit, Tropfen für Tropfen. Der Ruf einer Frau. Stich für Stich. Das Voranschreiten der Jahreszeiten. Feste Haut, die auf Zwiebeln wächst. Dicke, harte Hülsen auf Mais. Nasse Blätter, die schwer fallen, nachdem sie sich lange am Ast festgeklammert haben und verwelkt sind. Ein Blatt hier, eins dort, doch langsam wird daraus ein Haufen. Spinnweben werden in der Luft gesponnen. Eins hier, eins dort. Dann, zunächst unsichtbar, überall Spinnen, die größere und weitere Netze spinnen, den Krieg ignorieren, aber genau wissen, welch harter Winter kommen wird.

In den ersten Tagen, in denen sie aufwachte und das Bett verlassen konnte, hatte die kleine Bruna große Angst vor den Amerikanern, die sich im Keller verstecken.

Warum sind sie nicht weggegangen? Vielleicht lag es am anhaltenden Schnee, der alles auffüllte, blockierte und einmauerte.

Sie sind geblieben.

Und bleiben immer noch.

Und nach und nach, als wäre jeder Tag wichtig für Fortuna, als würde jeder einzelne Tag zu einem Haufen glücklicher Tage führen, wie Schnee, der sich Flocke für Flocke anhäuft – jeder Tag, an dem die Nazis und Faschisten nicht das Haus gestürmt und jeden verhaftet haben, jeder Tag, an dem das Geld mehr wird und die Vorräte wachsen, wirken die Amerikaner weniger gefährlich und mehr willkommen.

Maria ist es egal, ob diese Zeit wie ein warmer, einem Gutes vorgaukelnder November vor einem eisigen Winter tut. Es fühlt sich wie Luxus an. Es fühlt sich wie ein Winterschlaf in einem Felsen an. Es fühlt sich an, als würde sie den richtigen Augenblick abwarten, weil dieser Krieg nie enden wird und sie ebenso gut ausreichend Essen und genug Holz zum Heizen haben kann, wenn ihnen die Bomben auf den Kopf fallen.

Bruna schläft, ruht sich aus und hustet. Manchmal bringt sie den Amerikanern ganz vorsichtig ihr Essen und schüttet ihnen Wasser in die Schüsseln, damit sie sich waschen können. Manchmal bringt sie ihr Schmutzwasser und Geld nach oben, das sie Maria überreicht. Und früher oder später – Maria weiß nicht, wann – haben die Männer Namen. Bruna nennt den Weißen Pipo, nach dem Verdunkelungsflugzeug oder dem amerikanischen Flugzeug, jedem Flugzeug, das nicht identifiziert werden kann. Er sagt, er sei Pilot, der nach einem Absturz von den Partisanen gerettet wurde. Maria fragt sich, ob diese Partisanen ihre Hühner gegessen haben. Der schwarze Mann ist auch Pilot. Bruna nennt ihn Baldassare, wie der dritte der Drei Heiligen Könige. Sie ist äußerst fantasievoll. Er bringt ihr englische Wörter bei. *Bless iu, meri Crismas*. Die Männer zahlen Primo, um geheime Nachrichten zu überbringen – zu Fuß und bald mit dem Rad, dem versprochenen Fahrrad, das sie mit ihrem Geld kaufen, die Nachrichten werden in Lenker und Rahmen versteckt und in Dörfer und Städte gebracht. An Kontrollpunkten vorbei. Die Welt ist Schwarzmarkt, Graumarkt, Inflation, Armut. Und Primo geht Risiken ein, ist blind der Fortuna gegenüber, kehrt mit Nachrichten und Paketen und reichlich Bargeld zurück.

Wenn ich sterben soll, werde ich sterben, sagt er. *Man stirbt nur einmal.* Er ist nun ein Held.

An einem Tag haben sie gesalzenes Rindfleisch gegessen. Und Schokolade. *Vergiss nicht, dass es denjenigen im Monat Januar gut geht, die Getreide auf dem Speicher haben.*

Maria hört auf zu husten. Bruna jedoch nicht.

In diesem kältesten Winter seit Menschengedenken ist das Becken bei der Dorfpumpe eingefroren, nützt all den Frauen nichts mehr, die zu Hause nicht waschen können. Der See bei Merlo besteht aus festem, meterdickem Eis, deutsche Laster fahren nur zum Spaß darauf herum. In den Bergen werden die Leute vor Schneeblindheit verrückt.

Am Vorabend des Erscheinungsfestes kommt Scopeton in den Laden. Der Milizmann mit den Wurstfingern trägt eine neue Uniform, doch er sieht abgemagert aus, ist zu früh ergraut. Seine Partei hat gerade wenig Erfolg. *Wem gebührt der Sieg?*

Dennoch hat der Mann, der Achille festgenommen hat, auch die Macht, Maria festzunehmen. Und ihre ganze Familie. Die Amerikaner sind unten im Keller. Er muss nur schauen.

Er grüßt sie mit dem Römischen Gruß.

»Guten Tag«, sagt sie.

»Wir suchen Ihren Cousin.«

»Welchen Cousin?«

»Sie wissen, wen ich meine. Ihren Cousin, den *Aiutante*.«

»Duilio ist im Krankenhaus«, sagt Maria.

»Anscheinend nicht.«

»In Monastero …«

»Anscheinend nicht.«

»Geht es ihm nun wieder gut? Haben sie ihn entlassen?«

»Wir dachten, Sie wissen vielleicht, wo er ist. Ich weiß, dass Sie eine enge Verbindung hatten.« Seine Gesichtszüge sind hart, sein Mund sieht niederträchtig aus, doch seine unruhigen Augen sind die Augen eines Tiers, das weiß: Die Jagd hat begonnen. Die Alliierten sind von Süden im Anmarsch. Sie haben Rom eingenommen. Sie haben Rimini. »Er ist dann verschwunden, als wir unsere Brüder am meisten gebraucht haben, weil uns die Kommunisten und die terroristischen Alliierten bedrohen. Falls Sie ihn verstecken …«

»Wie sollte er hierher gekommen sein? Er ist krank. Und die Berge sind eingeschneit. Wir alle sind eingeschneit.« Sie blickt in die Ferne, spricht ganz normal, aber im Inneren spürt sie Angst. Duilio ist frei. Und Scopeton könnte verlangen, den Keller zu durchsuchen.

»Wenn er nichts Gutes im Schilde führt«, sagt er, »wenn er ein schlechter Faschist ist, wird er bestraft werden, das wissen Sie.«

Sie kann sich Duilio nur als ergebenen Faschisten vorstellen. Er muss den Verstand verloren haben. Er muss auf dem Weg nach Fosso sein. Nach ihr suchen. »Sind Sie gekommen, um mir das zu sagen?«

»Wenn Sie ihn verstecken, und sei es nur für einen Tag, wird es Vergeltung geben. Ich bin gekommen, um Ihnen das zu sagen.«

Scopeton schaut sich im Laden um, blickt zum Vorratsraum, wo sich die Falltür zum Keller befindet, wo die Amerikaner sind. »Wann ist das Haus eigentlich zum letzten Mal durchsucht worden?«

Ihr Magen krampft sich zusammen, aber sie weiß, wie sie ihre Gesichtszüge rein und hart aussehen lässt, wie die Madonna der Berge. *Pura e dura.* »Sie können das Haus jetzt durchsuchen«, sagt sie. »Wir haben uns daran gewöhnt. Wir haben nichts zu verbergen. Sie sehen, dass wir nicht mehr viel haben.«

Scopeton schaut zur Hintertür. »Wenn er auftaucht, müssen Sie ihn direkt melden, das wissen Sie.«

»Ich habe die Plakate gesehen«, sagt Maria mit klopfendem Herzen, weil sie weiß, dass dieser dumme Mann mit den Wurstfingern verloren hat. *Chi ga, na bona boca ga, na bona borsa.* Wer gut reden kann, hat ein volles Portemonnaie. »Ich kenne meine Pflicht«, fügt sie hinzu. Es hört sich ehrerbietig an.

Scopeton salutiert, dreht sich um und geht.

Maria starrt auf den Boden, wo er gestanden hat, schaut sich die Wasserspuren an, wo Schneekristalle von seinen schicken Faschistenstiefeln geschmolzen sind.

Duilio ist nirgendwo, verschwunden, irgendwo, auf dem Weg. Er hat versprochen, er würde kommen, um Anspruch auf sie zu erheben. Er muss es nur den Leuten sagen, Achille alles sagen, vor den Augen der Familie, und Amelia würde sich an die überbrachten Nachrichten erinnern – *mach dich hübsch* – und Duilio würde es freistehen, Maria wie eine Geliebte oder Hure mitzunehmen, ihre Familie zu zerstören, sie von ihren Kindern zu trennen. Er hat immer noch die Macht des Staates auf seiner Seite. Es sei denn, sie würde ihn wegen Fahnenflucht melden. Sie sind hinter ihm her. Nein, er würde sich an ihr und ihrer Familie rächen.

Sie fängt an zu putzen, um sich zu beruhigen. Dann wiegt sie Reis ab, wiegt Maismehl ab, rechnet den Wert der Vorräte aus, die gezeigt werden können, ohne Verdacht zu erregen. Sie staubt Regale ab, schrubbt sie, poliert sie. Zählt Coupons. Erledigt die Buchführung, sowohl für rationierte als auch für nicht rationierte Waren.

Das Wasser von Scopetons Stiefeln ist in der Luft verdunstet.

Duilio könnte hier auftauchen, heute oder morgen, und die Amerikaner im Keller finden. Er könnte sie denunzieren und sein Fleisch und Blut triumphvoll verraten – Duilio hat Achille denunziert. Sie hat sich vorher nicht gewagt, das zu denken, nicht klar und deutlich – sie hat Nevoso verdächtigt und Attilo den Bäcker, andere, selbst Benedetta, die Frau des Bahnhofsvorstehers – doch nun ist sie sicher, dass der Cousin, der ihren Mann aus dem Gefängnis geholt hat, auch der Teufel ist, der ihn hineingebracht hat.

*

Langsam schmilzt der Schnee hier, wird unter den Reifen der Nazis zu schmutzigem Matsch – fällt in Klumpen ab und legt kaputte Mauern und Risse frei. In den Regalen des Geschäfts stehen einige Lebensmittel, aber die Lücken nehmen mehr Platz ein als die Waren.

Maria bedient Offiziere und Polizisten jeglicher Couleur. Es sind so viele. Nicht einer von ihnen will den Keller sehen. Alles bricht auseinander. Die Gotenstellung. Die verlogene Republik. Sie zeigt uniformierten Männern ihre Parteikarte, die sie an ihre Schwester Edda erinnert, deren großes Haus das deutsche Heer beherbergt. Nach wie vor zieht sich ihr Magen jedes Mal zusammen, wenn sich die Ladentür öffnet oder ein langes schwarzes Auto draußen auf der Straße auftaucht.

Dann, eines Tages, gehen die Amerikaner, so selbstverständlich wie Vögel, die nach Süden ziehen. In die Schweiz oder in die Alpen, Partisanenland. Maria betet zum Dank einen Rosenkranz. Und Bruna, die anfangs Angst hatte, weint, weil sie sich langsam besser fühlt und weil sie ihr das Gefühl gegeben haben, etwas Besonderes zu sein. *Meri Crismas*. Und Primo weint ebenfalls, weil er weiß, dass er etwas Besonderes war. Und Achille wird sanfter und entspannt sich, weil die Gefahr vorüber ist und ihm deswegen die Todesstrafe nicht mehr droht und sie wieder ein Fahrrad haben und Gott weiß wie viel Bargeld.

Maria weiß, wie viel Bargeld sie haben. Sie zählt es, wenn sie kann, nur um die Beruhigung durch die Zahlen zu spüren. Sie versteckt es an einem Ort, den niemand kennt, noch nicht einmal Achille. Falls sie ihn verhaften, wird er keine Geheimnisse ausplaudern können.

*

Der Schnee schmilzt, und der Schmutz von den Nazireifen rinnt in Abflüsse, und der Regen spült den angehäuften Schmutz hinweg, und manchmal friert das Wasser zu heimtückischem Eis, und die Nazis jagen alles in die Luft, zerstören und sabotieren alles, was sie in die Hände bekommen, um es den Alliierten schwerer zu machen. Am schwersten machen sie es aber den Italienern, und wegen des Kriegs wird die Nacht zum Tag, und Vicenza wird im Februar bombardiert, und die Deutschen schlagen zurück und – wieder am Tag von Christi Passion – setzen sie Phosphorfeuer im Himmel frei. Und der Frühlingswind zerstreut das Feuer wie Samen, sodass sich neue Feuer entzünden, und die Deutschen schlagen zurück. In Forasacco verkauft ein Nazi-Offizier in Todesangst eine Lagerhalle voller Schuhe, Tausende Schuhe, zu einem Schleuderpreis, an verzweifelte Bewohner, die Schuhe brauchen, es herrscht ein Durcheinander von Schuhen. Die Partisanen befreien Bologna, und es fallen noch mehr Bomben, die Alliierten bombardieren Veneto in Schutt und Asche, und die blinde Fortuna wird mit den Kirchenmauern von Fosso zu Staub zersprengt, und die CLN-Partisanen zeigen ihre Gesichter und schwenken ihre Fahnen für ganz Norditalien. An einem Frühlingstag mit leichtem andauernden Regen gibt es die Neuigkeit, dass die Alliierten den Po überquert haben und ins Flachland strömen und dass Städte von Partisanen eingenommen wurden und dass sich Ortsbewohner gegen die Deutschen auflehnen und dass amerikanische Panzer in die Städte fahren und dass Zigaretten verteilt werden, blonder Tabak, der blau qualmt, und amerikanisches Essen: Mehl, weißer als jedes Mehl, das man je gesehen hat, und Milchpulver, gefriergetrocknete Suppe in großen Behältern, gesalzene Butter und dunkelgelber Käse. Die Stadtmenschen jubilieren, doch auf dem Land um Fosso herrscht immer noch Krieg. Die sich zurückziehenden Nazis erschießen die Bewohner und Kinder, die sich in den Felsen verstecken, wo Maria und Amelia Eidechsen gefangen haben, und unbedeutende Faschisten werden bei einer Faschistenjagd getötet, die so plötzlich ausbricht wie ein Lauffeuer, Dutzende Tote jeden Tag, und dieser Milizmann Fratasso wird auf die Piazza in Campolongo geschleift, und ihm wird in den Kopf geschossen, vor den Augen seiner Frau und der Kinder, und der Notar Nevoso und seine Frau werden in ihrem Haus erschossen. Scopeton ist weg, und Duilio ist immer noch verschwunden, und die bedeutenden Faschisten haben sich schon davongemacht, wie Wasser, das in Spalten sickert. Aber nicht Mussolini. Er wurde gefangen genommen, als Deutscher verkleidet, gemeinsam mit seiner Freundin, und ihre Leichen werden an den Füßen aufgehängt, aufgedunsen und verstümmelt, auf einer Piazza in Mailand, wo sie alle sehen konnten. Und Hitler hat sich umgebracht, und seine Frau, und Tito besetzt Triest. Maria verbrennt ihre Parteikarte, Bruna hat rosige Wangen, und die Glocken, die nicht zerstört wurden, läuten.

1948

Glühwürmchen

Die *Sagra* ist zu Ende. Die Luft ist voller Zigarettenrauch, Parfumduft und Gestank nach süßem Frittieröl. Der Tanz ist vorbei, alle verabschieden sich. Ein Kuss auf die linke Wange, die rechte, die linke. Die ganzen Mädchen und Jungen.

»Wo ist Amelia?«, fragt Maria.

»Sie war mit ihrer Freundin Agata zusammen.« Primo runzelt die Stirn.

Amelia taucht hinter der Kapelle auf, wo die alten Eiben stehen. Sie ist allein.

»Ich musste …« Sie sieht verstohlen aus. »Du weißt schon.« Ihr Lippenstift ist verschmiert.

»Konntest du nicht warten?«

»Jesus, Maria und Josef«, sagt Amelia, »unser Heimweg ist noch lang.«

Eine Gruppe versammelt sich, es sind zum größten Teil Primos Freunde. Er flirtet mit einem hübschen Mädchen, als es vorbeigeht.

»Du solltest keinen Lippenstift tragen«, flüstert Maria Amelia ins Ohr.

Primo wendet sich an Arsenio. »Und du«, sagt er. »Warum hast du so lange gebraucht?«

Arsenio zuckt die Achseln. Mit siebzehn ist er der Jüngste in der Menge. Er macht, was Primo ihm sagt. *Geh nicht dort-*

hin, mach das, mir nach. Primo sagt ihm sogar, was er glauben soll.

»Hier ist Agata.« Amelia hakt sich bei ihrer Freundin ein.

Agata hat die ganze Nacht lang mit demselben jungen Mann getanzt. Er sieht dürr und schwach aus, aber das Mädchen schielt – die Familie würde sie gern mit irgendjemandem verheiraten.

»Komm schon«, sagt Maria. Sie fragt sich, ob Bruna mit ihren Empfindlichkeiten und ihrer Zerbrechlichkeit schwer zu verheiraten sein wird.

Die Nacht ist warm und feucht nach einem Tag mit sanftem Regen. Die Luft ist süß und riecht nach Frühling: Mandelblüten, Obstblüten, Flieder. Dieses Jahr gibt es viel Weizen, viele Reihen, wie dünne grüne Wände, ordentlicher als Armeen – doch es gibt auch immer noch dunkle zerklüftete Stellen, Schutt und Müll, schwarze Felder, zerstörte Brücken.

Die Menschen haben hart für den Wiederaufbau gearbeitet. Viele Stunden, selbst an Sonn- und Feiertagen. Sie haben Schienen repariert und Häuser neu aufgebaut. Alles wird neu sein.

Sie haben überlebt, die ganze Familie, selbst die kleine Bruna mit ihrer tödlichen Krankheit. Der Laden ist voller Waren, die Regale biegen sich unter Lebensmitteln. Primo ist im feinsten Leinen, der feinsten Baumwolle und mit einem Seidenschal bekleidet, alles neu. Mit Seide kann man Geld machen.

Maria versucht, sich keine Sorgen um Geld zu machen. Seit der Zeit vor dem Krieg haben alle Geldsorgen gehabt, und die Preise sind ums Zwanzigfache angestiegen, haben sich in einem Jahr verdoppelt. Zerstörung ist allgegenwärtig. Doch alles wird neu sein, alles ist möglich.

Die Mädchen gehen voran, und Maria folgt ihnen mit den

Jungen. Sie kann ewig lange gehen. Ihre Beine sind so stark wie die ihrer Tochter – selbst wenn sie dort ab und zu rheumatische Schmerzen verspürt und ihr auch die Hüften wehtun. Ihre Schritte sind so lang und fest wie die ihrer Tochter.

Die kaputten Straßen sind regennass, glänzen im Licht der Sterne und des Mondes. Frösche springen ihnen über den Weg, von einem Graben zum nächsten, auf ihren Rücken spiegelt sich der Mondschein. Auch sie haben den Krieg überlebt.

Bis Fosso sind es noch drei Kilometer. Die Straße ist erst schlammig, dann gepflastert und dann wieder schlammig. Ihre Schuhe halten das Wasser nicht ab – die Korksohlen zerbröckeln schon. Doch das macht nichts. Fledermäuse fliegen durch die Luft, huschen schwarz vor dem lilafarbenen Himmel – keine Bomben, keine Flugblätter, keine herabfallenden Fallschirmspringer, keine abstürzenden Flugzeuge.

Beim Gehen lauscht Maria der Unterhaltung.

»Jetzt wird die Welt besser«, sagt Amelia.

Agata lacht. »Ja, das stimmt.«

»Wir können einfach so herumlaufen. Es ist ruhig. Ohne Tausende Laster und Panzer.«

»Ohne Straßensperren.«

»Keine Ausgangssperre. Ich gehe so gern in der Dunkelheit nach draußen.«

»Keine Gruppen mit verrückten Männern.«

»Jesus, Maria und Josef, keine verrückten Männer mehr!«

Flüchtlinge, Evakuierte, Rückkehrer aus den Sklavenlagern, entflohene Kriegsgefangene, Partisanen … sie waren überall, hielten sich versteckt, tauchten plötzlich auf, manchmal einzeln nacheinander, manchmal in verrückten Schwärmen. Ein jeder war am falschen Ort. Und die Männer, die an ihren normalen, passenden Orten waren, sind auch verrückt geworden und haben Kämpfe und Unruhen angezettelt.

»Meiner kleinen Schwester geht es besser.«

»Gott sei Dank.«

»Zia Edda hat ihr Haus von den Nazis zurückbekommen, und sie konnte ihren Flügel behalten …«

»Auf dem keiner spielen kann.« Wieder lacht Agata.

»Er wird viel wert sein, wenn sie ihn verkauft, das wirst du sehen. Und Papà hat seine Felder wieder. Und ich kann die Seidenraupen füttern. Und Beppe von der Osteria hat seine Frau aus Deutschland zurück.«

»Aber er ist immer noch ein Trinker.«

»Dennoch kann er kochen. Er wird wieder glücklich sein. Und wir haben etwas zu essen. Fleisch in Dosen! Wer hätte gedacht, dass es so etwas gibt? Und das weißeste Mehl, das ich jemals gesehen habe. Mama sagt, es ist wie im Traum.« Sie ruft Maria zu: »Oder, Mama?«

Maria nickt im Dunklen.

»Es *ist* ein Traum«, sagt Agata.

»Es ist amerikanisch«, sagt Amelia.

»Ich habe nichts gegen die Rhodesier, und die Südamerikaner sprechen fast Venezianisch, aber die gebildeten Briten und die lächelnden Amerikaner machen mir Angst …«

»Obwohl zwei von ihnen in unserem Keller gelebt haben …«

»Obwohl ihre Generäle ganz Europa Geld geben.«

»Sie haben so viel Geld«, sagt Amelia.

»Sie haben alles.«

»Kein Wunder, dass alle auswandern.«

Primo und Arsenio reden nun laut über einen Schönheitswettbewerb, die Maße einer perfekten Frau: 98, 63, 98. Sie denken nicht wie Schneider oder Sargschreiner. Sie reden wie Männer.

Arsenio kann schnell rechnen, obwohl er seit der Bombardierung nicht mehr in die Schule gegangen ist. Die Lehrerin unterrichtet wieder in ihrem Haus, das dreißig Kilometer entfernt ist, deswegen hat er das Interesse verloren und arbeitet stattdessen im Laden. *Du musst lernen, damit dich die Leute nicht betrügen*, hat Edda immer gesagt.

Amelia schaut wieder hinter sich, Mondlicht bescheint ihr glattes junges Gesicht. »Und meine Brüder wurden nicht verhaftet.«

Es hat so viele Armeen, so viele Verhaftungen, so viele Vendettas, so viele Jungen gegeben, die sich versteckt haben, in Getreidespeichern, in Kellern, in Klöstern, und so viele, die erwischt wurden – und andere, die immer noch vermisst werden –, aber Primo und Arsenio wurden weder gemeldet, zwangsrekrutiert noch in ein Lager geschickt. Sie haben Glück gehabt. An der Kreuzung beim Haus des Bahnhofsvorstehers hat Maria diese Züge gesehen, mit Gittern vor den Fenstern, voller ängstlicher Gesichter, auf dem Weg nach Deutschland. Jungen wie ihr Sohn, und, wie sie gehört hat, *Carabinieri*, Juden, Ex-Faschisten. Duilio hat ihre Familie vor dem Schlimmsten bewahrt.

Er hat sie nicht zu sich herbestellt.

Maria bedankt sich im Stillen bei Gott und bekreuzigt sich.

Diese Züge sind Vergangenheit.

Achille schlägt sie nicht mehr. Seit er aus dem Gefängnis gekommen ist, hat er die Hand nicht mehr gegen sie erhoben.

Und er ist nicht mehr in Ungnade. Sein Vermögen ist im Krieg gewachsen. Es war gut, diese Alliierten im Keller versteckt zu haben.

Sie bekreuzigt sich erneut.

Nun sind die Befreier überall, und die Mädchen sind deswegen völlig aus dem Häuschen. Einige haben geheiratet und sind ausgewandert. Es hört sich wie ein Traum an, alles ist brandneu und wunderschön. Keine Rationen. Keine Politik. Maria stellt sich vor, ihre Tochter an einen Amerikaner zu verlieren. Würde Amelia ihre Familie verlassen? Bald wird Seidensaison sein. Gibt es in Amerika Seide? Amelia weiß, wie man Seidenraupen aufzieht, dank der Seidenfrauen und der Nonnen. Sie ist die Erste in der Familie, die ein richtiges Handwerk erlernt. *Ein Handwerk ist so gut wie eine Mitgift.* Seidenverarbeitung ist besser als eine Mitgift. Ihre Tochter ist nicht dumm, sie würde das nicht einfach so wegwerfen, aber sie ist jung und hat romantische und naive Vorstellungen. Sie sollte keinen Lippenstift tragen. Die leichten Mädchen tragen Lippenstift, die billigen, die sich für Lebensmittel, Schokolade oder Stofftiere den amerikanischen Soldaten hingeben. Die leichten Mädchen gehen ohne Begleitung auf eine *Sagra* und heißen Versuchung und Ärger mit offenen Armen willkommen.

In fast jedem Kalendermonat gibt es eine *Sagra*. Man feiert die Ernte, den örtlichen Heiligen, den Käse aus dem Ort, den *Porcino*. Manchmal finden sie in kleinen Städten wie Ventana oder Dueponti statt, oder in Santa Croce, wo all die Diebe leben. Manchmal finden sie in abgelegenen Gebieten statt, jenseits der Ruinen der Provinz, in größeren Städten, in den Bergen, am Meer. Die *Sagre* waren einmal faschistische Samstage voller Uniformen und Hymnen, nun bestehen sie aus Tanz, klebrigem Nougat, geheimen Anträgen und Mädchen, die aus Übermut zu gefallenen Frauen werden.

»Was hältst du von Bartolomeo?«, fragt Agata Amelia.

Maria lauscht angestrengt, damit ihr nichts entgeht.

Primo und die anderen reden immer noch laut, über Autos und Rennen, über Radfahren, ihre Helden, den bevorstehenden Giro d'Italia.

Amelia drückt den Arm ihrer Freundin. »Ich glaube, er mag dich.«

»Glaubst du das wirklich?«, fragt Agata.

»Ich weiß es. Ich habe gesehen, wie ihr beiden getanzt habt. Wie er dich ansieht. Er ist nett.«

Maria hört weiter zu, aber die beiden Mädchen setzen ihren Weg schweigend fort.

In der Zeit, in der die Seidenverarbeitung keine Saison hat, arbeitet Amelia hart im Laden und im *Orto*, sie passt auf die Kleinen auf, sie ehrt ihre Mutter und den Vater, wie die Gebote befehlen, und dennoch schafft sie es, Achille und sogar Primo aus dem Weg zu gehen. Sie schaut sich im Spiegel an, wenn sie denkt, Maria bemerke es nicht. Man kann sie nicht anbinden. Aber was kann Maria machen? Selbst Mussolini konnte seine eigene Tochter nicht unter Kontrolle halten. Ab nächstem Monat werden Frauen wählen können, und man wird in einer Demokratie leben. Seit der Zeit vor Amelias Geburt sind nur Diktatoren an der Macht gewesen.

»Schau mal, Glühwürmchen!« Agata zeigt in die Dunkelheit.

Die tanzenden und sich auflösenden Formen sind magisch. Maria erinnert sich an Nachthimmel, die von Kämpfen heller als der Tag beleuchtet wurden. Von Feuer, nicht von Glühwürmchen.

»Komm, wir wünschen uns etwas«, sagt Amelia.

»Nein. Hier ist ein amerikanisches Flugzeug abgestürzt. Das bringt Unglück«, sagt Agata.

»Erinnerst du dich noch daran, wie sie in Cagliari mit dem Maschinengewehr Frauen und Kinder erschossen haben?«

»Wer?«

»Die Amerikaner. Und in Grosseto haben sie an Ostern alle erschossen, selbst Kinder, auf einem Karussell, selbst Kinder, die Gänse hüten …«

»Ich habe gehört, dass sie zurückgekommen sind und den Priester erschossen haben«, sagt Amelia.

»Er wollte all den Sterbenden Absolution erteilen. An anderen Orten sind andere schreckliche Dinge passiert, nicht bloß Propaganda, dann sind sie Richtung Norden gegangen.«

»Jesus, Maria und Josef, sie haben alles zerstört.«

»Die Leute sind herausgelaufen und haben diesen Piloten ausgezogen, weißt du, sie haben ihm die Stiefel, die Uhr, einfach alles abgenommen.«

»Nur weil sie verzweifelt waren und er tot war. Wenn er noch gelebt hätte, hätten sie ihn gerettet. Wie die, die bei uns im Keller versteckt waren. In gewisser Weise wurden *sie* von vielen Leuten gerettet.« Amelia kitzelt ihre Freundin am Hals. »Haben wir nicht großes Glück, dass Bartolomeo den Krieg gesund und munter überstanden hat?«

Agata kneift sie. »Und noch jemand?«

Amelia blickt kurz hinter sich.

Die Jungen hören nicht zu.

Maria tut so, als würde sie nicht zuhören.

Amelia sagt etwas zu ihrer Freundin. Ihre Stimme ist leise.

»Versprich es mir«, antwortet Agata. »Aber die Wände haben Ohren, und die Welt hat Augen, das weißt du.«

»Jesus, Maria und Josef, du hörst dich an, als wären wir immer noch im Krieg!«

Die beiden Mädchen brechen in Gelächter aus, und sie gehen nicht, sie hüpfen eher, und Maria spürt stechende Eifersucht – eine Sünde –, aber nur kurz. Sie entscheidet sich beim Gehen, ihr Mädchen wie ein Pony festzubinden, falls sie es kann.

Wenn sie keine Mutter ist, ist sie nichts, und ihre Tochter, die den Krieg mit nicht vernarbten Lungen überlebt hat, muss einen makellosen Ruf haben, damit sie eines Tages eine richtige Hochzeit feiern kann, mit einer Messe um elf Uhr bei hellem Tageslicht, in der Osterzeit wie ein wohlhabendes Mädchen, in der wiederaufgebauten Kirche, die schön und neu sein wird, mit einem angesehenen Mann, der gut gewachsen und stark ist. Und ihr eigener Vater wird stolz sein, wenn er dann noch lebt, so Gott will.

Aber das hat noch Zeit.

Fastenzeit

Maria sitzt am Küchentisch und schlitzt den Umschlag auf. Sie hat frischen Kaffee gemacht. Echten Kaffee. Sie schenkt sich eine kleine Tasse ein und gibt zwei gehäufte Löffel Zucker hinzu. Sie rührt um. Frühlingssonne scheint durch das Fenster ohne Papier. Sie öffnet den Brief von Egidia. Papàs Name ist oben gedruckt.

Josefstag 1948

Liebste Maria Vittoria, mein Schwesterherz,

es ist lange her, seitdem wir miteinander gesprochen oder uns geschrieben haben. Ich vermisse und sorge mich um Dich. Ich muss Dir mitteilen, dass unser Cousin Duilio nach langer Zeit gefunden wurde. Er hat drei Jahre lang in der Wildnis gelebt, schlimmer als diese verrückte Delfina, er hat Essen geklaut und ist auf Nahrungssuche gegangen, wild wie ein Tier. Ich weiß nicht, wo er gelebt hat. Jemand hat gesagt, er hätte in einem der Tunnel vom Krieg von 1915 gelebt, wo man damals Munition und Ähnliches auf dem Weg zum Kampf mit den Österreichern gelagert hat. Es muss unerträglich kalt gewesen sein. Und er hatte Tuberkulose! Gott allein weiß, wie er das überlebt hat. Die arme gute Claudia sagt, dass ihn seine Angst am Leben gehalten hat. Aber ihr geht es immer schlechter. Sie hätte heiraten sollen. Nun, sein Leiden ist vorbei. Du weißt, dass es hier und dort immer noch Repressalien gibt. Ein paar Faschistenjäger haben ihn aufgespürt und hingerichtet.

Maria nimmt einen Schluck Kaffee und hustet. Sie stellt die Tasse auf die Untertasse, doch sie kippt um. Sie stoppt das Geklapper mit der Hand. Ihre Finger sind klebrig. Sie liest die letzte Zeile erneut.

Duilio ist tot?

Ein paar Faschistenjäger haben ihn aufgespürt und hingerichtet. Ich denke, sie haben ihn zum Reden gebracht. Er hat viele schlimme Dinge gestanden, alles Mögliche erzählt. Du musst es wissen, bevor Du es von jemand anderem hörst. Sie sagen, er habe Menschen umgebracht, ich weiß nicht, wie viele, darunter auch die verrückte Delfina. Er muss sie einige Zeit nachdem sie diese wilde Szene in Monastero gemacht hat, hingerichtet haben, als Du zu Onoras Beerdigung gekommen bist. Oder war es die von Valeria? Gott habe sie selig. Ich weiß nicht, was er noch gesagt hat, bevor er seine Seele Gott anvertraut hat, doch für uns ist es eine entsetzliche Schande, dass unser Cousin ein Mörder ist. Diese Verrückte war zu nichts gut, aber sie war harmlos und schwachsinnig. Und böse Zungen behaupten, sie hätte irgendwie zur Familie gehört. Unser Onkel mag alt und bei nachlassendem Verstand sein, doch er würde es sicherlich bestreiten. Die Schande ist zu schrecklich. Ich möchte davonrennen, auswandern. Doch wir sind so arm wie Kirchenmäuse im Vergleich zu Dir. Und ich würde unsere Mutter gerade nicht gern verlassen. Einige Leute sagen, Du seist mit ihm sehr vertraut gewesen, aber ich weiß, dass Du ihn gehasst hast, so wie wir alle, obwohl er zur Familie gehörte. Ich würde ihn jetzt gern noch mehr hassen, doch nun ist er in Gottes Händen, deswegen ist die Zeit für Hass vorüber. Ich habe Dir direkt geschrieben, als ich es erfahren habe, um Dich zu informieren. Bevor Du es von den anderen hörst. Die Schande!

Viele Grüße an Achille und die Kinder.
Deine Dich liebende, Dir ergebene Schwester,
Maria Egidia und Familie

»Mama, was ist los?« Amelia ist in die Küche gekommen.

Maria faltet den Brief zusammen. Sie will ihn verstecken.

»Gibt es schlechte Neuigkeiten?«

Maria schüttelt den Kopf. Nein, keine schlechten Neuigkeiten. »Duilio wurde gefunden. Er ist tot.« Ihre Stimme klingt angespannt, Duilio ist tot. Und seine Anschuldigungen sind mit ihm gestorben. Sie ist erleichtert, aber die Erleichterung ist kalt wie Bergwasser und wäscht seine Drohungen weg, dennoch darf sie sich nicht über den Tod eines Mannes freuen, besonders nicht über den ihres Cousins. Auch nicht, wenn er ein Mörder war.

Sie will wissen, was er zu den Menschen gesagt hat, die ihn aufgespürt haben.

Amelia stellt die Kaffeetasse auf die Untertasse. Sie setzt sich hin. Sie ist sehr ruhig. »Ich habe ihn gehasst.«

Maria ist schockiert.

»Gut, dass wir ihn los sind.« Amelia starrt Maria an, schaut ihr ohne zu blinzeln in die Augen.

»Wasch dir den Mund mit Seife und Wasser aus«, sagt Maria und versucht, stark zu klingen.

»Hast du ihn nicht auch gehasst?«

»Er gehört zur Familie.«

»Aber hasst du ihn nicht auch?«

Was weiß Amelia über ihre Besuche bei Duilio? Sie war diejenige, die ihr beim allerersten Mal die Nachricht mitgebracht hat. *Mach dich hübsch.* Ihre Tochter ist nicht dumm. Aber sie weiß nichts.

»Gott hört jedes Wort von dir.«

»Ich hasse ihn abgrundtief. Deinen Schwarzhemd-Cousin.« Amelia provoziert sie.

»Er hat uns geholfen«, sagt Maria und fühlt sich schwach. »Wir haben den Krieg überlebt.«

»Ich bin froh, dass er tot ist.«

»Ich auch«, sagt Maria schließlich. Und es stimmt.

Heiliger Montag

Gestern war Palmsonntag, der Tag, als Jesus auf einem Esel nach Jerusalem geritten ist und die Menschen Palmzweige niedergelegt haben, um ihn willkommen zu heißen. Heute hat Jesus den Feigenbaum verflucht und ihn verdorren lassen, um zu zeigen, dass Menschen alles wahr werden lassen können, wenn sie nur stark genug dafür beten. Obwohl die Rationierung immer noch gilt – selbst jetzt gibt es noch Coupons für Fleisch und Brot, eine gewisse Menge Milch, eine gewisse Menge Butter, mehr für Eisenbahner, Gondoliere und Veteranen –, hat Maria Eier von den neuen Hühnern, Mehl von den Amerikanern und sauberes Süßwasser aus der Bohrpumpe. Das kann niemand bestreiten.

Sie kommt mit der Familienration Brot von Attilio dem Bäcker zurück. Die Sonne scheint hell und mild. Sie geht am Laden vorbei weiter zur Piazza, wo Achille mit den anderen Männern die Kirche und den Campanile wiederaufbaut.

Neben den anderen – dem Vorarbeiter, Beppe von der Osteria, rotgesichtig und hinkend, Calvinetto mit seiner Wampe, dem dürren Schneider und seinem Sohn und Don Goffredo, der meckert wie eine Frau – sieht Achille groß und attraktiv aus, er ist trotz seines mittleren Alters immer noch stark. Seine Muskeln sind wie ein Panzer.

Er hat sie noch nicht bemerkt.

Der Campanile ist fast fertig. Sie schaut sich das Gerüst an, das bis oben reicht, und die Sonne lässt sie die Augen zusammenkneifen. Sie niest.

Als sie zurückschaut, ist Achille verschwunden.

Sie schaut noch eine Weile zu, wie die Männer Steine und Ziegeln tragen, Rahmen hämmern oder Zement drehen. Einige singen. Die Männer bauen gern. Alles wird wie neu sein. Sie fragt sich, wie lange es noch dauern wird, bis sie wieder hier in die Messe gehen können. Männer gehen nicht gern in die Messe. Männer kämpfen gern. Männer essen gern.

Achille taucht wieder auf, geht sehr langsam und trägt etwas sehr Schweres auf dem Rücken. Keine Ziegel oder Sand, sondern eine bronzene Kirchenglocke.

Sie weiß nicht, ob eine der alten Glocken repariert wurde, oder ob es eine neue ist.

Achille ist der einzige Mann, der stark genug ist, um dieses Gewicht zu tragen. Er strengt sich sehr an. Sie erinnert sich an den Tag, als er gekommen war und um ihre Hand angehalten hatte und den riesigen *Gavegnà*-Korb auf dem Kopf getragen hatte. Er hatte im Ersten Weltkrieg einen Esel, einen Mann oder eine Kanone getragen – an Details kann sie sich nicht erinnern, und es macht nichts. Er war damals stark, er ist immer noch stark. Sie schaut ihn bewundernd an.

Als er sie sieht, kommt er zu ihr und schwankt dabei unter dem Gewicht der Glocke. Er atmet schwer. Das Seil schneidet ihm in die Schulter. Er sieht wütend aus, sie kennt diesen Blick.

Maria bekommt Angst, obwohl sie diejenige ist, die weglaufen kann.

»Deine Tochter«, keucht er, als er in ihrer Nähe ist. »Sie haben es mir erzählt. Ein nichtsnutziger Typ. Heißt Verdon. Firmino. Bekommt Kriegsrente. Skorbut. Lungenentzündung. Kommunist …«

»Wer hat dir das erzählt …«

»Denk an deinen Vater. Was er alles für dich gemacht hat. Was wir alles für sie getan haben. Sie kann es nicht wegwerfen. Unsere Ehre.« Er hält inne, um Luft zu holen. Er beugt sich unter dem Gewicht, versucht aber, sich ein wenig aufzurichten. »Du hast sie nicht im Auge behalten. Warst ihr kein Vorbild. Oder vielleicht warst du es doch. Du musst etwas tun.«

Er starrt sie an, dann dreht er sich vorsichtig um und geht zum Campanile, langsam, Schritt für Schritt. Eine Kirchenglocke mit Beinen und Stiefeln.

Nun erinnert sie sich an den Rückweg von der *Sagra,* Amelias Unterhaltung mit Agata. Ihren verschmierten Lippenstift. Könnte Amelia einen kränklichen Veteranen oder einen Kommunisten umwerben? Das muss einfach böswilliges Gerede sein. Männer tratschen gern, auch wenn sie anders tun. Wenn sie nach Hause kommt, wird sie mit ihrer Tochter ein klärendes Gespräch führen.

Du warst ihr kein Vorbild – oder vielleicht doch.

Sie weiß immer noch nicht, was ihr Ehemann glaubt. Sie hat alles geleugnet. Ihre Aussage gegen Duilios. Und nun wurde Duilio zum Schweigen gebracht.

Achille deutet etwas an, beschuldigt sie. Er wagt es nicht, mehr zu sagen oder etwas Schlimmeres zu sagen, für den Fall, dass es dadurch wahr wird.

Wenn er nach Hause kommt, wird er sie schlagen, das hat sie im Gefühl. Er wird die Neuigkeiten von Duilio hören, und das wird ihn noch wütender machen. Es sei denn, Primo ist auch zu Hause, um sie zu beschützen.

*

Maria erklimmt die Stufen. Sie macht an der Hintertür eine Pause.

Amelia ist in der Küche und macht Pasta mit der neuen Maschine. Sie singt vor sich hin, den Gänseblümchenreim, den Maria früher gesungen hat, während sie nacheinander die Blütenblätter abzupfte und sich dabei verzählte.

El me ama	*Er liebt mich*
El me abrama	*Er begehrt mich*
El me abracia	*Er umarmt mich*
El me vol ben	*Er sorgt für mich*
El me mantien	*Er unterstützt mich*
El me ama	*Er liebt mich*
El me abrama	*Er begehrt mich*
Nol me vole	*Er will mich nicht*
El me dise su.	*Er tadelt mich.*

Maria stößt die Tür auf. »Ich habe gehört, dass du mit einem Mann getanzt hast und er dich umwirbt.«

Amelia dreht fest am Griff der Pastamaschine.

Die Maschine ist silbern und elegant. Hier gibt es sonst nichts, was so schick ist, bloß den alten Fleischwolf und die alte neapolitanische *Caffettiera*. Ausgerollter Nudelteig liegt wie Kaliko-Stoff auf Stuhllehnen. Das Zimmer gleicht einer Wäscherei.

Amelia wischt sich mit dem mehligen Handrücken eine Strähne aus den Augen. »Ich tanze mit Jungen, aber ich lasse mich nicht ausnutzen«, sagt sie. »Wer hat dir das gesagt? Wer war jetzt gerade im Laden?«

»Es ist egal, wer mir was gesagt hat.«

»Du willst doch, dass ich heirate, bevor ich zu …« Sie sagt nicht *zu alt*. »Du warst schon alt, als du Bruna bekommen hast – du hättest sterben können.«

»Schau mich an«, sagt Maria. »Schau mir ins Gesicht. Und halt den Mund.«

Amelia dreht weiter am Griff der Maschine, bis kein Teig mehr durch die Rollen kommt. Sie legt den Nudelteig auf den letzten freien Stuhl. Sie lässt sich Zeit. Es sind noch zwei Teigplatten übrig, die platt gedrückt werden müssen. Sie deckt sie mit einem feuchten Tuch ab. Sie säubert die Hand an der Schürze, wischt sich wieder Haare aus den Augen. Sie schaut Maria unschuldig an.

Maria packt sie an den Schultern. »Sag mir, dass du dich nicht mit diesem Firmino triffst.«

»Ich habe von ihm gehört«, sagt Amelia. »Ich habe ihn bei der Messe gesehen.«

Maria schüttelt sie.

»Ich habe einen Jungen namens Firmino kennengelernt«, sagt Amelia. »Er ist ziemlich nett. Er hat gute Manieren. Und ich habe Bartolomeo kennengelernt …«

»So heißt Agatas Junge.«

»Und Giorgio. Und Fiorenzo. Giorgio war auf einem britischen Gefangenenschiff, das als Köder mit einer deutschen Fahne beflaggt war – aber es wurde von den Briten versenkt. Dann wurde er in einem Fischernetz mit vielen Fischen und fünfzehn Männern gefangen – alle tot. Außer ihm. Anschließend wurde er in ein britisches Konzentrationslager in Indien geschickt, und sie haben alle mit Maschinenpistolen erschossen, als sie die Lager geschlossen haben. Alle, außer den Menschen aus seinem Lager. Als er zurückgekommen ist, hat er sechsunddreißig Kilo gewogen, aber er hat gelebt …«

»Du hast mit Firmino Verdon getanzt.«

»Mag sein, ich weiß es nicht mehr.«

»Also stimmt es.«

Amelia steigen Tränen in die Augen. »Ich weiß es nicht. Ich erinnere mich nicht daran.«

»Wenn du mich anlügst, wenn du mit ihm getanzt hast … Du *hast* mit ihm getanzt …«

»Ich lüge dich nicht an, Mama.« Amelia wird schamrot, weil sie ihre eigene Mutter anlügt. »Warum soll ich denn nicht mit ihm tanzen?«

»Man bekommt nicht grundlos eine Kriegspension.«

»Er hat für Italien gekämpft.«

»Er ist schwach. Er hatte Skorbut. Und Lungenentzündung.«

»Papà hatte Malaria.«

»Aber dein Vater ist stark.«

»Man muss stark sein, um die ganze Strecke von Russland bis hierher zu laufen.«

Maria hat die Geschichten gehört. Monate hatten sie in gottverlassenen Schützengräben ausgeharrt, gegessen wie Bettler, lange eiskalte Nächte, dann sind sie wieder nach Italien zurückgegangen, ohne Orientierung oder Proviant. Zu Fuß. In albernen Sommeruniformen. Die meisten sind auf dem Weg gestorben.

»Er hat für sein Land gekämpft«, sagt Amelia. »Unser Land.«

»Du verdienst den besten Mann«, sagt Maria. »Wir sind weder Zigeuner noch arme Leute. Wir haben so hart gearbeitet. Wir sind …« Sie spricht es nicht aus, aber sie denkt an Geld und Respekt und Papà mit seinem bedruckten Briefpapier und an Primo und Armut und den gut gefüllten Laden und daran, dass sie nicht verhungern wie Delfina und an das, was die Leute denken. *Bella figura*.

»Er wird sterben«, sagt sie. »Es ist wie bei den Tieren: Man lässt nicht zu, dass sich ein Kümmerling mit dem Besten paart.«

»Mama, er ist ein guter Mann. Und er ist liebenswürdig.«

»Aber er hat kein Geld!«

»Er ist nicht arm.«

»Er ist Kommunist!«

»Die kümmern sich doch um die Armen. Wie Jesus.«

»Haben wir dir nichts beigebracht? Er wird dich nicht ernähren können. Als ich jung war …«

»Heutzutage ist das anders, Mama …«

»Sei endlich still!« Maria haut mit der Faust auf den Tisch. Das Mehl und der Teig springen in die Luft. »Du brauchst einen Mann, der für dich sorgt.«

In Amelias Blick liegt Angst. Dann Mut. »So wie Papà für dich sorgt?«

Maria schlägt ihr ins Gesicht. Ihre Hand schmerzt. »So sprichst du nicht mit mir.«

Amelia starrt auf den Boden. Auf ihrer Wange zeichnen sich rot die Finger ihrer Mutter ab.

Maria weiß nicht, was sie machen soll.

No se rifiuta nessun, gnanca se l'è gobo e storto. Weise niemanden ab, auch wenn er buckelig und krumm ist. Papà meinte, das seien dumme Sprichwörter. Er wusste, wie man ein schlechtes Geschäft abwendet. Amelia ist ihre schöne, aufrechte, herzensgute Tochter, die zur Schule gegangen ist und sich mit Seidenraupen auskennt, was so gut wie eine Mitgift ist. Sie braucht keine Mitgift. Sie hat den Krieg mit intakter Ehre überlebt. Und sie ist gesund, anders als die gebrechliche Bruna. Sie kann wählerisch sein.

Schließlich sagt Amelia etwas. Ganz ruhig. »Warum kann Primo tun und lassen, was er will? Er macht Mädchen den Hof. Warum kann ich mir nicht den Ehemann aussuchen, den ich möchte?«

»Dein Vater wird dich umbringen«, sagt Maria fast flüsternd.

»Was hast du Papà gesagt?«

»Was soll ich ihm sagen? Papà hat es mir gesagt. Was hast du dazu zu sagen?«

»Ich liebe Firmino nicht, ich kenne ihn nur.« Nun sieht sie schuldig aus. »Darüber muss man sich keine Sorgen machen.«

»Wenn du ihn noch einmal siehst – egal wann –, schicken wir dich in eine Besserungsanstalt. Du denkst, du weißt, was Ausgangssperre bedeutet? Ich werde dich einsperren. Schlimmer als die Deutschen. Knie dich hin.«

Amelia gehorcht. Sie führt die Hände zum Gebet zusammen.

Maria hält sie an den Handgelenken fest. »Versprich es mir.« Ihr Griff ist fest.

»Ich verspreche es dir.«

»Versprich mir, dass du dich nie wieder in seiner Nähe aufhalten wirst. Egal aus welchem Grund. Versprich es mir beim Leben meiner Mutter. Und bei meinem.«

»Ich verspreche es dir.«

Maria starrt sie an, sucht nach Anzeichen für Lügen. *Vertraue niemandem. Nicht einmal deiner eigenen Tochter. Mädchen bedeuten Ärger.*

Sie lässt sie los, verlässt das Zimmer und geht wieder nach unten ins Geschäft.

Karwoche

Seit der Bombardierung der Kirche in Fosso gehen alle zur Messe in Campolongo. Kurz vor der Karwoche hat jemand Hammer und Sichel an die Wand der Piazza gemalt. Primo ist beunruhigt, weil Jugoslawien vor der Haustür allen eine Warnung sein sollte. Maria fragt sich, ob der Priester oder die Amerikaner die Wand überstreichen werden, und dann fragt sie sich, ob jemand ein neues Wandbild von Fortuna und ihrem Rad in der Kirche von Fosso malen wird.

Alle Männer – Achille, Duilio, Nevoso, Fratasso, die Politiker – alle Männer können vom Thron in das Maul eines Monsters stürzen. In Schio wurden über fünfzig Bewohner getötet, weil sie Faschisten waren, gleichzeitig sind andere Bewohner aus einem Todeslager aus Italien zurückgekehrt, auf wundersame Weise lebendig. Einige Partisanen sind nun große Helden, andere sind immer noch im Gefängnis eingesperrt. Die Welt der Sterblichen ist wankelmütiger als der Frühling. Sie ernährt einen Mann, spuckt ihm ins Gesicht oder macht beides. Fortunas Augen sind verbunden, sie ist blind.

Menschen aus der ganzen Umgebung kommen zur Messe, nicht bloß Leute aus Campolongo. Frauen mit Hut sitzen links in der Kirche, enger aneinandergedrängt als in Fosso; die glatzköpfigen alten Männer und Jungen sitzen rechts, wie üblich sind nicht viele gekommen. Die Faschisten sind verschwunden, oder sie tragen andere Bekleidung. Es ist wieder sicher, die Deutschen zu hassen.

Am Gründonnerstag, dem Tag des letzten Abendmahls des Erlösers, werden alle Kruzifixe und Bilder mit lilafarbenem Stoff verhüllt, geheimnisvoll und voller Erwartung. Maria ist stolz und zufrieden: die kleine Bruna, fast acht Jahre alt, ist eins der fastenden Mädchen, das Rosenblätter aus mit Bändern bedeckten Körben küsst und verstreut – doch der Hunger und die Aufregung verschlimmern ihre Empfindlichkeiten, und sie keucht.

Am Karfreitag werden die Kruzifixe enthüllt. Maria und ihre Töchter beten den Kreuzweg, beten auf jeder Etappe von Christi Reise in den Tod, bleiben aber am längsten dort, wo sein sterblicher Körper unter dem Gewicht des Kreuzes zusammenbricht. *Jesus fällt zum ersten Mal. Jesus fällt zum zweiten Mal. Jesus fällt zum dritten Mal.*

Die Türen des Tabernakels sind weit geöffnet. Man muss sich nicht hinknien, weil Gott nicht im Inneren ist. Die Luft ist kalt. Maria denkt an Golgotha und Mauthausen, die ganzen Schädel, Steine und Demütigung, und sie erbebt.

Don Goffredo stürzt sich mit mehr Leidenschaft als sonst auf den mit Blumen bedeckten Altar.

Macht es ihm etwas aus, dass er in Campolongo nur ein Gehilfe und nicht der leitende Pfarrer ist?, fragt sie sich. Nein, Priester dürfen keinen Stolz haben. Sie leben, um zu dienen und um demütig zu sein, selbst wenn man ihnen immer die besten Hühner und die besten Eier gibt.

Schließlich ist Ostersonntag. Die Messe ist ganz besonders: mehr Wachs, mehr Weihrauch, mehr Weihwasser wird verspritzt, die Gemälde und Statuen sind wieder enthüllt, und Marias ganze Familie ist hier, sogar Achille.

Auch die schielende Agata ist mit ihrer Familie gekommen.

Amelia und Agata überreichen sich Heiligenkarten. Und Firmino ist unter den Männern, sein rotes Haar scheint hell wie ein Leuchtfeuer. Er tauscht mit Agata Grüße und Karten aus, doch er weiß, dass er sich von Amelia fernhalten muss. Er weiß, dass er verbannt wurde. Jedoch kann er nicht aus der Kirche verbannt werden. Zumindest geht er in die Messe – vielen Männern ist das egal. Er hustet. Maria erinnert sich, dass er eine Lungenentzündung hatte. Er ist ein Schwächling. Vielleicht hat er immer noch Lungenentzündung. Bruna wird die Schwindsucht immer tief in sich tragen. Firmino hustet, wie Duilio mit seiner Tuberkulose gehustet hat. Er ist Kommunist. Und er hat rotes Haar.

Aber Amelia hat Maria etwas versprochen.

Die Fastenzeit ist vorbei, sagt Don Silvano von der Kanzel.

Nach vierzig Tagen Verzicht kann nun jeder wieder essen, was er will. Maria und ihre Familie haben kein Fleisch gegessen, noch nicht einmal Prosciutto. Sie hatten nichts Süßes. Keinen Wein. Insgeheim hat sie den sündigen Gedanken, dass sie alle während des Krieges genug für die nächsten vierzig Jahre gefastet haben. Sie bekreuzigt sich.

Heute hat sie eine fette Ente und Bohnensuppe mit *Bigoli* gemacht. Und Polenta mit Vögeln – den ganzen Vögeln, die Achille mit gutem Vogelleim auf den Netzen gefangen hat. Sie kann es kaum erwarten, das schmackhafte Fleisch von ihren winzigen Knochen zu nagen.

Können wir sicher sein, dass wir diese Bestrafung nicht verdient haben? Don Silvano predigt über die deutsche Besatzung.

Haben wir den Hunger, die Zerstörung verdient?, fragt Don Silvano die Gemeinde. Er erwartet keine Antwort. *Das Übel von Salò?* Er redet über die letzten Kriegsjahre, die italienische Sozialrepublik, die Hölle auf Erden.

Maria blickt zur Kirchendecke, wo die Heilige Familie in

pinken und blauen Wolken schwebt. Ihre Gesichter sind kindlich und sanft. Sie betet für Amelia zu Jesus, Maria und Josef, zu jedem einzeln und dann zu allen zusammen. Sie presst die Hände fest aufeinander.

Achille sucht nach geeigneten Männern. Er wird für seine Tochter einen passenden Mann finden. Mehrere Bewerber, falls es mehrere gibt. Dieser Krieg hat – wie die vorherigen – viele Männer dahingerafft.

Maria sieht ihre Tochter an, die neben ihr sitzt. Ihr Mädchen ist so hübsch wie eine Kirchenmalerei. Sie wurde in der abnehmenden Mondphase empfangen, der richtigen Zeit zum Anpflanzen, deswegen ist sie stark und gesund und wird viele Kinder bekommen, da gibt es keinen Zweifel – wenn der richtige Mann gefunden ist, der ebenso stark und gesund ist wie sie. Wohlhabend muss er auch sein.

*

Das Element des Mannes ist die Erde; das Element der Vögel ist die Luft; das der Fische ist das Wasser, für Frauen aber ist es die Ehre.

Oh, Maria, Maria Vittoria, erinnere dich an dein Aussteuerkonto. Vaca, scrofa, cagna, troia! Du billiges Ding, du warst weniger wert als Lebensmittel. Dein Vater musste einen Mann bezahlen, damit er dich heiratet, obwohl du noch unberührt warst.

Du kanntest kein Begehren.

Deine Tochter tanzt am Abgrund des Begehrens.

Du kennst die Gefahren, den Rausch, wenn man bewundert wird, die verführerische Musik, die zum Altar des Selbst führt, die Abgründe, die sich unter herumtollenden Füßen auftun …

All dies vergisst du, weil du in deinem tiefsten Inneren neidisch auf sie bist – du hattest nie so viel Freiheit. Und auch du bist schuldig. Mach dich hübsch, *hat dein Cousin verlangt, aber deine Tochter hat dir die Nachricht übermittelt. Denk daran, was Achille gesagt hat, als er Gottes große Glocke auf dem Rücken getragen hat. Die Ehre deiner Tochter ist deine Ehre.*

Nun ist sie diejenige, die tanzt, flirtet und umworben wird. Sie ist süß und treuherzig. Unabhängig. Reif für verheerende Sünden. Doch die schuldige Mutter kann ihren Kindern keine Tugend predigen. Pass auf, dass sie dir nicht entgleitet und wie eine billige Zigeunerin wegläuft.

Traue niemandem. Noch nicht einmal deiner eigenen Tochter.

Räumung des Getreidespeichers

Zu Hause bereitet Amelia sorgfältig den Dachboden vor. Das ist ihre Aufgabe. Sie ist zuversichtlich. Maria ist ihre Helferin.

Sie räumen die letzten steinharten Maiskolben weg, schmeißen sie in einen Sack und bringen ihn nach unten. Die Kolben sind gutes Viehfutter.

Sie schrubben die Regale, eins nach dem anderen, Holzrahmen und Drahtgitter, Pfosten und Halterungen.

Maria wischt den Boden, säubert mit dem Besen grobe Dachbalken, bückt sich, um die kleinen Fenster und niedrigen Wände zu putzen. Die Arbeit ist staubig. Sie ist nicht mehr jung. Ihre Gelenke und Knochen schmerzen, doch sie zeigt es nicht.

Amelia schaut nach Mäusespuren, nach ihren Exkrementen, und ob sie etwas angefressen haben. Sie geht langsam von einem Ende des Raums zum anderen und sucht ihn nach Spalten und Löchern ab, durch die es zieht. Aus der Küche steigt Wärme in den Speicher. Sie lehnt sich gegen die Schornsteinziegel, knöpft sich die Bluse auf und wedelt sich mit einer Zeitung Luft zu.

Maria sieht, wie sie rot wird.

Während deiner Abwesenheit werde ich alt, hat Amelia eines Abends im Bett gemurmelt, im Schlaf. Am nächsten Tag bei Tageslicht wusste Maria aber nicht mehr genau, ob sie es nicht geträumt hat.

Die Tage ihrer Tochter sind erfüllt von Arbeit, nicht von den gewöhnlichen Pflichten im *Orto* oder der Versorgung des Viehs, der Hilfe in der Küche oder dem Aufpassen auf die Kleinen, wenn sie aus der Schule nach Hause kommen. Außerdem ist Cecilio inzwischen vierzehn Jahre alt und braucht keine Aufsicht mehr. Um die achtjährige Bruna muss man sich noch kümmern. Wenn sie müde ist, stockt ihr immer noch der Atem. Sie wird immer empfindlich bleiben. Maria war zu alt, als sie sie bekommen hat. Voller Sorge wegen des Krieges und mit ergrauendem Haar. Amelia hat recht gehabt.

Zwei Wochen vor dem Markustag und eine Woche vor den nationalen Wahlen füllen Maria und Amelia zwei Blechtrommeln mit Wasser und tragen sie hoch, über den Laden (wo die Kunden mit Achille über Politik, Hühner und Beerdigungen sprechen) und noch weiter nach oben bis zum Getreidespeicher. Sie passen auf, dass sie nichts verschütten und nicht ausrutschen. Maria wird an die Tage erinnert, als sie Wasser zum Brunnen und zurück getragen hat. Die Arme ihrer Tochter sind stark, stärker noch als ihre eigenen.

Amelia ist noch jung, das hilft ihr. Sie fügt dem Wasser Branntkalk hinzu. Sie wischt die Wände, das Dach und den Boden. Der Getreidespeicher ist gespenstisch, feucht und sauber.

Am Tag der nationalen Wahlen führt eine Schlange aus Männern und Frauen bis zum Haus des Schneiders. Maria und Achille gehen zusammen, Primo geht auch mit, alle haben Angst, dass aus Italien Jugoslawien wird, ein kommunistischer Sowjetstaat. Amelia ist noch zu jung zum Wählen. In ihrem ganzen Leben hat es nur Mussolini und Krieg gegeben. Sie interessiert sich überhaupt nicht für Politik.

Maria hilft ihr dabei, eine Reihe von Kerzen aus Schwefel und Bienenwachs in Blechdosen anzuzünden, um den Speicher auszuschwefeln. Sie zünden die Dochte an und beobachten, wie der gottlose Schimmer über die Dachbalken tanzt. Der Geruch ist schlimmer als in der Hölle; der Teufel höchstpersönlich wäre hier geruchlos. Der Rauch kriecht durch jeden nicht verschlossenen noch so schmalen Riss, jedes Flugloch, jede Verwachsung im Holz.

Mutter und Tochter halten mit Schleiern überm Gesicht Wache, bis ihre Augen und Nasen brennen.

Marias Kehle zieht sich zusammen. Sie hustet.

Amelia nimmt sie an der Hand und führt sie vom Speicher.

Die Kerzen flackern sicher in ihren Behältern. Sie werden ausbrennen, dann ist die Aufgabe erledigt. Jede Spore, jeder Schädling wird tot sein.

Morgen werden sie sämtliche sichtbaren Risse und Löcher mit Zeitungen – alte Nachrichten von wichtigen Männern in Sitzungssälen und wichtigen Männern auf Balkonen – stopfen. Amelias Seidenraupen werden keinen Zug bekommen.

*

Es ist nun Ende April, und in ganz Italien zählen Beamte Stimmzettel aus, Stimmen für Kommunisten und Stimmen für Christdemokraten. Es ist ein Zweikampf, und alle Männer machen sich Sorgen, rauchen Zigaretten, murren in Gruppen an der Bar und auf der Piazza, während Amelia die letzten Vorbereitungen erledigt.

Sie reibt die Regale mit silbrigen, aromatischen Wermutblättern ein. Dies ist die letzte Schutzmaßnahme gegen Parasiten und Schädlinge. Lage für Lage legt sie sauberes gelbes Tonpapier auf die Drahtgitter.

Mit Ausnahme des Eisenofens, den Achille auf dem Rücken die Treppe hochtragen wird, ist der *Camaròn* fertig.

In der Außenwelt, auf Achilles Feldern, treiben die Maulbeerbäume Blätter.

Kostbare Eier

Amelia wird am Tag des heiligen Markus ins Pfarrhaus gerufen, um die Eier der Seidenraupen abzuholen, keinen Tag früher, keinen Tag später. Das verheißt Glück.

Die Eier waren einmal winzig wie Mohnsamen, wertvoll wie schwarze Perlen, nun schlüpfen die Raupen. Man hat sie beobachtet und versorgt, immer, jeden Tag, jede Nacht. Die Seidenfrauen arbeiten in Schichten. Die Priester und Ministranten gehen ihnen aus dem Weg. Die Raupen haben lange gewartet: Sommer, Herbst, Winter und Frühling. Sie haben blind auf den heutigen Tag gewartet, den Tag der Befreiung, genau drei Jahre, nachdem die Deutschen wussten, dass sie ihre Sachen packen und weglaufen müssen.

Bei der Messe handelt die Predigt von Freiheit und Demokratie und wie man die Gebeine vom heiligen Markus als Schweinefleisch deklariert aus Ägypten zurückgeschmuggelt hat. Achille gefällt diese Geschichte – sie zeigt, wie schlau venezianische Kaufleute sind. Der Priester ist glücklich, Primo ist glücklich, deswegen ist Maria glücklich, weil die Christdemokraten die nationalen Wahlen gewonnen haben. Die Amerikaner mögen keine Kommunisten, aber sie haben viel Geld für Christen. Die neue Kirche in Fosso wird sehr bald fertig sein.

Die Familie versammelt sich zu einem besonderen Essen: Reis und Erbsen, mit Kräutern gebratenes Kaninchen, viel frisches Gemüse und mit viel Zucker bestreute Crostoli. Maria schaut stolz ihre Familie an, die ihr Essen isst, reichlich zulangt, sich ein zweites und drittes Mal nimmt, die Teller blitzeblank hinterlässt. Bruna und Cecilio bekommen Zucker ins Haar, und alle lachen. Maria kann sich nicht an ein vorheriges Mal erinnern, als alle zusammen waren und gelacht haben.

Nach dem Essen zerstreut sich die Familie: Primo geht in die Osteria, Achille und die Jungen nach unten, um Regale zu reparieren und Wände zu streichen, weil der Laden wegen des Feiertags geschlossen ist, Bruna hilft im *Orto*. Amelia geht zurück nach Campolongo und bringt den Seidenfrauen eine Platte mit Crostoli.

Sie kehrt mit den kleinen Seidenraupen in aufeinandergestapelten Pappkartons zurück. Die Hühner lärmen und stieben vor ihr auseinander. Maria klaubt gerade Ungeziefer vom Radicchio. Bruna ist bei ihr.

»Die *Bacolini*!«, sagt Bruna.

»Wie geht es ihnen?«, fragt Maria und schaut von ihrer Arbeit auf.

»Gut«, antwortet Amelia. »Sie haben Hunger.«

»Brauchst du beim Blättersammeln Hilfe von den Jungen?«

Amelia runzelt kurz die Stirn und setzt dann ihr schönstes Lächeln auf. »Nein, brauche ich nicht. Das reicht erst mal, und ich kann genug für heute Abend und morgen sammeln.«

»Gut«, sagt Achille, der nun an der Hintertür steht. »Wir arbeiten im Laden weiter.«

»Ich helfe euch beim Auspacken«, sagt Maria zu Amelia.

»Kann ich mitkommen?«, fragt Bruna.

»Wir müssen das hier erst fertig machen. Dann kannst du mit den Hühnern spielen.«

Maria fühlt sich kurz schuldig wegen der kleinen Bruna. »Oder mit deiner Puppe.«

Sie folgt Amelia auf den Getreidespeicher.

Sie lassen ihre Holzschuhe auf der Treppe stehen.

Amelia öffnet den ersten Karton. Die Eier sind weiße Tupfen, die einmal schwarz waren. Die kleinen grauen Raupen sind draußen im Warmen und winden sich, sie sind winziger als Wimpern. Sie wurden auf Pappbögen gelegt, und einige von ihnen sind bereits durch Löcher im Papier zum ausgebreiteten Grünzeug eine Ebene höher geklettert. Sie essen, um zu leben, sie leben, um zu essen. Sie befinden sich in einem gemütlichen Durcheinander auf den Blättern des Maulbeerbaums, die feiner als Spaghetti geschnitten sind, genauso fein wie Capelli d'Angelo.

»Brauchen wir diesen Ofen?«, fragt Maria.

»Die Luft ist schon warm und trocken, so wie sie es mögen.«

Amelia legt ihre kleinen Seidenraupen und deren Blätter auf die Papierbögen. Sie bewegt sich mit sakraler Genauigkeit, wie Don Goffredo sich bei der Eucharistie mit dem Kelch und dem Tuch bewegt.

Maria hat nichts zu tun. Sie steht da und beobachtet ihre Tochter. Sie fühlt sich nutzlos. »Ich lasse dich allein«, sagt sie und geht wieder in den Garten.

Bruna hat sich die russische Puppe wie ein Baby auf den Rücken gebunden. Sie liest Nacktschnecken und winzige Schnecken von den Radicchioblättern auf. Ihre Knie sind schmutzig, weil sie auf dem Boden kniet.

»Ich bin mir sicher, dass es dieses Jahr viele Schädlinge geben wird«, sagt Maria. »Der Winter war nicht kalt genug.«

»Die Hühner werden sich freuen«, sagt Bruna.

Sie gehen zur nächsten Reihe.

Die Sonne geht schon fast unter, als Amelia in den Hof kommt und Achilles alten *Gavegnà*-Korb trägt. Er ist groß und unhandlich.

Bruna hält bei der Arbeit inne, um sie zu beobachten.

Maria schaut hoch. »Dein Vater hat ihn bei unserem ersten Treffen auf dem Kopf getragen.«

»Die Geschichte habe ich schon einmal gehört.« Amelia grinst. »Papà war stark wie ein Ochse und ist die steilsten Berge hochgelaufen, ohne zu schnaufen oder zu schwitzen, dabei hat er noch eine Tonne Tabakblätter getragen – und das war zu der Zeit, als er noch keine eigenen Felder hatte. Und er hat den Kopf hoch und den Rücken gerade gehalten, und jeder andere wäre unter dem Gewicht gebückt gegangen. An dem Tag ist er zu dir gekommen, um dich zu heiraten.«

Maria ist glücklich. Sie erinnert sich daran, dass sie das Veilchenöl ihrer Mutter aufgetragen hatte, als sie ihren Verlobten getroffen hat. Sie kann es fast riechen.

Amelia bindet die *Gavegnà* an ihr Fahrrad und fährt durch den Garten zur Straße.

»Ich werde in der Dämmerung wieder da sein, vielleicht später«, ruft sie, schaut sich nicht um und betätigt die Fahrradklingel. Sie klingt wie ein Lachen.

Als Maria sie wegfahren sieht, fühlt sie einen Stich im Inneren. Es ist das Leid der Mutter, die ihre erwachsene Tochter wegfliegen lässt.

Amelia

Amelia fährt gern Rad. Die Straßen sind eben, abgesehen von kaputten Abschnitten und den zerklüfteten Stellen, wo sich Minen befanden. Es ist nie so hügelig, dass man ins Schwitzen kommt. Mama beschwert sich darüber, dass sie die Berge vermisst, aber das Flachland ist unbeschwert. Amelia kann meilenweit gucken. Heute sieht alles heller und schärfer umrissen aus. Pinke, gelbe, weiße, blaue, rote und violette Wildblumen säumen die Straße. Die Luft ist mild und feucht. Die ganze Natur ist grün und lebendig. Glockentürme und Zypressen sprießen jenseits von Getreidefeldern und Weinbergen in die Höhe. Die Berge vor dem Horizont sind blauer als der Schleier der Madonna.

Ein sehr alter *Contadino* kommt ihr keuchend entgegen, braun und sehnig, fest in die Pedale tretend. Sie sieht, dass er keine Zähne mehr hat. Samen und Blätter fallen aus seinem kaputten Strohhut. Er wird langsamer, grüßt sie und zeigt mit seiner Sichel nach vorn, wortlos, dann tritt er wieder wie ein Verrückter in die Pedale. Bis nach dem Krieg hatte fast niemand Fahrräder.

Amelia grinst und spricht ein Dankesgebet zum heiligen Markus für diesen gesegneten Tag.

Papàs Maulbeerbäume liegen neben Feldern und Bewässerungsgräben. Die Baumkronen hängen voller Früchte, von

Mehltau keine Spur. Morgen werden alle Blattpflücker hier sein, vielleicht auch Papà und die Jungen. Jede Wagenladung wird zur Seidenfabrik hinter Campolongo gefahren. Es ist Geld, doch das richtig gute Geld wird später kommen, mit den seidigen Kokons.

Heute ist Amelia allein hier. Sie lehnt das Fahrrad ans Maulbeerhaus. Es besteht nur aus einem Raum mit Betonwänden, einer Holztür, winzigen vergitterten Fenstern und einem Ziegeldach. Es wurde im Krieg nicht zerstört und steht am Rand von Papàs letztem Feld. Im Inneren scheint die Frühlingssonne durch die winzigen Fenster; so wird Gottes Anwesenheit in Gemälden dargestellt. Der Raum ist klein, aber gemütlich. Der perfekte Ort, der einzige Ort, um ihren Liebhaber zu treffen.

Sie hakt die scharfe Schere auf, die sie zum Schneiden der Maulbeerblätter benutzt.

In der Kirche von Fraoleto läuten die Glocken. Heute denkt Amelia zum ersten Mal, dass das Geräusch ein wenig verrückt ist, taumelnd und wirbelnd, wie etwas, das außer Kontrolle geraten ist. Sie hat vor Sonnenuntergang nur noch eine Stunde Zeit zu ernten. Sie muss kontinuierlich arbeiten. Sie weiß, was sie tut. Es ist an der Zeit.

Maulbeerbäume sind unkompliziert. Sie haben keine Dornen und sind ungiftig. Die Blätter sind weich und durchscheinend, einige sind größer als ihre Hand, große, weiche Herzen mit gezackten Kanten. Die Stängel lassen sich leicht durchtrennen.

Sie geht von Baum zu Baum. Hand für Hand füllt sie die *Gavegnà*. Die Blätter sind so zart wie Glasbatist. Sie wird sie klein schneiden müssen, wenn sie nach Hause kommt. Schließlich ist der Korb gefüllt und schwer. Sie bindet ihn fest ans Fahrrad. Die Kirchenglocken ertönen. Ihre Zeitplanung ist perfekt.

Dieser Tag ist vielversprechend. Im Graben schwirren Insekten geschäftig umher.

Sie geht zu einem der Bäume zurück und schneidet noch mehr Blätter ab, um einen Teppich für den Boden des Maulbeerhauses zu machen. Die Arbeit erfordert Geduld, immer wieder hin und her. Sie mag es. Sie kann an alles und nichts denken, außer an Firmino, der bald hier sein wird. An ihn darf sie nicht denken, sonst verliert sie Zeit. Sie hat monatelang gewartet! Bald ist der schmutzige Boden grün und weich wie Haut.

Sie denkt an das leuchtend blaue Ei, das vergangene Woche auf dem Dach aufgetaucht ist. Wie ist es dorthin gekommen? Hat seine Mutter es beim Fliegen gelegt? Wurde es einfach zurückgelassen? Wird es überhaupt schlüpfen? Auf dem Terrakotta hat es so blau ausgesehen, so allein. Es wirkte, als würde es beim leichtesten Windhauch wegrollen und zerspringen. Es war auf ebenso mysteriöse Weise wieder verschwunden, wie es aufgetaucht war, im Staub oder im Gras war keine Spur mehr von der Schale zu sehen.

Im Inneren des Maulbeerhauses riecht es gut nach frisch geschnittenem Grün. Sie fragt sich, ob der Geruch die *Bacolini* hungrig macht und zum Schlüpfen bringt. Sie fragt sich, ob ihnen das Wasser im Mund zusammenläuft. Sie fragt sich, ob andere Tiere – Kaninchen, Schweine oder Hühner – speicheln, wenn sie Essen riechen. Sie denkt an das leise, schwere Atmen von Schweinen, an den heiligen Markus, der als Schweinefleisch zurück nach Venedig geschmuggelt worden war. Sie fragt sich, welche Farbe sein Fleisch gehabt hat. Schweinefleisch ist hell und rosafarben, die Ägypter, die es nicht mögen, haben bestimmt nicht richtig hingeschaut. Vielleicht ist das die Moral der Geschichte. Heute schenken Männer in Venedig ihren Liebsten – oder ihren Müttern – ein *Bocolo* – diese tiefroten Rosenknospen wachsen auf dem Grab des Heiligen. Oh, Jesus,

Maria und Josef, sie wird vor Verzückung sterben, wenn Firmino ihr ein *Bocolo* schenkt.

Sie haben einmal Händchen gehalten, nur einmal, nach einer *Sagra,* beim Gehen. Seine Hand war kalt, ihre warm. Sie dachte: *Wir sind aus unterschiedlichem Holz.* Manchmal hustet er und muss Atem schöpfen, aber sie ist stark genug für beide.

Ihre Fingernägel sind grün vom Pflanzensaft, der nicht dunkel oder fleckig wird, jedoch fühlen sich ihre Hände ein wenig klebrig an. Sie hört wieder die Kirchenglocken aus Fraoleto, und sie weiß, dass Firmino, falls er gut vorankommt, bald hier sein wird. Sie sitzt auf dem grünen Boden aus Maulbeerblättern und wartet.

*

Das Licht, das durch die vergitterten Fenster fällt, verdunkelt sich zu halb Licht, halb Schatten. Nun ist es schattig, fast dunkel. Sie hört ihn, bevor sie ihn sieht. Das Geräusch seines Fahrrads. Die quietschenden Bremsen. Aber woher weiß sie, dass er es ist? Vielleicht ist es auch Primo oder Achille, der sie bestrafen wird. Sie nimmt sich das Messer und umklammert es fest. Sie ist bereit, sich zu verteidigen. Jemand ist an der Tür. Die Außenwelt ist ruhig, doch die Luft ist voller Insekten, Vögel und Fledermäuse. Die Klinke bewegt sich. Sie geht in die Hocke, ist bereit zum Sprung.

Die Tür geht auf.

»Amelia?«, flüstert die Stimme.

Sie springt auf ihn zu. Sie wirft die Arme um ihn und drückt ihn fest an sich.

Er lacht.

Sie lässt das Messer fallen.

Er lässt den *Bocolo* fallen.

Den Bocolo!

»Es ist so lange her«, sagt er. »Während deiner Abwesenheit werde ich alt.«

Verheißungsvolle Worte – ihre eigenen Worte, die wie durch den Heiligen Geist übertragen wurden. Sie sind zum Heiraten bestimmt. Was auch kommen mag.

»Lass mich dich anschauen«, sagt er, als er sich etwas von ihr löst, sie aber immer noch so natürlich umarmt, als hätte er sie früher schon so im Arm gehalten.

Er starrt sie an, seine Augen blinzeln nicht und bewundern sie, sein Mund lächelt zwar nicht, doch seine Lippen sind geschürzt, und er sieht zufrieden aus. Er versucht, sich zurückzuhalten, das kann sie sogar in der Dunkelheit erkennen. Das leichte Abendlicht schimmert in seinem kupferfarbenen Haar, und er ist die Sonne, er ist der Sonnenuntergang.

»Noch lieblicher, als ich dich in Erinnerung hatte.« Er grinst. »Ich habe solch ein Glück!«

»Ich habe dich heute früh bei der Messe vermisst.«

»Ich konnte es nicht ertragen.«

»Hast du mich vermisst?«, fragt sie.

»Ich kann an nichts anderes denken«, sagt er. Und streichelt ihr ganz sanft über die Taille und den Rücken. Seine Hände fühlen sich durch ihr Baumwollkleid kalt an. Köstliche Schauer fahren ihr durch den Körper, durch jede Ader.

»Du riechst nach Veilchen«, sagt er.

Das stimmt. Sie hat sich Hals und Handgelenke mit Mamas wertvollem Veilchenöl betupft, das von Nonna in den Bergen hergestellt wurde. Es ist der Duft der Romantik, sie weiß nicht, warum – ihre Mutter trägt ihn nur zur Messe und zu besonderen Anlässen.

»Und du riechst nach Rosen«, sagt sie.

»Danke für die Erinnerung.« Er lässt sie los, kniet sich hin und hebt die Rose auf. »Die ist für dich«, sagt er, immer noch auf den Knien. »Für meinen geheimen Engel.«

»Möchtest du mich immer noch heiraten?«, fragt sie und schaut auf sein Gesicht hinab.

»Ich bin derjenige, der kniet«, sagt er lachend. Und dann hustet er.

Wird er immer husten? Wird er sterben, wie Mama gesagt hat? Nein, Amelia wird sich um ihn kümmern, ihn füttern und ihn stark machen.

»Möchtest du mich heiraten, Maria Amelia Montanari?«

Sie nimmt den *Bocolo* und umfasst den Stängel. Sie spürt die Dornen an ihren Fingern und an ihrer Handfläche. Das Gefühl ist aufregend und intensiv, als würde sie dort der Heilige Geist selbst berühren. Falls sie wegen der Dornen bluten wird, ist das ein Zeichen. Sie schaut auf ihre Hand. Die roten Blutstropfen sind im Dunklen zu erkennen.

»Ja«, sagt sie. »Ich habe mich nicht anders entschieden.« Sie sinkt auf die Knie und schaut ihn an. Das Bett aus Maulbeerblättern ist weich und kühl. Sie sollte so zu ihm beten. Er könnte zu ihr beten. Doch die Worte wären ihre eigenen Worte, nicht die Gebete, die sie auswendig aufsagen können.

Kniend neigen sie sich zueinander und küssen sich, keusch.

Sie küssen und küssen, bis das Maulbeerhaus dunkel ist und nur noch Sternenlicht durch die vergitterten Fenster dringt. Nun liegen sie. Ihre Hände erforschen, streicheln und drücken. Sie kann ihn riechen, schmecken und fühlen. Sie erhascht flüchtige Blicke auf ihn, einen Umriss, einen Haarbüschel. Seine Lippen kitzeln ihren Hals, seine Finger fahren unter ihr Kleid; er streichelt ihre Oberschenkel, sie ist feucht und will, dass er sie berührt, doch er zieht die Hand zurück.

Ihr Herz trommelt wie verrückt. Es klopft vor Verlangen, Angst und Aufregung.

Schließlich sagt er etwas. Seine Stimme ist ein Flüstern. »Wir müssen warten. Ich muss deinen Vater fragen …«

»Sie werden niemals Ja sagen. Und Primo wird dich zuerst umbringen, oder mich.« Tränen steigen ihr in die Augen, doch sie weint nicht. Sie kann die Sache nun beenden, aufstehen und nach Hause gehen, einen Mann heiraten, den ihre Eltern für sie ausgesucht haben, in die Kirche gehen, und alle werden glücklich und zufrieden sein.

Nur sie nicht. Und Firmino auch nicht.

Falls sie ihm ihre Jungfräulichkeit schenkt, wird es keinen Streit geben, keine Wahl. Ihr Herz hämmert laut im Kopf, und sie stellt sich vor, es würde laut in den Feldern von Fraoleto schlagen, überall in ganz Venetien, auf der ganzen Welt. Das ist ihre Entscheidung. Die einzige Möglichkeit.

»Wir haben nur hier und jetzt.« Sie zieht ihm das Hemd aus, knöpft die Hose auf und fährt mit der Hand hinein.

Er seufzt.

Er schiebt ihr Kleid hoch und zieht ihr die Unterwäsche aus, bis sie entblößt ist wie Eva, seine Hände sind warm, und er zieht sich aus, bis er nackt wie Adam ist, dann liebkost er ihre entblößten Brüste. Er küsst sie überall, und sie spürt Ekstase am ganzen Körper, die in Wellen über sie kommt, und er dringt in sie ein, fest, bis sich der Widerstand auflöst und er tief in ihr drin ist und sich ihre verschlungenen, rutschigen Körper aneinanderdrücken, und er stöhnt wie ein verwundeter Mann, und sie weiß, dass er ihr Mann ist und sie seine Frau, und falls Jesus, Maria und Josef dafür sind, ist dies der Augenblick, in dem das Lebenswunder ihres erstgeborenen Kindes beginnt, hier und jetzt.

Sie liegen nebeneinander, er in ihr, sie um ihn geschlungen, bis sie sich schließlich sanft voneinander lösen.

»Ich muss jetzt gehen, sonst fällt es auf.« Sie steht auf und streift das weiche Blatt ab, das an ihrem Arm klebt, ein anderes von ihrem Oberschenkel und ihrer Wade. »Du bist mein Liebhaber, und wir werden heiraten, auch wenn wir dafür ausreißen müssen.«

»Ich werde einen Priester finden«, sagt Firmino. »Ich werde in eine Stadt gehen. Vicenza oder Padua.«

»Und auch wenn meine Eltern nicht Ja sagen wenn wir von einem Priester verheiratet werden, können wir überall hingehen. Ein neues Leben beginnen. In Australien oder Argentinien.«

»Ich liebe dich, Amelia, mehr als mein Leben. Wir können überall hingehen.«

Sie wischt sich das Gesicht an ihren Unterkleidern ab – bestimmt ist alles mit Lippenstift verschmiert, doch das kann sie in der Dunkelheit nicht richtig erkennen. Sie glättet ihr Kleid, ordnet das Haar.

»Ich habe nichts für dich«, sagt er. »Keinen Beweis, keinen Ring.«

»Ich kann die Rose nicht mit nach Hause nehmen, aber ich halte sie in meinem Herzen«, sagt sie.

»Hier.« Er nimmt ihre Hand. Er gibt ihr etwas. »Das habe ich seit meiner Zeit in Russland immer bei mir.«

»Was ist es?«

»Ein Abzeichen aus Stoff. Darauf steht *DON*. Der Fluss, an dem wir fast gestorben wären.«

»Du bist aber nicht gestorben«, sagt sie zärtlich.

»Es wurde in Dachau hergestellt. Für die Kosakenoffiziere der SS – Russen haben Russen umgebracht. Ich musste einfach immer denken: *Jemand hat das angefertigt*.«

Amelia fragt sich, wie er es bekommen hat, doch sie sagt nichts. Sie streicht mit den Fingerspitzen über das weiche Gewebe.

»Ich bin mir sicher, dass es ein Mann genäht hat. Ich habe es den ganzen Heimweg lang in der Hand gehalten. Ich habe gedacht: *Falls ich es sorgfältig aufbewahre, bleibt der Mann am Leben*. Ich glaube, es bringt Glück.«

Amelia steckt sich den Talisman ins Kleid. »Bei mir ist es sicher.«

»Du bist bei mir sicher.«

Sie umarmen sich. Zum letzten Mal. Für wie lange? Sie kann das Warten nicht mehr ertragen. Sie müssen bald heiraten. Aber Jesus, Maria und Josef, sie hat keine Ahnung, was geschehen wird, wenn sie nach Hause kommt. Sie muss vermeiden, dass sie gesehen wird oder dass man sie ausfragt. Sie dürfen sie auch nicht riechen. Sie muss ganz schnell auf den Dachboden und dort ihre hungrigen Seidenraupen füttern.

Sie springt aufs Rad und merkt, wie Flüssigkeit tief aus ihrem Inneren herausströmt. Sie ist völlig durcheinander. Falls jemand sie sieht, wird er direkt bemerken, dass sie durcheinander ist. Es ist spät, der Sonnenuntergang ist schon zu lang vorbei. Sie radelt durch das schummrige Licht des Monds und der Sterne. Fledermäuse fliegen durch die Luft, Insekten, Raubvögel, der schwere Duft nach Flieder, Kirchenglocken schlagen die Stunde, einige sind nah, andere fern, einige so schwach, dass sie sich wie eine Erinnerung anfühlen. Amelia hat süße junge Maulbeerblätter geerntet, und ihr Herz ist voller Liebe.

*

Bei ihrer Rückkehr ist der Laden dunkel. Papà und die Jungen arbeiten nicht mehr. Oben sind die Lichter eingeschaltet. Es ist Zeit zum Abendessen. Alle werden da sein. Wie kommt sie in diesem Zustand unbeobachtet an ihnen vorbei? Das wird ihr nicht gelingen. Sie fährt zum Dorfbrunnen. Niemand ist in der

Nähe. Es ist dunkel. Das Wasser sprudelt, ist laut wie ein Bergbach. Sie erinnert sich an die Schneeschmelze hinter dem Haus ihrer Zia in der *Contrà* und an die Verrückte, die auf der Piazza im Springbrunnen gesessen und sich schamlos in der Öffentlichkeit gewaschen hatte.

Amelia hebt ihren Rock an, füllt die Hände mit kaltem Wasser und versucht, sich das Blut von den Beinen zu waschen, verspritzt das Wasser und macht ihre Kleidung nass. Sie schaut sich auf der Straße um. Immer noch niemand in Sicht. Sie gießt eiskaltes Wasser über sich. Sie trinkt. Sie wäscht sich das Veilchenöl vom Hals und den Handgelenken. Sie wäscht sich Firminos Geruch vom Körper, obwohl sie ihn lieber behalten würde. Sie tritt in das Wasser, umarmt es, bis sie völlig durchnässt ist, sauber und unbeschwert wie ein Frosch.

Zitternd steigt sie wieder auf ihr Rad.

Sie ist nicht unbeschwert. Als sie ihren Rock herunterschüttelt, denkt sie an diese Verrückte in nassen Unterröcken und wie sehr Mama erschüttert war.

Amelia fährt mit dem Fahrrad wieder nach Hause, schiebt es über den Weg im Garten und lehnt es an die Wand.

Sie bindet die *Gavegnà* los und trägt sie hinauf. Sie fühlt sich wie ein Schutzschild an.

Das Fest des heiligen Markus

Als Amelia durch die Tür kommt, steht Maria am Ofen und nimmt einen Herdring vom Loch, auf dem der Topf steht, um die Wärme zu verringern. Sie hält den Eisenhaken, an dessen Ende der Ring hängt – sie kann ihn nicht ablegen. Ihre Tochter ist so nass, sie tropft auf den Küchenboden.

Die Jüngeren starren mit offenem Mund. Achille und Primo starren auch. Arsenio grinst. Cecilio macht ihn nach und lacht laut.

Amelia klammert sich mit beiden Händen an die *Gavegnà*.

»Was ist mit dir passiert?«, fragt Maria.

»Ich bin in einen Graben gefallen.« In ihrem Gesicht steht geschrieben, dass es sich um eine Lüge handelt. »Ich war voller Algen. Ich bin nach Hause gefahren und habe alles am Brunnen abgewaschen.«

»Erkälte dich nicht«, sagt Bruna.

Amelia wird rot. »Ich muss nach oben gehen und diese Blätter klein schneiden. Ich habe keinen Hunger.«

Sie stellt den Korb ab und geht direkt ins Schlafzimmer nebenan.

Maria schaut Achille an. Er ist nicht begeistert. Und Primo macht ein böses Gesicht. Maria bekommt Panik. Sie steht wie versteinert da und weiß nicht, was sie machen soll. Sie legt den Ring wieder an seinen Ort. Die Bohnen können warten.

Amelia taucht wieder auf, sie trägt Holzschuhe und ein anderes Kleid. Alle beobachten sie.

Sie nimmt die *Gavegnà*, ohne jemanden anzuschauen. Sie wirkt unbekümmert. Sorglos. Sie geht nach oben an die Arbeit.

Das Zimmer ist zu ruhig für so viele Menschen.

»Was hat deine Tochter angestellt?«, fragt Achille.

»Ich kümmere mich darum«, sagt Maria und wischt sich die Hände an der Schürze ab.

Im Schlafzimmer befindet sich eine Spur aus Wassertropfen auf dem Boden. Das nasse Kleid hängt tropfend auf einem Bügel. Die Bettdecke ist zerknüllt und feucht.

Maria hebt die Kissen hoch. Sie hebt die Laken und die Decke an. Sie hebt die Matratze auf Amelias Seite, und dort ist etwas. Sie nimmt es und dreht es um. Es ist ein Stoffabzeichen in Form eines spitzen Wappenschilds, wie es Angehörige des Militärs auf eine Tasche oder dem Ärmel aufgenäht tragen, doch darauf steht *DON*. Auf der Vorderseite hat es Streifen. Es ist pitschnass.

Was soll sie Achille sagen? Oder Primo?

Sonst sieht im Zimmer alles unverändert aus. Sie schaut in den Kleiderschrank. Unter das Bett, wo Amelias nasse Schuhe stehen. Die kalten und leeren Bettwärmer. Die *Credenza*.

Die Madonna der Berge schaut ausdruckslos in die Ferne. Sie sieht gelassen aus, wie immer, doch sie deutet ein Stirnrunzeln an. Die kleinen Kinder unter ihrem Umhang sehnen sich nach Antworten.

Es gibt keine Zeit zum Beten. Maria sitzt auf dem Bett und denkt nach. Sie dreht und wendet das Stoffabzeichen in der Hand. *DON*. Sie weiß nicht, was das bedeuten könnte.

Amelia ist zu Achilles Feld gegangen, um Maulbeerblätter für ihre Seidenraupen zu pflücken. Wie lange braucht man für eine Fahrt nach Fraoleto, an Fraoleto vorbei, um die großen Körbe vollzumachen und wieder zurückzukommen? Sie war zu lange weg. Maria versucht, die Stunden auszurechnen, doch in ihrem Kopf herrscht Chaos.

Oben beginnt ihre Tochter mit der langsamen, geduldigen Arbeit, die Maulbeerblätter mit ihrem speziellen Messer zu zerhacken. Feiner als Spaghettini, feiner als Capelli d'Angelo, wie ihr die Seidenfrauen von Campolongo beigebracht haben.

DON. Die Streifen vorne sind rot, blau und gold. Es hat die Form eines Schilds. Maschinengenäht. Das Grundgewebe ist schwarz. Nass. Amelia war tropfnass, als sie hereingekommen ist.

Maria steht auf und geht zu dem Kleid auf dem Bügel. Sie riecht daran. Eine Spur von Veilchenöl. Seit wann klaut Amelia ihr Parfum? Einen Augenblick lang erinnert sie sich an ihre Besuche bei Duilio und spürt Schande heiß in sich aufsteigen.

Achille wird wütend sein.

Sie geht vom Schlafzimmer in die Küche. »Kinder, Zeit fürs Bett.« Sie sieht jeden Einzelnen an.

Bruno und Cecilio geben ihr einen Gutenachtkuss, dann gehen sie.

Arsenio möchte bleiben, wie ein Erwachsener, und trödelt. Maria bittet ihn mit einem Nicken hinaus.

Achille sitzt am Kopfende des Tischs und sagt nichts.

Primo sagt ganz ruhig: »Warum war sie so spät dran? Sie hat doch etwas angestellt.«

Maria setzt sich neben ihn. Ihre Gedanken sind zerstreut. Sie denkt gar nichts.

Schließlich spricht Achille. »Was hast du in der Hand?«

Ihre Hand liegt zur Faust geballt in ihrem Schoß, sie hält darin das Stoffabzeichen. Sie hätte es verstecken sollen. Sie hätte es in ihre Schürzentasche stecken sollen. Nun hat sie keine Wahl:

Sie muss das Beweismittel auf den Tisch legen. Nun hat sie auch ein Problem.

»Es ist von der russischen Front«, sagt Primo. »Dem Fluss Don.«

»Woher hat sie es?«, fragt Achille.

»Und wann hat sie es bekommen?« Maria betet, dass es ihr nicht erst seit heute gehört. »Vielleicht versteckt sie es schon seit Monaten.«

Stille erfüllt den Raum wie etwas Festes, das ihr gegen die Ohren drückt.

»Amelia!«, ruft sie.

Nichts.

»Amelia! Komm sofort runter!«

Stille.

Primo springt auf und ist in Windeseile die Treppe hinaufgerannt.

Er stürzt mit seiner Schwester hinter sich in die Küche. Er zieht sie an den Haaren hinter sich her. Sie hat einen Holzschuh verloren. Sie fällt auf den Küchenboden.

»Was hast du gemacht?« Er reißt ihr den Kopf nach hinten.

»Die Seidenraupen«, wimmert Amelia. Sie räuspert sich. »Du weißt, was ich gemacht habe. Es war kalt. Ich habe die *Parigina* angezündet, um es wärmer zu machen. Ich habe die Blätter sehr fein geschnitten. Die Raupen müssen zehnmal am Tag gefüttert werden …«

»Du verpasst sonst nie das Abendessen«, sagt Maria.

»Warum warst du so spät hier?«, fragt Primo, der immer noch ihr Haar festhält. »Und warum warst du so nass wie ein Straßenkind?«

»Was ist das?«, fragt Maria und hält ihr das russische Schild entgegen, schüttelt es.

»Ein Geschenk«, flüstert Amelia. Sie fängt an zu weinen.

»Von wem?«, fragt Primo sie. »Und warum ist es nass?«

»Gib es mir zurück. Es gehört dir nicht!« Amelia will aufstehen, doch Primo drückt sie zu Boden.

»Von diesem Firmino, hab ich recht?«, fragt Maria ruhig. »Ich habe dir gesagt, du sollst dich von ihm fernhalten. Ich habe dir erklärt, was wir sonst machen werden.«

»Du verlässt dieses Haus nicht mehr«, sagt Primo.

»Ich würde die Seidenraupen sowieso nicht allein lassen«, sagt Amelia.

»Wir suchen dir einen anderen Mann«, sagt Achille. »Einen passenden Ehemann. Du kannst dir aussuchen …«

»Aber ich liebe …«

Nun steht Maria auf und schubst den Stuhl gegen den Tisch. Sie wirft das russische Ding auf den Boden. »*Bruta bestia. Bruta bestia.* Wie kannst du mir so etwas antun?« Sie geht zu Amelia, schiebt Primo weg und rüttelt sie an den Schultern. »Du hast beim Leben meiner Mutter geschworen. Du hast es mir versprochen.«

Dann hält sie inne. Sie fährt mit der Hand über Amelias Schulter. Über ihre Hüften und Oberschenkel. Dann neigt sie sich zu ihr und flüstert: »Wo ist deine Unterwäsche?«

Das Haus, die Kinder, die Seidenraupen, der Priester, ganz Fosso hört zu.

»Ich muss Firmino heiraten«, sagt Amelia fest und leise.

In der Küche ist es ruhig, doch Maria dröhnt das Blut im Kopf. Sie ist zu schwach, um die Frage zu stellen.

Achille, der plötzlich neben ihr steht, schlägt Amelia fest ins Gesicht, wieder und wieder. Seine Hand ist groß. Er spricht nicht, er flucht nur, dieselben Worte wieder und wieder. *Bruta canaja*. Hässlicher Abschaum.

Amelia schließt die Augen und versucht, ihr Gesicht zu schützen, doch er zieht ihre Hände weg und schlägt weiter auf sie ein. Ihre Lippe ist geschwollen und blutet. Sie duckt und befreit sich. Primo schnappt sie sich und ringt sie zu Boden. Sie windet sich aus seinem Griff, stolpert die Treppe zum Speicher hinauf und verriegelt die Tür.

Stille.

Veilchenöl. Sie. Ihre Tochter.

Sie folgen Amelia, beide Männer gehen die Holztreppe hinauf, brüllen, schlagen mit den Fäusten gegen die Tür, brüllen noch lauter, beide zusammen, rufen, sie solle herauskommen. Maria will, dass sie aufhören, sie sollte sich ihnen in den Weg stellen und ihre Tochter beschützen – doch dann denkt sie, hofft sie, dass sie die Tür nicht zerstören werden, weil die Tür etwas wert ist – gutes Holz und harte Arbeit. Und sie würden nichts machen, was den Seidenraupen schadet, weil sie ein Vermögen wert sind.

Zwischen zwei Heiligen

Am nächsten Morgen schickt Maria die kleine Bruna mit Polenta und Milch nach oben.

»Sprich kein Wort mit deiner Schwester.«

Am Mittag bringt Bruna Essen auf einem Teller nach oben, Spargel und Eier. *Sparasi e ovi.*

Abends, als die Familie zusammenkommt, schickt Maria Bruna mit übrig gebliebenem Kaninchen und Gemüse zu Amelia.

»Kein Wort.«

Arsenio bringt die ersten Säcke mit frischen Maulbeerzweigen hoch. Auch er darf nicht mit seiner Schwester sprechen.

Es herrscht ausweichende Stille. Achille hat seit Jahren nicht mehr mit Rodolfo gesprochen, deswegen meidet Primo ihn auch. Und dann gibt es noch andere Menschen, denen man aus dem Weg geht und die man missachtet. Die Familie des Notars. Der Kerl, der ihnen die Hühner verkauft hat, die gestorben sind. Menschen, die sie verärgert haben.

Amelia hat sie verärgert.

Maria geht auf den Dachboden, wann immer es ihre Zeit erlaubt, um Wache zu halten, doch sie sagt nichts. Ihre Tochter ist eine Gefangene, die wie eine Partisanin oder Jüdin versteckt wird.

Die Tage vergehen, und aus den *Bacolini* werden *Bachi*, sie werden blasser und hungriger. Sie benötigen permanente Aufmerksamkeit, tagsüber und nachts.

Maria sitzt auf dem Dachboden und stopft Kleidung.

Amelia macht kleine Löcher in Papier und legt es elegant auf die *Bacolini*. Sie verteilt die fein zerkleinerten Blätter auf dem Papier, formt eine ebene Schicht, die sie mit den Fingern kämmt. Dies ist Bett und Abendessen zugleich für die Raupen. Sie werden durch die Löcher hinaufkriechen, Schmutz und alte Blätter hinter sich lassen, die dann aufgesammelt und kompostiert werden. In den nächsten Wochen werden die Raupen größer und größer werden. Sie werden auch ihre alte Haut abwerfen. Sie werden immer mehr Aufmerksamkeit brauchen, müssen gefüttert, gewärmt und ausgemistet werden. Erst haben sie nur wenige Regale eingenommen, dann bevölkern sie alle, wie in einer überfüllten Stadt, sie erfüllen den Dachboden mit ihrem Kauen und Klettern, ihren Geräuschen und ihrer Stille.

Es ist Frühsommer. Der Mais wurde gepflanzt. Wenn die Temperaturen im *Camaròn* zu hoch werden, öffnet Amelia die Fenster und lässt kühlende Luft herein. Manchmal, wenn der Wind richtig steht, riecht Maria Rosen. Und Oleander, den Duft nach Unschuld – doch nur eine Blüte kann einen Ochsen töten.

Die Wochen sind randvoll mit wortlosen Kontrollen, dem Füttern, Umsetzen, Reinigen. Nach der dritten Häutung sind die Seidenraupen mit grob geschnittenen oder ganzen Maulbeerblättern zufrieden. Nach der vierten Häutung bekommen sie auch die Stängel zu essen. Sie müssen viermal pro Tag gefüttert werden. Sie sind fingerdick und ebenso lang. Die Regale sind voller sich krümmender Kreaturen, ständigem Blätterrascheln und kauenden Kiefern.

Maria bemerkt, dass sie sich auf diese Ruhe freut, diese Zeit abseits von der Welt der Menschen. Sie sieht Amelia im Rhythmus der Seidenraupen arbeiten. Ihre Tage sind auf schöne Weise ruhig und seltsam. Das Löchern und Auslegen des Papiers. Das Zerkleinern der Blätter. Das Ausbreiten von frischem Grün. Das Umlegen in neue Regale. Per Hand verfrachtet sie die übrig gebliebenen Raupen in andere Regale. Das Wegräumen der *Scarti*. Das Thermometer im Auge behalten. Den Ofen anheizen. Die Asche ausleeren. Noch mehr Löcher stanzen, größere Löcher, weil die Seidenraupen ihre Haut abstreifen und größer werden. Immer mehr Blätter zerhacken, gröbere, größere Stücke für größere, gierigere Kiefer. Die Umverteilung der blassen, fetten Körper, denen man mehr Platz zum Wachsen gibt.

Die Lieferung der Blätter wird auch größer. Sack für Sack werden sie oben auf der Treppe abgestellt. Von Arsenio an einem Tag, von Cecilio am nächsten, vor Anstrengung schnaufend.

Amelia weiß, was sie tut. Sie hat ihre eigene Existenzgrundlage. Sie arbeitet hingebungsvoll. Und ist unabhängig. Aber sie wird nicht weglaufen.

In der Außenwelt suchen Achille und Primo nach passenden Männern für sie. Sie haben außerdem eine Besserungsanstalt für missratene Mädchen gefunden und – in der Nähe von Verona – ein Kloster für Postulanten. Aber es hat nie eine Nonne in der Familie gegeben – Nonnen haben weder Kinder, Geld, noch denselben Einfluss wie Priester. Sie wollen keine Nonne in der Familie haben. Da sind sich alle einig. Der Dachboden reicht vorerst, um sie zu bestrafen.

Ab Mitte Mai bringen Arsenio und Cecilio Zweige für den *Bosco*. Die Jungen wissen, was zu tun ist. Dasselbe wie letztes Jahr.

Amelia schaut sich die Zweige an. »Die sind gut«, sagt sie laut. »Biegsam und trocken.«

Sie zeigt Maria, wie sich die Zweige in geduldiger Arbeit zu Bündeln binden lassen. »Hier, so geht das.« Und ihre junge weiche Hand berührt Marias Hand.

Amelia sitzt und bindet Heidekraut und Weinreben zusammen, fest mit Zwirn an einem Ende und am anderen Ende ausgebreitet wie kleine Bäume, mit unzähligen Möglichkeiten für die *Bachi*, sich dort einzunisten und ihre Kokons zu spinnen. Sie sitzt da und bindet, sitzt und bindet, ein *Fascio* nach dem anderen, und nach und nach bildet sich ein riesiger Haufen um sie herum.

Maria hilft ihr. Sie arbeitet langsamer. Ihr Haufen ist kleiner.

Amelia hat die Messe nun zwei Mal verpasst, das ist eine Sünde, doch Maria sagt – zu Bruna, zu Cecilio, zu den Kunden im Laden: *Amelia geht es nicht gut, sie kann nicht zur Messe kommen.* Das ist keine Lüge, weil die Verblendung ihrer Tochter wie eine Krankheit ist. Doch sie wird wieder gesund. Und dann darf sie auch wieder in die Messe.

Um Amelias verpasste Messen wettzumachen, betet Maria auf dem Speicher jeden Tag einen Rosenkranz auf den Knien. Aber ihre Gedanken schweifen umher. Wie werden die schwarzen Würmer weiß? Wie wird aus zerkauten Blättern gesponnene Seide? Das sind Wunder. Träume Gottes. Sie wagt nicht zu fragen, was an jenem Tag mit Amelias Unterwäsche geschehen ist.

Nun ist Ende Mai. Amelia pflanzt jetzt ihre Zweigbäume, steckt sie durch das Bett aus Maulbeerblättern in das unterliegende Drahtgeflecht. In jedem Regal baut sie einen Wald, den ihre Seidenraupen erklimmen können. Das wollen sie. Sie verbringen ihr Leben mit Klettern.

Sie kommen nicht gleichzeitig nach oben. Einige sind schneller als andere, einige sind reifer, einige tapferer, mutiger. Andere werden folgen oder zurückbleiben. Einigen wird sie hinaufhelfen müssen. *Genau wie bei Menschen*, denkt Maria. Es ist Amelias Aufgabe, sie alle im Auge zu behalten, wie Gott, der aus dem Himmel herabschaut. Sie wartet auf die erste kletternde Raupe. Da ist sie.

Woher wissen sie, wann sie genug gegessen haben? Woher wissen sie, welcher Tag ist und welche Größe sie haben sollten? Woher wissen sie, wo sie anhalten und spinnen sollen, an welchem Zweig, in welcher Höhe, auf welchem Ast sie sich niederlassen sollen? Sie tragen ihre Fügung in sich, jede Generation ist so sicher wie die vorherige. Sie wissen, wann. Sie wissen es einfach.

Jeder Kletterer hält an, setzt sich nieder, speichelt einen durchgehenden Faden Seide und wickelt sich in ein struppiges Oval in Zitronengelb oder reinstem Weiß. Die Farbe ist Gottes Werk – oder Zufall.

Amelia ist so geduldig, und Geduld ist eine der Tugenden – Maria ist glücklich, es zu sehen.

Die Seidenraupen brauchen Tage, um ihre Kokons zu machen, und dann noch mehr Zeit, um zu wachsen und im Inneren der Kokons bis Anfang Juni Seide herzustellen. Dieses Jahr werden sie nicht bis zum Festtag des heiligen Petrus überleben. In manchen Jahren tun sie das. Das ist Glückssache. Der heilige Markus am Anfang oder der heilige Petrus am Ende. Der heilige Petrus ist kopfüber an einem Baum gestorben, der heilige Markus wurde an einem Seil durch die Straßen gezogen.

Die Seidenraupen haben keinen Mehltau, sind entschlossen, kostbar, fordernd, kletternd, spinnend, machen das, was sie können, träumen von ihrer Flucht in die Welt der Flügel.

*

Maria möchte das russische Abzeichen loswerden. Sie kann militärische Auszeichnungen nicht gebrauchen, aber sie kann auch nichts Gutes wegwerfen. Sie kann noch nicht einmal schlechte Dinge, faulige Dinge, kaputte Dinge wegwerfen. Sie haben alle ihren Sinn, genau wie lästige Mädchen.

Sie öffnet ihr Nähkästchen: sie findet Stoffaufnäher für Applikationsarbeiten, Filzblumen, Rollen und Spulen, Fingerhüte, ein Nadelkissen, Packungen voller neuer Nadeln, Rollen mit Bändern, Borten, ein wenig Spitze und Versteifungsband.

Das *DON*-Abzeichen kann darunter verschwinden.

Sie fährt mit den Fingerspitzen an den Kanten entlang. Sie dreht es hin und her. Sie riecht daran. Nichts. Die Maschinennaht ist präzise. Sie berührt den Schriftzug, den glatt geschliffenen Faden, die feinen Erhebungen zwischen den Streifen. Gold, blau, purpurrot. Sie streicht über die Farben. Sie weiß nicht, was das dumme Ding bedeutet. Sie will es auch nicht wissen.

Sie versteckt es und schließt die Kiste.

*

Eines Morgens kommt Maria ins *Camaròn*, als ihre Tochter gerade etwas in den Herd wirft. »Was machst du da?«, fragt sie und bricht die ausweichende Stille.

Amelia zuckt die Achseln, als wäre es ganz offensichtlich. Nun ist sie diejenige, die nicht redet. Es ist fast respektlos.

Maria schaut sich nach Hinweisen oder Zeichen um. Sie blickt kurz auf das Thermometer, das Bett aus Maulbeerblättern auf dem Boden, den Tisch mit Tausenden grünen Messerschnitten, Hunderttausenden. Das offene Fenster. Das Tablett mit dem Frühstück, das Bruna hochgebracht hat, wie immer, den Kaffee.

»Du hast dein Frühstück nicht gegessen.«

Amelia sagt nichts. Sie macht es aus Prinzip.

Maria geht zu den Regalen und begutachtet den *Bosco*. Er ist mit Kokons besetzt. Sie sehen aus, als wären sie hier gewachsen, wie große, flauschige Blüten in einem Wald aus Zweigen, die darauf warten, eines Tages zu erblühen – was sie nicht dürfen. Es gibt keine Bewegung, mit Ausnahme von ein oder zwei einsamen Seidenraupen, den allerletzten, die sich noch einen Ast suchen müssen.

Der Dachboden ist nun leise.

Amelias Arbeit hat jetzt die letzte Phase erreicht. In zwei Wochen oder vielleicht noch eher wird sie mit der schwierigen Aufgabe beginnen, die Kokons zu lösen, einen nach dem anderen, angefangen bei den reifen. Sie hat ein gutes Auge.

»Nachdem wir die Kokons sortiert haben …« Maria beendet ihren Satz nicht. Sie ist traurig, abgelenkt. Sie weiß nicht, was geschehen wird, nachdem diese Arbeit beendet ist. Sie kann den Gedanken nicht ertragen, dass Amelia weggeht – in eine Besserungsanstalt oder zu einem Ehemann. Aber es ist immer noch Zeit. Ihre Tochter muss noch bleiben, um auf die Seidenraupen aufzupassen, die noch im Kokon sind, die schlüpfen und die sie sortieren muss, sie muss sie verkaufen und kochen, die Seidenzweige abernten, den *Bosco* wieder leer räumen … Vielleicht wird bis dahin ein geeigneter Mann gefunden sein.

Maria dreht sich um und geht nach unten.

Reife Kokons

Es ist der erste Junitag, noch fast vier Wochen bis zum Fest des heiligen Petrus.

Maria hat den Mutterboden aufgehackt, um Unkraut zu entfernen und Wasser hineinzulassen. Sie hat Salatblätter gesammelt, bitteren Chicorée, Rauke und Radicchio, der mit winzigen braunen Schnecken besetzt war, deren zerbrechliche Häuser hauchzart sind. Achille und Arsenio arbeiten im Laden, schneiden Waren in Scheiben, wiegen ab, packen ein, verkaufen, erzählen Geschichten, damit sich die Kunden willkommen fühlen und glücklich sind. Cecilio und Bruna sind in der Schule. Primo fährt sein neues Auto. Er ist Geschäftsmann, redet über den Giro d'Italia, Fahrräder und Helden – alle reden über den Giro d'Italia. Mit Amelia redet immer noch niemand.

Die Kokons sind reif. Die Kreaturen im Inneren sind fett und braun. Maria kann sie nicht sehen, doch Amelia weiß es. Sie hat ein gutes Auge. Es ist Zeit, sie herauszunehmen, bevor sie die Seide mit der roten Säure ruinieren, die sie beim Schlüpfen abgeben, oder auf magische Weise zu Motten werden – und Motten bringen kein Geld.

Im Wäscheschrank findet Maria das Bettlaken ihrer Hochzeitsnacht, eingefasst mit zarten weißen Vögeln und Blumen. *Er liebt mich, er tadelt mich.* Sie konnte immer gut nähen, doch nun schmerzen ihre geschwollenen Finger, und sie verwendet meistens die Maschine. Was diese Laken alles gesehen haben! Ihre Jungfräulichkeit, Blut, Sex, Geburt, Nachgeburt …

Die Seidenraupen brauchen keine Stickarbeiten, sie brauchen nur schlichte, saubere Baumwolle.

Sie bringt ein altes, gestopftes großes Bettlaken nach oben und legt es auf den Boden des *Camaròn*.

Amelia geht zu ihrem stillen *Bosco*, wo sie ein Dankesgebet spricht.

»Jesus, Maria und Josef«, flüstert sie, »möge die Ernte gut sein.«

Maria kniet sich hin und beginnt, einen Rosenkranz zu beten, während Amelia die Kokons öffnet. Ihre Berührungen sind sanft und leicht, aber gekonnt, die Arbeit ist so schwierig wie das Pflücken von Maulbeeren. Sie fängt mit den reifsten Kokons an, von denen sie weiß, dass sie bereits fertig sind. Sie sammelt sie vorsichtig ein, einen nach dem anderen, auf zusammengelegtem Papier, und kippt sie auf das Bettlaken. Sie lösen sich sanft von ihren Zweigen und hinterlassen seidige Masse – die Amelia auch einsammeln wird, für Strümpfe und Grobgarn, nachdem sie mit den Kokons fertig ist. Sie sammelt sie ein, und sie wählt aus, wählt aus und sammelt ein, bis ein riesiger Haufen Kokons, einige gelb, die meisten weiß, auf dem Laken liegt.

Nun muss sie die Faloppen von den unfertigen Galetten trennen, die noch nicht reifen Exemplare muss sie zu Hause behalten und zu Garn spinnen, die fertigen Kokons ergeben einen Seidenfaden, der Hunderte Meter oder manchmal einen Kilometer lang ist. Maria stellt sich einen Seidenfaden vor, der bis zum Campanile in Fosso reicht und noch an ihm vorbei, bis zum Friedhof, wo ihre toten Babys ruhen.

Die kleine Bruna kommt, um beim Sortieren zu helfen. Ihre Augen leuchten.

»Du bist also hier?« Amelia lächelt. »Ich habe mich gefragt, wo du steckst.«

Keine Antwort.

Maria nickt Bruna aufmunternd zu.

»Erinnerst du dich noch daran, was ich dir letztes Jahr beigebracht habe?«, fragt Amelia. »Die Galetten sind fest und schwer. Die Faloppen sind leicht und durchsichtig. Sie kommen in die Körbe. Hast du Agata in der Kirche gesehen?«

Bruna nickt.

»Hat sie dir eine Heiligenkarte gegeben?«

Bruna nickt.

»Liebe Agata. Du weißt, dass sie früher einmal in einer Fabrik zwischen unserem Ort und Venedig gearbeitet hat und Spulen zum Spinnen hergestellt hat? Als der Krieg angefangen hat, haben sie ihr einen anderen Beruf zugeteilt, sie hat Zünder für Bomben hergestellt. Ich glaube, dass die Arbeit ähnlich war, sie musste geduldig und genau sein.«

Maria, Amelia und Bruna sitzen zusammen und halten jeden Kokon gegen das Licht, einen nach dem anderen. Sie sortieren sie den ganzen Tag lang, bis sie zwei Haufen haben. Es gibt viel mehr gute als schlechte Kokons. Sie werden sie für viel Geld verkaufen. Achille wird sich ein schönes gerodetes Grundstück kaufen können. Vielleicht wird dann alles vergeben und vergessen sein.

Amelia lächelt wieder. »Agata wollte immer einen Gondoliere oder einen Hafenarbeiter heiraten – die verdienen wirklich gut. Aber stell dir mal vor, wie es ist, wenn alle Straßen aus Wasser bestehen. Wie umständlich. Und im Winter ist es kalt. Feuchte Kälte ist am schlimmsten. Und ich würde sie wie verrückt vermissen, wenn sie nach Venedig zieht. Wo wäre ich ohne Agata? Wo wäre ich ohne dich, mein Lämmchen?«

Bruna richtet sich auf und lächelt.

Maria ist berührt davon, dass Amelia auf ihre kleine Schwester aufpasst und so fröhlich ist.

»Wenn wir das hier alles in die Fabriken gebracht haben, hilfst du mir dabei, die kurze Seide aus dem *Bosco* auszuwählen, nicht wahr?«, fragt Amelia. »Aber wie kommen wir zur Seidenfabrik? Mama, hast du den Karren schon vorbereitet? Wir brauchen einen Karren …«

»Wir haben ein Auto! Primo …« Bruna hält sich die Hand vor den Mund.

»Ein Auto? Was für ein Auto?«

»Es steht draußen, auf der Straße«, sagt Maria und wundert sich nach all der Zeit über den Klang ihrer Stimme.

Bruna hat eine Hand immer noch über den Mund gelegt und zeigt auf das niedrige Fenster in der Ecke des Dachbodens.

Amelia bahnt sich den Weg durch die Berge von Kokons und bückt sich, um Primos schickes Auto draußen zu sehen. Es glänzt und ist so schön wie das Klavier, das die Nazis bei Edda gelassen haben.

»Das große schwarze Auto?«, fragt Amelia.

Auf der Straße steht kein anderes Auto.

Bruna nickt.

»Ich werde mich hübsch machen müssen.«

Die Seidenfabrik

Die Reise zu den Seidenwerken ist großartig, wie zu einer Hochzeit oder einer Beerdigung. Die warme Junisonne strahlt. Primo hat das Autodach abgenommen. Der Kühlergrill besteht aus Drahtgewebe, das feiner ist als in den Regalen im *Camaròn*; das schwarze Armaturenbrett glänzt so hell wie ein polierter Spiegel, und die Bezüge bestehen aus dem feinsten und weichsten Leder.

Amelia sitzt vorne in der Mitte und trägt ihr bestes Kleid: pinkfarbenes Krepp aus Kunstseide mit einem Gürtel aus schwarzem Samt und Applikationen mit Blumenmuster.

Primo fährt. Er trägt hellbraune Handschuhe, wie der Fahrer eines Sportwagens.

Maria sitzt neben Amelia, zwängt sie ein. Sie hat sich auch hübsch gemacht. Schulterpolster und einen schwingenden Rock. Einen Tupfen Veilchenöl hinter jedem Ohr.

Im Kofferraum und auf den Rücksitzen liegt ihre wertvolle Fracht in Bettlaken eingewickelt, riesige weiße Bündel auf Gestellen: die ganzen guten Kokons, bereit zum Verkaufen und Kochen. Ab und zu wird der Stoff von einer Bö erfasst und kräuselt sich, als wäre er lebendig. Doch die Lebewesen im Inneren sind ruhig. Die Seidenraupen schlafen.

Das Auto ist ein Nazi-Auto, auch wenn man kein Hakenkreuz sieht und Primo es für einen Spottpreis bekommen hat.

Trotz seiner Schwäche für extravagante Dinge wird er Tag für Tag besser als Geschäftsmann. Das macht Achille stolz und neidisch.

»Der Wagen ist eine Kriegstrophäe – die Deutschen haben verloren!«, sagt Primo zu allen, die Interesse zeigen oder das Auto auch nur kurz anschauen. Er fährt sehr langsam, damit Freunde und Fremde anhalten und den Wagen anstarren können. Er erfreut sich an den bewundernden Blicken junger Frauen. »Jeder Italiener, der einen Mercedes fährt, verpasst dem Fritz einen Schlag in den Magen. Wir haben unser Soll erfüllt, wir haben Amerikaner im Keller versteckt, und ihr wisst, wie gefährlich das war – man sieht ja, wie das bestraft wurde. Es ist nur richtig, dass wir das Auto eines feindlichen Offiziers fahren, das ist mein Sinn für Humor.«

Amelia wird nach wie vor mit ausweichender Stille begegnet.

»Das ist Stil«, sagt er. Er gibt an.

Duilio wäre beeindruckt gewesen, denkt Maria.

»Fass das Leder einmal an«, sagt Primo. »Weicher als ein Babypopo. Mein kleiner Bruder hat die ganze Nacht auf dem Rücksitz verbracht, er wollte einfach dort schlafen.«

Das stimmt. Aber der arme Cecilio hatte dort Albträume von den Nazis.

Als sie Fosso und Campolongo hinter sich gelassen haben, hält Primo an, um das Faltdach wieder zu schließen. Eine komplizierte Angelegenheit.

Maria und Amelia sitzen und warten und sagen keins der Wörter, die sie sich verkniffen haben.

Sie fahren die erhöhten Straßen entlang, die von Gräben und Kanälen gesäumt sind, manchmal auch von Platanen, deren Rinde wie Tarnmuster aussieht, junge Pflanzen auf den Feldern unter ihnen. Amerikanische Militär-Lkw donnern vorbei.

Zum ersten Mal seit über einem Monat spricht Primo mit

Amelia. Seine Stimme ist laut. »Du hast also deine Lektion gelernt?«

Amelia nickt.

Er schaut sie von der Seite an. »Sag es.«

Sie erhebt die Stimme, sodass sie den Motor übertönt. »Ich habe meine Lektion gelernt.«

»Erklär es mir«, sagt Primo. »Sag mir, was du gelernt hast. Und vergiss nicht: Gott hört zu.«

Ich höre zu, denkt Maria.

»Ich habe viel Zeit mit den Seidenraupen verbracht«, sagt Amelia schließlich. »Ich habe wie eine Mutter nach ihnen geschaut. Ich habe sie aufwachsen sehen. Und sie beschützt.« Sie wirft Maria einen Blick zu, dann schaut sie wieder Primo an. »So wie Mama immer für uns da war …«

»Und Papà«, sagt Primo. »*Und* er hat nach den Amerikanern im Keller geschaut.«

Wegen des Geldes, denkt Maria, *die Amerikaner haben viel Geld bezahlt. Wir hatten nichts zu essen*. Doch sie sagt nichts.

»Und wie undankbar ich sein würde, wenn …« Amelia beißt sich auf die Lippe. »Ich möchte nicht undankbar sein. Das wäre schlimmer als ein Stich ins Auge. Und Mama, du verdienst das nicht, nach deiner ganzen harten Arbeit. Und den Risiken, die du auf dich genommen hast. Wie Papà. Für uns.«

Primo scheint die Antwort gut zu finden. Er nimmt eine Hand vom Lenkrad. Er sieht lässig aus, als hätte er immer schon ein Auto gehabt. Die Straße ist gerade und offen, es gibt nun keine Bäume mehr. Wildblumen und Schmetterlinge säumen den Rand. Der Himmel ist riesig und blau.

Maria ist wegen allem zur selben Zeit aufgeregt: der weiten Welt der Provinz hinter Fosso, der Bewunderung von Fremden, dem Luxus des Autos, der Geschwindigkeit, der blendenden Sonne, der Reue ihrer Tochter, dem bevorstehenden Verkauf.

»Und was ist mit diesem Typen, diesem Verdon?« Primo dreht sich zu Amelia. Er starrt sie an, Maria weiß, dass er nach Anzeichen sucht, dass sie lügt oder betrügt.

»Firmino? Ich habe nichts von ihm gehört seit …« Amelia spricht nicht weiter.

Natürlich nicht. Er wurde verbannt. Selbst Agata durfte sich ihm nicht mehr nähern.

Primo kann seine Befriedigung nicht verbergen. »Er hat also nicht versucht, dir zu schreiben oder dich zu besuchen – was sagt das über ihn aus?«

»Ich weiß es nicht.«

»Ich sage dir, was das über ihn aussagt. Er ist ein Feigling und ein Lügner – ganz zu schweigen von seinen politischen Ansichten – das sagt über ihn aus, dass er ein Mann wie jeder andere ist, ein gewöhnlicher Mann und wir – du – etwas Besseres verdienen. Glaube mir: Ich weiß, wie Männer denken. Ich weiß, wie Männer reden. Sie sagen, was du hören willst, deswegen gibst du ihnen, was sie wollen. Und du hältst das für Liebe, aber das ist es nicht. Es ist animalisch. Und dann respektieren sie dich nicht. Sie behandeln dich wie Müll. Schlimmer als ein erobertes Land, eine Sklavenrasse. Verstehst du, was ich dir sagen will?«

Er hört sich wie ein Politiker oder ein Priester an. Er ist wie ein Vater. Maria ist so stolz auf ihn.

»Ja«, sagt Amelia.

»Deswegen hast du ihn aufgegeben?«

»Ja.«

»Sag das noch einmal vernünftig: Du hast ihn aufgegeben?«

»Ja, ich habe ihn aufgegeben.«

»Ich habe gewusst, dass du vernünftig werden wirst. Du bist jung. Du brauchst Führung. Deswegen haben wir …«

»Könnte Verdon dir so ein Auto kaufen?« Maria kann nicht länger still sein.

Amelia hält inne. »Nein, könnte er nicht.«

»Siehst du?« Primo tätschelt das Lenkrad. »Solche Männer werden uns wieder zurück ins Mittelalter führen. Wie diese armen Bergidioten, die hinken, stottern und schielen …«

»Wie meine Freundin Agata?«

»Das arme Mädchen, so wie die aussieht, kann sie froh sein, dass sie verlobt ist.«

»Verlobt?«

»Wusstest du das nicht?« Primo lächelt. Er bestraft seine Schwester immer noch, führt ihr vor Augen, was sie verpasst hat. »Deine Freundin Agata heiratet bald.«

»Auffällig bald, wenn du mich fragst«, fügt Maria hinzu.

»Wann?«

»Ich weiß es nicht mehr«, sagt Primo. »Bald. An einem Dienstag.«

»Komischer Tag für eine Hochzeit«, sagt Maria, »aber vielleicht muss sie sich beeilen.«

Amelia streichelt über den Samtgürtel an ihrem Kleid. Sie glättet die Schleifen, drückt sie platt. »Du wirst mich doch zu ihrer Hochzeit gehen lassen, oder?«

»Wir werden darüber sprechen – ich, Mama und Papà. Ruhe jetzt.« Primo fährt langsamer, während er sich auf die Schilder und Kreuzungen konzentriert. Sie sind nicht mehr weit von der Seidenfabrik entfernt.

»Bitte, Primo«, bettelt Amelia. »Sie ist meine beste Freundin.«

»Ich habe gesagt: Wir werden darüber sprechen.«

Primo fährt auf die Piazza vor dem großen weißen Gebäude der Aziende Agrarie. Die Fassade ist mit Großbuchstaben bemalt: hier befinden sich eine Getreidemühle, ein Geschäft, ein Brennofen und die Seidenfabrik.

Wenige Menschen haben sich versammelt. Karren. Esel. Kleine Laster. Aber niemand hat einen Luxuswagen. Die Menge teilt sich wie das Rote Meer, und Primo parkt gleich vor dem Haupteingang.

Er zeigt nach hinten. »Schauen wir mal, wie viel wir für diese Menge bekommen.«

Amelia bekreuzigt sich und betet flüsternd. »Jesus, Maria und Josef …«

»Ich werde die Verhandlungen leiten. Du sagst nichts, außer du wirst zum Futter oder dergleichen befragt. Mama, du kannst das Auto bewachen.«

Zeugnis ablegen

»Primo hat die Seide gut verkauft«, sagt Achille. »Deswegen werde ich noch ein Feld kaufen, wenn ich es vernünftig anstelle.« Er sieht zufrieden aus.

Maria weiß, dass Amelias Arbeit das Geld für das Land erwirtschaftet hat, aber Primo ist der Geschäftsmann. Achille respektiert ihn in diesem Zusammenhang, zeigt es jedoch nicht gerne. Vielleicht seit diesem Kampf oder seitdem sie die Amerikaner im Keller versteckt haben, ist Primo ihr Geschäftsmann.

Die ganze Familie sitzt zum sonntäglichen Mittagessen am Tisch. Die ausweichende Stille ist vorbei. Arsenio fühlt sich nicht wohl. Er schaut Primo an, sucht nach Hinweisen. Er weiß nicht, wie er mit Amelia umgehen soll, wo sie nun den Speicher verlassen hat. Cecilio – dem die ersten Barthaare sprießen, die er aber noch nicht rasieren muss – ist still und zurückhaltend. Die kleine Bruna sitzt ganz nah bei ihrer Schwester und berührt sie von Zeit zu Zeit, als wäre sie eine heilige Reliquie.

Maria hat sich entschieden, sich so zu verhalten, als hätte sich nichts verändert, als hätte ihre Tochter die letzten acht Wochen wie gewöhnlich in der Familie verbracht.

Die Stille mag vorbei sein, aber sie reden auch nicht viel, während sie *Fegato alla Veneziana* essen. Das ist Amelias Leibgericht. Aber Maria hat es nicht extra für sie gemacht.

Seit dem Verkauf hat Amelia das Haus nicht verlassen. Sie hat Rohseide aus den unfertigen Kokons gewonnen und die kurze Seide aus Büscheln und Resten im *Bosco* verarbeitet. Zu der Zeit, als ihre Seidenraupen als Motten in die Welt hätten stolpern können, hat sie ihre leeren Stangen abgebaut, die ganzen Bündel aus Zweigen mit dem Feuerholz zum Anzünden gestapelt. Sie hat die weggeworfenen Blätter, Häute und Ausscheidungen in das Kompostfass geworfen und Regenwasser hinzugefügt, um reichhaltigen Dünger für die Felder herzustellen. Das übrige Papier zum Einstreuen ist hier in der Küche und kann zum Anzünden des Feuers im Ofen verwendet werden.

Papier ist Gold, erinnert sich Maria an die alten Poster. *La carta è oro.*

Nun ist der Speicher wieder sauber und bereit, um Getreide dort zu lagern. Er ist ohne Leben. Und dennoch spuken Gespenster dort oben umher, die Geister von Amelias Seidenmotten, und die ganzen Gebete und geheimen Gedanken, die sich wie Wolken gegen die kahlen Dachsparren aus Holz drücken.

»Ich habe noch mehr gute Nachrichten.« Achille räuspert sich. Er setzt sich aufrecht hin, als wäre er auf einem Thron. Er zieht einen Umschlag aus der Tasche.

Alle hören auf zu essen und warten.

»Es ist auf Amerikanisch, aber hier ist die Übersetzung: *An die zuständige Abteilung*«, liest er vor. »*Betreff: Mr. Achille Montanari, Kaufmann, Kriegsveteran und Bewohner von Fosso (Region Venetien).*«

Primo blickt Maria an, als würde er sie fragen, was es damit auf sich hat.

Maria schüttelt langsam den Kopf. Achille hat es geheim gehalten.

Der Brief wurde auf einer Schreibmaschine getippt, und oben befindet sich ein Abzeichen mit einem amerikanischen

Adler. Maria erkennt österreichisch-ungarische Adler, faschistische Adler, Nazi-Adler und amerikanische Adler. Sie alle lieben Adler.

»›*Dieser Gentleman und seine Familie werden in jedem Land willkommen geheißen, das von den Vereinigten Staaten von Amerika anerkannt ist. Mr. Montanaris Dienste, bei denen er sein Leben und seine Freiheit aufs Spiel gesetzt hat, haben zur Befreiung des Nordostens Italiens durch die Alliierten während der feindlichen Besetzung beigetragen.*‹«

»Wer hat das geschrieben?«, fragt Maria.

»Ein amerikanischer General«, antwortet Achille. »Der höchste amerikanische General.«

»Lass mich mal sehen.« Primo nimmt Achille das Blatt aus der Hand. Er rückt seine Brille zurecht und liest den Namen des Briefeschreibers vor. Kein leichter Name wie Pipo oder Baldassare. Er hört sich berühmt an.

»Ist er hierher gekommen?«, fragt Maria. »Nach Fosso? Hast du ihn getroffen?«

»Ich habe ihn nie gesehen«, antwortet Achille.

»Ich auch nicht«, sagt Primo.

»Aber er kann bezeugen, was wir gemacht haben«, sagt Achille. »Weiß von den Opfern, die wir gebracht haben.«

Der General ist ein Mann in Uniform in einem militärischen Büro weit weg, denkt Maria. Vielleicht sitzt er in dem rückeroberten Palazzo, wo der nationalsozialistische Nazioberst Wolf während des Krieges saß. Oder vielleicht ist er tatsächlich in La Mèrica, in New York, wo die Freiheitsstatue steht, und unterschreibt diese Briefe für jeden Italiener, der einen Spion im Keller versteckt hat.

Primo hält das Blatt, als wäre es das Schweißtuch der Veronika. »Weißt du, was das bedeutet, Mama? Wir können diese Bauern und das Gerede hinter uns lassen. Wir können unsere

Köpfe aufrecht tragen. Wir können uns die Welt erschaffen, die wir wollen, wo immer wir wollen. Unsere Zukunft ist großartig, wir können wie Prinzen leben.«

»Er ist an mich adressiert.« Achille streckt ihm seine große, leere Hand entgegen, bis Primo ihm den Brief zurückgibt. »Außerdem …« Achille faltet den Brief, steckt ihn wieder in den Umschlag und dann in die Tasche. Er dreht sich eine Zigarette, zündet sie an, inhaliert und macht einen Rauchring, der sich zur Decke schlängelt, während alle zuschauen. »Ich bin das Familienoberhaupt. Ich entscheide, was mein Brief bedeutet.«

Maria wendet sich Amelia zu. »Mach deinem Vater seinen Kaffee. Und Primo.«

Amelia geht zum Herd.

»Welches Kleid trägst du als Zeugin?«, ruft Bruna ihr durch die Küche zu.

Amelia stellt die *Caffettiera* auf den Ofen. »Zeugin?«

»Halt den Mund, sonst wird Gott dir keine Kinder schenken«, sagt Maria zu Bruna.

Arsenio und Cecilio schmunzeln.

Bruna blinzelt. Sie will gerade antworten.

»Geh raus und spiel mit den Hühnern.« Gleich nachdem sie es gesagt hat, fühlt Maria sich schuldig.

»Hühner spielen nicht«, sagt Bruna nüchtern. »Sie sind dumm. Sie bekommen Angst.« Sie bleibt am Tisch sitzen.

»Das ist eine Art Bestrafung«, sagt Arsenio.

»Was hat Bruna damit gemeint?«, fragt Amelia. »Mit der Zeugin?«

Primo schaut Maria an, dann Achille, dann wieder Maria. Er seufzt auf. »Deine Freundin Agata hat uns gefragt, ob du ihre Trauzeugin sein kannst.«

Amelia bereitet das Kaffeetablett vor.

»Es ist keine Messe bei Tagesanbruch«, sagt Maria.

»Dann können wir davon ausgehen, dass sie nicht umhergestreunt ist«, sagt Primo. »Allerdings kann jeder den Priester für die Messe um elf Uhr bezahlen. Hat ihr Kerl Geld?«

»Es geht darum, ob sie Weiß trägt oder nicht«, sagt Maria. »Zu meiner Zeit konnten wir uns kein weißes Kleid leisten, das nur an einem Tag getragen wird. Wir hatten nur den Schleier.«

»Ich habe den Schleier bezahlt«, sagt Achille.

»Komm und hilf mir, Bruna.« Maria lässt sich Zeit beim Aufstehen. Dann spült sie klappernd das Geschirr. »Wenn die Braut Weiß trägt und es unehrlich ist, verspottet man damit die Jungfrau.«

Nun steht Bruna neben Maria und trocknet das Besteck ab.

»Komisch, dass sie sich für einen Dienstag entschieden haben, und so bald schon heiraten«, sagt Primo.

»Am Tag des heiligen Petrus«, sagt Maria.

»Der Bräutigam ist Uhrmacher«, sagt Amelia leise.

»Das ist die Erklärung«, sagt Maria. »Er ist auch der Schutzheilige für Schlosser.«

Amelia bringt das Tablett mit dem Kaffee zu ihrem Vater und Bruder. Die Tassen und Untertassen klappern. »Die Braut ist meine beste Freundin«, sagt sie.

Die Männer kippen Zucker in den Kaffee. Dann rühren sie um, trinken. Achille schlürft Kaffee von der Untertasse.

»Na gut«, sagt Primo schließlich. Er tippt auf den Tisch, als würde er zählen. »Aber es gibt gewisse Bedingungen.«

*

Abends, vor der Dämmerung, pflückt Maria hübsche Sommerblumen, um einen Strauß für die Madonna herzurichten: Kornblumen und Nelken – cremefarben, pink und gestreift – mit einem Heiligenschein aus fedrigem Fenchel.

Sie sagt den Rosenkranz allein vor dem Schrein auf.

Sie wartet.

Schließlich spricht die Madonna zu ihr.

Du hast eine schöne Tochter, die Seide für die Familie verarbeitet, die wie eine Gefangene im Haus geblieben ist, ohne Schloss und Schlüssel. Sie hat Dankbarkeit und Reue gelernt.

Aber vielleicht möchte sie immer noch wegfliegen.

Du traust dich nicht, sie zu fragen.

Für den Fall, dass sie lügt.

Für den Fall, dass sie dir die Wahrheit sagt.

Sie ist anders als du, sie ist jung, und ihre Hände schmerzen nicht und schwellen nicht an, und die Zukunftschancen eines Mannes sind ihr egal.

Sie ist auch nicht wie Achille, der die Frau verlassen hat, die er wollte, die erste Amelia. Er hat auf seine Eltern gehört. Er hat auf ein Mädchen wie dich gewartet, Maria. Du warst nie die ersehnte Frau für ihn.

Er lässt gerne Bewerber antanzen – nicht dass es so viel Auswahl geben würde. Er ist wählerisch und pingelig, und das sollte er auch sein. Deine Tochter ist eine Blume. Sie hat bislang weder Fieber noch Husten gehabt.

Ich habe dich husten hören, Maria. Du weißt immer noch nicht, ob du Schwindsucht hast. Sie kann erst nach Jahren ausbrechen. Dein Leben wurde bislang verschont, doch es gibt Bedingungen. Es gibt immer Bedingungen.

Du musst beten und beten, Maria, mich anbeten, weiterhin Rosenkränze beten und dafür beten, Amelia bei dir zu behalten, sie wie einen losen Zweig mit Schnur anzubinden, sie am Familienstammbaum festzuhalten, sie zu füttern – Essen ist Liebe, Maria –, sie geduldig zu bearbeiten.

Hoffe.

Vendetta

Für: Montanari, Generi Alimentari, Fosso

Maria reißt den unfrankierten Umschlag auf und zieht eine Notiz heraus. Sie ist handgeschrieben, hingekritzelt, aber von niemandem unterschrieben.

WENN EIN DRECKIGER FASCHIST STIRBT, JAMMERT ER – ER VERRÄT EINEN LADEN VOLLER NAHRUNG – ER IST ZU GUT AUSGESTATTET – UND EIN SOHN IM WEHRFÄHIGEN ALTER, DER NICHT EINBERUFEN WURDE – DER DRECKIGE FASCHIST WUSSTE ES – SCHWEIGEN HAT SEINEN PREIS – WENN WIR KOMMEN, WERDEN WIR HEFTIGEN APPETIT HABEN

Sie schaut sich um, als wäre der Mensch, der die Notiz verfasst hat, jetzt gerade hier. Doch es ist früh am Morgen, und der Laden hat noch nicht geöffnet. Niemand ist da.

Duilios Tod war wie ein Schatten, der ihre Seele verlassen hat. Sie hat sich schuldig gefühlt und gebetet, weil sie sich, als er tot war, besser gefühlt hat als zu der Zeit, zu der er noch gelebt hat, und zwar nicht, weil seine Seele in den Himmel schwebt.

Es ist die Zeit des Wiederaufbaus, die Jahreszeiten sind angenehm, und im Laden gibt es wirklich viele Lebensmittel, sogar Importwaren und Luxusartikel, und Duilio ist tot, aber hier ist er wieder, kommt zurück, um sie heimzusuchen. Hat Egidia gesagt, dass er gefoltert wurde?

Maria sucht nach dem Brief ihrer Schwester und findet ihn oben in der Credenza.

Du weißt, dass es hier und dort immer noch Repressalien gibt. Ein paar Faschistenjäger haben ihn aufgespürt und hingerichtet.

Bei diesen Faschistenjägern könnte es sich um jeden handeln.

Ich weiß nicht, was er noch gesagt hat, bevor er seine Seele Gott anvertraut hat, doch für uns ist es eine entsetzliche Schande, dass unser Cousin ein Mörder ist.

*

Als die Männer der Bürgerwehr mit Waffen und Anschuldigungen kommen, um den Laden zu plündern, bietet Primo ihnen die Stirn.

»Lest das hier, vom höchsten amerikanischen General: Mein Vater ist ein Held.«

Die Fremden starren ihn an. Sie können lesen. Sie wollen nicht lesen. Sie haben Pistolen und Messer.

»Das hast du selbst geschrieben«, sagt der mit dem Gewehr.

Man kann nicht so einfach sagen, woher er stammt. Er spricht Italienisch, keinen Dialekt, und hat ein Tuch übers Gesicht gezogen. Das haben sie alle. Sie sind wegen Politik hier, oder aus Gier oder Pech.

»Die Alliierten sind unsere Freunde und Beschützer«, sagt Maria, so ruhig sie kann. Wenn sie nur wüsste, was Duilio vor seinem Tod gestanden hat. Diese Männer könnten ihre Ehre verletzen, Achilles Ehre verletzen. Vielleicht aber wissen sie auch nichts.

Einer von ihnen murmelt etwas.

»Wir sind genauso gut wie die Partisanen.« Primo hält immer noch den Brief in der Hand, in sicherem Abstand. »Ich werde die Amerikaner auf euch hetzen, wenn ihr uns wehtut.«

»Sie wohnen jetzt hier«, sagt Maria. Sie schaut zur Tür, als würde ein Amerikaner gleich hereinkommen. »Sie sind ständig hier.«

Einer der Männer zupft den Mann mit dem Gewehr am Ärmel.

Primo wedelt mit dem Brief vor ihren Gesichtern. »Wir haben niemanden umgebracht. Wir haben niemanden ausgeraubt. Deswegen könnt ihr zur Hölle fahren. Oder ihr könnt jetzt in Frieden gehen – aber ich will eure Gesichter nie wieder sehen.«

Wir können diese feigen Gesichter sowieso nicht sehen, denkt Maria.

So plötzlich, wie sie aufgetaucht sind, verschwinden sie auch wieder.

Sie ist erschrocken und sicher, dass sie wiederkommen. Erleichtert. Erschöpft. Dankbar, dass Primo sie verteidigt hat, die Familie verteidigt hat.

Er kommt zu ihr und nimmt sie fest in den Arm.

Sie hört das Papier in seiner Brusttasche rascheln. Sie liebt den Brief des Generals. Er wehrt neue und unvorhersehbare Gefahren ab. Es gefällt ihr sehr, dass ihr mutiger und schöner Sohn seinem Vater das Schreiben abgenommen hat.

»Langsam hasse ich diesen Ort«, sagt Primo.

Maria fantasiert nun davon, in ein gelobtes Land ohne Bürgerwehr, Faschisten und Partisanen zu ziehen. Keine Vendettas, keine Bomben, keine Rationen, keine Schande. Keine Vergangenheit. Wo sie alle ein neues Leben beginnen können, frisch und hell wie Frühlingsblüten.

Unschuldig wie ein rosiges Baby.

Festtag des heiligen Petrus

»Ist Amelia hier?« Primo schlägt die Tür hinter sich zu. »Sag nichts. Ich weiß, dass sie nicht hier ist. Du musst mir nicht erzählen …«

»Was ist los?«, fragt Achille.

»Du wirst die Kleinen aufwecken«, sagt Maria. Sie hat sich den ganzen Tag über Sorgen gemacht. Amelia ist mit Primo zu Agatas Hochzeit gegangen. Es ist spät.

»Das ist mir egal.« Primo schmeißt seine Jacke auf den Boden. »Sie können nicht schlafen. Noch nicht. Nie wieder.« Er läuft zum Küchentisch und schlägt mit der Hand darauf. Zwei Mal. Drei Mal. Als würde er eine Kakerlake zerquetschen.

»Wo ist sie? Was ist geschehen?« Maria kreischt fast. In der letzten Nacht hat sie von einem Baby geträumt. Immer ein schlechtes Zeichen.

Primo tritt die Kiste mit dem Feuerholz gegen die Wand. Zweige vom *Bosco* der Seidenraupen verteilen sich auf dem Boden. »Sie hat mich reingelegt.« Er hebt einen Stuhl hoch. Er wirft ihn auf den Boden, aber der Stuhl bleibt ganz.

»Wo?« Maria spricht ganz leise.

»Sie ist mit diesem Kommunisten durchgebrannt.« Primos Blick ist voller Zorn und Scham.

»Dummer Junge, du solltest doch auf sie aufpassen«, sagt Achille. »Nach allem, was wir für sie getan haben. Was hast du gemacht – mit deinem Auto angegeben? Mit Mädchen geflirtet? Du wurdest von einem Mädchen reingelegt.« Dann dreht er sich zu Maria. »Das ist alles deine Schuld …«

»Ich war nicht da«, sagt Maria. Schwerter durchstoßen ihr Herz. *Den Krieg überlebt, aber die Tochter verloren.* Wie kann Amelia ihr das antun? »Oh, Amelia.«

»Sie kann dich nicht hören.« Achille schlägt auf den Tisch.

Primo hockt auf dem Boden, hat die Fäuste gegen die Stirn gepresst.

»War *er* da?«, fragt Maria ihn. Sie hatten sich vergewissert, dass dieser Verdon nicht da sein würde. Das war eine der Bedingungen gewesen.

»Ihr verdammter Held von der verdammten russischen Front. Nein. Er war nicht da.«

Maria denkt an das Abzeichen mit dem Schriftzug *DON*, dieses dumme gestickte Ding, das sie tropfnass unter der Matratze gefunden hat, an dem Tag, als ihre Tochter keine Unterwäsche getragen hat. Das war vor zwei Monaten.

Maria steht auf und geht zu ihrem Nähkästchen nebenan. Sie holt es und betrachtet es im Licht der Küche. Sie hätte herausfinden sollen, was mit der Unterwäsche geschehen ist. Sie hätte zur Hochzeit gehen sollen.

Sie öffnet den Deckel. Sie schüttet alles auf den Tisch. Garnknäuel, Spulen, Borten, Schleifen, Nadeln, Stecknadeln, Flicken, alles – und auch die zwei Eheringe aus Stahl von Duilio. So schnell wie möglich räumt sie alles wieder in die Kiste. Ihre Hände zittern.

»Was machst du da, du Verrückte?«, brummt Achille.

»Es ist nicht hier«, sagt sie. »*Bruta bestia.* Dieses Ding aus Russland ist nicht hier.«

Amelia

Durch ihre eigenen vom Wind zerzausten Haarsträhnen wirft Amelia einen letzten flüchtigen Blick auf die Hochzeit ihrer besten Freundin. Diesen Augenblick will sie wie ein Foto im Gedächtnis behalten: Vierzig Menschen sitzen in der Abendluft an Tischen, genießen das zweite Festmahl an einem Tag, weiße Servietten stecken in Kragen, um die besten Hemden nicht zu beschmutzen, bunte Kleider, Ellbogen auf weißen Tischdecken, Beine von Holzstühlen, die wie kleine Leitern in Reihen aufgestellt sind. Primo passt nun nicht mehr gut auf, sitzt ein wenig entfernt von den Frauen und streitet über Politik. Agata und Bartolomeo sitzen am Haupttisch. Ein altes Haus mit roten Geranien im Fenster. Einige zusammengedrängte Zypressen. Ein Feld mit halb fertig gewachsenem Mais auf einer Seite. Ein belaubter Weinberg auf der anderen Seite. Schwalben und Sperlinge in der Luft. Wolken aus Zigarettenrauch. Lieder – alle singen. Wachtelknochen. Krümel.

Amelia fährt so geschwind Rad wie Fiorenzo Magni. Er hat den Giro d'Italia gewonnen, als sie gerade auf dem Dachboden die kurze Seide verarbeitet hat. Sie ist schneller. Trotz Agatas schwerem Rad. Trotz ihrer hohen Absätze. Trotz ihres besten Kleides, der pinkfarbene Krepprock rutscht ihr die Oberschenkel hoch. Wenn sie nicht rechtzeitig nach Santa Croce kommt, wenn sie es nicht rechtzeitig zu Firmino schafft, wird sie erwischt – völlig mittellos – und schlimmer bestraft, als sie sich vorstellen kann. Sie denkt an Leichen, die von Bäumen hängen, Menschen, die aus ihren Häusern geschleift werden, Zwangsessen, Schläge, Schüsse – alles, was sie gehört und gesehen hat – einmal war es ein Partisane, dann ein Faschist, dann wieder irgendjemand, an dem sich ein anderer rächen wollte. Sie will an ihrem Hochzeitstag nicht an solche Dinge denken, doch Gedanken sind wie Schatten auf der Straße, auf der sie mit ihrem Fahrrad in die violette Finsternis eilt. Als würde sie an Geistern aus ihren Jugendjahren vorbeifahren: hier der Tod, dort Bomben, verbrannte Erde, und überall finstere Vendettas. Sie wurde gemieden wie eine Zigeunerin, wie eine Kriminelle, wie diese herumziehende Verrückte in Mamas *Contrà*. Sie wurde von ihrer eigenen Familie verstoßen, trotz der ganzen Jahre, in denen sie Seide hergestellt hat, trotz des Geldes, das sie für sie verdient hat, mit dem sie mehr Land kaufen konnten, trotz ihrer Arbeit im *Orto*, zu jeder Jahreszeit, obwohl sie auf die Kleinen aufgepasst hat, gekocht und genäht, die Wäsche gemacht hat, zur Messe gegangen ist, die Heiligen geehrt hat, obwohl sie einen guten und anständigen Mann aus Liebe heiraten wollte. Was kann an Liebe so falsch sein?

Und wenn Firmino nicht da ist?

Amelia fährt und fährt, schneller als Fiorenzo Magni. An Obstgärten und Dickicht vorbei, an Getreide- und Maisfeldern, an angepflanztem Gemüse, Nussbäumen, Weinreben, an Getreideschobern, Heuschobern, Halden, Hühnerställen, Buden und Säulengängen und Speichern. Sie fährt auf erhöhten Straßen an Gräben entlang, an Militärlastwagen und Erntekarren vorbei, über wiederaufgebaute Brücken und temporäre Brücken, passiert Bahngleise und Feldwege, schneller als Gino Bartali, schneller als Fausto Coppi.

Und wenn Firmino nicht da ist?

Heute Abend werden Agata und Bartolomeo eine Karaffe in die Mitte des Feldes stellen. Allen wird es gut gehen, wenn das Eiweiß im Wasser wie das Segelboot des heiligen Petrus aussieht. Ihr Glück hängt von den Sternen und der Betauung ab. Amelia betet zu Jesus, Maria und Josef, dass die Sterne und der Tau richtig aussehen werden und es allen gut gehen wird. *Die liebe Agata hat in Weiß geheiratet.*

Sie wünscht sich, Agata könnte ihre Trauzeugin sein.

Und wenn Firmino nicht da ist?

Als Amelia schließlich die kleine Stadt Santa Croce erreicht, eilt sie zum Campanile. Der Turm ist schief, neigt sich in Richtung der Taufkapelle. Die beiden Gebäude berühren sich fast – sie hat sie noch nie aus diesem Winkel gesehen, als würden sie sich küssen. Amelia kann die Uhr lesen, es ist spät, aber das Licht ist entscheidend. Seine geheime Botschaft auf der Heiligenkarte lautete *bei Einbruch der Dunkelheit.*

Sie hält an und lehnt ihr Fahrrad gegen die Kirchenwand. Kein Mensch ist in Sicht. Keine Katze, kein Hund. Die ganzen Räuber von Santa Croce schlafen noch, aber sie vermutet, dass sie bald aufstehen und ihren nächtlichen Aktivitäten nachgehen. Im sich verdunkelnden Himmel schlagen die Kirchenglocken tief und wunderschön neun Uhr. Ihr hübsches pinkfarbenes Kleid ist zerdrückt und feucht vor Schweiß. Obwohl sie heute Morgen zur Beichte gegangen ist, kann sie so nicht heiraten. Sie nimmt ihr Taschentuch heraus und tupft sich das Gesicht ab, trägt neuen Lippenstift auf und glättet sich das Haar. Sie lässt die Tasche zuschnappen, fasst sich und geht zur Kirche, hält den Glücksbringer, das DON-Abzeichen in der Hand, das sie in Mamas Nähkästchen gefunden hat. Sie hat keine Blumen, keinen Schleier. Ihre Knie sind schwach. Sie drückt die Tür auf.

Dort ist er. Er kniet.

Weiter hinten, beim Altar, knien vier Gestalten.

Das Licht bricht sich in Firminos kupferfarbenem Haar.

Einer der Männer ist der Priester.

Und die beiden anderen – Polizisten?

Sie geht allein den Gang hinab, ihre Schritte erzeugen ein Echo. Die Reihen sind leer. Sie war noch nie hier. In den schimmernden Kapellen auf beiden Seiten erblickt sie eine junge betende Witwe, einen alten knienden Mann und noch eine Frau, die mit gebeugtem Kopf sitzt. Sie nehmen sie nicht wahr.

Die vier Männer stehen nun auf.

Firmino grinst wie ein kleiner Junge. Seine Hände sind zum Gebet zusammengelegt, doch sie kann sogar von hier aus sehen, dass er einen *Bocolo* hält. Maria Amelia Montanaro hat nie zuvor eine solch rote Rose gesehen.

Und nun ist sie da, am Ende des Ganges, kalt und feucht, ihr Herz flattert leicht wie eine Motte, ihre Knie sind weich, und der Priester stellt sich vor, sagt, es sei seine Aufgabe, bedürftigen Menschen zu helfen, sagt, er habe entschieden, dass der Sonnenuntergang ebenso gut sei wie der Sonnenaufgang, und Firmino kann einfach nicht aufhören zu lächeln, er trägt einen vernünftigen Anzug, sein Hemd ist weiß, sein dürrer Freund Giorgio ist sein Trauzeuge, er wurde gerade erst aus dem Krankenhaus entlassen – sie sind als Nachbarn aufgewachsen, er ist der Mann, der in Afrika gekämpft hat, derjenige mit neun Leben –, und dieser freundliche alte Kerl hier ist auf einem Fahrrad gefahren, er hatte keine besondere Aufgabe.

Der sehr alte und sehr braune *Contadino* trägt eine Uniform, bei der die Borten und Schulterklappen weggeschnitten wurden und man die Stellen mit Flicken versehen hat, der Militärstoff wurde in ein dunkles Pflaumenrot gefärbt. Amelia erkennt ihn, weiß aber nicht woher. Sie reicht Firmino das DON-Abzeichen, und er gibt ihr den *Bocolo*. Dann reicht er ihr einen Schleier. Es wirkt wie ein Zaubertrick, sie weiß nicht, wo er ihn versteckt hat. Er habe seiner Mutter gehört, Gott habe sie selig, sagt er, er stamme aus einer anderen Zeit.

Und der Priester liest die Messe und die ganzen Gebete und Segnungen, wie bei einer vernünftigen Hochzeit um elf Uhr, wie bei Agatas Hochzeit, die sie noch so lebendig vor sich sieht, und sie will weinen, weil Agata nicht hier sein kann, doch irgendwie ist sie hier, weil Agata im Geheimen diese Hochzeit mit Firmino geplant hat – ihr Hochzeitstag fällt also auf denselben Tag – und weil Firmino ihr nun einen Goldring an den Finger steckt und auf ihren Handflächen immer noch Abdrücke des Fahrradlenkers zu sehen sind – sie ist so schnell gefahren – und ihr Giorgio den Goldring reicht, damit sie ihn dem Ehemann an den Finger steckt, und Firmino schöne Hände hat, und es keinen Reis zum Werfen gibt, oder eine Mutter zum Umarmen, doch Amelia ist so erschöpft und erleichtert und glücklich, sie denkt, sie könnte einfach sterben und in den Himmel kommen. Stattdessen unterschreiben Amelia, Firmino und Giorgio im großen, dicken Hochzeitsbuch. Der alte Mann kann nicht unterschreiben, weil er nicht schreiben kann, deswegen gibt der Priester ihm ein Stempelkissen, und er macht einen Daumenabdruck auf die Seite.

Als sie ohne das Geläut von Hochzeitsglocken aus der Kirche von Santa Croce kommen, ohne die ekstatischen Erlösungsglocken, nur mit dem Geläut für die Stunden, erinnert sich Amelia daran, wo sie den alten Mann zuvor gesehen hat. Er war an dem Tag, als sie zum Maulbeerhaus gefahren ist und Firmino ihre Jungfräulichkeit geschenkt hat, auf dem Rad an ihr vorbeigeprescht und hatte sie mit seiner Sichel gegrüßt.

Draußen ist es dunkel. Die Straßen von Santa Croce sind immer noch verlassen. Amelia und Firmino sind verheiratet, sie werden etwas trinken, sie werden viele Kinder haben, in Lumignano, weit weg von diesem Ort, dort, wo es die süßesten Erbsen der ganzen Welt gibt.

Die besten Erbsen

27. August 1948

Liebe Mama,

ich musste es tun. Jesus, Maria und Josef, ich bete, dass Du es verstehst. Ich liebe Firmino von ganzem Herzen und hoffe, dass Du mir eines Tages wieder wohlgesinnt sein wirst. Wir sind in Lumignano. Hier gibt es die süßesten und besten Erbsen der Welt. Du könntest mich besuchen, ohne Papà oder Primo davon zu erzählen oder mir schreiben. Aber ich weiß, dass ich für Dich gestorben bin. Ich werde meinen Kindern – von denen ich viele haben werde – erzählen, wie gut Deine Gnocchi sind. Sie werden mich fragen, wann sie Deine Gnocchi probieren können. Ich werde ihnen sagen, dass sie sich in Geduld üben müssen. Wie bei der Herstellung von Seide. Ich bete zu Jesus, Maria, Josef und auch zur heiligen Monika, weil der Priester sie empfohlen hat. Ich weiß, dass Du nicht zurückschreiben wirst. Ich habe Tränen in den Augen.

Alles Liebe und die besten Wünsche, gute Gesundheit und Glück für die ganze Familie.

Deine Dich liebende Tochter
Amelia

Es war eine anständige Hochzeit, nur warst Du nicht da.

Maria öffnet die Tür des Küchenofens und wirft den Brief hinein. Sie will diese Worte nicht noch einmal lesen. Sie will auch nicht, dass jemand anderes sie liest. Und nun, als sie zuschaut, wie das Papier sich kräuselt, schwarz wird und verglimmt, erinnert sie sich an den Tag, an dem sie auf den Dachboden gekommen ist und Amelia etwas in das Feuer der *Parigina* geworfen hat, obwohl es warm war und die Fenster geöffnet waren … Warum um Gottes Namen hat sie ihre Tochter da nicht vernünftig ausgefragt?

Sie weiß nun, dass die durchtriebene, schielende Freundin Nachrichten von Firmino an Amelia geschmuggelt hat, Bruna war der Bote. Die Kleine hat die Worte nicht verstanden. Sie haben wie Spione im Krieg einen Code benutzt sowie die Rückseiten der Heiligenkarten per Hand beschrieben.

Heiligenkarten! Das muss eine Art Sakrileg sein.

Nicht bloß ein Sakrileg. Amelia hat viel schlimmere Sünden begangen. Sie ist abgehauen. Sie hat das Gebot gebrochen, das aussagt, sie müsse Vater und Mutter ehren. Sie hat gelogen. So getan, als würde sie etwas bereuen. Die Messe verpasst. Versprechen gebrochen. Ihren Bruder in der Öffentlichkeit hintergangen. Ihn bloßgestellt. Die ganze Familie bloßgestellt.

Du warst ihr kein Vorbild – oder vielleicht doch. Achilles Worte durchbohren sie aufs Neue.

Ihr Mädchen und dieser Junge haben einen betrügerischen Priester in Santa Croce ausfindig gemacht, wo nur Diebe leben. Selbst der Priester muss ein Dieb sein, wenn er ein unbescholtenes Mädchen mit Perspektiven, Können, Schönheit und gutem Ruf – war ihr Ruf gut? – mit dem ersten Kommunisten verheiratet, der an seiner schiefen Tür klopft. Der Priester ist wahrscheinlich auch Kommunist. Hat er sich vor der Hochzeit Amelias Beichte angehört?

Maria kann es nicht ertragen daran zu denken, was ihre Familie sagen wird, ihre Schwestern, ihr höhnischer Bruder. Und Achilles Familie. Don Goffredo, der tratschende Priester. Die Nachbarn, der Schneider, der Bahnhofsvorsteher, die Menschen in der Gemeinde. Das alles ist Marias Schuld. Sie ist die Mutter. Wie wird sie ihren Kunden gegenübertreten? Sie kann ihnen nicht in die Augen schauen.

Achille hat übers Auswandern gesprochen. Der Krieg ist vorbei. Sie haben diesen Brief vom General – er ist wie ein Pass. Sie können an einen Ort gehen, wo sie niemand kennt. Diese Mitglieder der Bürgerwehr könnten jederzeit zurückkommen. Achille ist deswegen immer auf der Hut. Es muss einen Ort geben, wo niemand etwas über Duilio weiß. Oder über Achille. Oder Amelia. Sie können einen Neubeginn wagen.

Maria betrachtet weiter das Feuer im Ofen, dort, wo der Brief ihrer Tochter war. Sie stochert mit der Eisenstange im Feuer, schlägt in die Flammen. Asche und Funken tanzen und fliegen. Nichts ist übrig. Amelias Brief existiert nicht. Amelia existiert nicht.

1950

Winterende

Sie werden auswandern. Maria war bei der *Comune.* Sie geht nach Hause, ohne das Paket noch einmal zu öffnen, wartet, bis sie drinnen ist. Sie sitzt am Tisch.

Hier sind die neuen Pässe, die aufgeschlüsselte Rechnung, die sie bezahlt hat, ihre eigenen zurückgesandten Dokumente und der getippte Brief der australischen Botschaft in Rom.

Daher bestätige ich, dass Sie mit diesen Dokumenten in Australien einreisen können, die Dokumente gelten für sämtliche Mitglieder Ihrer Familie mit Ausnahme von AMELIA.

Dieses Mädchen hätte man Delfina nennen sollen. Was ist schlimmer: Abhauen – und unverheiratet mit einem Mann zusammenkommen – oder Primo hintergehen? Er ist heute noch so wütend, als wäre es gestern passiert.

Telegrammanschrift »AUSMIGRANT«

Maria stellt sich Telegrafenmasten in einer Reihe durch ganz Italien vor, die im Krieg umgehauen wurden und nun wieder aufgebaut werden. Der Krieg macht so viel unnötige Arbeit mit großer Tragweite, Aufbau, Zerstörung, Wiederaufbau. Ihre Arbeit ist nützlich – sie erschafft etwas, es wird zerstört, sie erschafft es erneut –, hat aber keinerlei Tragweite. Sie kann noch nicht einmal eine Tochter auf einem anständigen christlichen Weg halten.

Hiermit wird bescheinigt, dass keine Lungenerkrankung besteht …

Maria dankt Gott im Himmel, dass Bruna die medizinischen Tests bestanden hat. Ihre Lungen sind weder vernarbt noch zeigen sich Schatten. Maria hat die Untersuchung auch bestanden. Es ist ein Segen. Würde dieser verfluchte Firmino den Test bestehen? Nein, seine Lungen sind bestimmt kaputt. Er kann froh sein, wenn er so lange überlebt wie Duilio. Er könnte noch nicht einmal nach Australien, wenn er wollte. *Vertraue niemandem.* Nicht einmal deiner eigenen Tochter. Besonders deiner eigenen Tochter nicht.

Amelia hat ein Mädchen bekommen – das geschieht ihr recht, sie verdient keinen Sohn –, und Maria hat das Bild mit dem kleinen Mädchen zerrissen, als es angekommen ist, genau wie den Brief, und die Schnipsel in den Ofen geworfen. Und an genau diesem Tag waren Klumpen in der Polenta, ähnlich wie Knorpel, und Achille ist böse geworden, und die Jungen haben gekichert, und sie hat den dummen Hühnern das Essen hingekippt, die ihr Glück gar nicht fassen konnten, obwohl sie Polenta in die Augen bekommen haben.

Sie hat nie zuvor einen Pass gehabt, noch nicht mal einen italienischen. Sie hat ein Grundschulzeugnis, Lebensmittelkarten und Coupons gehabt, einen Ausweis der Faschistischen Partei, eine Erlaubnis, durch das von den Nazis besetzte Verona, Vicenza und Padua zu fahren, die Erlaubnis, ein Geschäft zu führen, aber niemals einen Pass. Die Hülle ist schwarz und fühlt sich wie Leinen an. Sie streicht über die Oberfläche. Das tröstet sie.

In der Mitte befindet sich ein seltsames, in Gold geprägtes Wappen. Sie hat viele verschiedene Abzeichen gesehen. Auf Uniformen von Männern, Fahrzeugen und besetzten Häusern. Doch das Emblem der Regierung ist ganz und gar nicht Furcht einflößend. Es ist seltsam, fast schon albern. Zwei Tiere stehen neben einem Schild. Eins ist eine Art Strauß. Das andere sieht wie eine riesige Maus oder ein Hirsch aus, mit riesigen runden Hüften. Doch es ist eine Art Hund, ein Guru-Hund.

Kängurus, hat Achille gesagt. *Die gibt es in Australien.*

Und hier steht ihr Name. Mit blauem Füller geschrieben. *Mrs. Maria Vittoria Montanari.* Niemand erinnert sich noch daran, dass sie Vittoria heißt. Alle nennen sie Maria, nur Maria, der unsichtbare Teil des Namens jedes Mädchens, der gewöhnlichste Name überhaupt. So ist es immer schon gewesen. Außer mit ihrem Cousin. *A chi la Vittoria?*

Und ihr Beruf auf Englisch: *Housewife.* Da müsste Ladenbesitzerin oder Lebensmittelhändlerin stehen. Und hier ihr Geburtsdatum – aber wer weiß schon, ob sie vor oder nach Mitternacht geboren wurde.

Ihr Passbild wurde von einem richtigen Fotografen in Vicenza gemacht. Sie hat für das Bild posiert, gleich auf der gegenüberliegenden Straßenseite hatte sich ein zerbombter palladianischer Palast befunden, in dessen Ruine Unkraut wuchs und durch die man den Himmel sehen konnte. Die Stadt ist immer noch zur Hälfte in Schutt gelegt, doch diese aufdringlichen Nazi-Plakate sind verschwunden … War der Name dieses Hauptmanns wirklich Wolf, oder hat man sich diesen Namen ausgedacht, um den Menschen Angst zu machen?

Sie starrt ihr Foto an. Ihr schwarzer Fellkragen, groß und luxuriös. Perlenohrringe. Dunkles, zurückgekämmtes Haar wie eine wohlhabende Frau. Das Grau sieht man auf dem Bild nicht. Ihr Gesicht ist faltenfrei. Ihre Lippen sind voll. Der Lippenstift war eine gute Idee, obwohl das Bild schwarz-weiß ist. Sie denkt an die ganzen Fotos – das Familienporträt vom Ersten Weltkrieg, ihr Hochzeitsbild mit Achille, ihre eigene Familie im Zweiten Weltkrieg – und ihr wird klar, dass sie zum ersten Mal allein fotografiert wurde.

Sich selbst derart anzustarren ist ebenso falsch wie in den Spiegel zu blicken, es ist Teufelswerk, doch Maria bekommt nicht genug von ihrem besonderen Dokument. Sie kann sich nicht daran sattsehen. Es ist magisch und bedeutet eine Flucht aus diesen Ebenen voller Verderben und Schutt des Krieges.

Egal was die Leute über den Wiederaufbau und den Marshallplan sagen, an diesem Ort lauert die Schande in jeder Ecke bis Lumignano – über Lumignano hinaus bis in die Berge. Oh, Amelia, wie konnte ihre eigene Tochter so etwas machen? Die Schande. In Australien wird niemand etwas über die Ausreißerin wissen. Dort gibt es Amelia nicht.

Australien ist am anderen Ende der Welt, weit entfernt von allem, noch weiter weg als Amerika, unverdorben, groß, friedlich, alles, was man sich vorstellen mag. Alle haben Calvinettos schönes Poster gesehen. Dort gibt es Berge und blühende grüne Hänge mit pink blühenden Bäumen und Weizengarben, gesunde Schafe und Pferde, Arbeit für die Männer und Traktoren, weiße Wäsche, die auf der Leine hängt. Es sieht fast wie zu Hause aus, in ihrer Kindheit. Aber sie sind nicht arm. Und alles ist neu. Man kann noch einmal ganz von vorne anfangen, wie eine durch Absolution gereinigte Seele.

Fastenzeit

Letzte Woche hat sie die Karten für das Schiff abgeholt. Alle Namen stehen drauf, nur Amelias nicht. Heute kommen die neuen Holztruhen an. Die Küche und das Schlafzimmer stehen voller Koffer, Kisten und Stapeln von Dingen, die aus Schubladen und Schränken genommen wurden.

Auswandern war Achilles Idee gewesen. Als er zum ersten Mal in der *Contrà* angekommen ist und diese riesige Menge Tabakblätter auf dem Kopf getragen hat, mit so aufrechtem und starkem Hals, hat er kurz darauf angefangen, über die Neue Welt zu sprechen.

Nun ist es Primos Idee. Und Maria ist nichts ohne ihren besten Sohn.

Sie hat Rückenschmerzen, ihre Hände sind angeschwollen und faltig, manchmal ist ihr schwindelig – aber mit zweiundfünfzig ist sie nicht zu alt, um ein neues Leben zu beginnen.

Sie hört Achille und den Tischler draußen auf der Treppe. Sie bringen die Truhen herauf.

Sie lässt die Männer hinein.

Die erste Kiste sieht wie eine Schatztruhe aus. Sie ist braun bemalt und mit Metallbändern, Gurten und Griffen versehen.

Der Tischler ist außer Atem. »Guten Tag.«

»Seien Sie gegrüßt«, antwortet Maria.

»Hier drüben«, sagt Achille und drängt nach hinten.

»Sind sie alle gleich?«, fragt sie.

Sie stellen die Truhe auf dem Boden ab. Der Tischler tätschelt sie. »Ja, sie sind alle gleich. Sie würden einen Schiffbruch überstehen.«

Maria bekreuzigt sich.

»Holen wir die nächste«, sagt Achille, und sie gehen.

Sie fängt gleich an zu packen. Eine Keule des besten, hausgemachten Prosciutto, ein Rad Asiago-Käse, ein Rad Grana, selbst gemachter Wein, Samen von ihrem Lieblingsgemüse – alles in Wachspapier und Tuch gewickelt. Sie füllt die Lücken mit Beuteln voller ungeschälter Nüsse, kiloweise Mandeln, Walnüsse und Haselnüsse. Sie packt Tischdecken ein, ein Service Kaffeetassen, weiße Teller, Küchengeräte, den Fleischwolf, ihre Pastamaschine, vom Feuer geschwärzte Töpfe und Pfannen. Alles zum Schutz in Papier eingeschlagen.

Sie bereitet den Männern Kaffee zu.

Sie kommen, sie verschwinden, sie kommen wieder.

Insgesamt gibt es sechs Truhen, die im Frachtraum des Schiffes verstaut werden.

Während die Männer dasitzen, amerikanischen Tabak rauchen und Kaffee mit Grappa trinken, packt Maria weiter.

»Ich verübele es euch nicht, dass ihr weggeht«, sagt der Tischler. »Weg von all diesen Spionen, die nur tratschen können …«

Spricht er über Amelia?

»Manchmal wünsche ich mir, ich könnte einfach packen und gehen«, sagt er. »Aber mich hält hier zu viel.«

»In der Neuen Welt kann man gute Geschäfte machen. Wir waren immer schon abenteuerlustig«, sagt Achille. »Aber der Krieg ist uns in den Weg gekommen.«

»Ah ja, und du hast deine Zeit im Gefängnis abgesessen.« Der Tischler schüttelt den Kopf. »Die verdammten Faschisten.«

»Selbst nach dem Krieg.« Achille spricht weiter, als hätte er nichts gehört. »Wir hatten Mitglieder der Bürgerwehr im Laden. Gewöhnliche Diebe. Gerade als wir alle versucht haben, das Land wiederaufzubauen …«

»War dein Cousin nicht ein Schwarzhemd?«

»*Ihr* Cousin«, grunzt Achille. »Schwarzes *Schaf.* Tot.«

Maria brennt vor Scham, doch sie sagt nichts. Sie packt ihre beste handgearbeitete Mitgift, die sie extra in Kissenbezüge gehüllt hat, und einen Stapel guter Bettwäsche aus Leinen. Sie geht mit der Kleidung, den Schuhen und Hüten hin und her, die sie nun oder auf der Reise nicht brauchen, meterweise Stoff, ihre Nähmaschine, ihr Nähkästchen, gefaltete Vorhänge, Deckchen, Bettüberwürfe, Rosenkränze, Unterwäsche.

Nun zögert sie, sie hält den Mantel in den Händen, den Duilio ihr geschenkt hat. Sie wirft einen kurzen Blick auf Achille, doch er schaut sie nicht an. Er zahlt die Rechnung. Sie packt den Mantel – der schöne Fellbesatz kann wiederverwendet werden. Sie packt Decken oben drüber.

»Das gibt uns recht«, sagt Achille, als der Tischler weg ist. »Wir tun das Richtige. Die Leute sind neidisch. Selbst dieser Kerl.«

»Neidisch?«

»Sie tratschen, weil wir Erfolg haben.«

Sie schüttelt den Kopf. Sie denkt an Amelia. »Die Menschen kommen in unser Geschäft, und sie kaufen Dinge, sie brauchen uns, und uns geht es deswegen gut. Doch in ihren Augen liegt Verachtung.« Sie hält inne. »Oder Mitleid.«

»Wir sind gesund«, sagt Achille. »Wir haben das Geschäft für ein Vermögen verkauft. Und außerdem sind es nicht mehr unsere Kunden. Ich gehe runter und mache die Rechnungen fertig.«

Sie lauscht seinen Schritten auf der Treppe draußen. Sie widmet sich wieder der Aufgabe, ein neues Leben vorzubereiten. Bald – endlich – emigrieren sie nach La Mèrica. Und sie wird ein neuer Mensch sein.

*

Oh, Maria, du weißt, dass man diesen Untersuchungen nicht völlig trauen kann. Die Schwindsucht bleibt dir vielleicht erspart – das liegt in Gottes Macht –, doch die blinde Fortuna kann dir nicht so viel Gnade zeigen, ebenso wie sie kein Wohlwollen zeigt.

Du musst dich glücklich schätzen und dir deine Sünden bewusst machen.

Einnahmen und Ausgaben.

Mach eine Bestandsaufnahme.

Kannst du die züngelnden Flammen der Hölle spüren, die zu deinen Füßen knistern? Deine Hornhaut wird ihnen nicht lange standhalten. Dieses Haar, das dir bis zur Hüfte reicht, wird wie Zunder brennen und an deiner dünner werdenden Haut zerschmelzen. Ein Schiff kann dich ans Ende der Welt bringen, zum Mond, ans Ende des Universums, doch kein Ort ist abgelegen genug für die allsehenden Augen des Himmels. Ich bin der Stern des Meeres. Ich kenne deine Sünden und Geheimnisse. Ich höre, was getratscht wird.

Du und dein Cousin ersten Grades.

Achille und das Ammasso*.*

Amelia und ihr Nichtsnutz.

Ich kenne deine Dreifaltigkeit der Schande.

Oh, Maria, du musst anständig beichten.

Ich warte immer noch.

Die Bestandsaufnahme

Maria ist mit ihrem Mann und ihren Kindern in der *Contrà*, aus der sie stammt, um Auf Wiedersehen zu sagen. Sie verabschiedet sich von Blutsverwandten, ihrem Blut, das durch andere Körper strömt. Sie hat die beste Kleidung angezogen, zeigt ihnen, dass sie eine wohlhabende Frau ist, eine Dame mit Eigentum, Fellkragen und einem Ticket nach Australien.

Als sie den Gipfel des Hangs erreicht – wo sie atemlos gestanden hat, als sie sehnsüchtig darauf gewartet hat, ihren Ehemann zum ersten Mal zu sehen – als sie den Weg erreicht, der zum Brunnen führt, den Walnussbaum, die Tierställe –, schaut sie sich um, erwartet eine Menschenmenge, erwartet die ganze Familie, die sie bewundert und in ihrer Nähe sein will, die sich in ihrem kultivierten Auftreten sonnen möchte. Doch der Ort fühlt sich leer an. Die Campanile-Glocken schlagen weiter unten im Tal, und das Geräusch geht ihr ans Herz.

Dann öffnet sich eine Tür. Die Tür zu ihrem alten Haus, in dem nun keine Mutter und kein Vater mehr wohnen, das nun voll mit Brüdern ohne Frauen und deren Nachkommen ist, und den Nachkommen der Nachkommen, und Claudia, die die Tür öffnet – ihre jüngere, schönere Schwester, die nie geheiratet hat und nie heiraten wird. Sie ist nun nicht mehr so jung und hübsch. Sie sieht ein wenig verrückt aus, Maria kann diesen Gedanken nicht verdrängen.

Claudia hat sich für diesen besonderen Tag nicht passend angezogen. Ihre Kleidung ist fleckig und zerknittert. Ihr strähniges Haar ist so struppig wie ein Strauch im Wald, der zum Licht wachsen will. Sie läuft auf Maria zu, umarmt sie. Sie weint. Sie drückt Marias Schulter, streichelt über den Fellkragen, piekst ihr in die Fettpölsterchen und sagt, dass sie sie niemals gehen lassen wird. Claudia ist für ihre Brüder wie eine Dienerin. Sie zeigt Maria ihre alten, überstrapazierten Hände, ihre abgekauten Fingernägel. Ihre Zähne sind braun. Sie riecht nach saurer Milch. Maria dankt Gott und Madonna, dass sie diese Woche bei Egidia bleibt.

Die Nichten, Neffen und Brüder strömen aus derselben Tür und aus anderen Türen, Gesichter und Körper, die wie Maria aussehen, wie Spiegelbilder von allen, die sie je gekannt hat: die Silhouette ihres Großvaters, die Stirn ihres Vaters, die heruntergezogenen Mundwinkel ihrer Mutter, die gestikulierenden Hände ihres Cousins, der Gang ihrer Tante – hierhin und dorthin. Maria sieht Duilio in Augen, die keine Geheimnisse mit ihr teilen. Sie sieht Duilio in den geschlechtslosen Hüften eines jungen Mannes.

Sie grüßt alle, küsst ihre Gesichter, zeigt ihnen ihre Nachkommen, ihren ganzen Stolz der Reihe nach, wie immer, erst die Jungen: Primo, Arsenio, Cecilio und dann Bruna. Amelia ist nicht da, weil es Amelia gar nicht gibt und jeder das weiß. Niemand erwähnt ihren Namen. Aber Maria denkt die ganze Zeit an ihren Namen und auch an Grazia, den Namen von Amelias kleinem Mädchen, das so genannt wurde, um die Jungfrau zu verärgern – Ave Maria voll der Gnade –, und sie hat das Bild, das sie zerrissen hat, vor Augen und fragt sich, ob sie ihre Enkelin jemals im Leben sehen wird. Dennoch sagt sie nichts.

Sie geht ins Haus. Sie isst Sopressa, trinkt hausgemachten

Wein und Mineralwasser. Sie kennt die Teller, den Boden, die groben Deckenbalken. Seit ihrer Kindheit hat sich nicht viel verändert, doch sie bemerkt den weißen Emailleofen, ein elektrisches Licht, einen neuen Papierkalender an der Wand mit einem Bild des Heiligsten Herzens Jesu.

Maria lässt Achille und die Jungen bei ihren Brüdern, um zu rauchen und über Geschäfte zu reden, wie Männer es so machen. Sie sprechen über Modernisierungen, Gewinne, Kosten. Die gemeinen Steuern, die verfluchten Gewerkschaften. Sport.

Maria geht mit Claudia zum Friedhof, einer Zitadelle aus übereinandergestapelten, schlafenden Körpern. Sie betet zu ihrer dort ruhenden Mutter und dem Vater, die seit letztem Jahr im Reich der Toten vereint sind und im Fegefeuer oder im Himmel verweilen – sie kann nur hoffen und dafür beten, dass sie im Himmel sind. Papà ist als alter Mann gestorben, trotz der Kriege, die behaupteten, er wäre noch jung. Und Mama ist drei Monate nach ihm gestorben, nachdem sie einen Traum hatte, in dem ihre tote Schwester Luigia zu ihr gekommen ist, um mit ihr in den Bergen spazieren zu gehen und dort wie früher Veilchen zu sammeln. Der Kuckuck hat gerufen, obwohl es mitten im Winter war und sie im tiefsten Schnee reife Feigen und süße Trauben gepflückt haben. Am nächsten Tag, als sie aufgewacht war, war ihre Augenhöhle kohlrabenschwarz, weil sie eine Hirnblutung hatte, und sie erinnerte sich an ihren Traum und schlief für immer ein.

Die arme Claudia weint noch ein wenig mehr auf dem Friedhof. Zusammen kehren sie Kiefernnadeln, die sich in weißen Spinnweben verfangen haben, vom Gruftstein ihrer Eltern. Sie entfernen Vogelkot, der festklebt wie Farbe. Sie müssen ihn mit Messern abkratzen und abschlagen. Sie werden die Toten noch aufwecken. Maria bekreuzigt sich. Sie betet.

Dann reinigt sie den Stein des Mörders Duilio, der vor zwei

Jahren gestorben ist, gefoltert, mit Schwindsucht und wild in den Bergen lebend wie die Hexe Delfina. Er liegt hier beerdigt mit seinem Kind und seiner richtigen Frau, die nun im Jenseits alles wissen muss, alles, das geschehen ist, seitdem er sie vor langer Zeit zu einem Kuss drängen wollte. Sie bekommt große Angst, wenn sie daran denkt, was er unter Folter gesagt haben könnte und was diese Mitglieder der Bürgerwehr vielleicht wissen. Kann ein Mörder in den Himmel kommen?

Maria besucht Duilios Vater, der wie eine alte, verdorrte Weinrebe vom Leben gezeichnet ist, aber immer noch am Leben hängt und außer seinen Cousins niemanden mehr hat, diese aber stützen ihn wie Pfeiler.

Er erkennt sie fast nicht. Er schaut ins Leere, murrt und flucht.

Auf der Credenza steht ein Bild der armen Zia Luigia. Damals war sie noch lebendig und sah genauso aus wie Mama. Und dort ein Foto von Duilio, als er noch jung war und seine Augen mit den dunklen Schatten empfindlich und traurig aussahen und es Dinge wie Schwarzhemden oder eine Schwarze Brigade noch nicht gab und er Priester werden wollte.

»Hier«, sagt Maria zum alten Mann. Sie öffnet ihre Geldbörse. »Die hier haben Duilio gehört.« Sie reicht ihm die beiden wertlosen Eheringe aus Stahl. *ORO ALLA PATRIA*. Sie wird nichts von ihrem Cousin mit nach Australien nehmen – es sei denn, sie trägt seine Tuberkulose in sich. Sie hat keinen blutigen Schleim gehustet, sie hat ihre Stimme nicht verloren. Doch das kann noch passieren. Sie können sie in Genua immer noch wegschicken. Diese kostspieligen Röntgenstrahlen der Auswanderungsbehörde erzählen nicht die ganze Geschichte. Nichts und niemand erzählt alles – das weiß Maria.

Verwirrt befummelt ihr Onkel die Ringe.

Sie betrachtet das Gesicht des alten brutalen Kerls und sucht nach Geheimnissen oder Scham. *Doch dort ist keine Scham, weil er kein Gewissen hat*, wird ihr klar. Sie fragt sich, ob er jemals ein Gewissen hatte. Wann ist sein Penis erschlafft und gestorben? Hat er mehr als nur ein uneheliches Kind gezeugt? Hat ihn die Verrückte angeschaut? Maria versucht, sich die Erscheinung vorzustellen, die sie in ihrer Kindheit heimgesucht hat: die zerlumpte Gestalt, die im Brunnen auf der Piazza rumgelärmt hat. Es ist egal, ob Delfina so ausgesehen hat wie er oder nicht.

Duilio hat seine eigene Schwester umgebracht. Der Gedanke war nie zuvor so deutlich. Es fühlt sich an, als würde sie zerrissen, als würde sich etwas um ihre Kehle legen.

Ihr Onkel tupft etwas von seinem Auge weg. Er weint nicht, seine Augen sind krank.

Maria sieht ihn voller Mitleid, aber ohne Mitgefühl an.

Als sie sich verabschieden, weiß sie, dass sie ihn nie wiedersehen wird. Sein Grab erwartet ihn ungeduldig.

Alles hat sich verändert, und zugleich ist alles gleich geblieben. Sie fühlt sich krank. Sie entdeckt dieses abscheuliche runde Ding mit Mussolinis Profil. Ihr Onkel verwendet es als Türstopper. Sie will danach treten, aber sie würde sich am Fuß verletzen.

Und später tischt Egidia das beste Kalb auf, obwohl sie arm wie eine Kirchenmaus ist. Sie flüstert Maria ins Ohr, dass sie mit ihr auswandern will, Gott weiß, dass sie so bald wie möglich nachfolgen wird, mit Mann und Kindern. Maria schenkt ihr nützliche Dinge aus ihrem Leben in Fosso. Das heruntergekommene Haus ihrer Schwester bestürzt sie.

Und die Brüder, einer neidisch, einer aufmerksam, geben Maria Dinge für die Reise mit, obwohl die Truhen bereits gepackt sind. Es hat sich in ihr Gedächtnis eingebrannt, dass sie ihr in der dunkelsten Kriegskälte Feuerholz geschickt haben.

Sie wird ihnen auf ewig dafür dankbar sein. Sie würde ihre Häuser putzen, wenn sie Zeit dafür hätte. Sie würde ihnen die Kleidung und die Füße waschen.

Diese Männer ohne Frauen schenken ihr eine riesige Flasche Grappa, in der Waldmeisterzweige schwimmen, und kostbare Rosenkränze aus Perlen und Gold, einen für jedes Kind – mit Ausnahme von Amelia – und eine goldene Brosche für Maria. Sie wiegt sie in der Hand. Sie fühlt sich massiv an.

Ich bin etwas wert, denkt sie. *Papà mit seinem Briefkopf wäre stolz auf mich.* Zumindest macht sie den Plan von La Mèrica wahr, dieser völlig neuen Welt, und redet nicht bloß darüber. Sie hat einen hübschen Sohn, er ist schlau und hat Träume, und das Geschäft wurde für ein Vermögen verkauft – wenn Papà doch nur die ganzen Waren sehen könnte, die sie für den Verkauf zusammengerechnet hat.

Maria weiß genau, wie viele es waren, sie hat Inventur gemacht, Seite um Seite. Viele Tage lang. Sie hat jeden Schinken, jeden Käse, jede Scheibe Baccalà, jeden Sack Bohnen oder Getreide, jede Dose mit Fisch, jede Schachtel mit Keksen, jedes *Etto* Salz – wertvolles Salz – gezählt, sie erinnert sich an eine Zeit, in der Salz wie Geld war, als sie aus dem Fass mit den Heringen Salz herausgekratzt hat, als alle Kopfschmerzen wegen zu wenig Salz hatten, als die Nazi-Faschisten Verräter mit einer zu großen Menge Salz gefoltert haben. Das ist noch nicht lange her. Fünf Jahre. Mehr nicht. Das Rad der Fortuna dreht sich schnell, das vergisst Maria nicht, keinen Augenblick lang.

Am Nachmittag – oder frühen Abend – geht sie allein den Weg entlang, den sie immer mit der Stange genommen hatte, an der Wassereimer auf ihren Jungmädchenschultern hingen. Sie schaut in den Brunnen. Sie sieht nichts.

Ich bin deine Spiegelung im Wasser, hat die verrückte Delfina vor langer Zeit gesagt. *Wenn du heiratest, wirst du sterben.*

Duilios Frau ist bei der Geburt gestorben. Severos Frau ist gestorben, ebenso wie Vitos Frau. Maria hat ihr ganzes Leben an Achille verschwendet. Also hatte die Hexe auf ihre Weise recht. Amelia ist für Maria gestorben, seitdem sie abgehauen ist. Doch die arme unverheiratete Delfina ist auch gestorben. Es gibt nur kein Grab für sie. Maria erinnert sich daran, sich gefragt zu haben, ob die Frau eine Seele hatte, und diese Erinnerung erfüllt sie nun mit Scham.

Sie eilt zu den bewaldeten Hängen hinter der *Contrà*, da sie weiß, dass dort Blumen wachsen. Sie pflückt duftende, rosafarbene Seidelbastzweige und violettblaue Leberblümchen. Sie pflückt andere namenlose Wildblumen. Delfina muss getauft worden sein, ein Priester hat nach ihr geschaut, wer aber hat ihr den Namen gegeben?

Maria geht den Weg zurück, auf dem die Frau einmal wie eine Erscheinung vor ihr aufgetaucht ist.

Sie zieht sich eine Nadel aus dem Haar, um die Blütenstiele aneinander zu binden. Sie legt das Sträußchen auf einen großen Stein. Er besteht aus grauem, fast weißem Kalk, der an einigen Stellen wie Zucker glänzt. Maria kennt diesen Stein, sie kennt alle Steine. Sie senkt den Kopf und betet für Delfinas Seele im Himmel.

Nachts, in der *Contrà*, träumt Maria in Egidias bescheidenem Haus davon, dass sie den Guru-Hund wegen seines Fleisches geschlachtet hat und dass ein verstümmelter Mann sie heiraten wollte und dass Delfina die Wände des *Cesso* mit ihren bloßen, dreckigen Händen abgerissen hat und dass Maria den Herd mit Bimsmehl scheuert, er aber nie sauber wird, sie schrubbt und schrubbt, ihre Finger schmerzen und sind geschwollen. Sie wacht vom Krähen des Hahns auf, das laut durch die Fensterläden dringt, erst mitten in der Nacht um drei Uhr, und dann morgens um vier, und sie rührt sich wieder, als der Tag erwacht, als die Uhr fünf schlägt, und fühlt sich so verdrießlich wie der heilige Petrus, der den Herrn Jesus drei Mal in einer langen Nacht verleugnet hat. Sie wacht verschwitzt und von Geistern geplagt auf, ihr Nachthemd ist verdreht und verknittert.

Die Glocken des Campanile erklingen aus dem Tal, sie könnte für diesen Klang sterben, aber sie weiß, dass sie nun nicht sterben darf, nicht mit ihren nicht gebeichteten Sünden. Sie wird diese Glocken nie wieder hören.

*

Am Ende des Hauptweges versammeln sie sich. Ein Kuckuck ruft in der *Contrà*. Eine winzige Fliege landet auf Marias Nase. Es ist die Zeit der Alpenveilchen und Bäche, Ferkel werden geboren, und die große Wäsche wird erledigt. Die Luft riecht sauber. Achille ist froh, dass es losgeht, und Primo hat genug von Rückständigkeit und braunen Zähnen, obwohl seine Augen sentimental wirken.

Der liebe, großartige Primo! Maria würde ohne ihn nicht ans andere Ende der Welt gehen.

Obwohl der Anlass feierlich ist, spielt Bruna mit ihren Cousins. In Australien werden die Kinder keine Cousins haben. Bruna ist fast zehn Jahre alt, doch sie scheint ewig lang ein Kind gewesen zu sein, eine Träumerin und immer empfindlich, auch schon vor ihrer Tuberkulose. Es ist kein Wunder: Als sie zur Welt gekommen ist, hat der Krieg angefangen. Vielleicht wird die Meeresluft ihrer Gesundheit guttun. Maria fragt sich einen Augenblick lang, ob ihre Jüngste die Reise überleben wird. Sie ist ihre einzige Tochter.

Die sich zusammendrängenden Körper, die sie umarmen, sind vertraut und zugleich fremd. Maria hält die Tränen zurück. Ihr Herz schlägt schneller als das Herz eines aus dem Nest gefallenen Jungvogels, aber sie zeigt es nicht.

»Wer wird in Italien nun die Arbeit machen?«, witzelt ihr Bruder Severo. »Maria macht doch immer die Arbeit!« Er hat Sehnsucht nach Amerika, doch ihm fehlt der Mut. Seine Frau ist früh gestorben. Sein Sohn sieht neben Primo wie ein Zigeuner aus.

»Schreib uns Maria, ja?«, sagt Vito. Er erwähnt seine Frau im Irrenhaus nicht. Seine Kinder sehen alle gesund aus. »Wir wollen alle Neuigkeiten wissen.«

»Gut, dass du zur Schule gegangen bist, so hast du keine Ausreden«, sagt Severo. »Obwohl Edda diejenige mit der schönen Handschrift ist.«

Egidia flüstert Maria etwas ins Ohr. »Liebste, ich werde dir folgen, wir werden dir folgen, noch dieses Jahr, bevor ich einundvierzig werde, so Gott will.« Sie umarmt Maria fest.

Auf einmal weht eine warme Brise, wie im Sommer, sie legt sich wie ein Schleier um Marias Hals.

»Spürst du diese Luft?«, fragt Egidia. »Das ist der Föhn. Du fühlst ihn nun zum letzten Mal, er sinkt von den Berggipfeln herab.«

»Vielleicht ein Vorgeschmack auf Australien«, sagt Vito. »Dort soll es immer warm sein.«

»Wenn wir ankommen, ist Herbst«, sagt Achille.

»Ah ja, bei uns Frühling, bei euch Herbst, alles ist andersrum.«

»Komm schon«, sagt Primo. »Mama, du hast noch zwei Schwestern in zwei anderen Tälern.«

»Grüß sie von uns«, sagt Vito.

»Manchmal vergesse ich, dass ich nicht der Älteste bin«, sagt Severo. »Unsere besten Wünsche.«

»Cecilio! Bruna!« Achille ruft und klatscht in die Hände, eins, zwei.

»Und dann gehen wir nach Sassone. Die Schwiegereltern sind beleidigt, wenn wir sie kürzer besuchen als euch.« Maria freut sich nicht auf den Besuch bei Achilles Familie, noch nicht einmal für einen Nachmittag.

»Der Laden kann nicht ewig geschlossen bleiben«, sagt Achille. »Sonst werden die Kunden woanders hingehen, der Käufer macht einen Rückzieher, was würden wir dann machen?«

»Immer noch nach Australien gehen.« Primo kann die Neue Welt kaum erwarten.

»Du hast diese ganzen Felder verkauft«, sagt Severo. »Ihr werdet wie Millionäre in der Wüste leben.«

Alle Mitglieder der drei Generationen haben sich umarmt und geküsst, mehr als ein Mal. Nein, nicht alle.

»Wo ist Claudia?«, fragt Maria.

Severo verdreht die Augen.

Achille schaut auf seine glänzende neue Uhr und runzelt die Stirn.

Maria rennt zurück zum Haus.

Im Inneren sitzt Claudia am Küchentisch, schaut in ein kleines Buch und blättert schnell um, ohne zu lesen. Gepresste Blumen – Alpen-Edelweiß und verblasster blauer Enzian – fallen heraus.

»Ich habe es gefunden«, sagt sie und schaut Maria an. »Es ist dein Buch. Das du vor deinem Weggang gelesen hast.« Dann blättert sie mit dem Daumen durch die goldumrandeten Seiten, wie ein Mann, der Karten spielt. Blättert wieder und wieder.

Maria erkennt das lang verlorene Buch direkt. Es ist *Die christliche Braut*. Sie erinnert sich an die Worte, wie es sie angesprochen hat: *Für mein liebes junges Mädchen*.

»Hier.« Claudia streckt Maria das Buch entgegen, bleibt aber sitzen. »Bevor du weggehst. Wieder einmal.«

Caffè-Caffè

Noch eine Woche bis zur großen Reise.

Maria fährt mit dem Rad nach Altavilla. Edda kann sie nur am Zauntor treffen. Rodolfo sagt, dass Achille ihn betrogen hat, als er ihm seinen schwarzen Mercedes verkauft hat. Und er weiß von Achilles Fluch über ihn. Jeder von Altavilla bis Fosso weiß von dem Fluch. Maria darf Rodolfos Grundstück nicht betreten, weil sie Achilles Frau ist. Und Achilles Blut fließt zur Hälfte durch die Adern ihrer Kinder. Deswegen dürfen auch sie nicht aufs Grundstück. Dabei ist es egal, dass Edda ihre Schwester ist, die im selben Haus geboren und aufgewachsen ist.

»Ich werde dich vermissen«, sagt Edda. Sie öffnet das Tor nicht. Sie steht hinter den schmiedeeisernen Gittern und umfasst sie, wie eine Gräfin, die Distanz wahrt. Ihr Gesicht ist ein Spiegel von Marias Antlitz, aber immer jünger, neun Jahre jünger, neun Jahre hübscher, schlauer.

»Ich werde dich auch vermissen, liebe Schwester«, antwortet Maria. »Ich werde dir Wolle schicken.« *Echte Wolle, kein ausgebeultes Lanital.* Sie hat Durst. Sie stützt sich auf ihr Rad.

»Brauchst du nicht, wir haben alles, was wir benötigen«, sagt Edda. Sie ist verlegen. Sie scharrt auf dem Boden. Ihre Schuhe sind neu. Sie schüttelt den Kopf. »Gott, was haben wir für Zeiten durchgemacht!«

Hinter ihr ist die Zufahrt, weißer Kies, weißer Staub, gesäumt von Lavendel und Oleander, sie führt zum großen und verfallenen Bauernhaus. *Im palladianischen Stil*. Das hat Edda früher gesagt. Maria weiß, dass es nicht stimmt. Palladio war ein berühmter Architekt von Palazzi: die zerstörte Villa in Vicenza, die zerbombte Basilika. Unkraut wuchert sehr schnell. Wann wird Unkraut hier die Oberhand gewinnen? Edda ist keine Gräfin. Und ihr Mann ist kein Graf.

Tauben schießen herab und landen auf dem Pfannendach. Die grünen Fensterläden sind überall geschlossen. Rodolfos neues Auto steht vor dem Haus, Schwarz vor Weiß, der überteuerte oder zu billige Mercedes. Es war ein Nazi-Auto, denkt Maria, deswegen wird es immer Unglück bringen. Die hohe Eingangstür des Hauses steht offen, gibt nichts außer Dunkelheit im Inneren preis. Rodolfo ist zu Hause. Vielleicht beobachtet er sie sogar.

»Das ist verrückt«, sagt Edda. »Ich kann dich doch nicht gehen lassen, ohne dir zumindest einen Kaffee anzubieten.«

»*Caffè-Caffè*?«, neckt Maria sie.

»*Caffè-Caffè*.« Edda nickt und lächelt. Sie öffnet das Tor, und es klappert im Sonnenlicht. Tauben fliegen weg. Eine Eidechse huscht durch den Staub.

Die beiden Schwestern gehen die Zufahrt entlang, jede hat eine Hand auf das Rad zwischen ihnen gelegt, sie führen es wie eine folgsame Ziege an den Hörnern.

Blut und Wasser

Der Friedhof in Fosso erstrahlt in der Frühlingssonne in grellem Weiß. Maria geht den üblichen Weg. Eine gerade Strecke bis zur Gruft. Hier, hinter den Mauern aus Marmor, in die Namen geschnitzt sind, liegen der still geborene Ignazio und Baby Tito, die von Gott zu früh heimgerufen wurden. Über und unter ihnen befinden sich leere Steine, die auf die Namen der Eltern und Geschwister warten. Achille, Maria Vittoria, Primo, Arsenio, Cecilio, Maria Bruna. Werden diese Körper hier oder in Australien sterben? Nur Gott im Himmel kennt die Antwort. Und Amelia, wird ihr Name hier in Marmor geschnitzt werden?

Maria erinnert sich an alle sieben Geburten, während derer sie Tag und Nacht gekämpft hat, lange Wehen, aufreißen, Steißgeburt, wenig Wasser, dann eine ganze Flut, zerknittert, tot, früh, leicht – doch nun bringt sie sie im Kopf durcheinander. Primo war der Erste und Beste. Er hat sie mit schockierenden Schreien aus den Höllenqualen gerissen. Er ist in Blut und Wasser schwimmend hinausgerutscht, hat die perfekten rosafarbenen Lippen geöffnet und geplärrt, wie ein junger Löwe an ihren überlaufenden Brüsten getrunken, hungrig und selbstsicher. Obwohl Primo klein und leicht gewesen ist, war Achille stolz auf den hübschen Jungen mit allen Fingern und Zehen und dem Griff eines Montanari.

Maria reinigt den Gruftstein vom regennassen Staub. Sie ersetzt ihre ausgeblichenen Filzblumen durch schöne neue aus Plastik. Sie betet einen vollständigen Rosenkranz, steht die ganze Zeit und lässt die Perlen durch die Finger gleiten.

»Auf Wiedersehen«, sagt sie zu den Kleinen hinter dem matten weißen Marmor. »Ich werde bei jeder Messe für euch beten, auch in La Mèrica.«

Und dann geht sie und denkt, dass Australien ebenso gut Italien sein könnte, weil es nur ein weiterer Ort auf dieser bescheidenen Erde ist und ihre Babys auf der anderen Seite des Himmels sind.

Gnade

Du und ich, wir wissen, dass es die Hölle gibt, Maria, das tun wir, ich habe es durch die Vorhänge des Himmels gesehen. Ich habe die Schreie gehört. Nachts träumst du manchmal davon, dass die Flammen deine geschwollenen Füße verschlingen und sich bis zu deinem ergrauenden Haar empor fressen. Du stinkst wie ein Pilot, der lebendig in seinem Cockpit gegrillt wird, schlimmer als ein mit Feuer bombardiertes Güllefeld, wie ein ausgebrannter Bunker, während Teufel bis in alle Ewigkeit auf dich einstechen.

Der Pfad zum Himmel ist schmal, Maria, falls du deine sündige Seele vor deinem Tod reinigen willst.

Australien.

Australien bedeutet Fegefeuer. Ein Ort der Buße und Läuterung.

»Maria«, flüstert Amelia. Sie steht am Ende der Kirchenbank. Ihre Stimme klingt aufgeregt.

Fast zwei Jahre sind vergangen, seitdem Maria sie zum letzten Mal gesehen hat, und sie hat sich verändert, das sieht man selbst in der Dunkelheit der Kirche von Campolongo. Ihr Gesicht ist voller. Ihre Figur hat sich verändert. Geburten verändern Körper. Sie sieht gesund aus. Sie hält das Baby im Arm.

»Maria Grazia, hier ist deine Nonna«, sagt Amelia und setzt sich hin. »Sie schläft, soll ich sie aufwecken?«

Maria starrt auf den Altar und die mit Blütenstaub bedeckten Lilien. »Nach dem, was du getan hast, hast du keinen Jungen verdient. Das geschieht dir recht.« Gottes Flammen brennen und flackern. »Sag mir nicht, dass sie rotes Haar hat.«

»Sie hat braunes Haar, genau wie du«, sagt Amelia. »Schau mal.«

Maria dreht sich nicht nach dem Kind um. »Deswegen bin ich nicht hier. Ich bin gar nicht hier. Wenn Primo wüsste ...«

»Wenn Primo wüsste.«

Maria weiß nicht, was sie sagen soll. »Wenn Achille wüsste ...«

»Er auch. Wenn er wüsste. Ich weiß nicht, was sie wissen. Wissen sie, dass ich glücklich bin, auch ohne sie?«

»Hör dich einmal an, du redest wie eine Verrückte in der Kirche. Gott hört zu. Warst du bei der Beichte? Gehst du zur Messe?«

»Ja natürlich, Mama. Ich kümmere mich in der Kirche in Lumignano um die Blumen. Wir haben dort eine schöne Madonna, du solltest sie dir einmal anschauen. Und die besten Erbsen der Welt.«

»Ich werde nicht nach Lumignano kommen.«

»Firmino schickt dir die besten Grüße.«

»Ich nehme sie nicht an. Schick sie ihm zurück.«

»Er ist ein guter Vater.«

»Ich habe gehört, er sei Kommunist.«

»Er ist ein sehr guter Ehemann.«

»Er hat unsere Familie ruiniert.«

»Er passt gut auf mich auf.«

»Bis er umkippt. Dann wirst du angekrochen kommen.«

»Aber du wirst in Australien sein«, sagt Amelia ruhig.

»Dann werden wir uns nicht in die Quere kommen«, sagt Maria, obwohl ihr Herz wie verrückt schlägt.

»Mama, ich bete jeden Tag für dich.«

»Verschwende deine Gebete nicht. Wenn ich dir wirklich wichtig wäre, hättest du nicht … Und Primo …«

»Ist dir nur wichtig, was Primo denkt?«

Maria weiß nicht, was sie entgegnen soll. Die Antwort lautet wahrscheinlich Ja. Nein, die Antwort lautet Nein, ihr sind alle Kinder wichtig, selbst ihre toten Babys, selbst Amelia, die hoffnungslose, willensstarke, schändliche, beschämende, entzückende Amelia, die zum ersten Mal seit zwei Jahren und zum letzten Mal bis in alle Ewigkeit neben ihr sitzt.

»Mama, ich bin hier, um dich zu sehen, dir alles Gute zu wünschen, Auf Wiedersehen zu sagen, und ich werde dich vermissen. Ich vermisse dich. Deine Enkelin vermisst dich.«

Marias Herz klopft immer noch wie verrückt, doch sie richtet den Blick starr auf den Altar. Dort ist alles in Ordnung: einwandfrei gebügelt, geradlinig, poliert. Und Gottes rote Flamme brennt stetig weiter. Die Kirche hat den Krieg ohne einen Riss überstanden. Die Piazza, der Campanile, alles wurde verschont, selbst das Pfarrhaus, wo Amelia ihre *Bacolini* geholt hat. Es muss keine Seidenarbeit mehr verrichtet werden. Achille hat die mit Maulbeerbäumen gesäumten Felder verkauft, den *Parigina*-Ofen, die Gestelle, das Grundstück. Er hat auch die Geräte aus dem Geschäft verkauft: die Waagen, die Schneidemaschine, den Fleischwolf. Es ist immer besser, einem Fremden etwas zu verkaufen. Rodolfo beschwert sich bei jedem über das verdammte Auto.

»Schau, Mama, sie sieht dich an, sie möchte, dass du sie auf den Arm nimmst«, sagt Amelia.

Die dunklen Knopfaugen des Babys sind nun geöffnet. Ihre dicken Ärmchen greifen in die Luft. Sie ist ohne zu schreien aufgewacht.

Amelia reicht sie Maria, und sie hat keine Wahl, sie muss die Kleine auf den Arm nehmen.

»Liebstes Jesuskind«, rutscht ihr heraus. Sie hat schon so lange kein Baby mehr auf dem Arm gehabt.

Amelia steigen Tränen in die Augen. Sie putzt sich die Nase. Sie wischt sich über die Wangen.

Grazias Haut ist weicher als Rosenblüten. Ihre winzigen Finger umfassen Marias faltigen Daumen. Ihr Griff ist fest. Der Griff einer Montanari, stark wie ein Junge.

Maria küsst sie auf die Wange und atmet ihren Duft ein. Unschuldig. Süß. Vertraut. »Du wirst mal eine bessere Tochter sein …«, sagt sie. »Ich bete für dich, Winzling, selbst in La Mèrica.«

Sie will die Kleine nicht loslassen, doch sie reicht sie Amelia zurück. »Ich bin nicht hier. Du hast mich heute nicht gesehen. Nur der Priester weiß von diesem Treffen. Ich muss gehen.«

Amelia heult nun, schlimmer, als Bruna es jemals getan hat.

»Es ist keine Beerdigung«, möchte Maria sagen, doch sie bringt kein Wort heraus.

Sie will sagen, dass sie Amelias Briefe gelesen hat, jeden Brief, jeden Monat, mehr als einmal, wieder und wieder, immer im Geheimen. Sie hat nie zurückgeschrieben, doch sie hat die Briefe versteckt, nur den ersten nicht, den sie wütend verbrannt hat. Und nun hat sie sie in ihrer besonderen Tasche verstaut, der Tasche, die sie mit in die Schiffskabine nehmen wird, die nicht in den Frachtraum kommt. Wie wird Amelia ihr nach Australien schreiben? Es gibt keine Adresse, an die sie schreiben kann. Kann sie es ertragen, ihre Tochter für immer zu verlieren?

Nein, sie will nicht noch mehr sagen. Sie weiß nicht, was sie noch sagen soll. Was kann sie sagen?

Sie umarmt Amelia, nicht zu fest und zu lange, weil das Baby zwischen ihnen ist. »Ich werde für dich beten.«

Dann steht sie auf, verlässt die Kirchenbank, kniet nieder,

bekreuzigt sich, dann geht sie langsam den seitlichen Kirchenraum entlang, vorbei an der Kapelle, wo Maria von den sieben Schwertern des Leides erstochen wird, und an der Kapelle des heiligen Sebastian, dessen Körper von Pfeilen durchbohrt ist, passiert die Votivgaben, das Kerzendurcheinander, die Spendenkiste, das Weihwasserbecken bis zur kleinen Holztür, die in die große Holztür eingelassen ist, hinaus auf die Piazza, wo sie wegen des grellen Sonnenlichts die Augen zusammenkneifen und nießen muss. Halb erwartet sie, Primo dort zu sehen, doch niemand ist da. Nur Tauben auf der Treppe. Kein Priester, kein Getuschel, keine Menschenseele. Sie ist bereit für die Reise nach Genua und das große Schiff, das sie dort erwartet.

Die Frühlings-Tagundnachtgleiche

Am ersten Frühlingstag und nach der Hälfte der Fastenzeit steht Maria mit ihrer ganzen Familie auf dem Kai im Kreis um ihre Taschen herum. Sie starren auf ein riesiges Schiff. Menschen drängen sich von allen Seiten aneinander – uniformierte Arbeiter, die laut rufen, Matrosen, Fotografen, Verkäufer, Raucher, Bettler, Gauner, Touristen. Hier schluchzende Umarmungen, dort fahrbare Wagen und Käfige. Sie wusste, dass das Schiff riesig sein wird, obwohl sie vom Land ist und noch nie zuvor ein Schiff gesehen hat. Sie wusste es, weil auf dem Schiff achthundert Leute Platz finden. Das sind so viele Einwohner, wie Fosso hat. Doch sie konnte sich nie vorstellen, wie groß ein Schiff sein würde.

Es ist größer, breiter und länger als alles andere, das sie je zuvor gesehen hat. Es ist nicht größer als eine ganze Stadt wie Vicenza oder diese verrückte Hafenstadt Hunderte Kilometer von zu Hause entfernt – aber Genua besteht nicht nur aus einer Sache. Das Schiff wirkt größer als Fosso, aber auch Fosso besteht nicht nur aus einer Sache – es gibt eine Kirche, Läden, eine Piazza, Straßen hinter der Hauptstraße. Das Schiff ist eine Sache, und es ist außerdem eine Stadt. Maria beunruhigt der Name: *Filadelfia*. Das Wort erinnert sie an etwas.

Sie und ihre Familie bilden einen noch engeren Kreis um ihr Gepäck. Sie tragen ihre beste Sonntagskleidung: Anzüge und

Krawatten, gestärkte Hemden, neue Röcke, Pelz, Hüte, hohe Absätze. Alle Koffer sind neu, einige bestehen aus Karton, der mit einer Schnur zusammengehalten wird, andere sind aus Kunstleder. Sie werden nur das an Bord bringen, was sie in den nächsten Monaten brauchen. Sie werden stets saubere Kleidung haben, weil Bruna ihr mit der Wäsche hilft. Bei ihrer Kleidung und der Unterwäsche hat Maria die Madonnenstatue und Amelias Briefe verstaut.

Sie hat die Holztruhen, in denen sich ihr ganzer Besitz befindet, aufgegeben, sie werden im Frachtraum verstaut. Sie weiß nicht, wie das Essen in Australien oder wie knapp Stoff zum Kleidernähen sein wird. Wenn sie an Land oder auf See in Not geraten, kann sie ihre ganze Familie mit Schinken und Käse ernähren. Sie wird alles dafür tun, dass sie nie wieder Hunger leiden müssen.

Aus dem Grammophon in der Nähe erklingt Musik. Noch mehr Musik ertönt aus einem Knopfakkordeon. Die Melodien kämpfen eine Weile gegeneinander, dann stimmt das Akkordeon in das Lied des Grammophons ein.

»Filadelfia, Filadelfia, Filadelfia.« Bruna denkt sich alberne Wörter zur Melodie aus.

»Filadelfia, Filadelfia, Filadelfia ist mir das Liebste auf der Welt …«

Arsenio verpasst ihr einen Tritt und sagt ihr, sie solle ruhig sein. Er ist jetzt ein junger Mann und will so sein wie Primo.

Cecilio kichert.

»Wir sind Pioniere«, sagt Primo zu allen und niemandem.

»Seit wann?«, fragt Achille.

»Das Schiff macht das noch nicht lange, noch nicht einmal seit einem Jahr.«

»Was macht es?«

»Leute befördern. Nach Australien segeln.«

»Wer hat dir das gesagt?«

»Das habe ich gehört.«

»Ich habe gehört, dass es ein Frachtschiff war«, sagt Achille.

»Hier gibt es kein bisschen Luxus«, sagt Primo. »Mama, diese schicken Plakate, die wir gesehen haben, haben für die neuen Schiffe geworben, die sie bauen, mit Touristenklasse.«

»Nächstes Mal«, sagt Maria.

Achille runzelt die Stirn. »Nächstes Mal?«

»Ich habe gehört, dass es ein Kriegsschiff gewesen ist, das von den Deutschen bombardiert und vom Meeresboden heraufgezogen wurde«, sagt Arsenio. »Sie mussten eine Tonne Korallen abhacken. Sie mussten unsere Kabinen im Frachtraum bauen – früher waren dort Kanonen und andere Waffen drin. Nun kommt es mit Wolle und anderen Waren zurück nach Italien, niemals aber mit Menschen.«

Cecilio ist niedergeschlagen. »Alle gehen nach Australien, aber niemand kommt zurück.«

»Das ist Unsinn«, sagt Primo.

Cecilio sieht verlegen aus. Er ist noch ein Junge, noch keine sechzehn, und immer noch unter der Fuchtel seines Bruders.

Primo steht auf Arsenios Koffer, damit er größer wirkt. Er räuspert sich, um eine Rede zu halten. »In meiner Tasche habe ich den Schlüssel für unsere Familie zum besten Leben in Australien«, setzt er an. Er legt sich die Hand auf die Brust. Seine neue Brille mit Goldrand funkelt in der Frühlingssonne. Er bewahrt den Brief des Generals in einem weichen Lederportemonnaie nah an seinem Herzen auf. Als er zum Horizont blickt, hat er Tränen in den Augen. »Und ich verspreche euch, nicht das Geringste dieser allmächtigen Chance zu verschwenden.«

Bruna fängt wieder an zu singen: »Pipo, Baldassare, Generale … Pipo, Baldassare, Generale …« Sie hat damals den Amerikanern im Keller die Namen gegeben, Pipo nach dem Spionageflugzeug und Baldassare nach dem dritten der Heiligen Drei Könige. Maria hat nicht daran gedacht, ihnen Namen zu geben. Sie waren die Männer im Keller, die nicht existierten: hohes Risiko, hohes Einkommen. Der Schwarze war Offizier, Pilot, und der Weiße, der gesagt hat, er sei Pilot, war in Wahrheit ein wichtiger Spion und der Grund für den Brief des Generals.

»Bevor wir Fosso für immer verlassen, habe ich das Geld gezählt, das wir als Familie eingenommen haben«, sagt Primo und ignoriert Bruna.

Sie hört auf zu singen und hört ihm zu.

Arsenio grinst.

Cecilio klatscht und hört auf, als Primo weiterspricht.

»Alles wurde verkauft: unser Land, unser Geschäft, der Bestand, das Auto, die ganzen Geräte, selbst die *Gavengnà*, die mein Vater auf seinem bescheidenen Kopf getragen hat, als er meine schöne Mutter zum ersten Mal gesehen hat …«

Maria bemerkt, wie sie errötet.

Achille nickt und tritt seine Zigarette aus.

»Alles wurde verkauft, und – meine liebe Familie – wir wissen, dass alles seinen Preis hat. Lasst euch von niemandem etwas anderes erzählen, besonders von den Kommunisten nicht. Aber der Brief des amerikanischen Generals hat einen Wert, der unbezahlbar ist. In unserem geliebten Italien ist die Vergangenheit eine zu große Bürde geworden. Sie lastet auf unseren Schultern. In Australien haben wir unser Schicksal selbst in der Hand. Die Zukunft gehört uns. Wir müssen zusammenarbeiten. Die Türen sind für uns geöffnet. Australien ist das Land von morgen.«

Niemand klatscht, singt oder sagt etwas. Niemand lächelt. Sie stehen einfach da, still in der lärmenden und drängelnden Menschenmenge und spüren das Gewicht ihrer Vergangenheit in Italien: Marias Geheimnisse, Achilles Schande, Amelias Ungnade.

Maria schaut kurz weg und sieht einen Mann, der den Arm in die Luft streckt, für ein Foto posiert, und die Hand zur Faust geballt hat. Durch die Menge der Körper und Köpfe blickt sie kurz auf sein bärtiges Gesicht. Seinen dicken Bauch. Er trägt ein Abzeichen der CLN-Partisanen. Ein blaues Halstuch.

Plötzlich sieht er sie an.

Sie schauen sich in die Augen und wissen, dass sie einander kennen. Scopeton. Das Schwarzhemd, das Achille festgenommen hat. Der Mann, der den Repressalien entkommen ist. Der verschwunden ist.

Er dreht sich zum Fotografen um und lächelt, ohne die Zähne zu zeigen.

Hat Achille ihn gesehen? Maria schaut ihn an. Nein. Würde Achille ihn erkennen? Nein, ihr Mann hatte die Augen verbunden. Ja, er würde ihn aus dem Laden kennen. Vielleicht. Vielleicht auch nicht. Nein, dieser Kerl hat einen Bart und ist fett, vielleicht will er nicht erkannt werden. Primo? Nein. Nur Maria hat Scopeton wieder und wieder gesehen, mit diesen Nachrichten von Duilio und den Drohungen.

Als sie wieder schaut, ist Scopeton verschwunden, wie ein Sumpfgeist.

Wird er auf dem Schiff sein? Sie haben noch den Rest des Tages und die Nacht an Bord, bevor sie in See stechen. Sie kann es herausfinden. Sie können von Bord gehen. Was würde er ihnen antun? Würde er sie denunzieren? Nein. Er verhält sich nun wie ein Partisane. Er wird nichts sagen oder tun. Er hat mehr zu verbergen als sie, als jeder andere.

»Gehen wir!«, sagt Primo und macht eine Armbewegung wie ein Gruppenführer. »Sammelt eure Sachen zusammen.«

»Segeln wir nun los?«, fragt Bruna.

Primo lacht. Er ist glücklich. »Nein, nein, wir müssen es uns gemütlich machen und heute Nacht auf dem Schiff schlafen. Wir segeln morgen los.«

Maria und ihre Familie steigen auf die Landungsbrücke des Schiffes. Sie tragen ihre besten Klamotten. *Bella figura.*

»Wir machen eine gute Figur«, sagt sie zu Primo.

Aber sie sind in der dritten Klasse, wie die meisten Menschen, und sie sind nichts im Vergleich zu den wenigen Extravaganten, die in der Kabinenklasse reisen. Diese Passagiere haben Gepäckträger, Schmuck und teure Mäntel.

Primo drückt ihr die Hand. »Mama, wir werden nie wieder in der dritten Klasse sein.«

Und nun wird Maria klar, dass das Schiff nicht das Größte ist, was sie jemals gesehen hat – sie hat die Berge gesehen. Sie schaut aufs Wasser weit unten, das hin und her wogt, wie ein großes, atmendes Geschöpf. Wenn sie fallen, werden sie alle ertrinken, egal, ob erste oder dritte Klasse. Niemand aus der Familie kann schwimmen. Achille könnte in einem Graben ertrinken. Primo hat riesige Angst vor Wasser. Und dennoch ist er ihr Anführer, er hat Achilles Platz eingenommen. Nun schreitet er voran wie der Mann, dem das Schiff gehört. Er meint es ernst. Ihr lieber, gut aussehender, schlauer Sohn ist die Zukunft.

Blinder Passagier

In ihrer Kabine schlafen vier Personen. Nur Frauen. Achille ist auf dem Unterdeck mit den drei Jungen in einem Zwölferschlafsaal untergebracht. Männer sind in den Frauenbereichen nicht erlaubt, nicht einmal Ehemänner. Männer und Frauen dürfen sich nur an öffentlichen Orten auf den oberen Decks treffen. Maria gefällt diese erzwungene Trennung, obwohl sie unnatürlich ist und eine Frau immer ihren Mann in der Nähe haben sollte, damit er sie beschützen kann. Sie und Achille schlafen schon seit Jahren in getrennten Betten, seitdem er aus dem Gefängnis zurückgekehrt ist – aber nicht in getrennten Schlafzimmern. Sie fragt sich, was sie in dieser seltsamen neuen Jahreszeit tun wird, dieser Frühlingszeit, die bereits Meereszeit ist, mit Schiffen als Fortbewegungsmitteln anstelle von Autos und Karren, mit Wasser anstatt Erde unter ihnen und einem verwirrten Mond, nach dem man Dinge aussät oder blutet. Köche kümmern sich um das Essen, Putzfrauen übernehmen die Reinigung. Hier gibt es keine Tiere zum Versorgen oder zum Schlachten, keinen Garten, um den man sich kümmern muss, nichts, was eingemacht werden muss, keinen Laden, den man führen muss. Keinen Laden! Welche Arbeit wird Maria verrichten? Was wird sie den ganzen Tag lang mit sich anfangen?

An den Wänden sind Etagenbetten befestigt. Bruna starrt sie

aufgeregt, aber nicht atemlos an – vielleicht bekommt ihr die Meeresluft gut.

Maria prüft das Bett mit der Hand. Die Matratzen sind einfach und schmal, aber nicht mit etwas Grobem gefüllt. Achille hat auf einem Strohsack geschlafen, als er vor all den Jahren gekommen ist, um ihr den Hof zu machen. An den Seiten befinden sich weiße Schienen, wie bei Krankenhausbetten. Der Boden ist fest, aber er schaukelt, deswegen haben diese Schienen einen Sinn. Es gibt kein Fenster, noch nicht einmal ein kleines rundes, aber es gibt einen Ventilator. Eine einzige elektrische Lampe hängt von der niedrigen Decke. Maria freut sich, dass sie eine Taschenlampe hat, als Lichtquelle oder zur Selbstverteidigung gegen Eindringlinge. Alles ist sauber und weiß. Über einem niedrigen Waschbecken hängt ein Spiegel, und ein herunterklappbarer Tisch ist mit einem Haken an der Wand befestigt. Sie und Bruna müssen sich diese Sachen mit zwei Fremden teilen.

»Bitte, Mama, ich möchte auf dem oberen Bett schlafen«, erklärt Bruna.

Maria nimmt gern das untere Bett. Manchmal wird ihr schwindelig.

Unter der Pritsche auf der anderen Seite der Kabine steht ein Koffer. Die Schnallen sind offen. Der Besitzer hat sie nicht verschlossen und macht es damit Dieben einfach. *Vertraue niemandem.* Aber Maria ist keine Diebin, und vielleicht gibt es bei dem Besitzer nichts zu holen.

Die Tür öffnet sich, und eine Frau kommt herein. Sie ist klein und hübsch, etwa in Amelias Alter, aber gut angezogen, wie eine Frau aus der Stadt, mit einer weißen Bluse und einem schicken grauen Bleistiftrock. Kein Anzeichen für Kinder.

»Wie geht es Ihnen? Ich bin Rachele.« Sie schüttelt Maria die Hand und lächelt breit und schön, doch ihr Blick ist traurig.

»Ich heiße Maria Vittoria. Die Kleine heißt Maria Bruna. Sind Sie mit jemandem hier?«

Rachele schüttelt den Kopf. »Ich reise allein. Ich komme aus Venedig. Und Sie?« Sie spricht mit venezianischem Akzent.

»Aus einer Stadt namens Campolongo. Nicht weit von Venedig entfernt. Dann sind wir *Paesani*, sind fast miteinander verwandt.«

»Sind Sie jüdisch?«, fragt Rachele.

Was für eine seltsame Frage. In den Zügen der Nazis waren Juden, doch Maria hat nie einen Juden gekannt. Jesus Christus war der König der Juden, und er wurde von Juden ermordet.

»Nein«, sagt Maria.

Ist es normal, sich so mit einer Fremden zu unterhalten, die weder Nachbarin, Verwandte noch Freundin der Familie ist? Maria weiß nicht, wie sie sich in einer solchen Situation verhalten soll. Sie setzt sich aufs Bett, und plötzlich fühlt sich ihr ganzer Körper müde an.

Bruna kuschelt sich neben sie.

Sie schauen Rachele zu, die ihren Koffer öffnet.

Maria hat noch nie so viele Bücher gesehen. Sie kann sich nicht vorstellen, wie Menschen Zeit haben können, herumzusitzen und Bücher zu lesen, aber sie vermutet, dass es wohl so sein muss.

Rachele nimmt ein silbernes Objekt heraus, das einer langen dünnen Brosche ähnelt. »Ich lebe eigentlich nicht hier …«, sagt sie, fast zu sich selbst, und befestigt die Brosche sorgfältig am Bettgestell. »Aber sie wird mich im Schlaf beschützen.«

»Mama«, flüstert Bruna, »können wir auch eine haben?«

»Nein.«

»Man nennt es Mesusa. Normalerweise wird es am Türrahmen befestigt«, sagt Rachele und versucht es immer noch anzubringen. »Falls Sie jüdisch sind.«

Es ist schief, denkt Maria. Sie erinnert sich an das *Fascio* an Duilios Haustür, das der ganzen Welt verkündete, wer dort lebte und woran er glaubte, er entblößte sich auf diese Weise – das führte zwangsläufig zu Pech, als würde man ein Pestkreuz ans Haus hängen. Er hatte Glück, überhaupt noch so lange am Leben zu bleiben. Wie hat diese Frau mit einem solchen Zeichen an der Haustür den Krieg überlebt? Die Deutschen haben alle Juden mitgenommen, die sie finden konnten. Die Züge aus Venedig sind durch Fosso gefahren, und manchmal sind sie am Bahnübergang stehen geblieben. Im dichten Nebel hat Maria wie eine Verrückte die Schienen dort nach dem Stiefel der russischen Puppe abgesucht. Sie fragt sich nun, ob die Puppe einem jüdischen Mädchen gehört hat, das noch rechtzeitig fliehen konnte, bevor die Deutschen gekommen sind.

»Wo ist deine Puppe?«, fragt Maria Bruna.

Bruna nimmt sie aus dem Koffer und umarmt sie. Das rote Haar ist zerzaust. Das Filzgesicht ist an den Stellen abgenutzt und dunkel, wo Bruna es gestreichelt hat. Die Puppe hat immer noch beide Stiefel.

Rachele lächelt. »Der Papst hat vor Kosaken auf der Piazza San Pietro gewarnt, von der Filadelfia hat er nichts gesagt.«

Maria weiß nicht, wovon diese Frau redet.

Bruna küsst das Gesicht der Puppe. »Firmino«, sagt sie. »Firmino.«

»Du gibst ihr jetzt gleich einen anderen Namen, sonst werfe ich sie ins Meer.«

Bruna sieht so aus, als würde sie gleich losweinen.

»Hier, sei ein liebes Mädchen und hilf mir dabei, die Madonna auszupacken. Sie wird für unsere Sicherheit sorgen. Wie diese Brosche.« Maria beugt sich zum Koffer und öffnet ihn, dabei achtet sie darauf, dass niemand Amelias Briefe sieht.

Die Madonna der Berge ist in weiche Unterwäsche eingewickelt. Maria schaut, ob sie noch ganz ist. Die Glasglocke ist nicht zersprungen. Nichts im Inneren hat sich bewegt, bis auf die Kette, doch die kann man zurechtrücken.

»Bruna, such doch einen Ort, wo wir sie beide sehen und zu ihr beten können.«

Bruna legt ihre Puppe zur Seite und versucht, eine Stelle zu finden.

Rachele schaut zu.

Die Madonna sieht hier riesig und verloren aus. Sie passt nicht auf den Rand des Waschbeckens. Im Inneren der Bettgitter würde sie auf den Boden fallen, wenn sich das Schiff bewegt. Außerdem nimmt sie im Bett zu viel Platz weg. Auf dem Boden wäre sie allen im Weg. Die Kabine ist so schon zu klein. Und es wird noch jemand kommen.

»Sie muss einfach in meinem Koffer unterm Bett bleiben«, sagt Maria. »Selbst wenn sie nicht herausschaut, wissen wir, wo sie ist.«

»Wie ein blinder Passagier«, sagt Rachele lächelnd.

Keine Hühner

Des Nachts vor dem Einschlafen liegt Maria auf dem Rücken, obwohl es wehtut. Bruna liegt im Bett über ihr. Rachele die Jüdin liegt im Bett auf der anderen Seite der Kabine. Ist sie Kommunistin? Die vierte Koje ist immer noch leer.

Sie wurden alle registriert, überprüft, und dann wurde ihnen freie Fahrt erteilt. Kein Anzeichen für Schwindsucht. Selbst Bruna hat ihren Test bestanden, ohne dass ihre Tuberkulose entdeckt wurde. Nun steht der Auswanderung nichts mehr im Weg. Es ist ein Gefühl, das an Leichtigkeit Wein und Tanz übertrifft.

Sie haben mit Hunderten von Männern zu Abend gegessen, die überall in Reihen saßen, und einigen einsam aussehenden Frauen auf einem Haufen. Von Scopeton war nichts zu sehen. Die Tische, die mit weißem Papier bedeckt waren, bildeten lange Reihen, die sich in der Ferne wie eine Straße zusammenfügten. Es gab keine Fenster, man bekam den Himmel und das Meer nicht zu Gesicht. Es gab reichlich zu essen, unendlich viele Platten, wie bei einer Hochzeit. Keine Rationen. Die Köche trugen große weiße Hüte. Die Jungen waren glücklich. Sie lieben Schiffe und ein üppiges Essen, ganz egal wer es zubereitet. Achille hat Teller für Teller mit großem Appetit verspeist. *Nicht so gut wie mein Essen, oder?*, hat Maria ihn gefragt. Er hat den Kopf geschüttelt. *Du machst einfach die besten Gnocchi.*

Sein Mund war voller Fleisch und Gemüse. Sie hat ohne Appetit gegessen.

»Sie haben viele Bücher«, sagt Bruna in die Dunkelheit der Kabine. Sie sollte Gute Nacht sagen. »Sind die für die Schule?«

Rachele antwortet. Sie ist nur eine Stimme. »Ich musste die Schule 1938 verlassen, als ich zehn war – wie alt bist du jetzt?«

»Sie ist zehn.«

Maria fragt sich, ob Bruna das Alter dieser Frau ausrechnen kann – sie ist zweiundzwanzig, wie Amelia.

»Gehst du zur Schule?«

»Nicht auf dem Schiff«, antwortet Bruna. »Ich wandere aus.«

»Aber du gehst in die Schule, wenn ihr in Australien seid, oder?«

»Ich werde eine Klosterschule mit Nonnen besuchen, und ich werde gleichaltrige Mädchen haben, mit denen ich spielen kann anstatt mit Hühnern.« Bruna scheint ihre Schüchternheit abgelegt zu haben. »Wenn Mama böse ist, schickt sie mich zum Spielen zu den Hühnern, aber Hühner sind dumm und können gar nicht spielen. Außerdem gibt es hier auf dem Schiff keine Hühner …«

»Hör mit dem Geplapper auf, sonst schenkt Gott dir keine Kinder.« Maria tritt gegen die Koje über ihr.

»Schule ist sehr wichtig«, sagt Rachele.

»Du musst lernen, damit dich die Leute nicht betrügen können«, sagt Maria. Manchmal wünscht sie sich, sie wäre länger zur Schule gegangen. Aber sie kann schreiben und rechnen. Die Menschen betrügen sie nicht. Was hätte ihr die Schule sonst noch beibringen können?

»Ich wurde von jüdischen Gelehrten unterrichtet, die von den Universitäten verbannt worden waren. Unser Unterricht war … spontan. Meine Eltern und die anderen Erwachsenen mussten improvisieren. Das war bei den Rassengesetzen alles, was sie tun konnten. Sie haben mich beschützt. Ich wusste nicht, was Sorgen sind. Ich war ein Kind, wie du es nun bist.«

Maria kann sich nicht mehr an sich als Zehnjährige erinnern. Sie kann sich nur an ihre Arbeit erinnern, die in jedem Alter dieselbe war: der Brunnen, der Fluss, die Wäsche, die Holzfeuer, das Geschleppe, die Tiere, die Ernte, die Gebete, die Jahreszeiten. *Se lavora par magnare e se magna par lavorar.* Man arbeitet, um zu essen, und isst, um zu arbeiten.

»Doch dann haben 1943 die Deportationen angefangen, gleich nach dem Waffenstillstand im Winter. Sie haben die Juden mitgenommen, die kein Geld hatten, die Unvernünftigen, die sehr Alten, die nicht fliehen konnten, und neugeborene Kinder. Warst du schon einmal in Venedig?«

»Die Straßen bestehen aus Wasser«, sagt Bruna.

»Die Adressen sind kompliziert, man versteht sie nicht auf Anhieb. Manchmal haben die Bewohner, wenn sie Faschisten waren, den Deutschen beim Aufspüren von Menschen geholfen. Aber andere wiederum haben uns geholfen.«

Maria denkt an Kontrollpunkte, Spionageflugzeuge und Nazis auf jeder Straße, in jedem beschlagnahmten Zimmer. Eddas Haus war wie ein Hotel für Nazis. Die Nazis haben die Italiener gehasst. Hätte Duilio den Nazis geholfen? Sie hasst die Nazis. Sie hat ihnen nicht geholfen. »Nicht alle Faschisten haben den Deutschen geholfen …«

»Sind Sie Faschistin?«

»Nein, natürlich nicht«, antwortet Maria schnell. Sie erinnert sich daran, dass sie ihre PNF-Karte verbrannt hat. »Wir haben niemanden unterstützt. Haben uns aus der Politik rausgehalten. Wir mussten ein Geschäft führen.«

»Alles ist politisch.« Rachels Abscheu ist deutlich erkennbar, sogar in der Dunkelheit. »Diese sogenannte Neutralität hat meine Familie umgebracht.«

Maria stellt sich vor, ihre Familie zu verlieren. Sie kann sich nichts Schlimmeres auf der Welt vorstellen. Diese junge Frau hat alle verloren. Armes, armes, armes Mädchen. Sie ist temperamentvoll, wie Amelia. Maria schluckt schwer. Sie versucht, die Tränen der Schuld zurückzuhalten, doch sie rinnen ihr aus den Augenwinkeln aufs Kissen. Amelia hat ihre gesamte Familie verloren. Die Auswanderung macht sie zur Waise.

»Es tut mir leid«, sagt sie zu Rachele, zu Amelia. Sie hat noch nie bei jemandem auf diese Art um Verzeihung gebeten. Ohne Erklärungen oder Entschuldigungen. Ohne Absolution. Sie hat noch nie um Verzeihung gebeten. Es fühlt sich an, als würde ihr ein riesiger Stein vom Herzen fallen. Wie eine Befreiung. »Es tut mir so leid.«

Die Kabine ist still. Man hört nur den Schiffslärm.

»Rachele …«, sagt Bruna schließlich. »Wie bist du geflohen?«

»Wir haben die Partisanen bestochen. Mit viel Bargeld. Wir sind in die Schweiz geflüchtet.«

»Mama sagt, man braucht immer Geld. Egal was gerade passiert. In Zeiten des Krieges und des Friedens.«

»Und in dem Augenblick, wo man das Haus verlässt, braucht man sogar noch mehr Geld, als wenn man zu Hause bleibt«, antwortet Rachele.

»Wir sind nicht zu Hause geblieben«, sagt Bruna. »Wir wandern aus.«

»Meine Mutter hat Geld in mein Mantelfutter und in das von allen Familienmitgliedern eingenäht«, sagt Rachele. »Wir haben Geld in den Absätzen unserer Schuhe versteckt. Es ist schwer zu glauben, dass das noch nicht einmal sieben Jahre her ist. Ich war fünfzehn. Ich bin schnell erwachsen geworden.«

Sie ist genauso alt wie Amelia. Die vierte Koje ist leer. Amelia sollte dort liegen. Amelia ist die fehlende Person.

»Ich habe gehört, wie die Glocken in ganz Italien erklungen sind«, sagt Rachele.

Am Befreiungstag läuteten einen dummen, unschuldigen Tag lang alle nicht zerstörten Glocken pausenlos, wie bei einer Hochzeit. Die Familie lebte damals von Lebensmitteln vom Schwarzmarkt – mit Bargeld von den Männern im Keller. Alle waren von den langsamen, grausamen Jahren des Salò und der anschließenden Abrechnung erschöpft.

»Als wir zurückgekommen sind«, sagt Rachele leise, »hatten zwanzig Flüchtlinge unser Haus besetzt. Unsere Freunde und Nachbarn waren verschwunden. Wir wussten nicht, wer tot war und wer zurückkehren würde. Jeder Tag war eine Überraschung. Nichts war sicher. Wir haben Jahre gebraucht, um unser Haus zurückzubekommen.«

»Wenn du dein Haus zurückbekommen hast, warum wanderst du nun aus?«, fragt Bruna.

Rachele ist still.

Maria öffnet die Augen, aber die Kabine ist so dunkel wie eine mondlose Nacht. Sie sieht noch nicht einmal die silberne Brosche. Sie berührt die Taschenlampe neben ihrem Kissen. Sie schließt die Augen wieder, und weitere Tränen fließen.

Rachele scheint eingeschlafen zu sein. Doch dann erklingt plötzlich wieder ihre Stimme: »Bruna, würdest du mir gern etwas beibringen – zum Beispiel Rechnen?«

»Und du mir was aus deinen Büchern?«, fragt Bruna.

»Und ich dir was aus meinen Büchern«, antwortet Rachele. Sie sagt es auf eine Weise, die sich nach *Gute Nacht* anhört.

La Madonna de la Montagna

Maria liegt in ihrem engen Etagenbett, Bruna schläft über ihr, die Madonna ruht unter ihr, und die Jüdin Rachele atmet tief, sie schnarcht fast. Maria versucht, sich an Amelias Briefe zu erinnern. Worte und Zeilen aus verschiedenen Briefen vermischen sich in ihrem Kopf.

Leise und vorsichtig, um die anderen beiden nicht aufzuwecken, nimmt sie den Koffer unter dem Bett hervor und öffnet ihn. Sie ertastet die mit einer Schleife zusammengebundenen Briefe.

Unter der Bettdecke liest sie mit der Taschenlampe.

Cara Mama, beginnt jeder Brief, auf den Amelia keine Antwort bekommen würde, das wusste sie. Das Mädchen war von Anfang an stark und stur. *Liebe Mama.*

Sie öffnet einen Umschlag nach dem anderen. Sie sind durcheinander.

Dies ist Brief Nummer 13.

Dies ist Brief Nummer 19.

Dies ist Brief Nummer 5 …

Ich habe einen Versuch gewagt und bei zunehmendem Mond Samen gesetzt, ganz absichtlich, und die Pflanzen waren alle mickrig, genau wie man erwarten würde, aber ich wollte es ausprobieren.

Die kleine Grazia lächelt immer, wenn sie ein Gesicht sieht, da-

bei kann es sich um eine Zeichentrickfigur handeln oder um ein Plakat mit einem Politiker. Sie lächelt auch gern echte Menschen an. Deswegen verlieben sich alle in sie.

Das war beim Erbsenfestival, du weißt ja, dass es hier die süßesten und besten Erbsen auf der ganzen Welt gibt.

Ich bin völlig außer Form, aber Firmino sagt, er liebt mich mit jeder Figur.

Sie schlafen im Winter immer noch bei den Tieren, um sich zu wärmen, sie holen sich ihr Wasser immer noch an einer Pumpe. Zia Egidia hat davon gesprochen, nach Australien auszuwandern, aber Du musst das wissen, weil sie kommt, um in Deiner Nähe zu sein.

Gestern Abend hatte Firmino Fieber. Heute ist mir die Polenta misslungen. Das ist mir noch nie passiert.

Firminos Freund Giorgio ist gestorben. Nach all den Jahren hat ihn der Krieg noch dahingerafft. Ich habe mich bei seiner Beerdigung um die Blumen gekümmert. Ich kümmere mich nun jede Woche in der Kirche um die Blumen. Wenn wir einen Sohn bekommen, werden wir ihn Giorgio nennen. Ich werde viele Kinder haben.

Ich weiß, dass Du nicht antworten wirst. Ich habe Tränen in den Augen.

Jesus, Maria und Josef, das Wetter war grauenvoll hier, der schlimmste Nebel, den ich je gesehen habe. Sie sagen, es sei Luftverschmutzung. Ich habe nie wieder Glühwürmchen gesehen.

Getrocknete Blumen fallen aus dem Umschlag. Wilde Akeleien.

Firmino ist liebenswürdig und kann gut mit Kindern umgehen.

Jesus, Maria und Josef, ich weiß nicht, wie Du es geschafft hast, uns während des Krieges großzuziehen, dabei noch das Geschäft zu führen und Dich um alles andere zu kümmern.

Die eingewickelte Madonna der Berge ruht sich im Koffer unter dem Bett aus.

Blinder Passagier, hat Rachele sie genannt.

Maria schläft, aber die Madonna der Berge schläft nicht.

Australien bedeutet Fegefeuer. Ein Ort der Buße und der Reinigung.

Betrachte diese unendlichen Weiten, mineralischen Wüsten, Zinnstädte, das jungfräuliche Land, das bereit zur Rodung und Neubepflanzung ist – das Herz deines sterblichen Vaters würde höherschlagen, wenn er es sehen könnte –, ganz zu schweigen von den Mohren, die halb nackt umherstreunen, und den Giftschlangen überall. Betrachte die Canguri, *bei denen es sich nicht um Hunde handelt, sondern um Wildtiere, die Ernten mit ihren Sprüngen verwüsten und aus denen man zähes Steak machen kann. Es ist ein Land der Außenseiter.*

Schau dir den weit abgelegenen Vittoria State an.

Die Straßen sind nicht mit Gold gepflastert. Viele Straßen sind gar nicht gepflastert, und es gibt nur wenige Eisenbahnlinien – dort ist kein Mussolini gewesen. Aber die Straßen sind auch nicht zerstört – es hat keinen Krieg gegeben. Es gibt immer noch Gold, wenn du danach suchst. Gold kann man nicht essen, Maria, es würde dir deine alten Zähne herausbrechen, aber du kannst es immer verkaufen.

Milch und Honig fließen nicht in den Flüssen – du weißt das, du bist nicht dumm. Aber auch Blut fließt nicht in den Flüssen, wie in den Wildbächen, dort, wo du herkommst. Sie sind braun und langsam, weil das Land selbst alt ist, es wird zermürbt, geht gebeugt und verblasst im Alter. Selbst die Berge sind niedrig, Maria, nicht wie die Berge deiner Jugend.

Schlage in Australien Wurzeln. Lege einen neuen Orto *an, pflanze Bäume, von denen du ernten kannst, bevor du zu alt zum Kauen bist. Dein großartiger Sohn soll dich mit Schweiß auf der*

Stirn sehen, so wie du einst Achille beeindruckt hast. Du kannst mit Gnade und Honig alt werden – aber nur, wenn du jeden Tag zu mir betest. Geh zur ersten Messe. Ehre das Geheimnis. Und du wirst deine weißhaarigen Jahrestage mit Gold und noch mehr Gold feiern.

Doch zunächst musst du deine Sünden beichten – auch wenn du sie einem Priester auf Italienisch beichtest, der nur Australisch spricht. Deine Buße wird in den Himmel fliegen. Weil du es bereust, Maria, das spüre ich in jeder Faser meines Mantels, am Gewicht meiner goldenen Krone.

Beichte. Schreib Amelia. Bitte sie um Verzeihung.

Wach auf, Maria!

Die Madonna der Berge steht am Ende der Koje. Sie ist so groß wie ein Mensch, stämmig und klein, wird von ihrer riesigen Krone und dem schweren Umhang niedergedrückt. Sie sieht wie ein gold-blauer Berg aus. Sie füllt die Kabine aus. »Was willst du, Maria?«

»Du weißt, was ich will«, sagt Maria, aber sie hört sich komisch an, als würde sie eine andere Sprache sprechen.

Die Madonna ist verwundert. »Du antwortest mir.«

Maria versucht zu nicken. »Ich habe versucht, alles so zu lassen, wie es sein sollte …«

Die Madonna legt sich den juwelengeschmückten Finger auf die lächelnden Lippen, als wollte sie *Ruhe* sagen. »Alles hat sich verändert. Und alles verändert sich weiterhin. Erinnerst du dich an Fortuna an der Kirchenwand, ich weiß, dass du dich erinnerst. Du hast deine Sache gut gemacht, meine Schlaue, wenn man bedenkt … Die Jungen wurden überall bevorzugt – sie haben sogar das bessere Essen bekommen. Und bei den Mädchen warst du weder die Älteste, die Jüngste, noch die Hübscheste. Noch nicht einmal die Schlauste. Du musstest verheiratet werden, und kein anständiger Ehemann war in Sicht. Erinnere dich an diesen Ersten Weltkrieg, eine Erschütterung der Männlichkeit, die aufrechte Männer in tunnelbauende Würmer in Schützengräben verwandelt hat. Aber Maria, das war nur ein Kinderspiel im Vergleich zu dem, was anschließend passiert ist …« Langsam schüttelt die Madonna den Kopf und murmelt: »Dreckige, schmutzige Arbeit, Krieg. Männer machen Dreck, den die Frauen wegmachen müssen. So viel musste aufgeräumt werden. Wir putzen den Dreck mit Tränen weg – das Wasser spült ab, das Salz desinfiziert. Wir haben so viele Tränen gebraucht!«

Maria versucht zu reden. Ihr Mund ist verschlossen und unnachgiebig. »Ich hatte Angst.«

»Aber du hast es unbeschadet überstanden. Das grenzt an ein Wunder. Du hast überlebt. Denk an die ganzen Mütter, die ihre Söhne verloren haben – ich für meinen Teil weiß, wie sich das anfühlt. Denk an die ganzen Mädchen, die vergewaltigt und ruiniert wurden. Du bist um Arbeits- und Konzentrationslager herumgekommen, die Gängeleien und die Vendettas …«

»Wir haben Hunger gelitten. Mein kleines Mädchen wäre fast gestorben.«

»Im härtesten Winter hast du das Geschäft geführt, hast Essen auf den Tisch gebracht, du warst der Mann – kein Wunder, dass du Arme wie ein Kerl hast.«

Maria kann Wäsche heben, die so schwer ist wie ein Mann. Maria kann gut arbeiten.

»Der Himmel ist voller Frauen, Maria. Man braucht eine besondere Art von Mann, um hierhin zu kommen. Männer haben das Geld, und Geld ist schmutzig – Eier sind so viel sauberer.« Die Madonna streicht sich über ihr Lätzchen aus Juwelen.

Maria versucht, nach ihr zu greifen, die glitzernden Steine zu berühren. Doch sie kann ihre Hand nicht bewegen.

Die Madonna öffnet ihren himmelblauen Umhang. Der kratzige Stoff ist steif und schwer, wie die Markise eines Geschäfts. Das Futter ist leuchtend rot. Und dort, zwischen ihren Händen, hängen drei schimmernde Weihnachtskugeln an einem unsichtbaren Faden; auf jeden ist eine Szene gemalt. Die erste zeigt ein *Fascio*, gebündelte Stöcke, in einem *Gavegnà*-Korb. Auf dem zweiten Bild schwimmt ein Zweig Bergkräuter in einer Grappaflasche. Das dritte zeigt einen Zweig, auf den Seidenraupen klettern können.

»Ich sehe sie«, sagt Maria. Sie weint nun, doch sie kann die Tränen nicht spüren. Sie weint und weint. Das ist ihre Dreifaltigkeit der Schande.

Der Blick der Madonna ist ernst. Sie sagt nichts. Dann verschränkt sie die Hände miteinander, und die Weihnachtskugeln verschwinden. »Hast du die Sterne am Nachthimmel gesehen, Maria? Sie sind kleine Löcher auf der Straße des Himmels. Sie sind flüchtige Blicke auf das göttliche Licht.« Sie lehnt sich nach vorne, ihre Krone streicht über die Unterseite von Brunas Bett. »Ein kleines Mädchen ruft nach dir. Sie wurde betrogen. Du bist sie. Du kannst niemandem trauen, doch du kannst mir trauen.«

»Bitte …«, versucht Maria zu sagen.

»Was willst du nun, Maria? Alles ist möglich.«

»Du weißt, was ich will.«

»Los. Sag es mir.«

»Den Himmel«, will Maria sagen. »Vergebung.«

»Doch zunächst, meine zerfurchte Kastanie …« Die Madonna leuchtet. Sie glänzt. »Musst du dir selbst vergeben.«

*

Maria wacht in sanftem Licht auf. Unter ihrem Bett ertönt ein tiefes Grollen. Sie ist in den Bergen, bei Egidia, sie ist in Altavilla, und ein großer Mähdrescher mäht, sie ist in Sassone, wo Achilles Familie nebenan laut schnarcht. Wo ist Achille? Sie liegt in Duilios Bett. Sie ist allein. Etwas schnarcht lauter als ein Monster. Sie kann die Vibrationen in ihrem Bauch spüren. Sie ist auf dem Schiff. In ihrer Kabine. Bruna ist über ihr. Amelia liegt im Etagenbett gegenüber. Nein, das ist die Frau aus Venedig mit der silbernen Brosche am Bett, die dort liegt und im Licht der Taschenlampe in einem ihrer Bücher liest. Es muss Tag sein.

Rachele schaut rüber zu Maria und dann wieder in ihr Buch. Es muss noch früh sein. Zu früh zum Reden.

Maria schaut auf die Uhr: jetzt sollte ein Hahn zum dritten Mal krähen, um die Stunde anzuzeigen – wie spät ist fünf Uhr morgens mitten auf dem Meer? Die großen Motoren des Schiffes pulsieren, doch die *Filadelfia* ist noch nicht losgefahren. Einige Stunden müssen noch vergehen, sie werden die Messe besuchen und frühstücken, bevor das Schiff in See sticht.

Die Madonna ist verschwunden.

Maria sammelt Amelias Briefe vom Bettlaken auf, bündelt sie und bindet die Schleife wieder darum. Sie sind zerknittert und unordentlich. Egal. Bevor sie sie versteckt, liest sie Amelias Adresse noch einmal. Sie weiß, was sie zu tun hat. Sie wird den Priester, den Kapitän oder irgendjemand anderen um Stift, Papier und Briefmarken bitten, nein, sie wird sich eine Postkarte besorgen. Ihrer Tochter schreiben und die Karte abschicken, bevor sich das Schiff auf den Weg macht. Aber was kann sie nach all dieser Zeit sagen? Im Gegensatz zu ihrer schlauen Schwester Edda ist sie es nicht gewohnt zu schreiben. Sie muss sich die Worte zurechtlegen.

Cara figlia, wird sie schreiben. *Liebe Tochter. Ich habe Dich vermisst. Ich habe Deine Briefe gelesen. Grazia ist Dir wie aus dem Gesicht geschnitten. Dein Vater und Deine Brüder wissen nicht, dass ich Dir schreibe. Sie wären sehr böse, wenn sie es wüssten. Ich bin froh, dass Du in die Kirche gehst und Dich dort um die Blumen kümmerst. Ich vergesse nie, für Dich zu beten. Das weiß unsere Madonna. Verzeih mir bitte.*

Maria Vittoria (Mama)

Leise öffnet sie den Koffer und räumt Amelias Briefe weg. Sie berührt die Glaskuppel der Madonna, die in weiche Unterwäsche eingewickelt ist. Sie starrt in der Dunkelheit das Mondgesicht der Madonna an.

Die Madonna starrt ruhig zurück.

In der vorigen Nacht hatte sie einen Traum, bemerkt Maria nun. In jeder zweiten Nacht in ihrem Leben, in der sie aufgewacht ist, hatte sie einen Albtraum, war panisch, floh vor etwas oder fiel in die Tiefe. Sie kannte keine guten Träume. Nun ist sie beruhigt. Fast schon glücklich.

Winzige wilde Alpenveilchen

Am Eingang des Schiffstheaters wartet Achille auf Maria.

Sein Anblick erfreut sie. Sie hat ihn am vorherigen Abend vor dem Zubettgehen – vor der Trennung von Männern und Frauen – gebeten, mit ihr am Morgen in die Messe zu gehen, aber er hat nichts versprochen. Sie kann sich nicht mehr dran erinnern, wann er das letzte Mal zur Messe gekommen ist. Aber hier ist er nun mit den Jungen, alle tragen ihre beste Kleidung.

»Papà«, sagt Bruna.

Maria lächelt. »Ich bin froh, dass wir alle gemeinsam hier sind.« Amelia ist die Einzige, die fehlt.

Achille nickt. Er sieht müde aus. »Sie waren zu aufgewühlt zum Schlafen.«

»Alle bei uns im Schlafsaal schnarchen«, sagt Primo.

»Du doch auch«, sagt Arsenio.

Primo verpasst ihm einen Stoß.

»Alle haben Angst vor dem Ertrinken«, murmelt Cecilio.

»Umso mehr Gründe zum Beten«, sagt Maria. »Gehen wir hinein.«

Sie war noch nie in einem Theater. Es ist anders als in einer Kirche, nur die vielen Sitzreihen sind gleich und der Gang in der Mitte. Die getäfelte Decke ist niedrig. Die Wände sind nicht geschmückt. Es gibt keine Statuen, keine Fenster, keinen Kreuzweg. Anstelle eines mit einem Baldachin bedeckten Altars und einem Tabernakel nur eine Vorhangfassade, vor der ein Tisch steht. Eine Blumenvase auf einem weißen Tischtuch.

Es ist noch früh, aber es hat sich bereits eine Menge versammelt, und die Reihen füllen sich mit Männern, Frauen und Kindern, die zu beiden Seiten des Ganges sitzen.

Maria sitzt neben Achille – Bruna zu ihrer Linken, die Jungen neben ihrem Vater. Ihr Herz ist voller Dankbarkeit. Sie gehen alle gemeinsam in die Messe. Sie muss ein Dankesgebet sprechen.

Achille streicht über die polierte Holzzierleiste an der Armlehne des Stuhls. Er bewundert die Oberfläche.

Maria schaut seine Hand an – faltige Haut, herausstehende Adern, sein abgenutzter Ehering – und legt ihre Hand auf seine.

Achille schaut sie an, und sie hält seinem Blick stand.

In seinem Blick sieht sie Erinnerung. Jahre, Jahrzehnte, Arbeit, Schmerz, Krieg, Tapferkeit – so viele Erinnerungen.

»La Mèrica«, sagte sie. Ihr Herz schlägt schneller.

»Australien«, sagt er. Er nimmt ihre Hand. »Vittoria.«

Alle stehen für den Priester auf.

Er trägt normale Kleidung, doch um seinen Hals hängt eine Muschelschale, wie beim heiligen Jakobus dem Älteren.

»Lasset uns beten«, sagt der Priester.

Maria faltet ihre Hände zum Gebet, senkt den Kopf, schließt die Augen und hört zu.

»Gott, Vater im Himmel, segne deine demütigen Pilger, segne die Reise, auf die sie sich bald machen werden, sodass sie sowohl der Seele als auch dem Körper guttun wird. Gott, Vater, blicke gnädig auf deinen Diener Pius, den du als obersten Hirten auserwählt hast, um deine Kirche durch die Härten des Krieges und diese Zeit der friedlichen Erneuerung zu führen. Amen.«

*

Als die Messe vorbei ist, gehen Achille und die Jungen aufs Mannschaftsdeck, während Maria und Bruna noch bleiben und weitere Gebete sprechen.

Vor dem Theater macht sie Small Talk mit anderen Frauen, weil man das so macht, das lernt sie gerade. So wie man mit Kunden im Laden spricht, aber ohne Dinge zu verkaufen.

Zwei Frauen sind aus Dalmatien, einem Teil Italiens, der vollständig an Jugoslawien gegangen ist. Sie haben drei Jahre ohne Staatsangehörigkeit gelebt, sind von einem Flüchtlingslager zum nächsten gezogen. Eine andere Frau ist eine Stellvertreterbraut. Sie war in ihrer Dorfkirche mit einem abwesenden Bräutigam im weit entfernten Australien verheiratet worden – in einer vernünftigen Hochzeit um elf Uhr, keiner beschämenden Zeremonie im Morgengrauen. Sein bester Freund ist sein Stellvertreter gewesen, hat Ja gesagt und ihr sogar den Ring an den Finger gesteckt. Das heilige Ehesakrament wird sie vor den einsamen Männern auf dem Schiff beschützen, die sie sonst belästigen würden. Die andere Frau, eine bettelarme *Contadina*, hat fehlende Zähne und durch Rachitis missgestaltete Beine. Sie hat noch nie so gut gegessen wie auf dem Schiff. Sie hofft, dass ihr Sohn in Sydney gut isst – er hat ihr das Geld für das Ticket geschickt –, Australien ist doch schließlich das Schlaraffenland. Jeder hat die Zeitungsannoncen für die Utopie des Südens gesehen.

Marias Buch *Die christliche Braut* warnt vor Geschwätz und Getuschel. Es ist müßig und unnütz, selbst wenn es ein Zeitvertreib ist. Sie musste sich noch nie zuvor die Zeit vertreiben. Sie hat nie genügend Zeit gehabt. Aber nun hat sie so viel freie Zeit und weiß nicht, was sie damit anfangen soll.

»Komm, Bruna, wir schauen uns um.«

Sie sehen ein Kinderzimmer, einen Aufenthaltsraum für Frauen, ein Raucherzimmer. Alles sieht massiv und neu aus. Sie nehmen die Treppe zum Oberdeck.

Bruna hält Maria bei der Hand.

Sie starren auf die endlosen, dunkelblauen Wassermassen – und Maria erinnert sich an zu Hause. Die Berge, nicht das Flachland. Ihr richtiges Zuhause, mit ihrer Mutter und ihrem Vater und winzigen wilden Alpenveilchen und ihren Schwestern, als sie noch jung waren, und dem Kuckucksruf und der rosafarbenen Haut des Schweins unter seinem schütteren Haar und dem rauschenden Fluss, in dem sie Wäsche wuschen, und an die Polenta, die in heißer Milch eingeweicht wurde. Sie verspürt Gewissensbisse, als sie an die tote Delfina denkt, und spricht ein stilles Gebet für sie.

»Mama, Zeit zum Frühstücken«, sagt Bruna.

Der Gong erklingt.

Sie werden die Männer wieder treffen.

»Mama, können wir einen Kinofilm im Theater sehen?«

Die Filme müssen anständig sein, weil sie dort gezeigt werden, wo auch die Messe stattfindet. »Ja«, sagt Maria.

Aus einem Brummen wird ein Chor, er ertönt überall um sie herum auf dem Schiff, wird lauter und lauter.

Es gibt giftige Fische, die wie Steine aussehen.

Es gibt Biber mit Schnäbeln, die Eier legen und säugen.

Es gibt immer noch Gold, wenn man danach sucht. Aber Amerika oder Argentinien wären besser gewesen.

Tabak, Obst, Zuckerrohr, Holzfällerei, Straßen, jegliche Arbeit, die sie haben.

Die Einheimischen trinken keinen Wein.

Mehr als sechs Männer für jedes Mädchen, du musst etwas Besonderes sein, sie können sich einfach entscheiden.

Glaube nicht alles, was du hörst – dort gibt es Streiks und Demonstrationen, Elendsviertel und Tuberkulose.

Fünf Jahre, mehr nicht. Dann kehre ich reich zurück.

Maria gibt einem uniformierten Mann ihre Postkarte (er

trägt keine Adleremblemen, nur Anker und Anstecker auf seinem Hut). Sie möchte, dass Amelia sie jetzt gleich liest, doch sie weiß, dass sie warten muss. Wenn Amelia die Karte bekommt, wird Maria weit weg sein, auf der anderen Seite der Welt. Es gibt zu viel Wasser, das unerträglich tief ist.

Zeit zu nähen

Es ist fast schon eine Sünde, in den Spiegel zu schauen, doch man kann den Spiegel in der Kabine schlecht meiden. Der Raum ist klein. Maria sieht ihr Spiegelbild in dem Augenblick, in dem sie durch die Tür geht. Es ist, als würde sie sich zum ersten Mal sehen. Mit ihrem Mantel mit dem pelzverbrämten Kragen sieht sie alt und altmodisch aus.

Sie nimmt die Schulterpolster aus ihrer Bluse und lässt sie aufs Bett fallen.

Ihr Rock ist weder lang noch kurz genug. Und er hat die Form verloren.

»Bruna, hilf mir beim Nähen.«

Einige Minuten später sitzt Bruna auf dem Boden und steckt den Saum des Kleides fest, nimmt ihn auf und vergewissert sich, dass er überall gleichmäßig ist. Sie arbeitet genau und schnell.

Der neue Saum endet gleich unterm Knie. Maria kann ihn schnell umnähen.

Sie könnte ihn sogar unten ein wenig enger nähen. Ihre Nähmaschine befindet sich im Laderaum des Schiffes, aber sie kann die Nähte mit der Hand nähen.

Der Rock muss anschließend gebügelt werden. Sie weiß, wo sich die Wäscherei befindet.

Meereszeit

Maria lehnt sich mit ihrer Familie an die Reling, sie stehen auf einem Hochdeck in salziger Luft, die nach Diesel stinkt. Achille, Primo, Arsenio, Cecilio, Bruna – alle sind still.

Menschen wandern, Berge aber bleiben an Ort und Stelle.

Maria spürt den wogenden Wellengang der riesigen Menge Meerwassers unter sich. Die Welt ist eine Schüssel, und das verschafft ihr dasselbe langsame Schwanken im Inneren, es fühlt sich an wie Angst, wie Aufregung. Sie möchte jemandem mit einem weißen Taschentuch zuwinken, weil alle winken und jeder ein unsichtbares Band mit jemandem zerreißt, doch sie kennt niemanden in der Menge, keinen Bruder aus der *Contrà*, noch nicht einmal Edda vom Flachland. Nicht einmal ihre seidenverarbeitende, liebliche Tochter Amelia. Genua ist bis zum Rand voller Fremder.

Maria hält Brunas Hand liebevoll und fest. Und das Gefühl in ihrem Inneren ähnelt Hoffnung.

Das Schiff sticht ohne Wasserplätschern in See. Man spürt es kaum, doch der Schiffsrumpf dröhnt.

Essen, Familie, Geschichte

Se lavora par magnare e se magna par lavorar.
Man arbeitet, um zu essen, und isst, um zu arbeiten.

Die Rezepte in diesem Buch sind lediglich zu Unterhaltungszwecken gedacht. Autor und Verlag übernehmen keinerlei Garantie über die Vollständigkeit, Genauigkeit, Verlässlichkeit, Tauglichkeit oder Verfügbarkeit der Rezepte.

Marias Gnocchi

Die Kartoffeln sollten innen weiß, außen gelblich und nicht zu feucht sein. Sie werden mit Schale in Salzwasser gekocht. Dann werden sie noch heiß von Hand geschält und in einer großen Schüssel gut zerstampft. Ein Ei wird hinzugefügt. Dann etwa eine Handvoll Mehl, genug, um einen Teig herzustellen. Salz, wenn nötig. Die Zutaten müssen schnell miteinander vermengt werden. Auf einer bemehlten Oberfläche wird der Teig mit den Händen zu einem dicken Seil geformt. Der Teig wird in knödelgroße Stücke zerteilt. Eine schöne Form erhält man, wenn man sie mit einer Gabelrückseite platt drückt. Die Gnocchi werden einzeln auf ein bemehltes Tuch gelegt. Man kann sie entweder im Kühlen ruhen lassen oder direkt kochen. In einem großen Topf mit Wasser werden immer einige Gnocchi bei hoher Temperatur nacheinander gekocht, damit sie nicht zusammenkleben. Wenn sie an der Wasseroberfläche schwimmen, sind sie fertig. Sie werden mit einem Abschöpflöffel herausgeholt und in eine Schüssel gelegt. Immer nur eine kleine Menge zubereiten, bis sie irgendwann alle fertig sind. Man serviert sie mit reichhaltiger Fleischsoße.

Delfinas Gnocchi

Dighe de sì, dighe de no,
Copa le vecie, le giovani no!
A le giovani on piato de gnocchi,
A le vecie minestra sui oci!

Sag Ja, sag Nein,
Töte die alten Frauen, nicht die jungen!
Für die jungen einen Teller Gnocchi,
Für die alten Suppe in die Augen!

Als Vorrat – *Sopressa*

Man braucht ein halbes Schwein oder mehr, mindestens neun Monate alt, das mit Molke, gekochtem Maismehl, Kartoffeln und gerösteten Kastanien gefüttert wurde. Das Schweinefleisch wird in Stücke zerteilt, die etwa einen Tag lang gekühlt werden. Dann werden die Knochen, die Haut und die Nerven in einer kalten Umgebung entfernt. Man verwendet die besten Teile: Oberschenkel, Nacken, Bauch, Halsfett und Rippenstücke. Das Fleisch wird vor dem Mahlen gründlich gereinigt. Mit Salz und Pfeffer würzen. Gut vermengen und in Hüllen aus Naturdarm pressen, die einen Durchmesser von mindestens acht Zentimetern haben. Das Ganze wird in heißes Wasser getaucht und geknetet, damit es eine Form bekommt und weich wird. Anschließend mit Hanfschnur umwickeln, erst der Länge, dann der Breite nach, in vielen engen Umwickelungen. So wird Luft entfernt. Die Sopressa wird dann zum Abtropfen in der Küche oder an einem ähnlich warmen Ort aufgehängt. Dann trocknet und reift sie je nach Größe vier bis zehn Monate an einem kalten Ort (nicht zu kalt). Die Pelle wird schließlich weiß und dann graubraun wegen des Schimmels. Das Fleisch im Inneren sollte rosafarben oder blassrot sein, und es wird nun zart und leicht süß schmecken.

Winter – Stockfisch Baccalà nach Vicenza-Art: *baccalà a la visentina*

Der Stockfisch (getrockneter Kabeljau) wird mit einem Holzstab weich geschlagen. Er wird drei Tage lang eingelegt, um ihn zart zu machen, das Wasser muss alle vier Stunden gewechselt werden. Dann wird er trocken getupft, teilweise entschuppt und der Länge nach aufgeschnitten, um die Gräten zu entfernen. Anschließend wird er in kleine Stücke geschnitten. Die Zwiebeln werden klein gehackt und mit Knoblauch in Olivenöl gedünstet. Beides sollte nicht braun werden. Abgewaschene, entgrätete und klein geschnittene Anchovis werden hinzugefügt. Dann werden die Baccalà-Stücke, gehackte Petersilie, Milch, Olivenöl, Salz und Pfeffer hinzugefügt. Das Ganze wird bei geschlossenem Deckel sehr langsam etwa vier Stunden lang gegart, dabei ab und zu vorsichtig umrühren. Es kann warm, eine Stunde nach der Zubereitung gegessen werden oder einen Tag ruhen.

Mit weicher Polenta servieren.

Frühling – Omelette mit »wildem Spargel«: *fritaia coi bruscandoli*

Zu der Zeit des Jahres, in der die Hühner viele Eier legen und man aus dem *Orto* noch nichts ernten kann, sammelt man *Bruscandoli*, »wilden Spargel«, der wild auf nicht bebauten Ackerflächen und entlang von Gewässern wächst. Gut abwaschen und mit einem Tuch trocknen. Die weichen Teile werden von den harten Stängeln entfernt, die man nicht mitisst. Die oberen Teile werden in Stücke geschnitten. Ein wenig Zwiebel wird gehackt. Speck oder Olivenöl mit ein wenig Butter wird in einer Pfanne erhitzt. Die Zwiebeln werden bei niedriger Hitze glasig gedünstet – sie sollen nicht braun werden – dann wird der Bruscandoli hinzugegeben. Ein wenig Wasser hinzufügen, um die Zutaten eher zu dünsten als zu braten. Eier in eine Schüssel schlagen, Milch hinzufügen sowie ein wenig Salz und Pfeffer, alles mit einer Gabel vermischen. Falls vorhanden, kann ein wenig Grana-Käse beigemengt werden. Die Eiermasse wird in die Pfanne zum Bruscandoli geschüttet und bei niedriger Hitze gegart. Nicht umrühren, dann mit dem Pfannendeckel oder einem Teller das Omelette umdrehen und von der anderen Seite garen. Dieses Rezept kann auch mit *Pissacon*, Löwenzahn, Nesseln, Malve oder Mohnblättern zubereitet werden.

Sommer – in Sirup oder Grappa eingelegtes Obst: *frutti siropao o soto graspa*

Hierfür verwendet man Kirschen, Aprikosen, Pfirsiche oder Pflaumen, die nicht zu reif sind. Gut waschen und mit einem sauberen Tuch trocknen.

Zum Einlegen in Sirup:
Das Obst wird mit kochendem Wasser überbrüht, halbiert und entsteint. In einen Topf mit Wasser, Zucker und Zitronensaft gelegt. Wasser zum Kochen bringen und vorsichtig fünf Minuten lang rühren. Das Obst in Weckgläser geben. Die übrig gebliebene Flüssigkeit wird zu einem Sirup eingekocht (etwa zur Hälfte), dann vom Feuer genommen. Wenn sie lauwarm ist, wird sie über das Obst in den Gläsern gegossen. Die gefüllten Gläser werden versiegelt und für etwa zwanzig Minuten gekocht.

Zum Einlegen in Alkohol:
Frisches Obst wird in saubere Einmachgläser gefüllt und mit Zucker besprenkelt. Ein wenig Orangen- oder Zitronenschale zugeben. Mit starkem weißen Grappa bedecken. Abdecken und einige Tage lang ruhen lassen. Dann noch mehr Grappa hinzugeben, bis zwei Zentimeter unter dem Rand. Luftdicht versiegeln und im Keller, der Vorratskammer oder ähnlichen dunklen Orten aufbewahren.

Dieses Obst ist ewig haltbar.

Herbst – Bigoli-Pasta mit Entensoße: *bigoli co l'arna*

Man benötigt eine *Bigolaro*-Maschine, um diese Nudeln herzustellen, die wie raue Spaghetti sind, dick wie Stricknadeln und sich gut mit der fettigen Soße vollsaugen. Für die Soße wird die Ente gerupft und gründlich gereinigt. Der Magen wird innen und außen gesäubert, Leber und Herz werden zur Seite gelegt. Ein großer Topf mit viel Wasser wird auf den Ofen gestellt, eine Möhre, eine mit Nelken gespickte Zwiebel, Sellerie, Petersilie, ein Lorbeerblatt und Salz werden hinzugefügt. Die Ente mit Magen hinzugeben und zum Kochen bringen.

Ein bis zwei Stunden kochen lassen, dann das Fleisch herausnehmen. Die rohe Leber und das Herz in kleine Stücke schneiden. In einer Pfanne mit Butter, Petersilie, Salz, Pfeffer und Salbeiblättern rösten. Den gekochten Magen klein geschnitten hinzufügen. Die Pasta in der Entenbrühe al dente kochen. Mit der Soße in einen heißen Topf geben, ein wenig geriebenen Grana-Käse hinzugeben. Die gekochte Ente wird als Hauptgericht mit grüner Soße gegessen. Ein gutes Essen für Festtage.

Zur Folter – Rizinusöl oder Salz: *ojo de rizeno, o sale*

Diese Dinge werden antinationalen Italienern verabreicht – die Mussolini beleidigen, die Autarkie verletzen, den Einmarsch in Abessinien beklagen, das Regime für die Arbeitslosigkeit verantwortlich machen, die Allianz mit Nazideutschland kritisieren – oder für ausgesprochene Sozialisten, Kommunisten, Trinker oder Berufskriminelle.

Trunk mit Rizinusöl:
Entweder mithilfe eines Knüppels oder auch ohne wird dem Delinquenten kontinuierlich gutes Rizinusöl (etwa ein Liter) verabreicht, dabei drückt man seinen Kopf fest nach hinten und hält ihm die Nase zu.

Variation: Am Ende muss der Delinquent einen lebendigen Frosch oder eine Kröte essen. Die Verabreichung sollte zeitlich abgepasst werden, damit der schlimme Durchfall in der Öffentlichkeit stattfindet.

Küchensalz:
Wenn Salz nicht zu knapp oder kostbar ist, wird es dem Spion oder Verräter großzügig und wiederholt verabreicht, damit er furchtbare Bauchschmerzen und Todesangst bekommt.

Rezept für die Autarkie – Öl, Fleisch und Kaffee: *ojo, carne e cafè in Autarchia*

Öl:
In ranziges Olivenöl wird Asche von Brennholz gegeben (Gewichtsanteile 1:3). Die Flasche wird gut geschüttelt und dann einen Tag lang stehen gelassen. Vor Licht und Hitze schützen. Dann wird sie wieder geschüttelt und zwei bis drei Tage lang stehen gelassen. Anschließend wird das Öl vorsichtig durch ein weiches Baumwolltuch gefiltert und in eine neue Flasche gefüllt, fertig zum Kochen.

Fleisch:
Einen Bottich mit Asche vom Feuerholz aus dem Ofen füllen. Verdorbenes Fleisch in ein Mulltuch wickeln und mit der Asche bedecken und an einen kühlen Ort stellen. Dort lässt man es etwa zwei Stunden lang, dann wird das Fleisch mit heißem Wasser und Essig abgewaschen. Anschließend mit einem Tuch trocknen und so schnell wie möglich kochen.

Kaffee:
Man sammelt Kaffeesatz von sieben Tagen und gibt ihn in einen Topf mit Wasser und einer Prise geröstete Chicorée-Wurzel. Das Ganze sieben Mal aufkochen und abkühlen lassen. Der Satz soll sich setzen, dann wird die Kaffee-Flüssigkeit durch ein Tuch in ein sauberes Gefäß gefiltert. Als Basis für Milchkaffe verwenden.

Rezept, damit es länger reicht – Polenta mit gesalzenen Sardinen: *polenta e scopeton*

Eine gesalzene Sardine (oder Sardelle) wird an die Decke gehängt. Jeder am Tisch sollte eine Scheibe heiße, geröstete Polenta in der Hand haben. Dann dürfen alle einmal ihre Polenta am Scopeton reiben. Der Fisch kann zu anderen Mahlzeiten wiederverwendet werden, dazu wird er mit Olivenöl bei niedriger Hitze zubereitet. Schließlich wird er verschwinden.

Amelias Reis und Erbsen: *Risi e bisi*

Für dieses traditionelle Gericht zum Markustag braucht man frisch geerntete junge Erbsen. Die besten Erbsen der Welt kommen aus Lumignano. Aus ihren Hüllen wird eine Brühe hergestellt und beiseite gestellt. Eine Zwiebel fein schneiden und mit gehackter Pancetta anbraten. Wenn die Zwiebel goldfarben ist, wird ungekochter Rundkornreis (eine Handvoll pro Person) hinzugefügt, und alles wird weiter bei mittlerer Hitze gegart; häufig umrühren, ohne den Reis zu zerstampfen, bis er durchsichtig ist. Die Erbsenbrühe hinzufügen, ein Schöpflöffel nach dem anderen, zwischen jeder Zugabe aufkochen. Wenn der Reis halb fertig ist, werden die Erbsen mit einer Handvoll gehackter Petersilie hinzugefügt. Weiter kochen, bis der Reis bissfest, aber noch trocken ist. Dann vom Herd nehmen, etwas Butter, geriebenen Grana-Käse und eine Prise Pfeffer hinzugeben. Ziehen lassen.

Polenta:

In einem Topf reichlich Salzwasser zum Kochen bringen. Das grob geschrotete Maismehl wird langsam in das kochende Wasser geschüttet, bis die richtige Konsistenz erreicht ist, dabei ständig mit einem großen Holzlöffel umrühren, um Klumpen, Krusten oder anbrennen zu vermeiden. Bei niedriger Hitze weiter kräftig rühren, bis sich die Polenta vom Rand des Topfes löst, das geschieht für gewöhnlich nach vierzig bis sechzig Minuten. Dabei immer weiter rühren. Wenn die Polenta zu hart wird, kann man heißes Wasser hinzufügen. Anschließend den Topf vom Herd nehmen und den Inhalt schwungvoll auf ein großes Holzbrett gießen. Die Polenta soll in einer schönen runden Form erkalten; anschließend kann sie geschnitten werden. Der Duft bedeutet Nostalgie, also Vergangenheit, aber auch Hunger, also Zukunft.

Danksagung

Besonderer Dank an sieben brillante, himmlische Frauen:
Alma Valmorbida, Annemarie Neary, Gillian Stern, Clare Alexander, Kathy Robbins, Louisa Joyner, Celina Spiegel

Vielen Dank an die ZenAzzurian Writers für Jahre voller Unterstützung, Verständnis und Herausforderungen:
Anne Aylor, Annemarie Neary, Gavin Eyers, Jude Cook, Nick Barlay, Oana Aristide, Richard Simmons, Roger Levy, Sally Ratcliffe

Vielen Dank für Zuspruch und weisen Rat:
Adriano Romagnolo, Balzo/Bob/Hattie/Ian, Ben Coffman, Cristina Scapin, Davide Ferrauto, Eleanor Rees, Erminia Fortunato, Francesco Checchi, Gillian Simpson (ANMM), Jeanne Johnson, Madeline Hopkins, Mariano Valmorbida, Mark Gordon, Mary Tenace Bauer, Nadia Valmorbida, Naved Nasir, Nicolò Capus, Sophia Dunn, Speranza Dorigo, Tara Wynne